KB263704

한국 불교시가의

동아시아적 맥락과 근대성

저자 _____

김종진(金鍾眞, Kim Jong Jin) 전북 임실 출생. 동국대학교 국어국문학과를 졸업하고 동 대학원에서 고전문학 전공으로 문학박사학위를 취득하였다. 현재 동국대학교 불교학술원 교수로 재직 중이다. 저서로『불교가사의 연행과 전승』, 『불교가사의 계보학 그 문화사적 탐색』,『새로 읽는 향가문학』(공저),『경기체가연구』(공저) 등이 있고, 역서로『정토보서』,『백암정토찬』,『염불보권문』,『호은집』 등이 있다.

한국 불교시가의 동아시아적 맥락과 근대성

초판 인쇄 2015년 10월 5일 **초판 발행** 2015년 10월 20일
지은이 김종진 **펴낸이** 박성모 **펴낸곳** 소명출판 **출판등록** 제13-522호
주소 서울시 서초구 서초중앙로6길 15, 1층
전화 02-585-7840 **팩스** 02-585-7848 **전자우편** somyong@korea.com **홈페이지** www.somyong.co.kr

값 28,000원 　ⓒ 김종진, 2015
ISBN 979-11-86356-66-1　93810

한국 불교시가의 동아시아적 맥락과 근대성

김종진

소명출판

　남산에 터를 잡은 지 어느덧 7~8년이 되어간다. 이 책은 한국의 시가문학과 불교와의 관련성을 다룬 저자의 세 번째 저서로, 최근에 관심을 가졌던 한국 불교시가의 동아시아적 맥락과 근대적 양상을 주제로 하였다. 특정한 분야에 관심이 머문다는 조언을 듣기도 하고, 현실적으로 운신의 폭에 제약이 따르기도 했지만, 나름대로는 학문의 노정에서 일정한 방향성을 가지고 정진해 왔다는 점을 보람으로 삼고자 한다.

　오늘도 남산과 명동 주변은 온통 아시아 관광객으로 넘쳐난다. 대부분은 중국에서 온 관광객들이며, 가끔 일본, 대만, 홍콩, 싱가포르, 말레이시아, 인도네시아, 태국, 베트남에서 온 관광객들이 섞여 있는 듯하다. 남산 한옥마을에 산책하러 갈 때면 하루에도 천여 명 넘게 만나게 되는데, 이는 우리 세대가 과거에 전혀 생각하지 못한 놀라운 현상이다. 한류(韓流)의 영향인지 중국 경제의 비약적 성장의 결과인지 알 수는 없으나, 저자는 이러한 국제적 상호 교류의 현상이 13·14세기 동아시아에서도 비슷하게 있었다는 사실에 새삼스런 호기심을 느끼고 있다. 일명 '강남풍(江南風)'이라 부르는 이 현상은 당송은 물론이고 특히 원나라 때 중국 강남지역 문화에 대한 동아시아인들의 선망을 잘 보여준다. '친구 따라 강남 간다'는 속담이 고려시대에 중국 강남에 대한 선망을 드러내는 데서 나온 말이 아닐까 상상해 본다.

고려 말에 양주 회암사에 주석하던 나옹은 일본승 석옹(石翁)을 만나 유학을 결심하게 된다. 나옹과 태고화상은 강남에 있던 임제종 선사들에게 법맥을 인가 받아 귀국한 후 왕사나 국사가 되었다. 이처럼 원나라에서의 법맥 인가는 당대에 현실적인 영향력을 발휘하였다. 눈을 일본으로 돌리면 더 활발한 교류의 양상이 확인된다. 남송이 망하자 강남지역의 선승 가운데 20여 명은 일본으로 망명하거나 막부에 초대되어 일본의 오산문학의 형성에 기여하였다. 또 200명 이상의 일본 승려들이 주로 중국 강남지역에 유학하여 선풍(禪風)을 받아들이면서, 다도, 정원, 노(能), 서도, 바둑, 하이쿠 등 선적인 일본문화를 형성하는 데 일조하였다.

이러한 동아시아 선승들간의 교류는 문학적으로도 유의미한 현상을 보여준다. 이에 대해서는 앞으로 더 많은 연구가 필요하겠지만, 이 책에서 착안한 것은 선승들이 부른 한문가요인 선가(禪歌)다. 선가는 압축적인 시 형식에 상징성 강한 내용을 담은 선시(禪詩)와 다른, 독특한 매력을 지니고 있는 유장한 노래이다. 조선시대에 시조와 가사가 상호 보완적으로 짧고 긴 서정을 펼쳐낸 것과 마찬가지로 선시와 선가는 서로 다른 미학이 있으며 상호보완적인 요소가 있다.

저자는 가사장르의 기원을 살피면서 이 분야에 관심을 가지지 시작하였다. 학계에서는 가사 장르 발생론을 이야기할 때 나옹화상의 〈서왕가〉를 거론하며, 가사 장르의 발생에 〈완주가〉·〈백납가〉·〈고루가〉 같은 선승들의 한문가요가 영향을 주었을 것으로 추정하고 있다. 그런데 당시의 한문가요라는 것이 동 시대 중국, 일본 선사들의 어록에 어떤 모습으로 등장하고 있는지에 대해서는 별다른 관심을 두지는 않은 상황이다. 동아시아 대장경에 수록된 13·14세기 한중일 선사들의 어록에서 그 존재양상을 살펴본 것이 본서의 출발이 된다. 저자는 중앙도서관 불교학자료실에 묵직하게 자리 잡고 있던 대장경을 뒤적이면서 동아시아에 600종 가량의 어록이 존재하고 있음을 보고 놀라지 않을 수 없었다. 처음에는 가사와 선가의 연결고리를 확인하는 정도로 관심이 제한적이었으나, 한국의 불교문학 연구를 동아시아적 관점으로 다시 해석할 가능성을 발견하고 이에 천착하게 되었다. 본 연구의 시작 단계에서 한국연구재단의 신진연구자 지원으로 구상을 구체화할 수 있었음을 밝힌다.

이 책의 제1부는 이러한 배경에서 나온 몇 편의 글을 실었다. 대장경의 어록을 한국문학연구의 대상으로 활용하고자 한 글, 동아시아 선가를 발굴하고 한중일의 영향관계를 논한 글, 고려 말 선승들의 작품에서 구체적인 상호영향관계를 논한 글을 수록하였다. 이와 함께 향가와 경기체가 작품론도 함께 실었다. 균여의 문학사상에 대한 글은 오래 전에 작성된 것이어서 논의가 성글지만 별다른 수정 없이 수록하였다. 이들은 내용적 측면에서 동아시아 불교문학의 보편성과 특수성을 확인할 수 있는 텍스트이며, 한국의 고전시가를 동아시아적 시각으로 재해석할 수 있는 가능성을 내포하고 있기 때문이다.

제2부는 한국의 불교시가가 근대전환기에 보여준 역동적 대응의 양상을 고찰하여 수록하였다. 잡가에 나타난 근대성과 종교성, 1910년대 잡지에 나타난 전통시가 양식의 전변양상에 대한 논의를 수록하였고, 김문세의 창가와 회명의 가사작품을 발굴하여 한국 불교시가의 근대적 전개 양상을 살펴보았다.

이 책의 제1부와 제2부는 한국 불교시가의 중세와 근대의 전개양상을 대표적으로 보여주고자 하는 의도에서, 또한 저자의 최근의 관심영역을 정리한다는 점에서 함께 묶었다.

이곳 학술원은 학문적으로 열린 공간이어서 불교학, 역사학, 문학 분야의 다양한 연구자들이 함께 하고 있다. 이곳에서는 몇 개의 그룹을 지어서 한국 불교문헌자료의 발굴, 탈초, 입력, 번역, 편찬, 출판, 아카이브구축, 한문 독회 등을 진행하면서 자신의 연구세계를 구축해 나가고 있다. 필자의 게으름으로 다양한 성과를 모두 체화하지는 못하지만 한국시가에 대한 연구가 시론적 차원에서나마 동아시아 맥락으로 확장하게 된 것은 21세기 간경도감(刊經都監) 같은 본 학술원에서 함께 한 시간과 동학들 덕분이다.

특별히 감사를 드려야 할 분들이 있다. 학부에서부터 지금까지 늘 사표(師表)가 되시는 김영배·이종찬·임기중 선생님의 학덕을 기리며 여전한 후학 사랑에 깊이 감사드린다. 김종욱·김용태 교수는 본서의 내용 일부를 프로젝트로 구상하는 과정에서 많은 관심과 질정을 가해주셨다. 김상일·김기종 교수는 이 책의 주제에 대해 늘 함께 이야기하며 전공 영역을 확장해 온 지음(知音)들이다. 선가와 어록의 해석은 지금은 고전연구실 '뿌리와 꽃' 원장으로 있는 박상준 선생님과의 독회가 많은 도움이 되었다. 이분들의 호흡이 여러 행간에 담겨 있기에 실상 이 책은 이분들과 함께 한 공저라 할 수 있다. 다만 모든 오류는 필자의 책임이 될 것이다.

책을 펴내며 소명출판에 다시 한 번 신세를 지게 됐다. 지난 번 출판의 결과도 만족스럽지 않았을 터인데 이번에도 흔쾌히 수락해 주어 송구하고 감사한 마음이 교차한다. 박성모 대표, 공홍 편집장, 그리고 편집과 교정에 힘쓴 편집부에 감사드린다.

사랑하는 가족들, 특히 어머니와 남원에 계신 장인 장모님께 감사드리며 늘 건강하시길 빈다. 언제나 어리기만 할 것 같던 아이들이 어느덧 자라서 첫째는 입대하여 하늘을 지키고 있고, 둘째는 고3이 되어 진로 탐색에 여념이 없다. 공부하는 아빠를 둔 덕에 넉넉지 않은 가운데서도 당당하게 자라준 준수와 라연이가 고맙다. 남편의 꿈을 따라 흐르는 세월을 함께 해 온 아내에게 위로와 감사의 마음을 전하며 출판의 기쁨을 함께 하고 싶다.

2015년 9월

김종진

차례

책머리에   3

제1부 동아시아적 맥락

동아시아 불교계 어록 연구의 제언
비교문학적 연구를 위한 자료 제시

1. 불교문학 연구의 현 단계   15
2. 어록의 정의와 구성 및 분포   20
3. 어록 목록과 시대별 비교 대상—문화사의 관점에서   27
4. 중세 · 대장경 · 문학 연구   35
5. 비교문학적 연구의 가능성   39

균여의 문학사상과 향가 창작의 논리

1. 방편시학의 논거   42
2. 화엄학의 전통과 균여의 이사론(理事論)   43
3. 문학사상으로서의 이사무애(理事無碍)론   48
4. 『화엄경』의 논리와 향가의 유통   53
5. 의상 · 원효 문학론과의 관련 양상   57

균여가 가리키는 달
「보현십원가(普賢十願歌)」의 비평적 해석

1. 종교적 담론과 시적 자율성의 거리   61
2. 균여가 가리키는 달   64
3. 화엄시가의 표현 미학   86

동아시아 선가(禪歌)의 비교문학적 연구 서설
13·14세기 동아시아 문예사조로서 선가(禪歌)의 창작과 교류

1. 왜 선가(禪歌)인가?　94
2. 선가의 형식과 연원　98
3. 13·14세기 선가의 전개 양상　102
4. 중세 문예사조로서의 의의　129

동아시아 선가(禪歌)와 자국어 시가의 관련성
고려 말 가사 발생론을 포함하여

1. 비교문학적 연구의 현 단계　133
2. 상호 교류의 양상과 선가　136
3. 선가의 분포와 작가의 계보　140
4. 선가와 자국어 시가의 관련성　145
5. 후속 연구의 확장을 위하여　158

고려 말 나옹(懶翁) 선가(禪歌)의 동아시아적 연원
「백납가(百衲歌)」·「고루가(枯髏歌)」를 중심으로

1. 나옹 선가와 동아시아적 맥락　159
2. 옷의 형상화 방식 비교
　　—나옹 「백납가(百衲歌)」·중봉 「지오가(紙襖歌)」·만봉 「파의가(破衣歌)」　162
3. 몸의 형상화 방식 비교—나옹 「고루가(枯髏歌)」·중봉 「피대자가(皮袋子歌)」　181
4. 상호 관련성을 바라보는 시각　197

「태고암가(太古庵歌)」의 주제적 계보와 창작 의의
1. 태고의 선가와 동아시아적 맥락   199
2. 주제적 계보   201
3. 「태고암가」에 대한 석옥청공(石屋淸珙)의 평가와 의의   214

경기체가 「기우목동가(騎牛牧童歌)」의 구조와 문학사적 위상
1. 「기우목동가」 연구의 현황   218
2. 작자와 수록 문헌 생성의 경과   220
3. 「기우목동가」의 구조   226
4. 「기우목동가」의 문학사적 위상   240

제2부 근대적 전개

잡가의 종교성과 세속성
1. 잡가의 복합성을 어떻게 볼 것인가? 249
2. 잡가와 불교의 관련성―사당패와 「관염불」을 중심으로 252
3. 잡가와 무속의 관련성―서도잡가를 중심으로 266
4. 잡가의 재발견―종교와 오락의 경계와 전화 275

근대 불교시가의 전환기적 양상과 의미
『조선불교월보(朝鮮佛教月報)』를 중심으로

1. 매체의 혁신과 근대 불교시가 278
2. 『조선불교월보』의 성격과 편집자 280
3. 『조선불교월보』 국문시가의 전환기적 양상 286
4. 『조선불교월보』 국문시가의 시대적 의의 304

전통 시가 양식의 전변과 근대 불교가요의 형성
1910년대 권상로의 작품을 중심으로

1. 근대 불교가요사의 공백 306
2. 불교계 잡지와 근대 불교가요 309
3. 전통시가 양식의 전변 양상 312
4. 1910년대 근대 불교가요사의 복원 332
5. 권상로 창작 불교시가의 재평가 337

김문세(金文世)의 장편창가 「고려사가(高麗寺歌)」 연구

1. 유랑 망명객의 근대 시가를 발굴하며   339
2. 김문세의 삶의 복원   341
3. 「고려사가」의 창작 배경   344
4. 내용 구조와 문체적 특성   350
5. 역사적 사실과 문학적 형상화의 거리   357
6. 고려사 복원 운동과 연구 과제   363

근대 불교가사 창작의 한 흐름
회명 일승(晦明日昇)의 가사 발굴

1. 근대 불교가사의 발굴   365
2. 회명의 삶과 문집 구성   368
3. 회명 가사의 내용과 성격   372
4. 회명 가사의 문학사적 위상   383

참고문헌   387

제1부

/

동아시아적 맥락

동아시아 불교계 어록 연구의 제언

비교문학적 연구를 위한 자료 제시

1. 불교문학 연구의 현 단계

어록(語錄)은 선종(禪宗) 선사의 설법을 기록한 법어집이다. 그러나 실제적으로는 사상과 문학이 어우러진 복합 텍스트라 할 수 있다. 어록에는 해당 어록이 작성된 시기의 언어, 문학, 사상, 의례, 예술, 교류 맥락 등의 다양한 요소가 가미되어 있다는 점에서 문화복합체적 성격을 갖는다. 이러한 어록의 특성을 이해하고, 어록 연구를 통해 동아시아 중세 지식인들의 사유와 표현을 횡단하여 고찰하는 것은 한국문학 연구의 편폭을 넓히고, 동아시아 문학과 문화에 대한 이해를 깊게 할 수 있다. 이 글은 어록 자료의 소개를 통해 이 방면 연구의 길잡이 역할을 하는 것을 목적으로 한다.

문학 방면에서 어록과 밀접한 관련이 있는 것은 불교문학 연구일 것이다. 그동안 한국의 불교문학 연구는 그 성과가 양적으로 적지 않은 가운데 개별 작가에 대한 심도 있는 탐구가 지속되어 왔다. 그러나 획기적인 자료를 제시하거나, 문학사 맥락을 새롭게 복원하는 역동성을 드러내기에는 여전히 개척해야 할 분야가 많다.

한국의 불교문학 연구사를 약술하자면 그 기점은 1980년대로 거슬러 올라간다. 먼저 이종찬, 인권환 교수는 1980년대 초에 고려시대 선시를 대상으로 연구의 선편을 잡았고, 조동일 교수는 이러한 연구결과를 『한국문학통사』 기술에 적극 편입하였다. 이와 함께 조동일 교수는 비교문학적 연구를 진행하여 중세의 불교문학을 동아시아 문학사 연구의 영역으로 확장 편입하는 성과를 이루었다. 1990년대에 이진오 교수는 조선시대 불가 한문학에 대한 총체적인 접근을 시도하여 논의를 확산시켰고, 2000년대에 이르러 인권환 교수는 고려와 일본 오산시의 특성을 비교하면서 이 분야 후속 연구의 활성화를 기대하였다. 이외에도 최귀묵 교수는 베트남을 포함한 중세 시기의 불교문학에 대해 비교연구를 진행하였고, 저자는 동아시아 어록에 보이는 특정 장르에 대한 비교연구를 진행하였다.[1] 그동안의 연구 경향을 조망하면 고려시대에서 조선

---

1 이종찬, 『韓國의 禪詩―고려편』, 이우출판사, 1985.
　　인권환, 『高麗時代 佛敎詩의 研究』, 고려대 민족문화연구소, 1983.
　　이진오, 『한국불교문학의 연구』, 민족사, 1997.
　　조동일, 『동아시아문학사비교론』, 서울대 출판부, 1993.
　　조동일, 『하나이면서 여럿인 동아시아문학』, 지식산업사, 2003.
　　임기중, 『한국고전문학과 세계인식』, 역락, 2003.
　　최귀묵, 「충지 시에 나타난 민족의식에 대한 비교문학적 연구」, 서울대 석사논문, 1994.
　　인권환, 「高麗後期 禪詩 研究의 東亞細亞的 地平과 視角」, 『고전문학연구의 쟁점적 과제와 전망』, 월인, 2003a.
　　인권환, 「高麗 禪詩와 日本 五山詩의 比較 研究」, 『한국한문학연구』 31, 한국한문학회, 2003b.
　　김종진, 「동아시아 禪歌의 비교문학적 연구 서설―13·14세기 동아시아 문예사조로서 선가의 창작과 교류」, 『국어국문학』 158, 국어국문학회, 2011a.
　　김종진, 「고려 말 懶翁 禪歌의 동아시아적 연원에 대하여―「百衲歌」·「枯髏歌」를 중심으로」, 『한국시가연구』 31, 한국시가학회, 2011b.
　　김종진, 「태고암가의 주제적 계보와 창작 의의」, 『한민족문화연구』 42, 한민족문화학회, 2013.

시대로 나아가며, 한국문학사에서 동아시아문학사로 확장해 나가는 발전적인 경향을 보여주고 있다. 앞으로 한국문학사에서 불교문학이 가지고 있는 역할에 대한 탐색과 함께, 불교를 공유했던 동아시아 중세문학에 대한 상호교류와 변이의 양상을 살피며, 궁극적으로 동아시아문학사의 흐름 속에서 다시 한국문학사의 현상을 해석하는 방향으로 나아가는 것이 이 분야 연구의 미래이자 보람일 것이다.

그러나 불교문학 연구의 이러한 가능성에도 불구하고, 연구 대상 자료의 호한함, 거시적 흐름 속에서 맥락 파악의 난점, 그리고 학문외적 상황 등으로 인해 비교문학적 연구는 아직 개척할 부분이 많은 듯하다. 이렇듯 심화 단계로 진입한 불교문학 연구를 원활하게 하기 위해서는 연구 대상 목록을 확장하여 제시할 필요가 있다. 이 글은 한국문학연구, 특히 불교문학의 연구 대상과 시야를 확장하기 위해 대장경에 수록된 어록 목록을 소개하되, 우선 한국문학과 가장 밀접한 상호교류의 자취가 있는 13~16세기 어록을 중심으로 소개하고자 한다. 이 글은 어록에 대한 본격적인 연구는 아니다. 다만 자료의 제시를 통해 한국의 불교문학 연구가 동아시아 문학 연구로 확장되기를 기대하며, 개관에서 심화로, 소수 연구에서 다중의 복합연구를 향해 가는 과정에서 작은 디딤돌 역할을 하고자 한다.

한편 어록에 대한 연구는 문학연구의 경계를 넘어서는 일이다. 저자가 조사한 바에 따르면 어록은 중국 명·청대의 『가흥대장경(嘉興大藏經)』, 『건륭대장경(乾隆大藏經)』, 근대 일본의 『만속장경(卍續藏經)』, 『대정신수대장경(大正新修大藏經)』, 『선종전서(禪宗全書)』(중), 『한국불교전서(韓

國佛敎全書)』(한)에 462종 정도가 전하는 것으로 파악된다. 그리고 선승들의 시집, 문집이 『한국불교전서(韓國佛敎全書)』에 98종, 『오산문학전집(五山文學全集)』(일)에 36종이 수록되어 있다. 이를 합하면 모두 596종의 방대한 자료군이 된다.[2]

그동안 대장경에 들어있는 어록의 일부는 '선어록(禪語錄)'이라는 통칭으로 불교학, 특히 선학 연구자들에 의해 주목되어 왔으며, 중국 당송대 언어를 연구하는 중문학자들에 의해 음운, 어휘, 문법 등 어학적 연구가 진척되었다. 하지만 실상은 선의 황금시대인 당·송대 주요 선사의 어록이나 이후 선풍에 영향을 미친 몇몇 어록에만 관심이 집중되는 경향이 있다. 한중일의 문학사에서 어록이 의미 있게 존재하는 13~16세기의 어록과 어록군 전체를 대상으로 한 연구는 거의 없다 해도 과언이 아니다.[3] 이는 중국이나 일본도 마찬가지이며 한국에서는 더욱 그러하다. 더욱이 불교학 외의 역사, 철학, 문학 등 다른 분야로 눈을 돌리면 세계적인 문헌군인 이들 어록의 존재와 가치, 의미에 대한 거시적인 연구는 거의 눈에 띄지 않는다. 어록 자체에 대한 담론에서부터 개별 어록

---

2 이 글에서는 '법어로만 구성된 법어집' 및 '법어와 문학 양식이 결합된 법어집'을 '좁은 의미의 어록'이라 하고, 이러한 어록과 선승들의 시집, 문집을 포함한 것을 '넓은 의미의 어록'으로 규정한다. 이렇게 보면 이 글에서 말하는 어록은 ① 법어로만 구성된 것 ② 법어와 문학 양식이 결합된 것 ③ 시문집 등의 하위 구분이 가능하다. 이 글의 의도는 대장경과 관련 자료집 속의 문학 관련 자료를 최대한 제공하고 앞으로의 연구를 도출하고자 하는 것으로서, ①과 ②를 나누어 제시하지 않는다. ③은 『한국불교전서』와 『오산문학전집』의 자료가 해당되며 제명에 잘 드러나 있다. 어록의 구성에 대한 연구, 시대적 경향, 한 작가가 어록과 시문집을 동시에 남겼을 경우의 동시적 연구 등은 앞으로의 과제로 설정하고자 한다. 이에 대한 논의는 단순한 분류와 제시가 아닌, 각각의 내적 특질을 고찰하는 심화연구로 진행되어야 할 것으로 보기 때문이다.

3 개별 어록에 대한 해설 사전으로는 『佛書解說大辭典』 전14권(小野玄妙 편, 大東出版社, 1933)과 『大藏經全解說大事典』(鎌田茂雄 외, 雄山閣出版株式會社, 1998) 등을 참고할 수 있다.

간의 영향관계에 대한 연구가 필요한 시점이다.

어록 연구의 또 다른 이유는 대장경을 문화적으로 이해하고, 그 속살을 감성적으로 이해하는 데 있다. 동아시아인의 감성이 스며있는 어록에 대한 분석을 통해 사상적 텍스트로 굳어진 대장경이라는 틀에 균열을 낼 수 있다면 대장경학은 물론 대중적 인식의 확장에 매우 큰 역할을 할 것으로 기대한다. 서지학이나 불교학의 연구대상으로 한정된 대장경을 문화연구의 대상으로 확장할 필요가 있다. 이 글의 자료 제시가 특정 학문의 경계를 넘어서 문학, 예술 등 다양한 분야에서 동아시아 중세 문화의 동질성과 복합성을 재발견하는 데 활용될 것으로 기대한다.

그러나 이러한 의의를 지니고 있는 어록의 세계에 접근하고자 해도 자료의 접근이 어렵고, 양도 방대하여 현실적으로 어려운 측면이 있다. 따라서 본격적인 연구에 앞서, 혹은 병행하여 기본적 자료를 제시하는 것도 나름대로 의미가 있다고 생각한다. 2~3장에서는 예비적 고찰로서 어록에 대한 개괄적 소개와 자료 전체의 분포에 대해 약술하며, 4장에서는 13~16세기 어록의 목록과 비교연구 가능 대상을 제시하며, 5장에서는 문학연구 및 문화연구로서 어록이 가지는 가치와 연구 방향을 제시하고자 한다.

2. 어록의 정의와 구성 및 분포

1) 어록의 정의와 구성

어록(語錄)의 1차적 의미는 말 그대로 '구어를 기록한 문체'를 뜻한다. 그리고 여기에서 전이되어 동아시아 역대 선사들의 설법과 문답을 일상의 속어 그대로 기록한 책으로 통용되기도 한다. 기본적 이해를 위해 어록의 개념을 『불광사전』과 『한어대사전』에서 인용하면 다음과 같다.

(어록이란) 선종 조사들이 설법한 내용을 기록한 책이다. 선사들이 평일 설법할 때 화려한 수사에 힘쓰기보다는 대부분 통상적 속어로 종지를 직접 설하였는데, 그 시자나 따르는 제자들이 이를 기록하고 수집하여 책으로 펴낸 것을 어록이라 한다. 당나라 초기 육조 혜능(六祖慧能)의 법보단경(法寶壇經) 이후로 제방의 기록이 쌓여 점차 방대한 분량이 되었다. 오대(五代) 조송(趙宋) 이후로 선종의 총림 제도가 성립하자 이름 있는 선사들이 방장(方丈)으로 추대되었는데 당시 제도는 그 아래 반드시 서기를 두고 선사의 언행을 기록하는 직분을 맡기고 후에 이를 모아 어록을 편집하도록 하였다. 어록 가운데는 조사의 법어를 상세히 기록한 것이 있는데 이를 광록(廣錄)이라 하며, 중요한 부분만 기록한 것을 어요(語要)라 한다. 또한 한 개인의 법어를 모아 놓은 것을 별집(別集)이라 하며 여러 선사의 법어를 모아 놓은 것을 통집(通集)이라 한다. 어록이라는 말은 선림에서만 사용하는 것이 아

니라 선종 이외의 조사의 어록도 같은 이름으로 부른다. 송 이후 유교 도교 에서도 이를 따라 사용하는 자가 많았다. 어록의 내용 역시 점차 시게(詩偈) 와 문소(文疏) 등을 포괄하는 방향으로 나아갔다.[4]

불서가 처음 중국에 들어올 때 경률론(經律論)이 있었을 뿐 이른바 어록 이라는 것은 없었다. 달마가 서쪽에서 온 이후로 자칭 교외별전(敎外別傳) 직지심인(直指心印)을 표방하였는데 수 세대가 지나면서 불도들이 많아지 고 어록도 홍하게 되었다. (…중략…) 이외에도 송 유학자들이 강학을 할 때 문도들이 당시의 언사를 기록한 것을 역시 어록이라고 한다. 『송사(宋史)·예문지(藝文志) 4』에 정이(程頤), 유안세(劉安世), 사량좌(謝良佐), 장구성 (張九成), 윤돈(尹惇), 주희(朱熹) 등 제가(諸家)의 어록이 소개되어 있다.[5]

이상을 종합하면 첫째, 어록은 한 작가(선사)의 말을 기록한 글이라는 일반적인 의미를 지니며, '선사들의 설법을 담은 문헌'이라는 개념으로 사용되었다는 점. 둘째, 송대(宋代)에는 유교 도교의 대덕들의 언행을 기 록한 책도 어록이라 하는 등 확산되어 갔다는 점. 셋째, 어록의 내용은 처음에는 설법 위주였지만 점차 시문(詩文) 등을 포괄하는 방향으로 나 아갔다는 점 등을 확인할 수 있다.

야나기다 세이잔(柳田聖山)에 따르면 어록이라는 명칭이 불가의 문헌 에 최초로 기록된 것은 10세기 말이라고 한다. 중국 송대 초기에 편찬된

---

4 『불광대사전』, 불광출판사, 1989, '어록' 조.
5 『한어대사전』, 한어대사전출판사, 1991, '어록' 조.

『송고승전』에, "(조주의 / 황벽의) 어록이 있어 세상에 전해졌다"는 기록이 바로 그것이다.[6] 최현각, 김영욱에 따르면 어록의 성립은 선종 조사(祖師)라는 새로운 인간상의 출현과 깊은 관계가 있는데[7] 실제로 특수한 형식과 내용을 갖춘 문헌으로서 어록이 처음 만들어진 것은 8세기의 홍주종의 마조 도일(馬祖道一) 이후로 알려져 있다.

어록은 송대 이후에 매우 성행하여 선종 조사는 물론 교학승, 심지어 유교, 도교 측에서도 어록 형식을 모방하여 어록을 남기게 된다. 그러나 그 원류에 있어서나 내용의 방대함, 시대적 확장성, 지역적 확장성 등에서 여타의 어록은 불가의 어록에 견주기 어렵다. 어록은 특히 불교의 종파 중 선종에서 특히 활발하게 집성되었다. 특정한 교의경전이 없는 종파의 특성 상 조사들의 어록은 선종의 핵심을 전수하는 매우 중요한 위상을 점하게 되었기 때문이다. 또한 처음에는 온전하게 설법의 기록을 담고 있던 어록에 점차 다양한 내용이 결합되어 복합적 텍스트로 확장되어 갔음을 알 수 있다. 초기에 법어를 모아 놓은 사상적 담론의 텍스트에서 후대에는 게송, 찬시, 서간문, 기문 등이 포함되는 복합적 텍스트로 변화를 겪게 된 것이다. 바로 이 지점에서 어록은 이성과 논리의 텍스트에서 정서와 감성의 텍스트로 변화하며, 문학연구, 문화연구의 대상으로 확장되는 것이다.

어록에는 어떤 형식에도 제한 받지 않고 주고받은 일상생활의 문답

---

6 柳田聖山, 「語錄의 歷史」, 『東方學報』 57, 1985, 22~25쪽, 제11 「趙州從諗」과 제20 「黃檗希運」.
7 최현각, 『선어록산책』, 불광출판부, 2005, 31쪽; 김영욱, 「선어록의 세계」, 『정선 선어록』, 대한불교조계종간행위원회, 2009, 19쪽.

과 기연도 있고, 상당 소참 시중 등 일정하게 의례화된 전통성을 가지고 있는 것도 있다.[8] 어록에 보이는 법어는 그 상황이나 조건에 따라 다음과 같이 나누어진다.

- 입원(入院) : 새로 한 사원의 주지(住持)에 임명되어 그 사원에 들어가 설법하는 것.
- 상당(上堂) : 선사(禪師)나 주지(住持)가 설법하기 위해 법당에 올라간다는 의미. 상당에는 주지가 정해진 시간에 법당에 올라서 설법하는 정시(定時) 상당과 수시로 법당에 올라서 설법하는 수시 상당이 있다. 여기에서 수시 상당은 길흉화복, 천화(遷化), 고승의 내산(來山) 등의 일로 설법하는 것으로 이를 인사(因事)상당이라고 한다.
- 소참(小參) : 수시로 적당한 장소에서 간략하게 행하는 설법.
- 병불(秉拂) : 손에 불자(拂子)를 들었다는 뜻으로 선원의 한 수좌가 조실을 대신하여 불자를 들고 설법하는 것.
- 승좌(陞座) : 주지가 법당의 법좌(法座)에 올라 대중을 위해 설법하는 것. 송대(宋代) 무렵부터는 보설(普說)이라는 뜻으로 사용.
- 보설(普說) : 널리 정법을 설시(說示)한다는 뜻. 수행자에게 널리 가르침을 설하는 것. 상당(上堂)과 달리 필요에 따라 수시로 행하는 약식 설법으로서, 법의(法衣)를 착용하지 않는다.
- 시중(示衆) : 주지 혹은 선사가 대중에게 교법을 설함. 수시(垂示).

---

8   김영욱, 위의 책, 20쪽.

이상은 주로 설법의 상황과 내용을 담고 있는 형식적 틀이라 할 수 있다. 물론 위에서 제시한 표제는 개별 어록에는 선택적으로 제시되어 있어 동일하지 않다. 또 어록에는 앞서 소개한 것처럼 구어 법문 외에도 다양한 양식의 글감들이 수록되어 있는 경우가 대부분이다. 서간문, 기문(記文), 찬시(讚詩), 가(歌), 전(傳), 수증시, 오도송, 전법게, 열반송 등 다양한 형식을 통해 선승들이 향유했던 문학세계가 이곳에 펼쳐져 있다. 지역에 따라서는 발원문, 상량문이 많은 비중을 차지하는 경우도 있고, 후대에는 자국어 시가가 수록되어 있는 경우도 있다. 이처럼 시대나 작가, 지역에 따라 다양한 편차를 보여주고 있어, 어록의 세계는 단일하지 않다. 어록의 다면적 접근이 필요한 이유이다. 또 불가의 어록에는 동아시아 삼국 간의 사상, 문화의 교류 양상이 반영되어 있고, 비슷한 형태를 유지하면서도 자국의 문화와 접맥되는 과정에서 다양하게 활용되는 확장성을 띠고 있어 그 전모의 파악은 매우 중요하다 하겠다.

2) 어록의 분포

현재 전해지는 어록군 전체는 총 596종으로 중국 420종, 한국 103종, 일본 73종이다. 현황을 표로 제시하면 다음 쪽과 같다.

중국의 어록은 가흥대장경에 220종, 건륭대장경에 9종, 만(卍)속장경에 165종, 대정신수대장경에 22종, 선종전서에 4종으로 총 420종이 있다. 당, 송대 이후에도 원, 명, 청대에 이르기까지 지속적으로 어록의 편찬이 이루어진 것을 알 수 있다.

<표 1> 어록의 기본 현황

	중국	한국	일본	총계
『가흥대장경』	220	·	·	220
『건륭대장경』	9	·	·	9
『卍속장경』	165	·	·	165
『대정신수대장경』	22	·	37	59
『선종전서』(중)	4	·	·	4
『한국불교전서』(한)	·	103	·	103
『오산문학전집』(일)	·	·	36	36
합계	420	103	73	596

* 중복 수록의 경우 『卍속장경』과 『대정신수대장경』 수록분으로 계상함.

<표 2> 왕조의 구분

	중국	한국	일본
8~12세기	당송~오대	통일신라~고려전기	나라~헤이안
13~14세기	남송(1127~1280) 원(1260~1370)	고려(918~1392)	카마쿠라 시대(1192~1333)
15~16세기	명(1368~1644)	조선전기(1392~1592)	무로마치 시대(1338~1573)
17~19세기	청(1616~1911)	조선후기(1592~1910)	에도 시대(1603~1867)

<표 3> 어록이 수록된 대장경과 시기별 분포

시기	가흥 대장경	건륭 대장경	卍 속장경	신수 대장경	선종 전서	한국 불교전서	오산 문학전집	총계
8~12세기	당송 3종	·	당송 85종	당송 22종	당대 1종	·	·	111
13세기	·	·	남송 44종	일본 10종	·	고려 6종	·	60
14세기	원대 3종	·	원대 19종	일본 17종	원대 1종	고려 4종	일본 25종	69
15~16세기	명대 34종	명대 4종	명대 10종	일본 3종	·	조선전기 9종	일본 11종	71
17~19세기	청대 180종	청대 5종	청대 7종	일본 7종	청대 2종	조선후기 84종	·	285
합계	220	9	165	59	4	103	36	596

한국의 경우 고려대장경에는 어록이 수록되지 않았고[9]『한국불교전서』에 어록이라는 제명을 가진 5종의 문헌과, 넓은 의미의 어록에 포함시킬 수 있는 문집형태의 자료 98종이 전해지고 있다. 고려에서 어록이 출현한 시기는 고려 중기에서 말기에 이르는 13 · 14세기인데, 진각 혜심(眞覺慧諶), 백운 경한(白雲景閑), 태고 보우(太古普愚), 나옹혜근(懶翁惠勤), 함허 기화(涵虛己和)의 어록 5종이 전한다. 조선시대에 들어와서는 어록보다는 '○○集'이라는 문집 형태로 주로 편찬되었다.[10] 이는 선승들의 문학 창작이 당시 지배층인 유학자의 영향을 인식하지 않을 수 없었던 조선의 특수한 상황에 기인하는 것으로 보인다.

일본에서 간행한 대정신수대장경에는 중국의 어록과 함께 일본에서 편찬된 어록이 수록되어 있고, 이와 별도로『오산문학전집』에 이 시기 선사들의 시문집이 수록되어 있다. 현재 전하는 자료로는 대정신수대장경에 37종, 오산문학전집에 38종으로 총 75종이 파악된다. 일본의 한문학사는 나라 · 헤이안 시대, 가마쿠라 후기에서 무로마치 시대, 에도 시대 등 세 시기로 나누어지며, 이중 가마쿠라에서 무로마치 시대의 문학은 오산문학(五山文學)이라는 이름으로 널리 알려져 있다. 이 시기에는 송말 원초에 중국 강남에 주석하던 여러 선사들이 일본에 건너가 선종, 특히 임제종의 종지를 전승하였고, 일본 막부에서는 이들을 중용하여

9　거란과 고려에서 만들어진 대장경에는 선서(禪書)를 제외하고 있는데 이는 당시의 시대적 경향과 풍조를 반영한 것으로 추정하고 있다(지창규, 「대장경과 교판」, 『전자불전』 10, 전자불전연구소, 2008, 17쪽).

10　예외적으로 조선후기에 無竟子秀(1664~1737)는 『無竟室中語錄』을 남겼다. 이를 포함하면 '어록' 표제의 문헌은 6종이 된다.

사상적 지표로 삼고자 했으며, 그 영향으로 일본의 독특한 문화가 만개하게 된다. 다도, 정원, 노[能], 서도, 바둑, 하이쿠 등 다양한 영역에서 보여주는 절제의 미학이 바로 이때 수입된 선풍과 일본의 미의식이 접합되어 형성된 것으로 알려져 있다.[11] 일본에서도 200명 이상의 선사들이 원나라에 유학하여 선지를 습득하고 귀국하였는데, 이로 인해 일본에서도 한문학의 수준이 높아졌고, 이들의 영향으로 형성된 오산 선림에서 많은 작가가 배출되었다. 결국 일본 중세 한문학의 경우 선종의 영향을 크게 받았고 이들이 남긴 넓은 의미의 어록은 오산문학 연구의 가장 기본적인 텍스트가 된다.

3. 어록 목록과 시대별 비교 대상 — 문화사의 관점에서

동아시아 중세[12]의 공통적 특성 중의 하나는 한문이라고 하는 공동문어와 불교라고 하는 보편종교의 공유와 확산이다. 즉 중세의 '동아시아 문화권'은 한문 텍스트와 불교를 축으로 한 문화적 동질성을 형성하였고 활발한 교류와 소통을 통해 다양한 결과물들을 생성하였으며 '하나

---

11 서영애, 『일본문화와 불교』, 동아대 출판부, 2003, 173~256쪽.
12 동아시아의 중세는 나라와 연구자별로 시대구분의 기준이나 동질이 다르다. 넓게는 7세기부터 16세기까지를 포괄하기도 하는데, 대체로 10~14세기를 중심으로 한다고 할 수 있다.

이면서 여럿'인 문명의 특성을 창출한 것이다.

이 글에서 대상으로 하는 13~16세기를 불교문화사적 측면에서 개괄하면, 당나라 이후 동아시아 각국의 문화 교류가 가장 활발했던 원의 세계체제 성립을 기점으로 하고, 청에 의한 중화질서의 격변과 근세 동아시아 체제의 성립 이전까지를 도착점으로 한다. 나라별로 보면 중국의 남송~원·명, 한국의 고려~조선전기, 일본은 가마쿠라~무로마치 시대가 이에 해당한다. 이 시기는 선종이 개화한 당·송대에 정형화되었던 불교문화와 선종 가풍이 한국, 일본의 동아시아 전역으로 확산되고 선종이 보편적 문화코드로 정착된 때였다. 한국과 일본에 어록이 처음 등장한 것도 13세기 이후 다시 활성화된 인적 교류와 불교전적의 유통에 기인하는 현상이다. 또한 13~16세기는 각국이 동아시아 보편의 문화코드를 현지화, 토착화하여 자국의 독특한 문화를 창출한 시기이기도 하다. 즉 이 시기는 동아시아 문화권의 공통분모와 지역별 특성을 함께 조망할 수 있는 보편과 특수가 교차하는 시기로서 의의가 있으며, 어록의 체제와 내용에서도 이러한 양상을 확인할 수 있을 것으로 기대한다.

자료를 13세기, 14세기, 15·16세기로 나누어 제시하면 다음과 같다.

1) 13세기 - 동아시아 불교문화의 교류와 재편

13세기는 중국이 정치적으로 남북국으로 나누어지고 통일되는 시기로서, 정치적 재편의 시기이자 사상 문화적 교류가 재점화되는 시기라 할 수 있다. 이는 당송 시대의 사상적 교류가 이제는 원의 통일이라는

<표 4> 어록 목록(13세기)

13세기 목록	
『卍속장경』 중국 남송대 어록 44종	
1. No.1355 無門慧開禪師語錄　송(1183~1260)	23. No.1384 絶岸可湘禪師語錄　송원(1206~1290)
2. No.1361 濟顚道濟禪師語錄　(1150?~1209)	24. No.1385 樵隱悟逸禪師語錄
3. No.1363 西山亮禪師語錄	25. No.1386 石田法薰禪師語錄　송
4. No.1364 率菴梵琮禪師語錄	26. No.1387 劍關子益禪師語錄　송
5. No.1365 北磵居簡禪師語錄　송(1164~1246)	27. No.1388 環溪惟一禪師語錄　송원(1202~1281)
6. No.1366 物初大觀禪師語錄　송(1201~1268)	28. No.1389 希叟紹曇禪師語錄　원
7. No.1367 笑隱大訢禪師語錄　(1284~1344)	29. No.1390 希叟紹曇禪師廣錄
8. No.1368 偃溪廣聞禪師語錄　남송(1189~1263)	30. No.1391 西巖了慧禪師語錄　송(1198~1262)
9. No.1369 大川普濟禪師語錄　송(1179~1253)	31. No.1392 月磵禪師語錄　원
10. No.1370 淮海原肇禪師語錄　송(1200년대 중반)	32. No.1393 平石如砥禪師語錄　원
11. No.1371 介石智朋禪師語錄	33. No.1394 斷橋妙倫禪師語錄　남송(1201~1261)
12. No.1372 無文道燦禪師語錄　송(?~1271)	34. No.1395 方山文寶禪師語錄
13. No.1374 龍源介淸禪師語錄　원초(1239~1301)	35. No.1396 無見先覩禪師語錄　원
14. No.1375 曹源道生禪師語錄　남송(?~?)	36. No.1397 雪巖祖欽禪師語錄　송원(1215~1287)
15. No.1376 痴絶道冲禪師語錄　송(1169~1250)	37. No.1429 天童如淨禪師語錄　송(1163~1228)
16. No.1377 松源崇嶽禪師語錄　남송(1132~1202)	38. No.1430 天童如淨禪師續錄　상동
17. No.1378 無明慧性禪師語錄	39. No.1400 高峰原妙禪師語錄　남송원(1238~1295)
18. No.1379 運菴普巖禪師語錄　남송(1115~1169)	40. No.1404 兀菴普寧禪師語錄　송원(?~1276)
19. No.1380 虛堂智愚禪師語錄　남송(1185~1269)	41. No.1405 石溪心月禪師語錄　송
20. No.1381 破菴祖先禪師語錄　남송(1136~1211)	42. No.1406 石溪心月禪師雜錄
21. No.1382 無準師範禪師語錄　남송(1178~1249)	43. No.1407 虛舟普度禪師語錄　남송원(1196~1277)
22. No.1383 無準和尙奏對語錄　상동	44. No.1408 卽休契了禪師拾遺集
『한국불교전서』 고려시대 어록 6종	**『대정신수대장경』 일본 어록 10종**
1. 大覺國師文集 義天(1055~1101)	1. No.2544 聖一國師語錄 聖一國師 (1202~1280)
2. 曹溪眞覺國師語錄 慧諶 (1178~1234)	2. No.2545 寶覺禪師語錄 東山湛照(1231~1291)
3. 無衣子詩集 慧諶(1178~1234)	3. No.2546 佛照禪師語錄 白雲慧曉(1223~1297·8)
4. 萬德山白蓮社第二代精明國師後集 天因(1205~1248)	4. No.2547 大覺禪師語錄 蘭溪道隆(1213~1278)
5. 萬德山白蓮社第四代眞靜國師湖山錄 天頙(13세기 초)	5. No.2548 圓通大應國師語錄 南浦紹明(1235~1309)
6. 海東曹溪第六世圓鑑國師歌頌 冲止(1226~1292)	6. No.2549 佛光國師語錄 無學祖元(1226~1286)
	7. No.2550 圓鑑國師語錄 藏山順空 (1233~1308)
	8. No.2551 佛國禪師語錄 高峰顯日(1241~1316)
	9. No.2552 南院國師語錄 規庵祖圓(1261~1313)
	10. No.2553 一山國師語錄 一山一寧 (1247~1317)

새로운 중세질서의 흐름 속에서 다시 중세후기의 모습으로 복원되는 의미가 있으며, 중세 전기의 독자적 문화 전통과 중세 후기의 보편문화가 접맥되는 의의를 지닌다.

13세기 자료로는 중국 남송 대의 어록 44종, 고려 어록 6종, 일본 가마쿠라시대 어록 10종이 전한다. 고려의 경우 대각 의천(大覺義天, 1055~1101), 진각 혜심(眞覺慧諶, 1178~1234), 정명 천인(精明天因, 1205~1248), 진정 천책(眞靜天頙, 13세기 초), 원감 충지(圓鑑冲止, 1226~1292) 등의 어록(문집 포함)이 있다. 수선사(修禪社) 계열의 임제종 선사인 의천, 혜심, 충지와, 백련사(白蓮社) 계열의 천태종 계열 승려인 천인, 천책의 어록이 이에 해당한다. 이들 어록과 동시대 남송, 일본 어록 사이의 연관성은 아직 밝혀진 바가 없으나, 일본과 동 시대에 처음 등장하는 것을 보면 문화적으로 유의미한 관련성이 있을 것으로 보인다. 이 시기 중국 송, 남송대 선사의 어록으로는 천동 여정(天童如淨, 1163~1228), 올암 보녕(兀菴普寧, ?~1276), 설암 조흠(雪巖祖欽, 1215~1287), 고봉 원묘(高峰原妙, 1238~1295)의 어록 등이 있다. 이들은 임제종 계열의 승려들로서 한중일 삼국의 임제종 맥에서 상당한 위상을 가지고 있으며 상호 영향관계가 크다. 일본에서는 이 시기 남송에서 일본으로 들어간 선사들에 의해 어록이 등장하게 되는데, 무학 조원(無學祖元, 1226~1286), 일산 일녕(一山一寧, 1247~1317) 등의 어록이 주목된다. 거명하지 않은 어록까지 포함하여 한중일 어록의 비교가 필요할 것으로 본다.

2) 14세기 - 동아시아 불교문화의 확산과 심화

〈표 5〉 어록 목록(14세기)

14세기 목록	

『가흥대장경』 중국 원대어록 3종
  1. No.B273 千巖和尙語錄 원(1284~1357)
  2. No.B491 天宁法舟濟禪師剩語 미상(14세기)
  3. No.B492 萬峰和尙語錄 원(1303~1381)
 	
『선종전서』 중국 원대어록 1종
  1. 제48책, 天目中峰和尙廣錄 원(1263~1323)
 	
『卍속장경』 중국 원대어록 19종
  1. No.1398 海印昭如禪師語錄 원(1246~1312)
  2. No.1399 石屋清珙禪師語錄 원(1272~1352)
  3. No.1402 天目明本禪師雜錄 원(1263~1323)
  4. No.1403 天如惟則禪師語錄 원(1303~1373)
  5. No.1409 月江正印禪師語錄 원(1200후반~1300전반)
  6. No.1410 曇芳守忠禪師語錄 원
  7. No.1411 橫川行珙禪師語錄
  8. No.1412 古林清茂禪師語錄 원(1262~1329)
  9. No.1413 古林清茂禪師拾遺偈頌 상동
  10. No.1414 了菴清欲禪師語錄 원(1288~1363)
  11. No.1415 穆菴文康禪師語錄
  12. No.1416 恕中無慍禪師語錄 원명(1309~1397)
  13. No.1417 了堂惟一禪師語錄 송원(1202~1281)
  14. No.1418 呆菴普莊禪師語錄 명초(1347~1403)
  15. No.1419 元叟行端禪師語錄 원(1254~1341)
  16. No.1420 楚石梵琦禪師語錄 원명(?~1370)
  17. No.1421 愚菴智及禪師語錄 원명(1311~1378)
  18. No.1422 南石文琇禪師語錄 명(1345~1418)
  19. No.1431 雲外雲岫禪師語錄 원(1242~1324)
 	
『한국불교전서』 고려후기 어록 4종
  1. 白雲和尙語錄 景閑(1299~1375)
  2. 太古和尙語錄 普愚(1302~1382)
  3. 懶翁和尙語錄 惠勤(1320~1376)
  4. 懶翁和尙歌頌 惠勤(1320~1376)
	『대정신수대장경』 일본 어록 17종
	  1. No.2554 竺僊和尙語錄 竺仙梵僊 (1292~1348)
	  2. No.2555 夢窓國師語錄 夢窓疎石 (1275~1351)
	  3. No.2556 義堂和尙語錄 義堂周信 (1325~1388)
	  4. No.2557 閻浮集 鐵舟德濟 (?~1366)
	  5. No.2558 鹽山拔隊和尙語錄 拔隊得勝(1327~1387)
	  6. No.2559 無文禪師語錄 無文元選 (1323~1390)
	  7. No.2560 知覺普明國師語錄 春屋妙葩(1312~1388)
	  8. No.2561 絶海和尙語錄 絶海中津 (1334~1405)
	  9. No.2562 常光國師語錄 空谷明應 (1328~1407)
	  10. No.2563 大通禪師語錄 愚中周及 (1323~1409)
	  11. No.2564 永源寂室和尙語錄 寂室元光(1290~1367)
	  12. No.2566 大燈國師語錄 宗峯妙超(1282~1337)
	  13. No.2567 徹翁和尙語錄 徹翁義享(1295~1369)
	  14. No.2591 義雲和尙語錄 義雲 (1253~1333)
	  15. No.2592 通幻靈禪師漫錄 通幻寂靈(1322~1391)
	  16. No.2593 實峰禪師語錄 實峯良秀 (1318~1405)
	  17. No.2594 普濟和尙語錄 普濟善救 (1347~1408)
	
	『오산문학전집』 일본 어록(문집) 25종
	  1. 東歸集 天岸慧廣(1273~1335)
	  2. 濟北集 虎關師錬(1278~1346)
	  3. 鈍鐵集 鐵菴道生(1262~1331)
	  4. 禪居集·雜著 清拙正澄(1274~1339)
	  5. 岷峨集·雪村大和尙行道記 (太清宗渭) 雪村友梅(1290~1346)
	  6. 明極楚俊遺稿 明極楚俊(1262~1336)
	  7. 夢窓明極唱和篇 상동
	  8. 了幻集 古劍妙快(?~?)
	  9. 業鏡台 心華元棣(?~?)
	  10. 松山集 龍泉令淬(?~1364)
	  11. 天柱集 竺仙梵僊(1292~1348)
	  12. 南游集 別源圓旨(1294~1364)
	  13. 東歸集 別源圓旨(1294~1364)
	  14. 早霖集 夢巖祖應(?~1374)
	  15. 東海一漚集 中巖圓月 (1300~1375)
	  16. 東海一漚集別集 상동
	  17. 東海一漚餘滴 상동
	  18. 若木集 此山妙在(1296~1377)
	  19. 若木集拾遺 상동
	  20. 若木集附錄 상동
	  21. 隨得集 龍湫周澤(1308~1388)
	  22. 性海靈見遺稿 性海靈見 (1315~1396)
	  23. 閻浮集 鐵舟德濟(?~1366)
	  24. 空華集 義堂周信(1325~1388)
	  25. 蕉堅稿 絶海中津(1336~1405)

14세기는 원 제국의 건설에 따라 중세 체제가 견고하게 유지되면서 동아시아 삼국 사이에 물적, 문화적 교류가 난만하게 꽃을 피운 시기다. 중국 원대 어록 23종, 고려시대 어록 4종, 가마쿠라시대 어록 42종이 전한다.

고려의 경우 백운 경한(白雲景閑, 1299~1375), 태고 보우(太古普愚, 1302~1382), 나옹혜근(懶翁惠勤, 1320~1376)의 어록이 있는데, 이들은 원나라에 직접 유학을 다녀온 국제 인으로서 고려 말 임제종을 새롭게 정립한 선사들이다. 이들에 의해 문화적인 측면에서도 깊은 교류가 진행된 것으로 추정된다. 동 시대 원나라의 선사로는 천목 중봉(天目中峰, 1263~1323), 석옥 청공(石屋淸珙, 1272~1352), 천암 원장(千巖元長, 1284~1357), 천여 유칙(天如惟則, 1303~1373), 만봉 시울(萬峰時蔚, 1303~1381) 등이 대표적이다. 이들은 당시 고려와 일본의 선사들이 유학 와서 법통을 잇고자 하는 열풍이 있어 국제적인 명성과 영향력을 행사하였다. 또한 이들 어록 일부는 일본에서 간행된 것도 있을 정도로 어록을 통한 사상, 문화의 교류는 매우 직접적이었다 할 수 있다. 동시대 일본의 선사로는 명극 초준(明極楚俊, 1262~1336), 청졸 정징(淸拙正澄, 1274~1339), 몽창 소석(夢窓疎石, 1275~1351), 설촌 우매(雪村友梅, 1290~1346), 축선 범선(竺仙梵僊, 1292~1348), 중암 원월(中巖圓月, 1300~1375), 의당 주신(義堂周信, 1325~1388), 절해 중진(絶海中津, 1336~1405) 등이 대표적이다. 이들 가운데는 원의 도래승, 원에 유학한 일본승이 있으며, 이들을 중심으로 일본 오산문학이 꽃을 피운 시기가 바로 14세기이다. 따라서 선사들 간의 직간접적인 교류의 복원과 함께 어록에 대한 상호 비교가 필요할 것으로 보인다.

3) 15 · 16세기 – 동아시아 불교문화의 지역별 전개

〈표 6〉 어록 목록(15 · 16세기)

15 · 16세기 목록	
『가흥대장경』 중국 명대 어록 34종	**『한국불교전서』 조선전기 어록 9종**
1. No.A158 密雲禪師語錄(1566~1642)(명 圓悟)	1. 涵虛堂得通和尙語錄 己和(1376~1433)
2. No.B154 松隱唯菴然和尙語錄(명德然)	2. 碧松堂埜老頌 智儼(1464~1534)
3. No.B155 無趣老人語錄(명 如空)	3. 虛應堂集 普雨(1515~1565)
4. No.B156 無幻禪師語錄(명 性冲)	4. 懶庵雜著 普雨(1515~1565)
5. No.B159 天眞毒峰善禪師要語(1卷)(명 本善記 悟深編)	5. 淸虛堂集 休靜(1520~1604)
6. No.B163 古庭禪師語錄輯略(명 善堅)	6. 靜觀集 一禪(1533~1608)
7. No.B171 天隱和尙語錄(1575~1635)(명 圓修)	7. 映虛集 海日(1541~1609)
8. No.B173 壽昌無明和尙語錄(명 慧經)	8. 浮休堂大師集 善修(1543~1615)
9. No.B174 天界覺浪盛禪師語錄(명 道盛)	9. 四溟堂大師集 惟政(1544~1610)
10. No.B175 大潙五峰學禪師語錄(명 如學)	
11. No.B178 費隱禪師語錄(명 通容)	**『대정신수대장경』 일본어록 3종**
12. No.B185 浮石禪師語錄(명 通賢)	1. No.2568 雪江和尙語錄 雪江宗深(1408~1486)
13. No.B186 林野奇禪師語錄(명 通奇)	2. No.2569 景川和尙語錄 景川宗隆(1425~1500)
14. No.B188 入就瑞白禪師語錄(명 明雪)	3. No.2573 西源德芳和尙語錄 特芳禪傑(1419~1506)
15. No.B189 三宜盂禪師語錄(명 明盂)	
16. No.B191 象田即念禪師語錄(명 净現)	**『오산문학전집』 일본 어록(문집) 11종**
17. No.B198 雪關禪師語錄(명 智誾)	1. 峨眉鴉臭集 太白眞玄(?~1415)
18. No.B199 雪關和尙語錄(명 智誾)	2. 草餘集 愚中周及(1323~1409)
19. No.B208 古雪哲禪師語錄(명 眞哲)	3. 雲墅猿吟 惟忠通恕(1349~1429)
20. No.B222 夔州臥龍字水禪師語錄(명 圓㟼)	4. 懶室漫稿 仲方圓伊(1354~1413)
21. No.B238 聚雲吹萬眞禪師語錄(명 廣眞)	5. 南游稿 愕隱惠奫(1357~1425)
22. No.B239 吹萬禪師語錄(명 廣眞)	6. 眞愚稿 西胤俊承(1358~1422)
23. No.B240 慶忠鐵壁機禪師語錄(명 慧機)	7. 不二遺稿 岐陽方秀(1361~1424)
24. No.B241 慶忠鐵壁機禪師語錄(명 慧機)	8. 竹居淸事 翺之惠鳳(?~1465頃)
25. No.B242 鐵眉三巴掌禪師語錄(명 鐵眉号三巴掌)	9. 竹居西游集 翺之惠鳳(?~1465頃)
26. No.B275 興善南明廣禪師語錄(명 慧廣)	10. 投贈和答等諸詩小序 翺之惠鳳(?~1465頃)
27. No.B281 壇溪梓舟船禪師語錄(명 船)	11. 翰林葫蘆集 景徐周麟(1440~1518)
28. No.B299 三峰藏和尙語錄(명 法藏)	
29. No.B300 朝宗禪師語錄(명 通忍)	
30. No.B311 天界覚浪盛禪師全錄(명 道盛)	
31. No.B312 天界覺浪盛禪師嘉禾語錄(명 道盛)	
32. No.B366 大方禪師語錄(명 行海)	
33. No.B406 廬山天然禪師語錄(명 函昰)	
34. No.B407 千山剩人禪師語錄(명 函可)	

『건륭대장경』 중국 명대 어록 4종
 1. No.1637 幻有傳禪師語錄 명(1549~1614)
 2. No.1638 雪嶠信禪師語錄 명(1571~1647)
 3. No.1639 天隱修禪師語錄 명말(?~1635)
 4. No.1640 密雲怡禪師語錄

『卍속장경』 중국 명대 어록 10종
 1. No.1432 無明慧經禪師語錄 명(1548~1618)
 2. No.1433 晦臺元鏡禪師語錄 명(1577~1630)
 3. No.1434 見如元謐禪師語錄 명
 4. No.1435 無異元來禪師廣錄 명(1575~1630)
 5. No.1436 博山無異大禪語錄集要 상동
 6. No.1444 湛然圓澄禪師語錄 명(1561~1626)
 7. No.1452 紫柏尊者全集 명말
 8. No.1453 紫柏尊者別集 명말
 9. No.1454 雲谷和尙語錄
 10. No.1456 憨山老人夢遊集 명(1546~1623)

15·16세기는 원명(元明)의 교체, 고려와 조선의 교체가 진행된 격변기였다. 이러한 정치적 상황 변화로 인해 이전 시기에 보여준 불교계의 활발한 접촉에 의한 동아시아 문화 공동체는 유지되기 어려워졌다. 이 시기는 불교 공동체에서 유교 이념에 따른 새로운 공동체로 변화되어 간 시기다. 이 시기에는 중국 명대 어록 48종, 조선전기 어록(문집) 9종, 일본 무로마치시대 어록(문집) 14종이 전한다. 조선의 경우 함허당 기화(涵虛堂 己和, 1376~1433)의 어록, 허응당 보우(虛應堂普雨, 1515~1565), 청허당 휴정(淸虛堂休靜, 1520~1604), 부휴당 선수(浮休堂善修, 1543~1615) 등의 문집이 간행되었다. 함허당의 경우 이전시기의 어록이라는 설법집을 그대로 유지했으나, 함허당 이후에는 문집 형태로 변화되었다. 그럼에도 명대에는 여전히 어록이라는 이름으로 다수 간행된 것을 알 수 있다. 일본의 경우에도 어록이라는 이름으로 3종이 전하고 문집형태로 11종

이 전하고 있어, 이전시기 어록의 '황금시대'와 그 상황이 매우 다름을 확인할 수 있다. 이 시기 한중일의 선사의 직접적인 교류가 어려웠고, 이미 사상적 주도권을 유학, 성리학으로 빼앗긴 상황이어서 선사들간의 사상적, 문화적 소통은 찾아보기 어려워졌다. 따라서 이 시기는 동아시아 불교문화가 지역별로 독립적으로 전개되는 양상을 보여주며, 이때 등장하는 어록을 통해 상호 공통성을 찾는 것보다는 상호 독립적으로 전개되는 양상을 비교하는 맥락으로 초점이 달라져야 할 것이다.[13] 어록이라는 생명체는 이처럼 시기적으로 서로 다른 모습으로 전체상을 보여주고 있는 것이다.

4. 중세 · 대장경 · 문학 연구

중세는 각 문명권별로 공동문어와 보편종교가 문화적 동질성을 형성하는 기본 축이 된 시기이다. 또 양자가 결합되고 활발한 교류와 소통에 힘입어 다양한 문화적 결과물들이 산출된 시기이다. 동아시아에서는 한문과 불교가 결합하여 다양한 결과물들이 산출되었고, 각국의 활발한 소통과 교류 속에서 '하나이면서 여럿'인 동아시아 불교문화를 파생

---

[13] 물론 소원해져 가는 한중일의 불교적 교류에도 불구하고 시대적으로 공통되는 사상적 흐름은 있었을 것으로 추정된다.

시켰다.[14] 이러한 불교문화의 결과물이 집성되어 있는 그릇이 바로 대장경(大藏經)이다. 따라서 대장경은 동아시아 중세문화를 이해하는 매우 중요한 관문 역할을 하는 세계적 문헌군이며, 한중일 문화의 동질성과 각국으로 파생되는 양상을 견주어 볼 수 있는 통로가 된다.

어록이 담겨 있는 대장경은 '천 년을 담는 그릇'이라 한다. 대장경에 수록된 어록을 사상적 맥락에서만 가치를 규정하는 것은, 우리 학계가 분과적 풍토에 익숙해져 있는 것도 한 이유이겠지만, 기본적으로 중세문화에 접근하는 다양한 학문 영역의 전공자들이 그 내부로 들어가는 문이 없었다는 데 기인한다. '장(藏)'이 곧 감추는 그릇이 되어 버린 학계의 현실에서 천년을 담은 '그릇'에 집착하지 않고 '담은' 음식을 직접 맛을 보고 씹어서 자신의 학문적 자양분으로 삼도록 유도하는 것은 대장경 연구의 측면에서도 중요한 일이다.

이처럼 중세 동아시아 불교문화의 총화라 할 수 있는 대장경에는 각국에서 창출한 많은 어록이 수록되어 있는데 이들은 동아시아 각국 문화의 보편성과 특수성을 반영하는 소중한 자료적 가치가 있다. 한편으로 생각하면, 호한한 대장경의 내용 중에서 시대적 삶을 사는 특정한 공간적 존재로서 한 개인의 개성이 표출되며, 이성과 논리의 영역을 넘어 정서와 감성이 담겨있는 거의 유일한 텍스트가 어록이라는 점에서, 어록은 감성의 측면을 의미 있게 다루는 다양한 문화의 전공자들에게 대장경에 이르는 하나의 통로로 활용될 수 있을 것이다.

---

14 조동일, 『하나이면서 여럿인 동아시아문학』, 지식산업사, 2003. 86쪽.
    임기중, 「동아세아 불교문학 연구의 의미」, 『한국고전문학과 세계인식』, 역락, 2003, 446쪽.

그런데 이들 자료는 지금까지는 특정 전공영역에 국한하여 연구되는 경향이 있고, 또 일부 영역에서는 자국의 자료에 국한하여 연구를 진행하는 경향도 발견된다. 이 글의 대상인 어록은 이미 불교학계에서는 선어록(禪語錄)이라는 이름으로 연구되고 있는 것이다. 그러나 당송 시대의 대표적인 어록을 제외하고 선종사에서 주류가 아니거나 이름이 알려져 있지 않은 많은 작가(선사)들의 어록에 대해서는 별다른 주목을 하지 않고 있다. 특히 시기적으로 당송시대를 넘어서 원, 명 시대에 산출된 어록의 경우에는 연구의 대상으로 삼는 경우가 많지 않다. 따라서 이 시기의 어록에 대한 접근은 불교사, 불교사상, 선종사 및 동아시아 불교문화의 전개양상을 새롭게 그려내는 소중한 의의가 있을 것으로 기대한다.

한편 어록의 서두 부분은 선사들의 사상이 구술 언어로 집적되어 있는 경우가 대부분이다. 어록의 1차적인 의미가 구어를 기록한 글이라고 한 이유가 바로 여기에 있다. 어록에 대한 연구는 어록이 제작될 당시의 시대와 지역적 언어 특징을 도출해 낼 수 있는 자료로서 가치가 있다.

한국문학 연구의 경우 고려나 조선시대에 이루어진 개별 선사들의 어록, 시문집에 대해 많은 연구가 진행되었지만, 그것들이 중국이나 일본의 불교문학과 어떤 방식으로 소통이 이루어지고 있으며, 같은 점은 무엇이고 다른 점은 무엇인지에 대해서는 거의 논의되고 있지 않은 형편이다. 불교가 동아시아에서 차지하는 위상을 고려하거나, 불교를 통해 동아시아의 정체성이 형성되어 왔음을 고려하면 중국의 불교문학과 한국, 일본의 그것 사이의 비교 탐구는 우리 학계가 마땅히 지향해야 할 영역이라 할 수 있다. 그럼에도 상황이 이러한 것은 자료에 대한 접근이 쉽지 않았기 때문이다. 결과적으로 이러한 자국 중심의 자족적 연구는 우리 시대의 연구자들이 극복해야 할 과제라 할 수 있다. 열린 시각으로 동아시아 문학사, 문화사를 완성하기 위해 중국 한국 일본에서 독자적으로, 혹은 상호관련을 가진 채 산출된 각국의 어록을 비교 고찰하는 연구가 필요한 시점이다.

중국문학 연구에서도 불교문학의 본령인 선사들의 어록과 그 문학적 성격에 대한 그동안의 연구는 만족스럽지 못한 상태이다. 대부분의 경우 중국의 불교문학은 소동파(蘇東坡) 등 당송시대 유명 시인, 문장가의 불교와의 관련성, 불교적 문학세계에 관심을 표명하거나, 한산시(寒山詩) 등『전당시(全唐詩)』소재의 대표적인 작가를 대상으로 하고 있다. 최근에는 크게 두 가지 방향에서 자료의 확충이 이루어지고 있는데, 첫째는 돈황문학 자료 중 변문에 대한 좁은 관심을 넘어 다양한 민속시가와 불교와의 관련성에 대해 주목하고 있는 경향이고, 둘째는 이 글의 대상이 되는 어록을 통해 작가성을 발견하고 동아시아적 교류의 양상에 천착하는 경향이다.[15] 이처럼 어록은 중국문학사와 중일교류사의 한 영역을 복원하는 가장 기본적인 텍스트로 활용되기 시작하였다.

한편 어록은 일본의 중세 불교와 한문학의 기반을 이루는 오산문학(五山文學)의 텍스트라는 점에 주목할 필요가 있다. 일본 중세한문학의

---

15 이와 관련한 최근의 논저는 다음과 같다.
　　鄭阿財,『敦煌佛敎文獻與文學硏究』, 上海古籍出版社, 2011.
　　紀華傳,『江南古佛 : 中峰明本與元代禪宗』, 中國社會科學出版社, 2006.
　　江靜,『赴日宋僧 無學祖元硏究』, 商務印書館, 북경, 2011.

기본 텍스트인 어록에 대한 이해는 일본 중세불교문화와 한문학의 내부로 들어가는 가장 필요한 작업이 될 것으로 본다.[16]

중국, 일본 학자들의 선행 연구가 나온 뒤에 해당 자료에 관심을 보이는 후발주자로서의 연구를 극복하기 위해서라도, 우리의 시각에서 새로운 자료 영역을 확보하고 이에 대한 접근성을 높이는 것은 지식의 창출과 학문의 주체적 전개에 있어 매우 필요한 것이다. 나아가 어록은 한일, 한중, 중일, 그리고 한중일을 포괄하는 교류사 연구의 자료가 되며, 비교문학 연구의 신자료로써 활용가치가 매우 높다. 어록은 문학을 넘어서 동아시아 문화사, 사상사, 교류사를 연구하는데 없어서는 안 될 필수 자료군이며, 이에 대한 기본 자료 제시는 한국문학 연구의 폭을 확장하고 이에 대한 후속 세대 연구의 길을 안내하는 매우 긴요한 작업이 될 것으로 기대한다.

5. 비교문학적 연구의 가능성

한국문학연구의 대상과 시야를 확장하는 방법론으로서 비교문학적 연구는 그 존재의 이유가 있다. 한국의 불교문학 연구가 수십 년간의 진

16　일본의 오산문학 연구는 그 전통이 오래되었으나, 오산문학 자료에 대한 검토는 여전히 지속되고 있다(堀川貴司,『五山文學硏究 : 자료와 논고』, 笠間書院, 2011).

전된 연구가 있었음에도 불구하고, 또 고려에서 조선후기까지 의미 있는 개별 연구 성과가 계속 도출되고 있음에도 불구하고, 이 방면 연구의 활력이 상대적으로 떨어진 것은 부인할 수 없다. 이는 개인 연구자의 공력에 비해 진로 범위가 매우 좁았던 현실도 하나의 이유지만, 기존의 연구 경향을 답습한 방법론상의 전략 부재 역시 또 다른 요인이 되었던 것으로 생각한다. 앞으로 한국의 불교문학 연구는 동아시아 어록 연구, 나아가 대장경연구로까지 범위가 확장되어야 할 것이다. 한국의 불교문학이 아니라 돈황문학, 오산문학, 대장경 문학 등 동아시아의 불교문학까지 범위를 확장하고, 문학연구에서 문화연구로 범위를 확장한다면, 불교문학 연구가 한국문학사의 자족적 연구에서 벗어나 동아시아 문학사 연구로, 문화사 연구로 확장할 근거가 마련된다 하겠다.

이와 함께 어록 연구 방향에 대한 몇 가지 제언으로 결론을 보완하기로 한다.

첫째, 비교문학적 연구이다. 이상에서 논의한 모든 내용이 비교문학적 연구 대상이 되고, 그 방법은 다양할 것으로 생각된다. 여기서는 13·14세기 어록을 중심으로 연구 주제로 삼을 만한 몇 가지를 제시하면 다음과 같다.

① 고려말 선사의 어록에 염불을 강조하는 경향의 시대성과 보편성.

② 고려말 선사의 어록 가운데 다수 등장하는 도호시의 개별성과 보편성.

③ 당시 승려의 초상화에 찬시를 써서 향유했던 문화의 비교.

④ 십이시가(十二時歌) 등 월령체 가요의 너른 분포에 대한 이유 해명.

⑤ 한시 분야의 표현 미학에 대한 상호 비교 연구.

⑥ 어록 자체의 체제, 구성 방식의 비교 등.

⑦ 혜심의 「어부사(漁父詞)」 등 사문학에 대한 비교 연구.

⑧ 기타 산문 문학 양식에 대한 연원의 탐색.

⑨ 동아시아 불가한문학의 비교문학적 연구.

둘째, 문학의 범위를 벗어난 융합적, 학제적 연구이다. 어록에 대한 다분야, 다영역에서의 학제적 접근이 필요하다. 철학, 사상, 언어, 문학, 문화, 예술, 의례 등 다양한 맥락에서 통찰이 필요한 시점이다.

셋째, 대장경의 문화학적 연구이다. 대장경의 감성학적 이해의 방편으로 어록연구가 필요하다. 중세 동아시아 문화의 양대 코드인 한문과 불교를 가장 잘 집적해 놓은 자료가 바로 어록이며 이를 확대하면 대장경인 것이다. 어록은 지성과 감성이 교차하는 문화복합적 텍스트로서 여러 분야에서 다양한 해석학적 접근이 가능할 것으로 기대한다.

어록에 대한 연구는 문학에서 문화로 확장해 나가는 방향으로 진행되어야 할 것이다. 이는 곧 한국의 불교문학 연구가 한국학의 특수성과 동아시아학의 보편성을 아우르는 연구로 나아가는 첩경이 될 것으로 판단한다.

균여의 문학사상과 향가 창작의 논리

1. 방편시학의 논거

균여(923~973)의 향가 일반에 대한 인식은 혁련정이 기술한 『균여전』에 잘 드러나 있다. 『균여전(均如傳)』 제7 「가행화세분자(歌行化世分者)」에 담겨 있는 향가 창작의 논리는 줄여 말하면 '홍법이인(弘法利人)'의 논리이다. 즉 어렵고 심원한 불교의 의미를 대중들이 가까이 향유하는 향가에 담아 부르게 함으로써 세상을 이롭게 한다는 것이다. 이는 균여의 문학론을 효용론 내지는 방편시학(方便詩學)이라 부르는 근거가 되어왔다.[1]

그러나 향가 창작의 동인과 문학에 대한 인식이 『균여전』에 선명하게 드러나 있다 하더라도, 그의 문학론이 향가에 대한 그의 진술에만 드러나 있다고는 생각할 수 없다. 균여는 화엄학의 대가로서 많은 주석서[2]

---

1   정하영, 「균여의 문학효용론」, 『국어문학』 25, 전북대 국어국문학회, 1985.
　　양희철, 「균여 원왕가의 방편시학」, 『어문논총』 6・7(합집), 청주대 국어국문학과, 1989.
　　이종문, 「고려전기 불가의 문학사상－균여 최행귀 의천을 중심으로」, 『한국한문학과 유교문화』, 아세아문화사, 1991.

를 남겨놓은 인물인데, 이들 주석서를 통해 그의 문학사상의 폭과 깊이를 충분히 확장하여 논의할 수 있을 것으로 생각한다. 이에 따라 이 글은 그의 철학적 저술에서 특징적으로 드러난 논리를 문학의 창작과 문학에 대한 인식의 배경으로 이끌어 내어 문학사상을 좀 더 심도 있게 거론하고자 한다. 아울러 균여의 문학행위를 단지 향가인 「보현십원가(普賢十願歌)」의 창작과 유포에 국한하지 않고, 서문과 발문, 화엄학에 대한 그의 모든 주석서까지도 포괄하는 것으로 범위를 확장하여 논의를 전개하도록 한다.

2. 화엄학의 전통과 균여의 이사론(理事論)[3]

균여는 고려 광종대의 화엄학자로서 중국 화엄학의 전통과 해동 화엄학의 전통을 통합하여 자신의 화엄철학을 수립한 인물이다. 먼저 균여는 중국의 두순(杜順, 558~640)에서 비롯되어 지엄(智儼, 602~668)과 법

2　『균여전』 제5「解釋諸章分者」에는 "師之在世 以洪法利人 爲己任 若有諸家文書未易消詳者 必爲之著記釋故 有搜玄方 軌記十卷 孔目章記八卷 五十要問答記四卷 探玄記釋二十八卷 敎分記釋七卷 旨歸章記二卷 三寶章記二卷 法界圖記二卷 十句章記 一卷 入法界品抄記 一卷 竝行於代"라 하였다. 이 가운데 현재 전하는 저술은 『십구장원통기』, 『석화엄교분기원통초』, 『석화엄지귀장원통초』, 『화엄경삼보장원통기』, 『일승법계도원통기』 등이다.

3　이 글은 전체적으로 김두진의 『균여화엄사상연구―성상융회사상』(일조각, 1983)에서 시사받은 바를 문학사상으로 확장한 것이다. 특히 2장에 소개한 균여의 기본 개념은 김두진의 논의를 토대로 하였으며 원문의 인용과 해석도 이에 따랐다.

장(法藏, 643~712)에 이르러 완성되는 중국 화엄학의 전통을 바탕으로 자신의 화엄철학을 정립하였다.

화엄철학의 체계는 두순(杜順, 558~640)의 『법계관문』에서부터 비롯된다. 두순은 화엄종의 초조(初祖)로서 화엄학의 기초가 되는 여러 개념과 체계를 마련하였다. 그가 일진법계(一眞法界)를 사법계(事法界), 이법계(理法界), 사리무애법계(事理無碍法界), 사사무애법계(事事無碍法界)의 네 가지 법계로 나누어 제기한 것은 후대 화엄학 발달의 중요한 기반이 되었다. 두순의 계승자는 지엄(智儼, 602~668)이며, 지엄의 문하에서 법장(法藏, 643~712)과 의상(義湘, 625~702)이 수학하였다. 법장은 화엄학의 이론을 집대성하고 체계를 완성시켜 화엄종의 제 3조(祖)로 인정받고 있으며, 의상은 교학적인 업적보다는 실천 수행에 더욱 주력한 면모를 보인다. 균여는 두순의 전통을 계승한 지엄과 법장, 그리고 의상의 저작에 대한 주석서를 펴냄으로써 중국 화엄학의 전통과 의상으로부터 이어지는 해동 화엄학을 통합 계승하였다.

균여의 저서 중 『십구장원통기(十句章圓通記)』(현전), 『수현방궤기(搜玄方軌記)』, 『공목장기(孔目章記)』, 『오십요문답기(五十要問答記)』, 『입법계품초기(入法界品抄記)』는 지엄의 저서에 대한 주석서이고, 『석화엄교분기원통초(釋華嚴教分記圓通鈔)』(현전), 『석화엄지귀장원통초(釋華嚴旨歸章圓通鈔)』(현전), 『화엄경삼보장원통기(華嚴經三寶章圓通記)』(현전), 『탐현기석(探玄記釋)』은 법장의 저서에 대한 주석서이며, 『일승법계도원통기(一乘法界圖圓通記)』(현전)는 의상의 저서에 대한 주석서이다.

그러나 균여는 기존의 전통을 바탕으로 하되 여기에 자기 나름대로 새로운 표현과 의미를 부여하면서, 자신의 철학으로 완성하고 있다. 김두진 교수에 따르면 균여사상의 핵심은 성상융회사상(性相融會思想)에 있는데, 균여의 성상융회사상은 이사무애사상(理事無碍思想)과 밀착되어 그 논리를 전개시킨 점에서 법장의 그것과는 다른 특성이 있으며, 이에 따라 성(性)과 상(相)은 마땅히 이(理)와 사(事)로 연결시켜 생각해야 한다고 한다.[4] 이 글은 이점에 착안하여 균여 사상의 기본 개념으로 이(理)와 사(事)의 개념을 설정하고 그 관련성을 고찰하여 문학사상으로 해석할 여지가 없는지 살펴보고자 한다.

먼저 균여는 이(理)는 평등하며 동일한 불경계(佛境界)를 뜻한다고 보았다.[5] 불경계(佛境界)는 현실세계의 모든 분별과 차별상을 벗어난 경지, 혹은 차별상 이전의 순일무잡한 경지를 의미한다. 이(理)는 바로 이러한 차별상에 이르기 전의 상태인 평등한 세계다. 즉 분별이 없는 진여(眞如)의 세계이다.[6]

다음은 이(理)와 사(事)를 본말(本末) 개념으로 설명한 대목이다.

今釋으로는 非劫은 理인 故로 本이며, 劫은 事인 故로 末이다. 理를 즉 平等이라 함은 分限을 떠났기 때문으로 非劫이라 하며 理의 平等이 非劫의 理이다.[7]

4　김두진, 위의 책, 143쪽.

5　故三乘理平等事差別 一乘中 令趣方便中 五尺義爲事 無碍義爲理故 理平等事差別(『旨歸章』下, 『한국불교전서』 4, 동국대 출판부, 1982, 125쪽, 3단).

6　終敎一念成佛 約無分別眞如故也(『敎分記』 권9, 『한국불교전서』 4, 486쪽, 2단).

7　今釋非劫是理故本 劫者是故故末也 謂理則平等離分限 故云非劫 此之平等 非劫之理(『旨歸章』上, 『한국불교전서』 4, 103쪽, 3단).

인용문에서 균여는 이(理)를 본(本)으로 사(事)를 말(末)로 풀이하고 있다. 또한 이(理)를 비겁(非劫)으로, 사(事)를 겁(劫)으로 설정하고 있다. 여기에서 겁(劫)이라는 개념은 연월일시(年月日時)를 계산할 수 없는 아득한 시간을 말한다. 따라서 시간적인 의미를 완전히 초월한 것은 아니다. 겁(劫)과 상대적인 개념인 '비겁(非劫)'은 이러한 시간적인 분별을 완전히 초월한 상태를 말한다.

다음은 이와 사의 차이를 시공(時空)의 차원에서의 설명한 대목이다.

橫竪를 논함이 일정하지 않으므로 理事로 상대한 즉, 理는 橫이요 事는 竪이며, 圓融行布로 상대한 즉 圓融은 橫이요 行布는 竪이며, 時法으로 상대한 즉 法은 橫이요 時는 竪이며, 無性不壞로 상대한 즉 無性은 橫을 뜻함이요 不壞는 竪를 뜻함이다.[8]

今釋으로는 非劫은 理인 고로 本이며 劫은 事인 고로 末이다. 이를 즉 평등이라 함은 分限을 떠났기 때문으로 非劫이라 하며 이의 평등이 非劫의 理이다. 俗을 따른 즉 差別이니 이러한 차별에 의해 時劫을 세우는 고로 事라 한다.[9]

인용문에서는 이(理)가 원융(圓融)이요, 법(法)임을 말하고 있다. 이는 이(理)가 원융한 법성으로서 공간적인 의미를 초월하고 있음을 드러낸

---

8 又論橫竪不定故 理事相對 則理橫事竪 圓融行布相對 則圓融橫行布竪 時法相對 則法橫時竪 无性不壞相對 則无性義橫 不壞義竪也(『十句章圓通記』上, 『한국불교전서』 4, 50쪽, 3단).

9 [今釋非劫是理故本 劫者是故故末也 謂理則平等離分限 故云非劫 此之平等 非劫之理] 隨俗差別 依此差別 以立時劫 故云事也(『旨歸章』上, 『한국불교전서』 4, 103쪽, 3단).

다. 또한 사(事)는 행포(行布)요, 시(時)임을 말하고 있는데, 이는 사(事)가 시간과 공간적인 위상에서 차별상을 띠고 있음을 드러낸다. 차별상은 시(時)의 차별, 위(位)의 차별 등으로 나타나는데, 이는 사(事)가 진(塵), 곧 속인(俗人)들이 살아가는 현실세계와 그 현실의 구체적인 시간 속에서 존재하고 있음을 의미한다.

이(理)는 원융한 법성으로서 공간적인 의미를 초월하는 데 비해, 사(事)는 때의 상황에 따라 퍼뜨려지는—행포(行布)되는 것—속성을 지니고 있다. 추상적이고 관념적인 이(理)의 세계와 달리, 사(事)는 때의 상황에 따라 퍼뜨려지는 것이기 때문에 시간과 공간을 초월하여 존재하는 구체적인 존재양상을 보여준다. 이(理)가 순일무잡(純一無雜)한 세계라면, 사(事)는 잡(雜)의 세계이고, 동체(同體)가 아닌 이체(異體)의 모습을 가지고 있는 것이다.[10]

---

10 김두진, 앞의 책, 180쪽. 한편 차별이라는 것은 일차적으로 현상계 전체를 의미하지만 그것을 좀 더 구체적으로 살펴볼 때, 俗을 따른다는 의미를 가지고 있다고 한다. 또한 俗이라는 것은 佛法僧 등의 고귀한 가치를 지니는 것들에 대해서 그 반대의 의미 곧 일반 민중들의 삶의 여러 모습들을 가리킨다고 볼 수 있다. 나아가 균여가 활동하던 광종 당시의 중앙 귀족과 호족과의 정치적인 분열상과, 法相宗과 華嚴宗의 대립, 그리고 南岳과 北岳으로 나누어진 불교 내의 분열상 등으로 확대 해석해 볼 여지가 있게 된다. 理는 바로 이러한 차별상에 이르기 전의 상태 곧 평등한 세계를 말하며, 좀 더 현실적으로 이러한 분별 차별을 모두 없애버린 통일된 질서로 해석될 수 있다. 이런 점에서 균여의 이사론을 보내도 흰 성상융회 사상은 중앙집권정책을 강력하게 펼친 광종의 지배 이데올로기로 작용하고 있는 것이다(같은 책, 159쪽).

3. 문학사상으로서의 이사무애(理事無碍)론

이상에서 우리는 이(理)가 평등의 세계, 진여의 세계를 가리키며 반대로 사(事)는 차별의 세계, 속(俗)의 세계를 의미하고 있음을 확인하였다. 이처럼 대립적인 개념인 이(理)와 사(事)는 상호간에 어떤 관계로 존재하며, 문학적 진술로는 어떻게 이해될 수 있는가?

균여는 먼저 이(理)와 사(事)가 서로 떨어져서는 각각 완전한 작용을 할 수 없다고 말하고 있다.

① 진(塵)과 시방(十方), 염(念)과 겁(劫) 등이 모두 사법(事法)이다. 그러나 즉입(卽入)하여 무애(無碍)함은 이(理)와 다르지 않기 때문에 그렇다. 만약 오직 이(理)만으로는 일미(一味)이기 때문에 즉입(卽入)할 수 없다. 만약 오직 사(事)만으로는 상애(相碍)하므로 즉입(卽入)할 수 없다.[11]

② 답 : 이(理)로써 총해(摠該)한 고로 오직 이(理)만을 들 수 있다. 문 : 만약 그렇다면 왜 사(事)를 아울러 드는가? 답 : 이(理)는 본래 모습이 없어서 갖추기 어렵고 나타내기 어려우므로 바야흐로 사(事)에 의탁해서 이를 나타낸다. 그러므로 사(事)를 든다.[12]

---

11 答塵與十方念與劫等 是皆事法 然卽入无碍者 以不異於理收爾也 若唯約理 以一味故 无可卽入 若唯約事 以互相碍故 不可卽入(『法界圖記』上, 『한국불교전서』 4, 9쪽, 1단).

12 答以理摠該 唯擧理耳 問若爾何故 幷擧事耶 答理本無相 非詮難現故 方託事以現理也 是故擧事(『三寶章』下, 『한국불교전서』 4, 205쪽, 3단).

인용문 ①은 이와 사의 대립과 통일의 변증법을 보여준다. 이(理)를 균여가 펴고자 한 불법(佛法)의 세계라고 보았을 때 그러한 이(理)의 바탕은 모든 사람이 다 지니고 있음에 틀림없을 것이다. 모든 사람의 마음속에는 불성(佛性)이 존재한다는 것이 불교의 출발점이고, 균여 또한 이(理)는 곧 사(事)요 사(事)는 곧 이(理)라고 말하고 있기 때문이다. 그러나 그러한 불성은 순일무잡(純一無雜)한 일미(一味)의 세계라서 어떤 계기를 통하지 않고서는 구현될 수 없다. 사(事) 또한 차별과 대립을 그 속성으로 하기 때문에 그 자체만으로는 완전하게 존재할 수 없다. ②에서 언급한 대로 이(理)의 세계는 사(事)를 통해서 나타나며 사(事)는 이(理)의 세계를 담음으로써만 그 존재가치가 있는 것이다. 또한 이(理)는 평등하기 때문에 일미(一味)이며 따라서 즉입(卽入)할 수 없다고 했다. 이(理)자체는 차별이 없는 경지임에 틀림없지만 그것이 곧 일진법계는 아니며 사(事)와의 상호작용을 통해서만 즉입(卽入)이 가능하다는 것이다.

다음 인용문은 이와 사에 대한 이상의 이해에서 한 걸음 더 나아가, 그것을 문학적으로 해석할 가능성을 열어주는 근거로 생각된다.

여섯 그림자와 메아리의 무리들은 그림자가 형체를 따르는 것 같고 메아리가 소리에 응해 나타나는 것과 같은 이치이니, 如來가 나타나 普法을 펴려하고 十方菩薩이 그림자와 메아리 속에 나타난다. 그림자는 형체와 다르지 않고 메아리는 소리와 다르지 않다. 이러한 고로 이것은 지극한 位요 下位가 아니다.[13]

---

[13] 六影響衆 如影隨形 如響應聲 如來興現 欲說普法 十方菩薩來影響也 影不異形 響不異聲 是故要是極位 非下位也(『旨歸章』上, 『한국불교전서』 4, 112쪽, 3단).

인용문에서 '형체'나 '소리'는 불법의 궁극적인 세계를 가리킨다고 볼 수 있다. 이것이 바로 균여가 펴고자 했던 진여의 세계이며 여러 저술을 통해 담고자 했던 내용이다. 반면에 그림자와 메아리는 이(理)에 따라 일어나는 사(事)의 모습이며 진여의 세계를 그대로 반영하는, 혹은 반영하는데 필요한 형식으로 이해할 수 있다.

균여가 다양한 형식 속에 담고자 했던 내용들은 그것이 아무리 복잡다단한 것이라고 할지라도 순일무잡한 법신(法身) 곧 불법의 세계로 귀결될 수 있는 것이다. 그러나 그러한 내용을 담는 형식은 하나로 귀결될 수 없고 다양한 모습으로 나타난다.[14] 구체적으로 말해서 균여가 사용한 여러 형식들, 곧 향가라든가 서문(序文), 주기(註記)와 해석(解釋)같은 불교내의 찬술형태들은 사(事)의 문학적 실체이며 그것들은 모두 불법을 널리 펴기 위해서, 즉 이(理)를 구현하기 위해서 사용되었다고 할 수 있다. 이때 이(理)는 바로 진여의 세계 곧 깨달음의 세계이며 균여 자신이 추구하고자 했던 세계라는 의미로 해석된다. 또한 균여가 여러 저술을 통해서 일반 민중들에게 퍼뜨리고자 했던 진리의 세계 혹은 이치로 확장시켜 해석할 수 있다. '대사께서 살아 계셨을 때에는 불법을 넓히고 인간을 이롭게 하는 것으로써 그분의 임무를 삼으셨기에, 제가(諸家)의 문서 중에 소상히 알기 어려운 것이 있으면 반드시 주기(註記)와 해석(解釋)을 지으셨다'[15]는 혁련정의 진술은 이(理)를 구현하기 위해 노력한 균

14　一卽多者 法身一故 應身多故(『旨歸章』上,『한국불교전서』4, 108쪽, 1단).

15　師之在世 以洪法利人爲己任 若有諸家文書未易消詳者 必爲之著記釋故(『균여전』제5「解釋諸章分者」,『한국불교전서』4, 512쪽, 2단).

여의 삶을 엿볼 수 있게 한다.

이(理)는 그 자체만으로는 갖추기도 어렵고 나타내기도 어려운 것이어서, 문학이라는 형식, 즉 세속에 전파되는 구체적인 틀을 통하지 않고서는 나타낼 수 없는 것이다. 그림자는 형체와 다르지 않고, 메아리는 소리와 다르지 않다고 한 말의 의미도 여기에 있다.

지금까지 이(理)는 사(事)를 통해서 구현된다는 논리가 그의 문학행위에도 적용될 수 있다는 점을 살핀 셈인데,『균여전』제7「가행화세분자(歌行化世分者)」에 나타난 그의 향가에 대한 구체적인 진술에서는 지금까지 전개해 왔던 이사무애적 인식을 매우 구체적으로 표출하고 있다.

> 대저 사뇌라 하는 것은 세상 사람들이 놀고 즐기는 데 쓰는 도구요, 원왕이라 하는 것은 보살이 수행하는 데 줏대가 되는 것이라. 그리하여 얕은 데를 지나서야 깊은 곳으로 갈 수 있고, 가까운 데서부터 시작해야 먼 곳에 다다를 수가 있는 것이니, 세속의 이치에 기대지 않고는 저열한 바탕을 인도할 길이 없고, 비속한 언사에 의지하지 않고는 큰 인연을 드러낼 길이 없도다. 이제 쉽게 알 수 있는 가까운 일에 의탁하여 생각키 어려운 심원한 종지를 깨우치게 하고자 열 가지 큰 서원의 글에 의지하여 11수의 거친 노래의 구를 짓는다.[16]

---

[16] 夫詞腦者 世人戱樂之具 願王者 菩薩修行之樞故 得涉淺歸深 從近至遠 不憑世道 無引劣根之由 非寄陋言 莫現普因之路 今托易知之近事 還會難思之遠宗 依二五大願之文 課十一荒歌之句(『균여전』제7「歌行化世分者」,『한국불교전서』4, 513쪽, 1단).

인용문은 「보현십원가」의 서문에 해당되는데 여기에는 균여가 향가를 지은 동기나 문학을 바라보는 태도가 구체적으로 잘 나타나 있다. '세속의 이치'나 '비속한 언사'는 향가와 관련된다. 속(俗)의 세계는 또한 사(事)의 세계이므로 세속에서 사용하는 비속한 언어의 향가 형식은 바로 사(事)의 문학적 변용 내지는 실체라고 볼 수 있다. 거기에 기대어 드러내려는 그러한 '큰 인연'은 깨우침의 내용이나 불법(佛法)으로서, 향가나 다른 여러 문학의 형식 속에 담겨 있는 이(理)의 문학적 실체라고 할 수 있는 것이다.

이렇게 보면 균여는 문학의 독창성을 부인하고 단순히 불법을 전파하는 데만 그 효용성을 인정하고 있는 것으로 보인다. 이에 따라 균여는 문학을 수단화하고 도구화한 한계를 지니고 있는 것으로 평가되기도 하였다.[17] 그러나 현재 통용되는 문학용어로 균여의 논의를 일축한다면, 철학적 기반에서 문학사상으로 이어지는 균여의 논리를 단순화시키고 지금까지 전개한 논의를 무의미하게 만들고 말 것은 분명하다.

더욱이 균여가 단지 문학을 도구화하고 수단화한 것만도 아니다. 불성(佛性)을 발하여 얻게 되는 큰 인연은 비속한 언사로 된 문학을 통해서만 이루어질 수 있다는 말을 세속적이고 비속한 향가 형식에 대한 폄시로 보아서는 안 된다. 이(理)가 사(事)를 통해 구현된다는 말이 이(理)나 사(事)의 한계를 드러내기 위함이 아니고 상호 무애한 총체성을 드러내는 것이듯이, 불교적 진리의 세계를 세속적인 틀에 담고 이를 통해 수용

---

17 정하영, 앞의 글, 227쪽.

  한국 불교시가의 동아시아적 맥락과 근대성

자가 깨우침의 세계에 도달하는 것을 의도한다고 할 때, 세속적인 틀은 단순한 수단이나 저열한 것이 될 수 없음은 분명하다.

4. 『화엄경』의 논리와 향가의 유통

「보현십원가」에 소개된 균여의 '서문(序文)'을 보면, 그가 생각했던 가장 이상적인 형태의 문학을 유추해 볼 수 있다.

첫째, 문학은 쉽게 알기 어려운 심원한 종지(宗旨)를 구현하는 것이다. 불교적인 진리 혹은 자신이 체득한 불교적 진리를 문학의 형식을 통해 구체화시키는 것은, 이(理)는 사(事)를 통해 드러난다는 것으로 설명할 수 있고, 다시 사(事)를 떠나서는 이(理)가 존재할 수 없다는 논리에서 대중들이 쉽게 받아들일 수 있는 문학적 형식에 대한 의미부여를 엿볼 수 있다. 사(事)가 시(時)와 공(空)의 차별을 갖듯이 그러한 문학은 시간과 공간적인 제한 속에 존재하는 미적 형식이어야 함은 분명하다.

둘째, 문학이 듣거나 읽는 이의 '저열한 바탕을 인도하여' 깊고 먼 곳에 이르게 할 때 진정한 의미를 부여할 수 있다는 해석이 가능하다. 균여에게 문학은 대중교화의 매개로 활용되는 것이었다.

이상의 두 가지 조건을 만족하는 문학이 바로 균여가 생각하는 가장 이상적이고 완벽한 형태의 문학이었던 것이다. 그리고 그것은 『화엄경』「보현행원품」에 제시된 문학행위와 관련이 깊다. 균여가 그 많은 논설과 경전 중에서도 유독『화엄경』「보현행원품」을 택하여 향가라는 형식으로 자신의 문학적 인식과 이상을 구현했던 까닭은『화엄경』의 「보현행원품」이 지향하는 차원이 자신의 그것과 일치했기 때문이었을 것이다.

> 그러므로 그대들은 이 위대한 행원을 듣고 의심하는 생각을 내지 말고 마땅히 지성으로 받아들이고, 받아들이고서는 읽고, 읽고서는 외우며, 외우고서는 지니고 나아가서는 베껴 써서 널리 다른 이를 위해 이야기해 주어라. 그렇게 하면 이들 여러 사람들은 한 생각 가운데 가지고 있는 행원을 모두 다 이루게 되며 얻은바 복의 무더기는 한량없고 끝이 없어서 번뇌의 크나큰 괴로움의 바다에 헤매는 중생을 건져내 그들을 벗어나게 하여 모두 아미타불의 참된 기쁨의 세계에 가서 나게 할 것이다.[18]

「보현행원품」이라는 형식에 담긴 것은 '위대한 행원'인데 이를 부처의 깨달음의 세계로 해석해도 그리 어긋나지 않을 듯하다. 바꿔 말하면 「보현행원품」이라는 구체적인 문학형태가 있음으로 인하여 깨달음 자체가 의미를 얻게 되는 것이다. 그리고 대중들은 그것을 '읽고 외우고' '베껴' 쓰고 들음으로써 '아미타불의 참된 기쁨의 세계'에 이를 수 있게

---

[18] 是故汝等聞此願王 莫生疑念 應當諦受 受已能讀 讀已能誦 誦已能持 乃至書寫 廣爲人說 是諸人等於一念中 所有行願皆得成就 所獲福聚無量無邊 能於煩惱大苦海中拔濟衆生 令其出離 皆得往生阿彌陀佛極樂世(법성 演義, 「보현행원품」, 『화엄경』, 큰수레, 1992, 286쪽 인용).

된다. 그 세계는 '득정(得定)'의 세계와 같은 것이며 따라서 이(理)의 세계
와 상통하는 것이다.

결국 「보현행원품」의 '총결분'에 드러난 이상적인 구도는 균여가 '서
(序)'에 제기한 이상적인 문학관을 그대로 확인시켜 주는 좋은 보기가 되
고 있다.[19] 이는 「보현행원품」의 이상적인 문학관을 균여가 받아들인
것으로 해석된다. 『균여전』에 있는 최행귀의 서문 가운데 인용된 균여
의 진술은 이와 같은 견해를 드러내는 또 하나의 자료이다.

「보현행원품」의 마지막 편은 보현보살의 묘한 세계로 들어가는 현묘한
문이요, 선재동자의 향성(香城)에 노닐 수 있는 깨끗한 길이다. (…중략…)
사구게가 한번 귀를 스치기만 하면 문득 죄의 뿌리가 사라지고 열 가지 글
월을 마음에 다시 되새기면 능히 깨달음의 결과를 낳으니 그 좋은 인연은
얼마나 두텁고, 그 커다란 복은 얼마나 깊은가! 그러니 이 원왕의 노래를 시
인들로 하여금 대신 읊게 해서 남녀가 함께 듣고 발원을 내어 영원토록 특
별한 인연을 맺게 하고, 너와 내가 서로 제도하여 공을 이루어서 끝내 묘과
(妙果)에 귀의하도록 하지 않을 수 있겠는가?[20]

---

19 「보현행원품」과 「보현십원가」 및 「보현십원송」과의 관련양상에 대해서는, 양희철의 『고려
향가 연구』(새문사, 1988, 34~63쪽)와 윤태현의 「보현십원가의 배경과 문학적 성격 연구」
(동국대 석사논문, 1995, 15~25쪽)에서 자세히 이루어졌다.

20 貞元別本 行願終篇 入長男妙界之玄門 遊童子香城之淨路故 (得淸涼疏主 修一軸以宣揚 申毒
行人 限百齡而持課 初來震旦 自烏邦聖帝手書 後至尸羅 因兎郡高德血字) 四句偈 一經於耳
頓滅罪根 十種文 再記于心 能生覺果 良緣大厚 勝福何深 得不詠此願王 代其詩客 使男女共聞
而發願 永結殊因 自他兼濟以成功 終歸妙果者乎(『균여전』 제8 「譯歌現德分」, 『한국불교전
서』 4, 514쪽, 3단~515쪽, 1단).

한편 『균여전』「감통신이분자(感通神異分者)」를 보면, 균여는 대중을 위해 방언으로 노래를 지어 유통시키는 과정에서 신이한 행적을 보여주고 있는데, 이는 그의 민중지향성을 확인시켜주는 좋은 예라고 할 수 있다.

영통사 백운방은 세월이 오래되어 점점 무너지므로 균여대사가 중수하려 하니 이로 인하여 지신(地神)이 책하는 바 되어 재변이 일어나매 대사께서 간략히 노래 한 수를 지어 빌고 노래를 벽에 붙였더니 그 뒤로는 괴변이 없어졌다.[21]

사평군 나필급간이 중병으로 병을 치료치 못하였는데 대사가 가서 보고 그 괴로움을 가엾게 여겨 이 노래를 입으로 가르쳐 주고 항상 읽도록 권하였다. 훗날에 공중에서 부르는 소리가 있어 들어보니 너의 병은 대 성인의 노래의 힘으로 반드시 나으리라 했는데 이로부터 효능이 있었다.[22]

인용문에는 그의 창작의 동기와 향가유통의 실상이 소개되고 있다. 여기에서 빠뜨릴 수 없는 것은 '읽고 외우며 지니고 베껴 쓰고 이야기해 주는' 문학 행위에 대한 언급이다. 이는 물론 불교계에서 공덕의 여러 차원으로 일반화된 것이기는 하나 균여의 향가와 관련시켜서는 그의

---

[21] 又靈通寺 白雲房 年遠浸壞 師重修之 因此地神所責 災變日起 師略著歌一首以禳之 帖其歌于
　　　壁 自爾之後 精怪卽滅也(『均如傳』 제9 「感應降魔分者」, 『한국불교전서』 4, 516쪽, 1단).

[22] 沙平郡那必及干 痼三年 不能醫療 師往見之 憫其苦 口授此願王歌 勸令常讀 他日有空聲唱言
　　　汝賴大聖歌力 痛必差矣 自爾立效(『均如傳』 제7 「歌行化世分者」, 『한국불교전서』 4, 514쪽,
　　　2단).

문학인식으로 포괄해서 재해석할 수 있다. 즉 「보현행원품」의 '총결분'에서, 이(理)의 세계로 끌어들이는 가장 이상적인 문학의 행위들로 규정된 것이다. 이런 점에 비추어 문학에 대한 인식과 문학을 실천해 가는 과정에 「보현행원품」의 영향과 관련양상을 다시 한 번 확인할 수 있다.

5. 의상·원효 문학론과의 관련 양상

균여의 문학사상은 화엄학적 사유의 체계에서 도출되어 나온 것이므로, 중국의 화엄학과 밀접한 관련을 맺고 있음은 주지의 사실이며, 한국 문학사상사에서 균여 문학사상의 연원이 해동 화엄학의 비조인 의상에 닿아 있을 가능성은 앞서 논자들이 언급한 바와 같다.[23] 균여가 주석서를 내기도 한 의상의 『화엄일승법계도(華嚴一乘法界圖)』는 『화엄경』에 의한 일승원교(一乘圓敎)의 종요(宗要)를 30구 210자에 응축한 반시(槃詩)[24]로, 『화엄경』 「보현행원품」을 문학적으로 재창조한 「보현십원가」와 함께, 『화엄경』의 한국적 변문(變文)으로 주목되는 작품이다. 향가 창작의 기반이 되었던 균여의 이사론적인 인식은 『화엄일승법계도』의 저술동기에도 그대로 나타난다.

---

23 김상현, 「향가와 게송과 불교사상」, 『향가문학연구』, 일지사, 1993, 254∼255쪽.
   윤태현, 앞의 글, 10∼12쪽
24 이종찬, 「의상의 반시 일승법계도」, 『한국불가시문학사론』, 불광출판부, 1993, 75쪽.

법리에 의지하고 교(教)에 근거하여 간략하게 반시를 지으니, 이름에만 집착하는 무리들로 이름이 없는 진여의 근원으로 돌아오기 바란 것이다.[25]

이는 '쉽게 알 수 있는 가까운 일에 의탁하여 생각키 어려운 심원한 종지를 깨우치게 하고자' 향가를 짓는다는 균여의 논리와 이사론적인 맥락에서 정확히 일치하고 있다. 먼저 드러내려 하는 것, 즉 '반시(槃詩)'라는 형식을 통해 드러내려 하는 것은 '이(理)'로 적시되었다. 이는 곧 진여의 세계이며 불법의 세계이다. 이(理)는 원융무애(圓融無碍)하여 드러내기 어려우므로 사(事)를 통해 구체화되듯, 진여의 세계·불법의 세계는 '반시'라는 구체적인 문학형식을 통해 드러날 수밖에 없다. '이름에 집착하는 무리'는 시간과 공간의 제약 속에 존재하는 근기가 낮은 사람들이며, 그들이 이해할 수 있는 문학적인 틀을 통해 다시 이(理)의 세계로 인도한다는 논리이다.

그러나 의상의 「화엄일승법계도」는 어디까지나 하층지향적인 의식의 소산[26]인 「보현십원가」와 달리 한문학적 교양을 요구하는 식자계층을 지향하는 문학[27]이며, 초월적 가치를 지향하는 이상적 질서를 일방적으로 내세우는[28] 문학이라는 성격을 지니고 있다.

이렇게 볼 때, 균여의 민중지향적인 실천은 이런 점에서 오히려 원효

25　依理據敎 略制槃詩 冀以執名之徒 還歸無名眞源(『華嚴一乘法界圖』, 『한국불교전서』 2, 1쪽, 1단).

26　이종문, 앞의 글, 29쪽.

27　윤태현, 앞의 글, 11쪽.

28　조동일, 「의상 명효 원효의 질서관과 문학이론」, 『한국의 문학사와 철학사』, 지식산업사, 1996, 24쪽.

와 더욱 밀접한 관계를 가진다고 할 수 있다. 원효는 『화엄경』의 '일체에 무애한 사람은 한길로 죽사리에서 벗어난다[一切無碍人 一道出生死]'는 구절에 담긴 가르침을 대중들이 이해할 수 있도록 평이한 노래에 담아 널리 전파한 민중불교의 실천자였다. 균여의 향가는 장르의 같고 다름을 거론하기 이전에[29] 원효의 「무애가」와 같은 창작의 논리에 따른 작품이다. 다만 차이가 있다면 원효의 시대는 자신의 무애 정신을 실천적으로 표출하기 위해 광대의 악기를 가지고 두드리는 등의 파격적인 방법이 필요한 시대였다는 점이다. 이는 해골바가지의 물을 마시고 깨달았다거나, 승려로서 요석공주와 인연을 맺었다거나 하는 충격에 의해서만 지금껏 가져왔던 관념의 한계를 벗어날 수 있었던 시대상을 반영하는 것이 아닐까 한다. 이에 비해 균여는 대사의 역할을 적극 활용하면서 세속적인 노래를 지어 퍼뜨릴 수 있었다는 점에서 원효의 시대와 다른 분위기를 느낄 수 있다. 결국 균여는 의상의 문학사상을 계승하면서 원효의 실천적인 문학창작의 정신을 자기 시대에 구현한 인물이며 불교시가창작의 논리를 마련하고 실천한 인물이라고 할 수 있다.

결국 통일신라에서 고려에 이르는 시기에 불교시가 창작의 중요한 논리로서 이사무애적인 문학사상을 제기할 수 있다. 이사무애적 문학사상은 불교계 국문시가 창작의 중요한 기반이 되었으며, 교종 특히 화엄종의 논리구조와 관련이 깊다는 것은 앞장에서 살펴본 바와 같다. 그리고 여기에 근거를 두고 『화엄일승법계도(華嚴一乘法界圖)』 「무애가(無碍歌)」·

---

[29] 김학성은 「무애가」가 교술장르 지향의 화청인데 비해, 균여의 향가는 교술지향의 서정시로 그 연원이 다름을 거론하였다(『향가문학연구』, 일지사, 1993, 70쪽).

「보현십원가(普賢十願歌)」로 이어지는 불교노래가 창작·유통되었으며, 후대의 불교계 악장 및 경기체가, 그리고 불교가사에 이르기까지 한국불교시가의 창작과 유통에 중요한 논리적 기반이 되었다고 볼 수 있다.

균여가 가리키는 달

「보현십원가(普賢十願歌)」의 비평적 해석

1. 종교적 담론과 시적 자율성의 거리

「보현십원가」(원제 普賢菩薩十種願王歌)는 균여대사(均如大師, 923～973)가 창작한 10구체 향가로『균여전(均如傳)』제7「가행화세분(歌行化世分)」에 수록되어 있다. 균여는『40화엄경』「보현행원품」에서 보현보살이 설법한 10종 행원(行願)의 제목과 순서[1]에 따라 향가를 지은 후, 여기에「총결무진가(總結無盡歌)」를 더하여 총 11수의 작품을 완성하였다.[2]

『균여전』제8「역가현덕분(譯歌現德分)」에는 향가「보현십원가」를 한시로 번역한 최행귀(崔行歸)의「보현십원송(普賢十願頌)」이 실려 있다. 최

---

[1] 「보현행원품」은『화엄경』의 결말 부분에 해당한다.「보현행원품」에서 보현보살은 여래의 수승한 공덕을 모두 칭탄한 후에 여러 보살과 선재동자에게 열 가지 行願을 설법하게 된다. 그것은 ① 예경제불禮敬諸佛 ② 칭찬여래稱讚如來 ③ 광수공양廣修供養 ④ 참회업장懺悔業障 ⑤ 수희공덕隨喜功德 ⑥ 청전법륜請轉法輪 ⑦ 청불주세請佛住世 ⑧ 상수불학常隨佛學 ⑨ 항순중생恒順衆生 ⑩ 보개회향普皆迴向 등이다.

[2] 균여가 기존의 10종 행원에「총결무진가」를 더한 것은 징관(淸凉澄觀, 738～839)의『보현행원품소(普賢行願品疏)』와 관련이 있다(태경,「균여의 원융 논리와 그 실천」, 동국대 박사논문, 2009, 51～54쪽 참고).

행귀의 한역시(漢譯詩)는 10구체 향가를 7언 절구로 변환하여 향찰로 표기된 향가의 내용을 판단하는 중요한 근거 자료로서 가치가 있다.[3]

이처럼 「보현십원가」를 제대로 이해하기 위해서는 『화엄경』「보현행원품」의 산문 부분(長行)과 운문 부분(重頌), 그리고 최행귀의 보현행원송을 함께 견주어 볼 필요가 있다. 최근의 향가 연구에서 세 작품 간의 비교를 통해 향찰 해독의 근거를 마련한다거나 선행 연구의 합리성을 판단하는 기준으로 활용한 것은 당연한 귀결이라 하겠다.

그러나 이러한 비교의 접근 방식이 향가 작품을 창작의 기반이 되었던 경전, 논서의 테두리 안에 가두는 데 그쳐서는 안 될 것이다. 비록 경전과 비교하더라도 「보현십원가」를 시적 자율성을 지닌 텍스트로 볼 필요가 있다. 장르가 다른 세 가지 텍스트의 유사성 확인을 넘어 작품의 사상성과 미학을 논하는 방법론이 심화될 필요가 있는 것이다. 아울러 최근 구결학회 중심의 활발한 향찰 해독과 발을 맞추어 이에 화답하는 문학적 연구도 필요한 시점이다.

「보현십원가」에 대한 논의는 그동안 작품의 기반이 되었던 「보현행원품」과 향가의 번역시인 보현행원송의 내용과 비교하여 이루어져 왔고 그 성과가 누적되어 왔다. 그러나 「보현행원품」의 내용이 창작의 기저에 자리 잡고 있다하더라도 고려시대 균여라는 현실적인 지식인이 대중이 선호하는 향가라는 형식으로 우리말 노래를 지었다고 할 때,

---

3 물론 「보현십원송」은 향가에 반영되지 않은 「보현행원품」의 요지와 표현까지 새롭게 반영하여 나름대로 독립적인 가치를 지닌 창의적인 번역시라는 평가를 받고 있다(김상일, 「보현십원가의 한역시 「보현십원송」에 대하여」, 『동악한문학논집』 9, 동악한문학회, 1999, 39~61쪽 참고).

「보현십원가」는 시적 자율성을 가지는 생명력을 지니게 된다. 그동안의 연구에서 이러한 측면에 대한 고려가 부족했다는 판단에서 균여가 이 노래를 통해 표현하고자 한 웅숭깊은 목소리를 복원하고자 한다. 이 글은 이 연작시를 통해 균여가 전달하고자 했던 주제는 무엇이고 그것이 시적으로 어떤 성취를 보이고 있는지를 살펴보고자 한다. 아울러 작품에 내재되고 표현된 종교시로서의 독특한 미학도 함께 살펴보고자 한다. 종교시가의 주제가 당연히 종교적인 것으로 국한될 우려가 없지 않지만, 이 글에서 「보현십원가」의 주제론을 개진하는 것은 그동안의 많은 연구에도 불구하고 정작 균여가 노래를 통해 하고자 한 주제는 무엇인가에 대해 별로 주목하지 않았다는 판단에서다. 아울러 화엄학자로서 균여의 문학사상이 『균여전』의 향가 서문뿐만 아니라 그의 저술 전반에 걸쳐 드러나는 것으로 보이는데,[4] 과연 화엄학적 사유가 반영되었을 이 작품에는 어떤 방식으로 화엄학적 사유가 드러나 있는지, 그 미학적 특징은 무엇인지 시론(試論)을 펼쳐보기로 한다.[5] 본론에서 2장은 「광수공양가(廣修供養歌)」·「청불주세가(請佛住世歌)」·「항순중생가(恒順衆生歌)」를, 3장은 「예경제불가(禮敬諸佛歌)」·「칭찬여래가(稱讚如來歌)」·「광수공양가(廣修供養歌)」를 주요 대상으로 하여 논의를 진행하였다.[6]

---

4 이 책의 「균여의 문학사상과 향가창작의 논리」 참고.
5 최근 서철원은 「보현십원가」의 서정주체의 성격과 균여 철학의 관련성에 대해 논의를 전개하고 시대적 의미까지 탐구하고 있어 참고할 만하다(『향가의 역사와 문화사』, 지식과 교양, 2011; 『향가의 유산과 고려시가의 단서』, 새문사, 2013).
6 이 글은 「보현십원가」에 대한 횡단적 읽기를 시도하고자 한다. 따라서 11수의 주제를 구조적으로 정리하거나 종합적으로 검토하는 것보다는 작품에 대한 독자로서의 감동을 우선으로 하여 작품을 비평하는 것에 주안점을 두었음을 밝힌다.

2. 균여가 가리키는 달

「보현십원가」는 균여의 사상이 담겨있는 사상적 텍스트이면서 동시에 향가라는 형식으로 구현된 정서적 구조물이다. 비록 「보현행원품」의 내용에서 「보현십원가」의 내용을 확인하는 일은 어려운 일이 아니지만, 균여가 단순하게 경전의 전달자 역할에만 머물러 있는 것은 아니다. 균여는 향가라는 미적 구조물을 통해 세계를 자아화하는 창조의 내밀한 과정을 독자들에게 제시하고 있다.

1) 등공양은 법공양이다 – 「광수공양가」론

火條執音馬	부저 잡으며
佛前燈乙直體良焉多衣	불전(佛前) 등(燈)을 고치는데
燈炷隱須彌也	등 심지(燈炷)는 수미(須彌)요
燈油隱大海逸留去耶	등유(燈油)는 대해(大海) 이루거라.
手焉法界毛叱色只爲弥	손은 법계(法界) 마치도록 하며
手良每如法叱供乙留	손 마다 법공양(法供)으로
法界滿賜仁佛體	법계(法界) 차신 부처(佛體)
佛佛周物叱供爲白制	불불(佛佛) 모두 공양 하옵고저.
阿耶 法供沙叱多奈	아, 법공양(法供)이야 많으나
伊於衣波最勝供也	이 어와 최승 공양(最勝供)이여.[7]

10구체 향가가 대체로 그러하듯 이 작품도 내용상 크게 세 단락으로 나누어진다. 1단락(1~4행)은 부처님 전의 등불 심지를 고치는 화자의 정성이 시각적으로 표상되어 있다. 2단락(5~8행)은 1단락의 기원 내용을 시공간적으로 확장한 것인데, 중생들의 '손과 손마다' 온 법계에 가득 찬 부처님께 법공양을 올리고 싶다는 내용이다. 3단락(9~10행, 낙구)은 경전에 쓰인 대로 법공양이 많고 다양하지만 등불을 고치는 손과 그 정성이야말로 최고의 법공양이라는 내용이다. 3단락은 1단락의 내용을 다시 받기에 수미쌍관의 구조를 취하고 있다.[8]

그런데 이러한 상식적인 해석은 연구자들을 그다지 만족시키지 못한 것 같다. 경전과 비교할 때 어긋나는 점이 있다고 보았기 때문이다. 그 결과 「광수공양가」 향찰 표기에 신빙성을 의심하고 원문을 교감하는 방식

---

7   이 글의 해석은 양주동의 해독을 기본으로 하고, 김완진과 최근의 구결학회 연구진들의 연구 성과를 참조하여 재구하였다. 해석은 기본 율격을 느낄 수 있을 정도로 최대한 직역을 위주로 하였으며, 불교 개념 한자는 한자 형태를 살리는 방향으로 풀이하였다. 참고한 주요 논문은 다음과 같다.

양주동, 『증정고가연구』, 일조각, 1965.

김완진, 『향가해독법연구』, 서울대 출판부, 1980.

김영만, 「향가의 善陵과 頓部叱에 대하여」, 『동양학』 21, 단국대 동양학연구소, 1991, 31~56쪽.

김유범, 「균여의 향가 「광수공양가」 해독」, 『구결연구』 25, 구결학회, 2010, 47~81쪽.

김지오, 「「참회업장가」의 국어학적 해독」, 『구결연구』 24, 구결학회, 2010, 61~96쪽.

김지오, 「『균여전』 향가의 해독과 문법」, 동국대 박사논문, 2012.

이용, 「「항순중생가」의 해독에 대하여」, 『구결연구』 18, 구결학회, 2007, 173~205쪽.

이건식, 「균여 향가 「청전법륜가」의 내용 이해와 어학적 해독」, 『구결연구』 28, 구결학회, 2012, 99~163쪽.

김성주, 「균여 「보개회향가」의 한 해석」, 『구결연구』 27, 구결학회, 2011, 173~215쪽.

김성주, 「균여 향가의 해독과 한역시 그리고 「보현행원품」」, 제42회 『구결학회 전국학술대회 발표논문집』, 구결학회, 2010, 168~174쪽.

특히 이들 논고 중에서 '頓部'를 '모두'나 '다'의 의미로 비정한 김영만(1991)과, 「칭찬여래가」의 난해구 '聞王'이 월정사본 『균여전』에는 원래 '聞毛'로 된 것임을 확인한 것은 최근의 성과로 주목된다(김성주, 2010 참고).

8   김종진, 「광수공양가」, 『새로 읽는 향가문학』, 아세아문화사, 1998.

으로 이를 해결하려 한 경향이 있다. 김완진(1980)은 「광수공양가」의 향찰표기를 그대로 해독하면 광수공양원의 내용[9]과 일대일로 대응되지 않기 때문에, 5행과 6행에 있는 '수(手)'는 '향(香)'의 오기임이 분명하다고 하였다. 「보현십원가」를 한문으로 번역한 최행귀의 「광수공양송」[10]에도 향(香)이 등장하기 때문에 더욱 그러하다 하였으며, 이에 따라 제2단락(5~8행)은 향 연기가 법계에 가득 퍼지는 것을 노래한 것으로 보았다. 최근의 구결연구에서도 김유범(2010)은 이를 이어 법공(法供)을 실은 향연(香煙)을 따라 법계를 가득 채운 부처의 모습을 떠올리게 된다고 하였다.

또한 김완진(1980)은 낙구에서 '법공(法供)'의 '법(法)'은 '불(佛)'의 약자인 '불(仏)'을 잘못 읽은 데서 오는 오류라 하면서, 이 구절은 『화엄경』에서 '선남자(善男子)! 제공양중(諸供養中), 법공양최(法供養最)'라 한 부분에 해당하는 것으로서, 법공양이 모든 부처 공양 가운데 최고의 것임을 강조하는 곳이니, 그 많은 공양을 다시 법공양이라고 해서는 말이 되지 않는다고 하였다.[11]

9 　復次, 善男子! 言廣修供養者：所有盡法界、虛空界十方三世一切佛刹極微塵中, 一一各有一切世界極微塵數佛, 一一佛所種種菩薩海會圍遶, 我以普賢行願力故, 起深信解, 現前知見, 悉以上妙諸供養具而爲供養。所謂：華雲、鬘雲、天音樂雲、天傘蓋雲、天衣服雲、天種種香、塗香、燒香、末香, 如是等雲, 一一量如須彌山王; 然種種燈, 酥燈、油燈、諸香油燈, 一一燈炷如須彌山, 一一燈油如大海水, 以如是等諸供養具常爲供養。善男子! 諸供養中, 法供養最。所謂：如說修行供養、利益衆生供養、攝受衆生供養、代衆生苦供養、勤修善根供養、不捨菩薩業供養、不離菩提心供養。善男子! 如前供養無量功德, 比法供養一念功德百分不及一, 千分不及一, 百千俱胝那由他分、迦羅分、算分、數分、諭分、優婆尼沙陀分亦不及一。何以故? 以諸如來尊重法故, 以如說修行出生諸佛故。若諸菩薩行法供養, 則得成就供養如來, 如是修行是真供養故。此廣大最勝供養虛空界盡、衆生界盡、衆生業盡、衆生煩惱盡, 我供乃盡。而虛空界乃至煩惱不可盡故, 我此供養亦無有盡, 念念相續, 無有間斷, 身、語、意業無有疲厭。

10 　至誠明照佛前燈 願此香籠法界興 香似妙峯雲靉靆 油如大海水洪澄 攝生代苦心常切 利物修行力漸增 餘共取齊斯法供 直饒千萬摠難勝.

11 　김완진, 앞의 책, 172~173쪽.

<표 7> 제1,2,3수의 구조 분석표

	「예경제불가」	「칭찬여래가」	「광수공양가」	단락의 특징
1행	마음의 붓			작은 사물, 事象을 통해 정성을 표방하고, 그 공덕이 널리 확산되기를 기원함.
2행		사뢰는 혀	등을 고치는 (손, 마음)	
3행	절하는 몸			
4행	法界~이르거라!	一念에 솟아나라!	大海 이루거라!	
5행	塵塵 부처	塵塵 虛物	法界	우주에 충만한 불성을 경전의 상용구를 나열하여 제시한 후, 제목의 의미를 다지며 기원함.
6행	刹刹	功德	法供	
7행	法界 부처	德海	法界 부처	
8행	~禮 하옵저	~ 기리옵저	~공양하옵저	
9행	아,	아, 비록 한 터럭의 덕도	아 법공양이야 많으나	1단락에서 제시한 정성과 관련된 소재를 받아 기원, 탄식, 감탄의 내용으로 마무리함. 수미쌍관의 표현.
10행	이에 부지런히(항상) ~하리라.	못 다 사뢰네.	이 어와 최승공이여.	

이에 대해 반론을 전개하는 대신 「보현십원가」에서 성격이 같은 작품을 함께 검토하기로 한다. 「보현십원가」 11수를 전체적으로 보면 제1 「예경제불가」와 제2 「칭찬여래가」 그리고 제3 「광수공양가」는 종교적인 대상에 대한 예경과 공양을 노래한다는 점에서 비슷한 성격을 지니고 있다. 제4 「참회업장가」에서 노래한 악업을 참회하기 위해서라도 예경의 대상이 되는 여래의 존재를 찬미하고 공경하겠다는 다짐을 먼저 하게 되는 것이다. 그 결과 세 수는 향가 10행의 작시 구조에 있어서 동곡이음(同曲異音)일 정도로 유사한 특징을 보여준다. 이를 간단하게 정리한 것이 <표 7>이다.

<표 7>에서 주목되는 것은 3단락(9~10행)이다. 「예경제불가」는 '경건하고 올곧은 자세로 절하는 이 예경을 부지런히 힘쓰겠다'고 다짐하였고, 「칭찬여래가」는 '나무불이여 하고 사뢰는 혀로 끝없이 칭찬하나, 부

처님 공덕의 털끝만큼도 다 사뢰지 못한다'고 탄식하며 그 공덕을 더 강조하는 내용으로 마무리하고 있다. 모두 1단락에서 제시한 작은 정성과 관련된 다짐과 찬미를 주 내용으로 하고 있다.

「광수공양가」의 해독이나 해석에 있어서 경전과 비교하는 것은 당연한 순서지만 거기에 견인되어 작품의 통일성을 해체해서는 곤란할 것으로 생각한다. 원전을 그대로 두고 '수(手)'로 해독해도 앞의 두 작품의 구조와 견주면서 해석했을 때 전혀 무리 없이 내용이 이해된다면 굳이 다른 글자를 비정할 필요는 없을 것이다.[12]

해독상의 또 다른 문제는 10행의 '이'가 가리키는 바에 관한 것이다. 김완진은 '이'를 법공양으로 보고, 또 그렇게 보기 위해서 논리구조를 고민한 결과, 9행의 '법공(法供)'을 '불공(佛供)'으로 비정하였다. 김유범(2010)은 '아, 법공(法供)이야 있다고 하나 (바로) 여기(此岸)에서야 최승공(最勝供)이네' 정도로 해독하고 있다. 김지오(2012)는 징관의 『보현행원품소』의 내용을 참조하여 '아아 법공양이야 많으나 이(보현행원)에서야말로 최고의 공양이네'라 풀이하였다.

정리하면 김완진은 법공양, 김유범은 여기, 김지오는 보현행원을 가리키는 것으로 본 것이다.

이상의 견해를 뒷받침하는 논리는 이렇다.

(광수공양원에서) 수많은 향공양, 등공양이 있지만 최고의 공양은 법공양이다. 법공양은 바로 부처님 말씀대로 수행하는 공양, 중생을 이롭게 하는

12　김성주(2010)의 「광수공양가」 대목에서도 '手' 정성을 다해 올리는 개개인의 손임을 말하고 있다.

 한국 불교시가의 동아시아적 맥락과 근대성

공양, 중생을 거두어 주는 공양, 중생들의 고통을 대신하는 공양, 착한 바탕 닦는 공양, 보살의 할 일을 버리지 않는 공양, 보리심을 여의지 않는 공양 등이다. 따라서 「광수공양가」 첫 단락의 등공양은 법공양이 아니며 수많은 법공양보다 더 뛰어날 수 없다. 낙구의 "이"가 가리키는 것은 등공양일 수 없다.

그러나 한 편의 작품을 그 자체로 완결된 미적 구조물로 보고, 또 위의 도표에서처럼 연이어 있는 다른 작품과 비교해 볼 때, 「광수공양가」의 작시법은 「보현행원품」이나 『보현행원품소』에 견인되기보다는 앞의 두 작품의 형식 구조에 견인된다고 볼 수 있다. 균여는 중국과 해동의 화엄을 계승한 학자로서, 경론이 있으면 우리말로 풀이하여 남긴 인물이라는 점을 인식할 필요가 있다. 그가 화엄학을 단순한 지식으로 환원하여 설파했다면 우리는 향가 한 작품 한 작품에 대해 경전을 기준으로 재단만 하면 될 터이다. 그러나 「광수공양가」에서 균여는 경전에서 전달하고 있는 언사의 이면에 깊이 들어가 등 공양을 올리는 작은 손을 캐어낸 것이라 하지 않을 수 없다.

등 공양을 하는 화자의 마음은 곧고 경건하며 등불하나를 밝히는 것은 온 누리에 어둠을 씻어내고 빛을 우주에 충만하게 하는 의미를 지닌다. 「보현행원품」에서 다양하게 나열된 등 공양, 향공양에서 등과 향 자체는 단순한 사물들이며 물질적인 공양을 가리키는 것으로 볼 수 있다. 그러기에 이러한 공양보다는 중생을 구제하는 실천적인 행위, 즉 법공양이 더 소중하다고 한 것이다. 이와 달리 「광수공양가」에서 말하는 등 공양의 모습은 단순한 물질 공양으로 환치할 수 없는 깊은 서원과 올곧은 경건함과 간절함이 어우러진 행위이다. 그리고 온 누리의 어둠을 밝히는 상징적인 행위는 곧 경전에서 말하는 법공양의 실천 행위에 다르지 않다. 등공양은 법공양에 해당하며, 간절하고 소박한 서원과 정성이 담긴 기도하는 이의 등불 올리는 행위 자체는 그 어떤 법공양보다 더 진실하고, 가치 있다는 주제가 담겨있다. 따라서 등공양(등공양을 올리는 자세를 내포한)을 법공양으로 보고, 등공양이 그 어떤 법공양보다 더 수승한 공양이라 한 것은 균여의 속 깊은 목소리요, 손을 들어 가리키고자 하는 달일 것이다. 균여는 잠시 경전을 빌었을 뿐 향가를 노래하면서 자신의 대중지향적인 의식을 드러낸 것이다.

2) 임의 부재, 슬픔의 존재론과 초극의 의지 – 「청불주세가」론

부처와 중생의 관계는 사실 「보현십원가」 전편에 흐르는 핵심어다. 그 관계는 절대적 대상에 대한 예경으로 나타날 때도 있고, 중생을 통하여야 부처가 되는 관계, 즉 둘이 아닌 하나의 관계로 나타날 때도 있다. 「보현행원품」에 제시된 여러 가지 가르침의 내용은 향가에서는 서정주체의 목소리를 통해 드러나고 있어 사람의 심금을 울리고 문학적 감동을 배가한다. 권위적이고 교조적인 설법의 전달이 아니라, 아래로부터의 간절한 기도를 통해 기도하는 대상과 기도하는 주체 사이의 거리는 더욱 좁혀지고 시적 대상은 자아화된다. 「청불주세가」는 시에서 대상과의 거리 문제를 생각해 볼 수 있는 작품 중의 하나이다.

<table>
<tr><td>皆佛體</td><td>모든 부처(佛體)</td></tr>
<tr><td>必于化緣盡動賜隱乃</td><td>비록 화연(化緣) 마치셨으나</td></tr>
<tr><td>手乙寶非鳴良爾</td><td>손을 비벼 올리어</td></tr>
<tr><td>世呂中止以友白乎等耶</td><td>누리에 머물기 사뢰나이다.</td></tr>
<tr><td>曉留朝于萬夜未</td><td>새벽으로 아침 밤에</td></tr>
<tr><td>向屋賜尸朋知良闊尸也</td><td>향하실 벗 알았어라.</td></tr>
<tr><td>伊知皆矣爲米</td><td>이를 알게 되매</td></tr>
<tr><td>道尸迷反群良哀呂舌</td><td>길 잃은 무리 슬플세라.</td></tr>
<tr><td>落句 吾里心音水淸等</td><td>아, 우리 마음 물 맑거든</td></tr>
<tr><td>佛影不冬應爲賜下呂</td><td>불영(佛影) 아니 응(應)하시리.</td></tr>
</table>

청불주세원의 내용[13]을 기반으로 하여 창작한 「청불주세가」는 내용상 크게 세 단락(1~4행, 5~8행, 9~10행)으로 나누어진다.

1단락에서는 부처와 화자가 동시에 등장한다. 부처가 이 세상에 내려와 교화의 인연을 다 한 후 열반하는 것을 화연(化緣)이라 한다. 여러 불보살은 보신(報身)과 응신(應身)으로 인연에 따라 제 수행의 단계와 과보에 맞는 지위에 잠시 머물며 수행하고 교화할 뿐이고 어떤 특정한 곳에 영원히 머물 수 없다. 시에서 '교화의 인연을 마친 모든 부처'는 작용(報身)과 모습(應身)으로 교화의 인연을 폈던 모든 불보살을 가리킨다.[14]

---

13 復次, 善男子! 言請佛住世者: 所有盡法界、虛空界十方三世一切佛刹極微塵數諸佛如來將欲示現般涅槃者, 及諸菩薩、聲聞、緣覺、有學、無學, 乃至一切諸善知識, 我悉勸請莫入涅槃, 經於一切佛刹極微塵數劫, 爲欲利樂 切衆生。如是虛空界盡、衆生界盡、衆生業盡、衆生煩惱盡, 我此勸請無有窮盡, 念念相續, 無有間斷, 身、語、意業無有疲厭。

화자는 교화의 인연을 마치고 떠나는 모든 부처님께 두 손을 모두어 '누리에' 머물기를 권청한다. 이 '누리'는 곧 자비심으로 구제해야 하는 중생으로 가득 차 있는 사바세계이며 화자가 머무는 곳이다.

둘째 단락은 여전히 해독과 해석상에 이견이 큰 부분이다.

<table>
<tr><td>양주동</td><td>새벽으로 아침 밤에
향하실 벗을 알았구나.
이것을 알게 됨에
길 잃은 무리 슬프구나.</td></tr>
<tr><td>김완진</td><td>밝는 아침 깜깜한 밤에
보리 향하시는 벗 알아 고침이여.
저 사실 알게 되매
길 몰라 헤매는 무리여 서러우리.</td></tr>
<tr><td>김지오</td><td>새벽으로 아침 검은 밤에
인도해주시는 벗을 잃었는데
이(를) 알게 되니
길 잃은 무리 때문에 슬프구나.</td></tr>
</table>

5행에서 양주동은 '새벽으로부터 아침, 밤에 이르기까지 / 교화의 인연을 마친 부처님들께 간청하실 벗을 알았구나'로 풀이하였고, 김완진

---

14 이상삼, 「부처님이 세상에 오래 계시기를 청하는 노래」, 『새로 읽는 향가문학』, 아세아문화사, 1998, 437쪽 참고.

은 '서(闍)'를 '의(醫)'의 오자로 보고 '보리를 향하는 뜻을 일으킨 중생들을 부처들이 식별하여 그 마음을 고쳐줌을 이르는 것'이라 하였다.

이들 해석은 다시 ① '새벽(으로부터) → 아침 밤', ② '아침 : 밤'의 두 가지로 나누어 볼 수 있다. 양주동과 김지오는 새벽으로부터, 아침, 밤에 이르기까지로 연속적 시간으로 파악하는 듯하고, 김완진은 아침과 밤을 병렬 형태로 파악하는 듯하다. 어떤 견해든 문학적으로 이해할 수 있는 해독이 필요한 것으로 보인다.

먼저 여러 선행 해독문에서 새벽, 아침, 밤의 관계가 적실하지 않다. 저자가 보기에 새벽, 아침, 밤의 관계는 단순한 시간의 순차적 나열이 아니라, 부처와 중생의 관계 속에서 내적 의미망을 가지고 있는 것으로 보인다. 먼저 시간대를 아침과 밤으로 나누어 보면, 아침은 태양의 솟음, 약동, 밝음, 기대와 희망의 의미가 내포된 시간성을 지니며, 밤은 태양의 침잠, 쇠락, 어둠, 회한과 절망의 의미가 내포된 시간성을 지닌다. 이를 기도하는 화자의 심리와 견주어 해석해 보면, 부처가 이 세상에 나투시어 중생들을 응할 때는 희망으로 가득 찬 세상, 즉 아침일 것이며, 교화의 인연을 거두고 열반하는 때는 화자를 깊은 슬픔에 빠져들게 하는 어둠, 밤일 것이다.

6행의 '향한다'는 표현의 주어도 연구자에 따라 서로 다르게 풀이되어 있으며, '벗'이 누구인가에 대해서도 이견이 존재한다. 양주동은 벗을 부처님께 간청하실 중생으로, 김완진은 보리 향할 뜻을 일으킨 중생으로 보았고, 김지오는 인도해주시는 부처로 해석하는 듯하다.

저자의 소견으로는 이 대목은 이 국토를 떠나 다른 세계로 향해 가는 부처님을 가리키는 것이 적합할 것 같다. 그런데 이 누리를 떠나 다른 법계로 향한다고 할 때, 단순하게 아침과 밤에 각각 어딘가를 향해 간다는 것보다는, '새벽으로부터 오셔서, 아침을 지나, 밤을 향해(밤에 이르기까지) 떠나간다'는 의미로 해석하는 것이 시적 의미를 풍부하게 만드는 것은 아닐까 한다. 이는 새벽과 아침, 저녁의 시간성을 고려한 해석이다.

시에서 '벗'은 곧 임이요 부처일 것이다. 중생, 혹은 화자의 입장에서 볼 때, '당신이 떠나시'면 내 마음의 여정도 희망의 나라에서 절망의 나라로, 아침의 세계에서 어둠의 세계로 난 길을 따라 가는 것과 다름없다. 그곳으로 '향해가는 벗을 아는' 것은 화자이자 중생이며, '이를 알게 되'는 것도 역시 화자이자 중생이 된다. '길 잃은 무리 슬플세라' 역시 중생의 탄식이 된다. 이렇게 보면 전체적으로 1단락, 2단락에서 종결어미가 사용된 모든 행위('사뢰나이다', '알았어라', '이를 알게 되매~슬플세라')의 주체는 중생이 되어 일관된 시상의 흐름이 가능해진다.

문학적 해석의 맥락에서 '새벽'의 의미도 심상치 않다. 새벽은 해가 떠오르기 전 먼동이 터오는 미명의 시간대이다. 아침이 화자(중생)이 부처를 만나 경배하고 부처님 하는 모든 일을 배우기를 원하는 깊이 있는 교감의 시간대라면, 새벽은 그러한 부처님을 처음 만나는 강렬한 체험의 시간대요, 임을 알기 전 어둠에 묻힌 나와 전혀 다른 나로 전화하는 엄청난 종교적 체험의 시간대일 것이다.

이는 만해 한용운의 「님의 침묵」의 시상(詩想) 전개방식과 흡사하고 그 시상의 표현에 있어서도 상통하는 바가 있다.

님은 갔습니다 아아 사랑하는 나의 님은 갔습니다

푸른 산빛을 깨치고 단풍나무 숲을 향하여 난 작은 길을 걸어서 참어 떨치고 갔습니다

황금의 꽃같이 굳고 빛나던 옛맹세(盟誓)는 차디찬 티끌이 되어서 한숨의 미풍(微風)에 날아갔습니다

날카로운 첫키스의 추억은 나의 운명의 지침(指針)을 돌려 놓고 뒷걸음쳐서 사라졌습니다

나는 향기로운 님의 말소리에 귀먹고 꽃다운 님의 얼굴에 눈멀었습니다

사랑도 사람의 일이라 만날 때에 미리 떠날 것을 염려하고 경계하지 아니한 것은 아니지만 이별은 뜻밖의 일이 되고 놀란 가슴은 새로운 슬픔에 터집니다

그러나 이별을 쓸데없는 눈물의 源泉을 만들고 마는 것은 스스로 사랑을 깨치는 것인 줄 아는 까닭에 걷잡을 수 없는 슬픔의 힘을 옮겨서 새 희망의 정수박이에 들어부었습니다

우리는 만날 때에 떠날 것을 염려하는 것과 같이 떠날 때에 다시 만날 것을 믿습니다

아아 님은 갔지만은 나는 님을 보내지 아니하였습니다

제 곡조를 못이기는 사랑의 노래는 님의 침묵(沈默)을 휩싸고 돕니다[15]

공교롭게 「님의 침묵」은 10행 구조를 띠고 있는데, 내용 구조 역시 10구체 향가와 상당한 유사성이 발견된다. 1~4행은 임의 이별과 절망감

---

[15] 『님의 침묵』, 범우사, 2006, 16쪽.

을 드러내고, 5행은 첫 만남의 의미를 제시하여 전환의 기능을 하며, 5행~8행은 임의 부재라는 절망을 극복하는 상승의 과정을 드러내고, 9~10행에서는 재회의 확신과 변재(遍在)하는 임의 존재를 확신하는 법열의 울림이 드러나 있다.

「님의 침묵」의 내용 전개를 시적 화자의 입장에서 재구하면 다음과 같이 정리할 수 있다.

임은 떠났다. 그것이 정해진 단계에 따라 교화의 인연을 다하면 떠나야 하는 운명적인 것이든 시대의 아픔 속에서 희망을 상실한 민중들의 아픔을 노래한 것이든 임은 떠났고, 혹은 떠난 것으로 보인다. 임이 떠나는 길을 보면 임의 발자국이 닿기 전과 후가 선명한 대조를 이룬다. 임이 계실 때의 그곳은 대지에 생명이 충만한 '푸른 산빛'을 띠고 있다. 임은 그 푸른 산빛을 아무 주저함 없이 운명처럼 깨치고 떠나버린다. 그런데 임이 향해 가시는 길은 '단풍나무 숲'이다. 임이 가시는 붉은 단풍(길)은 여기서는 화려함보다는 슬픔의 빛이 감도는 조락의 표상이다. 임이 떠남과 동시에 '황금의 꽃' 같은 옛 맹세는 '차디찬 티끌'이 되어 사라져갔다. 이제 어둠이다. 절망이다. 죽음이다. 그러나 임은 날카로운 첫 키스의 추억을 남겼고 그 키스는 나의 운명, 나의 존재의 의미를 완전히 뒤바꿔놓은 절대적인 체험을 선사하였다. 그러기에 나는 슬픔을 희망의 정수박이에 들이부어서 다시 희망의 노래를 부를 수 있는 것이다.

「청불주세가」에서 교화의 인연을 다하고 떠나야하는 상황은 나에게 깊은 슬픔을 건네주는 운명과 같은 것이다. 불보살이 교화의 인연을 펼치는 이 세상에서 우리의 삶은 찬란했으며 중생에게 베푸는 공덕은 곧 부처님께 드리는 공덕이 된다. 부처님의 떠남은 우리 중생을 희망에서 절망으로 빠져들게 하는 사건이 되고, 이는 아침에서 저녁으로 난 길을 따라 벗(임)이 떠난 것으로 표현된다. 그러나 임의 부재(不在), 임과의 단절로 인해 느끼는 절망의 순간에도 끝내 슬픔의 힘을 희망으로 바꾸어 노래 부를 수 있는 것은 '새벽'이라는 '날카로운 첫 키스'의 순간을 체험하고 가슴 깊이 인식했기 때문이다. 만남의 첫 설레임을 새벽으로 치환한 것이다. 그리고 그것이 아침으로 밤으로 향해가는 것은, 만남-교감-이별의 과정에서 느끼는 중생의 마음 상태를 투사한 것이다. 임의 부재에도 불구하고 「님의 침묵」처럼 낙구에서 다시 희망의 노래를 부를 수 있는 것은 바로 이러한 이유 때문이다. 그러기에 '길 잃은 무리의 슬픔'을 토로하면서도 '아, 우리 마음 물 맑거든 부처님 그림자 아니 응하시리?'라는 희망의 노래를 부를 수 있었던 것이다. '아아 님은 갔지만은 나는 님을 보내지 아니하였습니다'라 한 희열의 표현과 같은 맥락이다. 또 한용운이 '다시 바람도 없는 공중에 수직(垂直)의 파문(波紋)을 내이며 고요히 떨어지는 오동잎은 누구의 발자취입니까'(「알 수 없어요」)라고 노래한 것은 바로 우리 마음의 물이 맑으면 온 우주에 온 자연에 하나하나의 사상(事象)에 응하시는 부처의 응신(應身), 변재(遍在)를 세심하게 드러낸 것으로 볼 수 있다.

이처럼 「청불주세가」에 보이는 임(부처, 벗) 부재의 상황, 슬픔의 존재론과 초극의 의지 표명이라는 시상의 전개 방식은 한용운의 「님의 침묵」의 그것과 상통하는 바가 있다.

3) 중생이 부처다 - 「항순중생가」론

　앞서 「광수공양가」에서 등 공양을 그 어떤 법공양보다 훌륭하다고
한 것에 대해 경전의 내용과 다른 균여의 창의적 메시지라고 했으나, 이
를 달리 생각해보면 오히려 균여는 그 어떤 학자들보다 「보현행원품」
을 가장 현실적인 맥락에 맞게, 대중들의 근기에 맞게 재해석했다고 할
수 있다. 따라서 균여의 「보현십원가」는 시적 독자성을 지니되, 여전히
그 근저에는 「보현행원품」이 자리 잡고 있음은 부인할 수는 없다.

　「보현행원품」의 원 제목이 '입부사의해탈경계보현행원품(入不思議解
脫境界普賢行願品)'인 데서 알 수 있듯이, 보현보살의 10종 행원은 불가사
의한 해탈의 경계에 이르기 위한 구체적인 실천 방안을 제시한 것이
다. 보현보살은 행(行)을 상징하는 보살로서, 「보현행원품」의 내용은
특히 현실에서의 실천을 강조하는 현실지향성이 두드러진다. 열 가지
서원 가운데는 중생을 위한 구제에 힘쓸 것을 당부하는 내용이 담겨
있는데 ③ 광수공양원 ⑦ 청불주세원 ⑨ 항순중생원 ⑩ 보개회향원
등에서 이에 관한 내용을 확인할 수 있다. 여기에는 중생 구제가 곧 불
도 성취의 길이라는 메시지가 분명하게 제시되어 있다. 광수공양원에
서는 중생구제의 실천적인 행위가 가장 수승한 법공양이라 하였고,
청불주세원에서는 모든 부처님께 열반에 들지 말고 영원토록 일체중
생을 이롭게 해달라는 권청의 내용을 담고 있다. 항순중생원은 좀 더
구체적이다.

① 선남자여, 중생의 뜻에 항상 따른다는 것은 온 법계 허공계 시방세계의 중생들이 여러 가지 차별이 있어 알에서 나고 태에서 나고 (…중략…) 생각 있는 것도 아니고 생각 없는 것도 아닌 것 따위를 내가 모두 그들에게 수순하여 가지가지로 섬기고 가지가지로 공양하기를 부모같이 공경하고 스승과 아라한과 내지 부처님이나 다름이 없이 받들며, 병든 이에게는 의원이 되고, 길 잃은 이에게는 바른 길을 보여주고, 캄캄한 밤에는 빛이 되며, 가난한 이에게는 묻혀있는 보배를 얻게 하면서 이렇게 보살이 일체중생을 평등하게 이롭게 함을 말하는 것이니라.

② 왜냐하면 보살이 중생을 수순하는 것은 곧 부처님께 순종하여 공양하는 것이 되고, 중생들을 존중하여 섬기는 것은 곧 부처님을 존중하여 받드는 것이 되며, 중생들을 기쁘게 하는 것은 곧 부처님을 기쁘게 함이 되기 때문이니라. 그 까닭은 부처님은 자비하신 마음으로 바탕을 삼으시기 때문이니라. 중생으로 인하여 큰 자비심을 일으키고, 자비로 인하여 보리심을 내고, 보리심으로 인하여 정각을 이루심이,

③ 마치 넓은 벌판 모래사장에 서 있는 큰 나무의 뿌리가 물을 만나면 가지와 잎과 꽃과 열매가 모두 무성함과 같으니,

④ 나고 죽는 광야의 보리수나무도 또한 이와 같아서 일체 중생은 뿌리가 되고, 부처님과 보살들은 열매가 되어,

⑤ 자비의 물로 중생들을 이롭게 하면 모든 부처님과 보살들의 지혜의 꽃과 열매를 이루느니라.

⑥ 왜 그러는가 하면 보살들이 자비의 물로 중생들을 이롭게 하면 아뇩다라삼먁삼보리를 성취하기 때문이니라.

⑦ 그러므로 보리는 중생에게 달렸으니 중생이 없으면 모든 보살이 마침내 가장 훌륭한 정각을 이루지 못하느니라.

⑧ 선남자여 그대는 이 이치를 이렇게 알아라. 중생에게 마음을 평등하게 함으로써 원만한 자비를 성취하고, 자비심으로 중생들을 수순함으로써 부처님께 공양함을 성취하는 것이라고.

⑨ 보살은 이와 같이 중생을 수순하나니 허공계가 다하고 중생계가 다하고 중생의 업이 다하고 중생의 번뇌가 다하여도 나의 순수함은 다함이 없느니라. 염념히 계속하여, 잠깐도 쉬지 않건만 몸과 말과 뜻으로 하는 일은 지치거나 싫어함이 없느니라.[16]

이 대목은 『화엄경』 「보현행원품」에서도 가장 감동적인 구절이라 할 수 있다. 보살이 일체중생을 평등하게 이롭게 하고자 하는 다짐이며,

---

[16] 번역은 무비, 『보현행원품강의』(민족사, 1997)에 따른다. 단락 구분은 이승남의 「중생의 뜻에 수순하겠다는 노래」(『새로 읽는 향가문학』, 아세아문화사, 1998, 476~477쪽)의 구분을 따랐다.

「① 復次, 善男子! 言恒順衆生者 : 謂盡法界、虛空界十方剎海, 所有衆生種種差別, 所謂 : 卵生、胎生、濕生、化生, 或有依於地、水、火、風而生住者, 或有依空及諸卉木而生住者, 種種生類、種種色身、種種形狀、種種相貌、種種壽量、種種族類、種種名號、種種心性、種種知見、種種欲樂、種種意行、種種威儀、種種衣服、種種飮食, 處於種種村營、聚落、城邑、宮殿, 乃至一切天龍八部、人、非人等, 無足、二足、四足、多足, 有色、無色, 有想、無想、非有想、非無想, 如是等類, 我皆於彼隨順而轉, 種種承事, 種種供養, 如敬父母, 如奉師長, 及阿羅漢乃至如來, 等無有異。於諸病苦爲作良醫, 於失道者示其正路, 於闇夜中爲作光明, 於貧窮者令得伏藏, 菩薩如是平等饒益一切衆生。② 何以故? 菩薩若能隨順衆生, 則爲隨順供養諸佛; 若於衆生尊重承事, 則爲尊重承事如來; 若令衆生生歡喜者, 則令一切如來歡喜。何以故? 諸佛如來以大悲心而爲體故。因於衆生而起大悲, 因於大悲生菩提心, 因菩提心成等正覺。③ 譬如曠野沙磧之中有大樹王, 若根得水, 枝葉、華果悉皆繁茂。④ 生死曠野菩提樹王, 亦復如是。一切衆生而爲樹根, 諸佛菩薩而爲華果, ⑤ 以大悲水饒益衆生, 則能成就諸佛菩薩智慧華果。⑥ 何以故? 若諸菩薩以大悲水饒益衆生, 則能成就阿耨多羅三藐三菩提故。⑦ 是故菩提屬於衆生, 若無衆生, 一切菩薩終不能成無上正覺。⑧ 善男子! 汝於此義應如是解。以於衆生心平等故, 則能成就圓滿大悲, 以大悲心隨衆生故, 則能成就供養如來。⑨ 菩薩如是隨順衆生, 虛空界盡、衆生界盡、衆生業盡、衆生煩惱盡, 我此隨順無有窮盡, 念念相續, 無有間斷, 身、語、意業無有疲厭。」

중생을 기쁘게 하는 것은 곧 부처님을 기쁘게 하는 것이라는 보현보살의 메시지는 간단하나 대단히 실천지향적인 현실적인 힘을 뿜어내는 메시지다.

향가 「항순중생가」는 중생이 부처가 되는 이유를 설파한 인용 대목을 노래로 부른 것이며, 경전의 내용을 기본으로 하되 무리 없이 훌륭하게 시적 구조물로 창조하였다. 향가 1, 2행은 「보현행원품」의 4, 7단락, 향가 3, 4행은 「보현행원품」의 3, 5, 6단락, 향가 5, 6행은 「보현행원품」의 1단락, 향가 7행은 「보현행원품」의 9단락, 향가 9, 10행은 「보현행원품」의 2, 8단락을 시적으로 표현한 것으로, 「항순중생가」는 항순중생원의 거의 모든 부분이 빠짐없이 가요로 응축하여 시적으로 구조화하였다.[17]

覺樹王焉	각수왕(覺樹王)은
迷火隱乙根中沙音賜焉逸良	길 잃은 이를 뿌리 삼으신 이라,
大悲叱水留潤良只	대비(大悲)의 물로 젖어서
不冬萎玉內乎留叱等耶	안 이우는 것이어라.
法界居得丘物叱丘物叱	법계(法界) 가득 구물구물
爲乙吾置同生同死	하거늘 나도 동생동사(同生同死)
念念相續無間斷	염념상속무간단(念念相續無間斷)
佛體爲尸如敬叱好叱等耶	부처(佛體) 할 듯 공경(敬)하리라

---

17 이승남, 위의 글, 477~481쪽.

打心 衆生安爲飛等　　　　　　아, 중생(衆生) 편안(安)하거든

佛體頓叱喜賜以留也　　　　　부처(佛體) 모두 기뻐하시리라.

각수(覺樹)는 보리수(菩提樹)다. 세존이 이 나무 밑에서 정각(正覺)을 이루었기 때문에 나무중의 왕이라 한다. 각수왕(覺樹王)은 물론 부처님과 부처님을 상징하는 나무가 중첩된 시어이다. 부처님이 그 큰 나무라면 길 잃은 중생은 뿌리가 된다. 부처님이 부처님인 이유는 길 잃은 무리들을 대비(大悲)의 물로 적셔주기 때문이다. 중생에 대한 애긍심, 그들의 고통을 구제하려는 자비심은 작은 눈물로 화하고 큰 법우로 화하여 대지를 적신다. 중생이 있기에 부처가 있으며, 중생이 없으면 부처도 없다. 이는 중생이 곧 부처라는 명제의 다른 표현이다.[18]

둘째 단락에서 '법계 가득 구물구물'한 존재는 바로 중생을 가리킨다. 항순중생원에 제시된 태란습화 등 약 40가지로 표현된 시방세계의 갖가지 차별 있는 중생을 압축한 것이다. '(그들과 함께) 나도 동생동사(同生同死)'하리라는 표현은 항순중생원의 ① 단락에서 중생을 따라주고 섬기고 공양하는 여덟 가지의 구체적인 예를 응축한 것이다.[19] 그리고 매 순간마다 계속하여 끊임없이 중생을 부처님 공경하듯 공경하리라는 다짐으로 마무리 하고 있다.

「보현행원품」의 사상을 보현사상이라고 할 때 보현사상은 매우 실천

18　이러한 균여의 메시지는 경전에 있는 내용의 시적 변형에 불과할 수 있으나, 이것이 담벽에 쓰이고, 사람들이 외워 부르는 실현 양상을 통해 볼 때 현실정치적 파급효과는 사뭇 다르게 나타날 것으로 추정한다.

19　이승남, 위의 글, 479쪽.

성이 강한 현실지향적 사상이라 하지 않을 수 없다. 「항순중생가」는 중생구제의 공덕을 가치 있게 전달하고, 중생을 편안하게 하는 것이 부처님을 기쁘게 해드리는 것이라는 메시지를 담고 있다. 물론 위에서 살펴본 바와 같이 이는 항순중생원의 내용을 폭넓게 수용한 것이어서 작가의 독자적인 목소리라 보기는 어렵다. 그러나 작가의 전기에 보이는 중생구제의 여러 일화를 통해 볼 때 시적 화자의 목소리에서 작가의 진정성을 겹쳐 독해하는 데 큰 무리가 따르지 않는다. 노래를 펴서 세상을 교화시킨 것 자체가 중생 구제의 실천임은 물론이다.

『균여전』 제7 「가행화세분」에 수록된 향가의 말미에는 향가의 효력과 대사의 향가를 통한 중생 치유의 실천행이 소개되어 있다.

위의 노래는 사람들 사이에 퍼져서 가끔 담벼락에 쓰이기도 했다. 사평군의 나필급간이 삼년간 고질병을 앓았는데 의술로 고쳐지지 않았다. 대사께서 가서 보시고 그 괴로워함을 가엾게 여겨 이 원왕가를 직접 구술해 주시고 항시 읽도록 권하였다. 그 후 어느 날, 공중에서 외치는 소리가 있었다. '그대는 큰 성인의 노래의 힘을 입어서 아픈 것이 반드시 나으리라' 하였는데 그 뒤 병이 곧 나았다.[20]

「보현십원가」는 실제적으로 대중 치유의 방편으로 쓰였고 그 효과 또한 적지 않았다는 실질적인 기록인 셈이다.

20　石歌播在人口 往往書諸墻壁(傳中不載 歌詞今錄附之) 沙平郡那必及于(新羅職) 縣痼三年 不能醫療 師往見之 憫其苦 口授此願王歌 勸介常讀 他日有空聲唱言 汝賴大聖歌力 痛必差矣 自爾立效.

한편『균여전』에 보면 균여는 강력한 중앙집권 정책을 펼친 고려 4대 임금 광종과 매우 가까운 관계를 형성하고 있다. 광종은 균여를 중용하였으며, '일즉다(一卽多)요 다즉일(多卽一)'로 요약되는 화엄의 논리가 호족연합체인 고려에서 호족의 세력을 무력화하고 강한 전제정치를 확립하는 과정에서 정치논리로 활용되었다는 견해도 있다.[21]

그런데 이것이 사실이라면 균여가 「보현십원가」를 통해 깨달음에 이르는 실천행을 노래하고, '중생이 부처다'라는 논리로 대중구제를 주창하는 것은 당시에 어떤 영향을 끼쳤을까? 또 향가의 주술적 힘에 실려 가가호호 전파된 그의 사상은 어떤 파급력을 지니게 되었을까?『균여전』에는 향가의 신이한 힘과 노래의 치유력에 대해서만 소개하고 있을 뿐이다. 이처럼 '중생이 부처다'라는 경전의 내용을 고려의 현실언어로, 쉬운 입말로 널리 퍼뜨릴 때 당대 정치 현실에서 수용되는 양상에 대해서도 더 살펴볼 여지가 남아있다.

이에 대해서 저자는 역사학자가 아닌 이상 자세한 논의를 전개할 수는 없다. 다만『균여전』제9「감응항마분(感應降魔分)」에 귀법사의 승려 정수(正秀)의 '참소'로 죽을 지경에 이르렀다가 오히려 정수와 그의 속형(俗兄)이 죽음을 당했다는 기록, 또 같은 대목에서 영통사 백운방(白雲房)이 오래되어 무너지려고 해 대사가 중수하였는데 이로 인하여 지신(地神)의 책망을 받아 재앙과 변괴가 날마다 일어났다는 기록 등을 볼 때, 균여가 광종의 후원을 받은 대사로서 언제나 일정한 영향력을 끼쳤던

---

21 김두진,『균여화엄사상연구—성상융회사상』(일조각, 1983)에서 이러한 관점을 확인할 수 있다.

것은 아니며, 정치적 부침을 겪는 현실 지식인이었음을 확인할 수 있다.

그리고 출생에서부터 자세하게 소개된 균여의 전기는 오히려 입적하는 대목(제10 「변역생사분(變易生死分)」)에서 대사의 입적 상황과 국왕의 대우 등이 자세하지 않다. 다만 어떤 이상한 승려가 자칭 비바시[毘婆尸] 보살이라고 하면서 일본으로 떠나가는데 후에 알고 보니 균여대사가 입적한 날이었다는 상당히 비유적인 표현으로 마무리하고 있을 뿐이다. 『균여전』에서 강조하는 광종과의 인연에 비하면 말년의 균여는 매우 등한한 대우를 받고 있는 것으로 추정된다. 또 귀법사 승려 정수(正秀)가 균여를 참소했던 개보(開寶) 연간(968~975)에 균여의 향가를 한시로 번역했던 신라 6두품 출신의 최행귀도 죽음을 당했다는 점도 예사롭지 않다.[22]

최행귀는 967년에 향가를 번역하였다. 이에 비추어 「보현십원가」는 967년(균여 45세) 직전의 어느 시기에 지어진 것으로 추정된다.[23] 역사학계의 논의에 따르면 최행귀 역시 광종의 왕권 강화에 기여한 인물인데, 광종의 전제화에 대한 호족들의 반발도 만만치 않았다고 한다. 965년(광종 16)에 서필(徐弼)이 광종의 측근세력을 비판한 이후, 측근 세력 간의 분열이 일어나서 972년(광종 23)에 이르러 왕권의 전제화는 실패로 기울게 되었다.[24]

---

22 조선영, 「업장을 참회하는 노래」(『새로 읽는 향가문학』, 아세아문화사, 1998, 384~394쪽)에서는 『고려사』와 『고려사절요』에서 이 시기의 정치적 혼란상을 추출하고 이를 참회업장의 내용과 관련시켜 논의를 전개하였다. 지나친 유추의 한계가 있기는 하나 문학을 당대의 현실에 비추어 해석하려는 시도 자체는 긍정적으로 평가할 수 있다.
23 김지오, 「『균여전』 향가의 해독과 문법」, 동국대 박사논문, 2012, 14쪽.
24 장일규, 「고려 광종대 유교적 정치이념과 최행귀」, 『한국학논총』 34, 국민대 한국학연구소, 2010, 568~575쪽.

광종의 전제정치가 응집력을 가졌던 전반기와 호족의 반발로 응집력
이 와해되고 광종의 측근들이 도태되기 시작하는 후반기의 분기점에
향가가 창작된 것이다. 이것이 단순히 우연의 일치인지는 모르나 향가
가 대중적으로 파급되는 효과를 감안하면 향가의 정치적 의미는 작지
않다고 볼 수 있다.

결국 균여는 고려 광종대 전제정치를 실현하는 데 사상적인 근거를
제시한 인물로 평가되고 있으나, 노래에 담긴 대중지향성과 중생을 위
한 실천의지를 확인하고, 그가 겪은 정치적 부침을 고려한다면, 기존의
평가가 균여의 일생을 통해 일관되게 적용될 수는 없을 것으로 판단한
다. 균여의 「보현십원가」는 경전의 내용에 기초하여 '민중이 곧 부처다'
라는 주제를 노래하고 있는바, 그것이 고려 정치의 현실맥락에 끼치는
영향력은 없지 않았을 것으로 추정한다.[25]

3. 화엄시가의 표현 미학

균여는 평생 화엄학의 저술을 주해하고 우리말로 강의한 화엄학자이
다. 중국에서 화엄학이 하나의 철학체계로 정립된 것은 두순(杜順, 558~

---

[25] 이상의 결론은 향가 작품의 독해에서 얻게 된 하나의 가설에 지나지 않는다. 균여 작품에 드
러난 사상과 현실 상황과의 관련에 대해서는 앞으로의 과제로 남겨둔다.

⑥⑩부터라 한다. 두순은 『법계관문』에서 일진법계를 4법계로 나누어 제시하였는데 이는 후대 화엄학 발달의 중요한 기반이 되었다. 두순의 계승자는 지엄(智儼, 602~668)이며, 지엄의 문하에서 법장(法藏, 643~712)과 의상(義湘, 625~702)이 수학하였다. 법장은 화엄학의 이론을 집대성하고 체계를 완성시켜 화엄종의 제3조(祖)로 인정받고 있으며, 의상은 교학적인 면보다는 실천수행에 더욱 주력하는 모습을 보인다. 균여는 이들 지엄과 법장, 그리고 의상의 저술에 대한 주석서를 펴냄으로써 중국 화엄학과 해동 화엄학의 전통을 잇는 인물로 평가받고 있다.[26]

한편 「보현십원가」 서문은 균여의 문학사상을 엿볼 수 있는 좋은 자료이다.

> 대저 詞腦라 하는 것은 세상 사람들이 놀고 즐기는 데 쓰는 도구요, 願王이라 하는 것은 보살이 수행하는 데 줏대가 되는 것이라. 그리하여 얕은 데를 지나서야 깊은 곳으로 갈 수 있고, 가까운 데서부터 시작해야 먼 곳에 다다를 수가 있는 것이니, 세속의 이치에 기대지 않고는 저열한 바탕을 인도할 길이 없고, 비속한 언사에 의지하지 않고는 큰 인연을 드러낼 길이 없도다. 이제 쉽게 알 수 있는 가까운 일에 의탁하여 생각키 어려운 심원한 종지를 깨우치게 하고자 열 가지 큰 서원의 글에 의지하여 11수의 거친 노래를 짓는다.[27]

---

26 균여의 저서중 『십구장원통기』(현전) 『수현방궤기』 『공목장기』 『오십요문답기』 『입법계초기』는 지엄의 저서에 대한 주석서, 『석화엄교분기원통초』(현전) 『석화엄지귀장원통초』(현전) 『화엄경삼보장원통기』(현전) 『탐현기석』은 법장의 저서에 대한 주석서, 『일승법계도원통기』(현전)는 의상의 저서에 대한 주석서이다.

27 夫詞腦者 世人戲樂之具 願王者 菩薩修行之樞 故得涉淺歸深 從近至遠 不憑世道 無引劣根之由 非寄陋言 莫現普因之路 今托易知之近事 還會難思之遠宗 依二五大願之文 課十一荒歌之

여기에서 우리는 향가가 세속 사람들이 즐기는 도구라는 향가관(詞腦者 世人喜樂之具), 깊은 사상을 전달하는 도구로서 세속의 노래를 짓는다는 문학관(涉淺入深, 從近至遠, 不憑世道, 無引劣根之由. 托易知之近事, 還會難思之遠宗)을 살펴볼 수 있다. 그런데 균여의 여러 저술에는 이러한 향가론을 뒷받침할 사상적 기저로서 이사무애 혹은 성상융회로 포괄할 수 있는 그의 문학사상을 확인할 수 있다. 균여 저술 중의 이(理)와 사(事)에 대한 풀이를 보면 깨달음의 세계, 불법의 세계는 세속에 전파되는 구체적인 틀을 통하지 않고서는 나타낼 수 없는 것임을 드러내고 있다. 이 틀은 단순하게 '세속'적이며 '비열(卑劣)'한 가치를 지니는 것만은 아니다. '메아리는 소리와 다르지 않다'는 주장은 바로 세속적 문학 형식에 의미를 부여하고 있는 문학론으로 치환하여도 무방할 정도다.[28]

균여대사가 향가를 지은 동기는 불법을 대중의 근기에 맞게 풀어내려는 종교적인 의도가 분명하고, 그 문학적 실천의 사상적 기저는 성상융회라는 철학적 관점이 내재해 있을 것으로 본다. 그리고 「보현십원가」에는 이러한 화엄학적 사유가 일정 부분 시가의 표현미학으로 전화되었을 가능성이 크다.

「禮敬諸佛歌」

心未筆留   마음의 붓으로

句(『균여전』 제7 「歌行化世分者」).
28 이 부분은 본서의 「균여의 문학사상과 향가창작의 논리」 부분을 요약 제시한 것이다. 김종진, 앞의 글, 1997, 275~294쪽 참고.

慕呂白乎隱佛體前衣	그리는 부처(佛體) 앞에
拜內乎隱身萬隱	절하는 몸은
法界毛叱所只至去良	법계(法界) 마치도록 이르거라.
塵塵馬洛佛體叱刹亦	티끌[塵塵]마다 부처(佛體)의 세계[刹]요
刹刹每如邀里白乎隱	찰찰(刹刹)마다 모시온
法界滿賜隱佛體	법계(法界) 차신 부처(佛體)
九世盡良禮爲白齊	구세(九世) 다 예(禮)하옵저.
歎曰 身語意業無疲厭	아, 신어의업무피염(身語意業無疲厭)
此良夫作沙毛叱等耶	이에 부질[常] 삼으리라.[29]

「예경제불가」는 내용상 세 단락으로 구분된다. 첫 단락은 시적 화자가 부처님 전에 올리는 예경의 행위를 '붓'으로 상징화하고 있다. 붓은 하나의 가늘고 곧은 심상을 지니는데 부처님을 마음에 그리는 것은 붓 끝을 놀려 그리[畵]는 동작을 나타낸다. 그런데 향찰표기는 '모(慕)'로 되어 있다는 점에서 마음속에 사무치게 그리워하고 간절하게 갈구하는 종교적 행위를 내포하게 된다. '그린다'는 표현이 그림을 그리는 것과 마음으로 그리워한다는 두 가지 의미를 동시에 지니고 있는 것이다.

서두에 등장하는 이러한 중의적 표현은 이 작품이 경전 내용을 노래로 풀어낸 단순한 시가 아니라는 것을 의미한다. 경전은 보현보살이 선재동자에게 인자하나 권위 있는 목소리로 깨달음에 이르는 길을 알려

---

29 작품 해석은 양주동의 해독을 크게 벗어나지 않는데, 마지막 구는 김완진, 김지오의 해독을
   반영하였다.

주고 있고, 장행(長行) 뒤에 따르는 게송에서도 같은 목소리를 들려주고 있다. 그런데 「보현십원가」는 이처럼 부처님을 그리워하고 부처님의 행을 따르고자 간절한 자세를 보이는 시적화자를 등장시킴으로써 교술의 영역을 서정의 영역으로 바꾸고 있다.

첫째 단락이 화자의 정성을 드러내는 부분으로서 작가에 의해 새롭게 창조된 시적 상황임에 비하면 둘째 단락은 경전 내용을 비교적 충실히 요약, 압축하여 시화(詩化)하고 있는 부분이다. 「보현행원품」 정종분의 모든 행원(行願)에는 "온 법계 허공계 시방 삼세 모든 부처님 세계의 아주 작은 티끌 그 하나하나 마다 일체 세계의 아주 작은 티끌만치 많은 수의 부처님이 계시고, 부처님 계신 곳마다 가지가지 보살 대중이 모여서 둘러싸 모시"는 상황이 반복적으로 제시되어 있다. 아주 작은 티끌 하나하나에도 일천 세계의 수많은 부처가 존재한다는 것은 극소 속에 극대가 담겨있는 세계상을 그려낸 것이다. 또한 그것이 중중무진 펼쳐진 화엄의 세계, 즉 화엄만다라를 구현한 것이다.

둘째 단락은 이러한 우주에 충만한 부처님께 과거 현재 미래 각각의 과거 현재 미래 세계를 지나도록, 즉 영원한 시간 동안 예경하리라는 다짐을 담았다. 중중무진한 우주의 공간성과 과거현재미래의 시간성이 만나는 것은 나의 마음의 '붓'으로 '그리'고, 그 간절함을 담아 '절하는' 나의 '몸', 즉 예경의 행위에서 비롯되는 것이다. 몸과 말과 마음으로 닦는 업에 지치거나 싫증내지 않으리라는 다짐은 경전의 행원에 매번 반복되는 다짐을 인용한 것이다. 그리고 이러한 몸, 이러한 마음, 이러한 자세를 항상 마음의 중심에 놓고 부지런히 힘쓰리라는 다짐을 노래하였다.

이렇게 볼 때 「보현십원가」, 특히 「광수공양가」는 경전에 제시된 법계의 중층성을 기본 구도로 제시하면서 앞뒤에 시적 화자의 간절함과 예경을 붓과 절을 통해 대유적으로 드러낸 작품으로, 종교성과 서정성이 절묘하게 결합된 창의적인 노래라 할 수 있다. 이는 균여의 노래를 단순히 경전을 우리말로 노래한 교술시에 머물지 않고 아름다운 한 편의 서정시로 파악하는 요인이 된다.[30]

균여는 「보현십원가」의 예불 관련 세 작품 가운데 첫수인 「예경제불가」에서는 '몸(身)'을, 둘째 수인 「칭찬여래가」에서는 '혀'(語)를, 셋째 수인 「광수공양가」에서는 부처님 전 등불을 고치는 정성(意)을 형상화하였다. 그러나 '신어의(身語意)로 짓는 업(業)'은 '모진 습(習)'에 떨어지게 되는데, 이를 넷째 수인 「참회업장가」에서는 '모진 습(習) 떨어진 삼업(三業) 정계(淨戒)의 주(主)로 삼아' 둔다는 표현으로 제시하였다.

그런데 이는 아주 작은 사물 하나에 전 우주가 다 담겨 있다는 화엄의 세계관과 이어져 있다. 부처님 전에 절하는 몸(「예경제불가」), '나무불'이여 하고 사뢰는 혀(「칭찬여래가」), 부저를 잡고 부처님 전의 등을 고치는 행위(「광수공양가」) 등은 광대무변한 우주에 두루 존재하는 불성에 이르는 아주 작고 소박한 사물이요, 정성에 불과하다. 그러나 향가에서는 이러한 작은 행위, 실천을 통해 법계 가득한 부처를 예경하고 공양할 수 있음을 말하고 있다. 아주 작은 티끌 속에 광대무변한 우주가 담겨있는 것과 같은 논리다.

---

30 이러한 서정 가요화의 배경에는 균여의 시인으로서의 감상이 있었기에 가능한 일이기는 하나, 본질적으로 향가라는 서정시의 형식과 구조 자체가 견인하는 내용적 힘이 작용하고 있다.

이러한 세계 인식뿐만 아니라 균여의 향가에는 동일하거나 유사한 어휘의 반복이 눈에 띈다. 특히 종교적 대상을 예경하는 내용의 세 작품—「예경제불가」·「칭찬여래가」·「광수공양가」—에는 작품의 구조도 비슷하거니와 유사한 어휘를 반복하는 것도 동일하다. 시에서 동일한 어휘의 반복은 시의 밀도를 느슨하게 하는 요인이 되기도 하는데, 균여의 향가에 쓰인 동어반복은 이와 다른 독특한 미감을 선사하고 있다.

「예경제불가」의 경우 '그리는'이라는 표현이 주는 의미의 중층성은 앞에 소개한 바 있다. 이에 더하여 '진진(塵塵)', '찰찰(刹刹)'은 어휘 자체가 중첩된 경우이다. 3행의 '찰(刹)'과 4행의 '찰찰(刹刹)'은 행이 다르지만 가까운 위치에 반복되어 공간성을 확장하는 효과를 불러온다. 2행의 부처(佛體)는 5행과 7행에 반복되어 있어 예경의 대상을 강조하는 효과를 불러일으킨다. 4행의 법계(法界)와 7행의 법계 역시 법계의 중중무진함을 드러내는 효과를 가져왔다. 7, 8행의 '법계'와 '구세(九世)'는 공간과 시간을 나타내는 시어로 대립적이나 하나의 짝을 이룬다는 의미에서 같은 효과를 불러온다.

이들 어휘의 반복을 「칭찬여래가」와 「광수공양가」를 포함하여 도표로 나타내면 〈표 8〉과 같다.

어휘의 중층적 사용은 예경의 향가 세 편에 두드러지는 것인데, 이를 화엄만다라를 문학적으로 구현한 표현 기법이라 부를 수 있다. 이러한 동어반복은 같은 행에서 이루어지기도 하고, 행과 단락을 넘어서 이어지기도 하는 등 다채롭게 나타난다. 단어와 단어가 이어지고, 행과 행이 중첩되는 중층의 구조를 형성하며 궁극적으로는 이 땅에 두루 존재

<표 8> 어휘 반복의 양상

	「예경제불가」	「칭찬여래가」	「광수공양가」
소리의 중첩	塵塵(5행) 刹刹(6행)	塵塵(5행)	佛佛(8행)
동어 반복	佛體(2, 5, 7행) 法界(4, 7행)	사뢰는(2행) : 사뢰네(10행) (功)德(6행) : 德(海)(7행) 一(念)(4행) : 一(毛)(9행)	燈 : 佛前燈(2행), 燈炷(3행), 燈油(4행). 手(5, 6행) 法界(5, 7행) 供 : 法供(6, 9행), 供하옵저(8행), 最勝供(10행). 佛 : 佛[前](2행), 佛體(7행), 佛佛(8행)
의미의 중첩	그리는(2행)		
유사어	몸(3행) : '身'語意業(9행)	無盡(3행) : 가없는(7행)	
대립어	法界(4, 7행) : 九世(8행)	無盡(3행) : 一念(4행), 一毛(9행)	須彌(3행) : 大海(4행)

하는 불성을 보여주는 것으로도 해석할 수 있다. 제1단락에서 제시한 현재적 화자의 다짐이 제2단락의 화엄의 세계에서는 과거 현재 미래를 포함하는 영원성으로 확장된다.

일견 산만해 보이는 이러한 반복의 표현들은 10구체 향가가 지니는 형식 구조의 안정성과, 아주 작은 행위의 공덕(절하는 몸, 나무불이여 사뢰는 혀, 부저 잡으며 고치는 부처님 전의 등불)을 통해 광대무변한 법계에 이르기를 기원하는 내용 구조의 안정성 때문에 전혀 시적인 성취를 약화시키지 않는다. 오히려 작품의 씨줄과 날줄이 교차하는 지점에 고갱이가 되어 작품의 전달력을 배가하며, 이것과 저것, 여기와 저기가 인과로 연결되는 연기론적 사유와, 하나 속에 전체가 있고 전체가 곧 하나로 귀결된다는 화엄적 사유를 작품 속에 안정감 있게 구현하는 데 기여하고 있다. 이는 곧 화엄시가인 「보현십원가」의 미학적 특징이 된다.

동아시아 선가(禪歌)의 비교문학적 연구 서설

13·14세기 동아시아 문예사조로서 선가(禪歌)의 창작과 교류

1. 왜 선가(禪歌)인가?

중세는 공동문어와 보편종교를 축으로 하여 공동문명을 형성하던 시기이다. 이 시기에는 각 문명권별로 공동문명과 민족문화가 상호 작용하면서 각국에 다양한 문화현상을 파생시켰다. 동아시아의 공동문어와 보편종교를 중심에 놓고 볼 때, 이 시기는 불경 번역과정에서 산출된 한문 경전과, 각국에서 산출된 자국어문학이 공동문명에 동등한 자격으로 이바지하고 있는 양상을 보인다. 불경 번역과 유통 과정에서 확인되는 중세보편주의와 민족문화의 긴장과 교섭은, '하나이면서 여럿'이며, '여럿이면서 하나'인 동아시아 문학을 형성한다.[1] 보편종교가 각 민족의 언어를 통해 수용되는 과정에서 형성된 언어구조물의 창조와 변이에 대한 연구는 한국문학사 연구 영역을 확장하고 한국문학을 동아시아

---

1 조동일, 『하나이면서 여럿인 동아시아문학』, 지식산업사, 2003, 86쪽.
  임기중, 「동아세아 불교문학 연구의 의미」, 『한국고전문학과 세계인식』, 역락, 2003, 446쪽.

문학사의 흐름 속에서 객관적으로 조망하는 의의가 있을 것으로 기대한다.

이러한 관점에서 이 글은 13세기 말과 14세기 전반기에 이루어진 원나라와 고려, 일본의 선승들 간의 교류 양상을 살피고 이들의 교류가 자국의 문학사에서 어떤 양상으로 나타나는지 고찰하고자 한다. 중세 후기에 해당하는 이 시기에 동시대적인 교류를 나누었던 일군의 선승(禪僧)들은 한중일(韓中日)의 선종사(禪宗史)에서 사상적 변화를 주도한 주인공으로 인정받고 있으며, 대부분 어록(語錄) 형태의 문집을 남겨놓았는데, 여기에 이 글의 연구 대상인 선적(禪的)인 내용을 담은 한문가요(漢文歌謠)가 다수 수록되어 있다. 이 작품들은 한시의 엄격한 리듬을 벗어난 경우가 많으며 구비적 속성이 반영되어 있고, 일반적으로 '○○歌' 형태의 제목을 가지고 있다. 그리고 이들 작품은 대부분 선종(禪宗)이 지향하는 바와 선적(禪的)인 흥취를 노래하고 있기 때문에 '선가(禪歌)'라 통칭한다.

물론 어록에 선가가 수록된 시기는 당송(唐宋)시대에도 있었고 14세기 이후의 문집에서도 간혹 발견된다. 그러나 이 시기에는 다른 시대에서 찾아보기 힘들 정도로 다수의 작품이 집중적으로 산출되었고, 선사들 간에 동시대적인 교류의 자취가 뚜렷하게 보인다. 따라서 선가의 유행을 이 시기의 하나의 운동성을 지닌 문학현상으로 바라볼 필요가 있다. 이 글은 이들 선사들의 사상적 교류의 양상을 살피고, 이를 토대로 각국에서 창작된 선가를 상호 비교하여 그 문학적 영향관계를 살펴보고자 한다. 문학적 영향관계에는 공간적으로 원과 고려, 일본 사이에 존재하는 영향의 측면에서부터 자국어시가와의 관련성까지 거론될 수 있을 것이다. 다만 이 글은 이 방면 연구의 시론 차원에서 3국에서 창출한 선가 자료의 양상을 소개하고 그 영향의 가능성과 각국 선가의 특징적 면모를 드러내는 것으로 논의의 범위를 좁히고자 한다.

이 글과 관련된 선행 연구는 거시적인 연구 방법론에서 구체적인 상호 비교 연구에 이르기까지 세 가지로 분류될 수 있다.

첫째, 동아시아의 문학사에서 문명권에 걸친 공동문어문학과 자국어문학 간의 관련성 고찰한 연구[2]이다. 이들 논의는 거시적인 측면에서 이론을 제시하고 구체적인 측면에서 그 대상을 검토하는 데 요긴한 도움을 준다. 특히 조동일(1993)은 13 · 14세기 선시가 한중일, 베트남으로 영향을 끼쳐 자국어시가의 변동과 연계되고 있다는 점을 문학사적인 시각에서 거론하였다.[3] 둘째, 고려 말의 선시(禪詩)와 동아시아 선시의 비교 연구이다.[4] 특히 인권환은 고려 말의 선시와 일본 오산문학의 선시를 비교하는 논문으로 이 방면 연구의 선편을 잡았다. 이 글은 이러한 선학들의 제언에 따라 동아시아의 문학에 대한 통합적 연구를 지향하되, 다만 범위를 선가에 국한하여 논의를 전개하고자 하는 것이다. 셋째, 한국문학에서 가사(歌辭)장르의 발생론과 관련하여 선가가 거론되었다.[5] 가

---

2 조동일, 『동아시아문학사비교론』, 서울대 출판부, 1993.
   조동일, 『하나이면서 여럿인 동아시아문학』, 지식산업사, 2003.
   임기중, 『한국고전문학과 세계인식』, 역락, 2003.
3 조동일, 앞의 책, 1993, 359~376쪽.
4 인권환, 『高麗時代 佛教詩의 研究』, 고려대 민족문화연구소, 1983.
   이종찬, 『韓國의 禪詩 : 고려편』, 이우출판사, 1985.
   인권환, 「高麗後期 禪詩 研究의 東亞細亞的 地平과 視角」, 『고전문학연구의 쟁점적 과제와 전망』, 월인, 2003a.
   인권환, 「高麗 禪詩와 日本 五山詩의 比較 研究」, 『한국한문학연구』 31, 한국한문학회, 2003b.
5 조동일, 『한국문학통사』 2, 지식산업사, 2005, 195~203쪽.

사의 율격이 민요에서 유래했는지 신라시대의 화청(和請)에서 유래했는지 관점은 다르지만 이들은 공통적으로 고려 말 선가에서 가사의 연원을 찾고 있다. 다만 선가의 연원이 당나라 때의 「증도가(證道歌)」에 있다는 사실 이외에 더 이상의 구체적인 논의는 전개되지 않은 상황이다.

해외의 연구 경향을 소개하면, 중국의 경우 원대(元代) 강남 지역의 불교에 대한 논의가 활발한 가운데 작가적 정보와 고려·일본과의 교류 양상이 일부 소개된 정도로 파악된다.[6] 일본의 경우 오산문학(五山文學)을 중심으로 많은 연구가 진행되었고, 자료의 집성과 해석, 문학적 성격 분석 등에 많은 연구 성과가 있다. 또 오산문학에 포함되지는 않으나 동시대의 문학으로 유의미한 관련을 가지는 환주암파(幻住庵派, 中本派)에 대해서도 연구가 진행되었다.[7]

이상을 살펴보면 중국, 일본에서도 일반적으로 선가를 비롯한 선시의 창작과 유통에 대해 동아시아적 시각에서 접근한 예는 드문 것으로 파악된다. 이러한 시각을 견지한다 하더라도 대부분 선가가 당나라 영가현각(永嘉玄覺, 665~713)의 「증도가(證道歌)」의 영향을 받았다는 정도로 기술하고 있을 뿐이다. 원나라와 고려, 일본의 선사들의 교류에 따라 형성된 상호작용으로서 선가 창작의 시대적 의의를 밝히며, 각국에서

조동일, 『동아시아문학사비교론』, 서울대 출판부, 1993, 362쪽.
박경주, 『한문가요연구』, 태학사, 1998.
김종진, 『佛敎歌辭의 계보학, 그 문화사적 탐색』, 소명출판, 2009.
김학성, 「가사 양식의 전통 유형과 계승 방향」, 『고시가연구』 23, 2009, 155쪽.

6 紀華傳, 『江南古佛 : 中峰明本與元代禪宗』(中國社會科學出版社, 2006)의 참고문헌에 원나라 불교계의 상황에 대한 다수의 연구서가 포함되어 있다.
7 일본의 오산문학에 대한 연구현황은 인권환의 글(2003b)에 인용된 서목을 참고할 수 있다.

전개된 선가의 문학적 경향을 파악하는 일은 현 단계의 연구 과제라 할
수 있다.

2. 선가의 형식과 연원

이 글에서 대상으로 하는 원나라와 고려후기의 선가는 사실 이 시대
에 평지돌출된 것은 아니다. 문학적 연원으로서, 사상적 연원으로서 선
가는 그 이전에도 존재했으며 형식적인 측면에서도 역시 새로운 것은
아니라고 할 수 있다. 예를 들어 원대 선가의 창작의 원류 혹은 전사(前
史)로서 7~9세기에 걸쳐 「신심명(信心銘)」·「증도가(證道歌)」·「참동계
(參同契)」·「초암가(草庵歌)」·「낙도가(樂道歌)」·「일발가(一鉢歌)」·「목
호가(牧護歌)」·「고경가(古鏡歌)」·「심주가(心珠歌)」·「부구가(浮漚歌)」·
「십이시가(十二時歌)」 등이 창작되었다.[8] 이들은 송대(宋代)에 간행된『전
등록』에 수록되어 불가의 주요한 정전으로 자리 잡고 있다. 또 이들 가
요는 선어록의 다른 형태로서 선가의 전통을 잇는데, 불가에서는 수도
시(修道詩)라는 이름으로 전승되어 오고 있다. 이 가운데 「신심명(信心
銘)」·「참동계(參同契)」·「보경삼매가(寶鏡三昧歌)」·「증도가(證道歌)」 등

---

8 김월운 역, 『전등록』(전3권), 동국역경원, 2008.

이 불가에서 수행의 요체를 전달하는 중요한 수도시로 전승되었으며, 특히 「증도가(證道歌)」는 33777조의 형식을 정립한 작품으로서 후대의 선가의 창작에 많은 영향을 끼치게 되었다. 따라서 후대에는 33777조나 3777조의 율격을 가지는 작품을 증도가류 작품으로 공인하는 경향이 있다.[9]

이처럼 「증도가(證道歌)」가 불가(佛家)문학, 선가(禪歌)문학 내에 가송(歌頌)의 한 양식으로서 각인된 것은 분명하나 그 양식의 연원에 대해서는 아직 명확하게 밝혀지지 않았다. 일반적으로 선가가 민요적 속성을 지닌 것으로 파악되는 정도이다. 이종찬은 "선가(禪家)에서 가송(歌頌)의 시초는 영가대사(永嘉大師)의 「증도가(證道歌)」로 보아야 할 것이다. 이 「증도가」의 율조는 33777이다. 이 「증도가」가 지어진 때는 아직 사(詞)가 그리 흔하게 유행되지 않았으므로, 이는 그 때의 노래 율조가 반영된 것으로 보인다"[10]라고 하여 당대(唐代)의 악부, 민요의 영향으로 이러한 양식적 특질이 창안된 것으로 보았다.[11] 박경주는 "선가 계열의 작품은 기본적으로는 음영의 방식으로 향유되었으나, 매우 흥겨운 노래

---

9 고려말 태고보우와 나옹화상에 대한 기록에는 선가를 '永嘉體', '永嘉句法'이라 부른 용례가 확인된다.
   "辛巳年 住漢陽三角山重興寺 卓庵於東峯 扁曰太古 倣永嘉體 作歌一篇"(「太古寺 圓證國師塔碑文」, 『신증동국여지승람』「한성부」).
   "至於三歌。如出二人之手。必其硏精覃思而作者也。不然。何以倣永嘉句法哉"(『牧隱文藁』卷之十三,「書懶翁三歌」).
10 이종찬, 앞의 책, 57쪽.
11 이미 당 이전에 長短句, 歌 계열의 한시에서 337조나 377조, 4언 5언 6언의 자유로운 교체 양상을 살펴볼 수 있다. 당대 유행하는 가요 형식을 차용하여 홍법의 매체로 활용하는 불가 문학의 전통링, 禪歌 역시 낭내에 널리 유행하는 양식을 활용하였으며, 일단 불가에 정착한 후에는 하나의 양식으로 굳어진 것으로 추정할 수 있다.

일 경우는 창에 가까운 방식으로 불리기도 한 것"이라 하였다.[12] 과연 선가가 어떤 방식으로 불렸는지 파악하기는 어렵지만, 현재 전하는 나옹화상 선가의 경우 판본에 따라 글자의 넘나듦이 일반 한시에 비해 상대적으로 큰 것은 이러한 구연의 정황을 반영하는 것으로 볼 수 있다.[13]

「증도가」는 인간의 본래 모습을 "절학무위한도인(絶學無爲閑道人)"으로 설정하여 대립과 분별을 초월한 절대 세계에 살아가는 경지를 제시한 가요로서, 불립문자(不立文字) · 교외별전(敎外別傳)의 현지(玄旨)가 무엇인가를 잘 드러낸 작품이다.[14] 「증도가」는 중국에서는 영가현각(永嘉玄覺, 665~713)의 작품으로 선림에서 전창(傳唱)되어 오다가 송대(宋代)에 남명전선사(南明泉禪師)가 이 노래를 구마다 나누어 계송(繼頌)하여 320수의 『남명전화상증도가계송(南明泉和尙證道歌繼頌)』을 간행(1076)한 바 있다. 고려에서는 1089년 보제사(普濟寺)에서 요오(了悟) 등이 문종비(文宗妃) 숭화궁주(崇化宮主) 김씨(金氏, ?~1094)의 시주로 『영가대사증도가』를 간행하였다. 「증도가」는 이후 우리나라에서 가장 많이 유통된 선가의 지침서 중 하나가 되었다.[15] 또한 고려시대에는 『남명전화상증도가계송』도 다시 활자본으로 간행된 바 있다(고려고종 26년, 1239). 그리고 이 계송에

---

12 박경주, 앞의 책, 73쪽.
13 『나옹화상가송』은 국립도서관소장본, 월정사연활자본, 조선불교통사 수록본 등이 있는데 글자간의 넘나듦이 크다(『한국불교전서』 6, 730~731쪽의 교감본 참조). 「歌三首」와 「頌」으로 나뉘어져 있는 이 책의 「頌」 부분 '山居'에는 "흰 구름 쌓인 속에 세 칸 초막이 있어 앉고 눕고 거닐기에 스스로 한가하네 白雲堆裏屋三嘉閒 坐臥經行得自閑"라 하였다. 여기에서 "三嘉閒"은 "三間"을 길게 부르는 과정에서 굳어진 것으로 보인다.
14 최현각, 『선어록산책』, 불광출판부, 2005, 117쪽.
15 강호선, 『고려말 나옹혜근 연구』, 서울대 박사논문, 2011, 236쪽(남권희, 『고려시대 기록문화 연구』, 청주고인쇄박물관, 27쪽 재인용).

대한 고려 쪽의 주석서로 서룡선로(瑞龍禪老) 연공(連公)에 의해『남명전화상송증도가사실(南明泉和尙頌證道歌事實)』(1248)이 대장도감(大藏都監) 남해분사(南海分司)에서 간행된 바 있다.[16]

이색(李穡)의『목은문고(牧隱文藁)』제13권「서증도가후(書證道歌後)」에는 원대(元代)의 선사인 중봉명본(中峰明本)의 유력한 유가(儒家) 쪽 패트런이었던 조맹부(趙盟頫)의 친필「증도가(證道歌)」가 고려에 유통되었음을 나타내는 기사가 있다.[17] 그리고 이색의 경우 많은 작품에서「증도가(證道歌)」의 문구를 활용하고 있다는 점에서 그 영향력을 짐작할 수 있다.[18]

이처럼 고려에서도 원나라와의 교류 이전부터 이미 선가의 형식에 대한 이해도가 깊었던 것이 확실하다. 지금까지 고려 말 선가의 형식적 연원을 영가대사「증도가」에서 찾았던 것은 이러한 정황에 근거하고 있다. 선가의 형식적 특징이 3 3 7 7 7조의「증도가」형식을 계승하고 있는 것도 부인할 수 없는 근거가 된다.

결론적으로 원나라 선승들에 의해 선가가 다량 창작되기 전에도 이미 선가는 존재했으며, 원나라와의 교류 이전에도 선가 형식은 고려의

---

16 『한국불교전서』6, 동국대 출판부, 160쪽.

17 李穡,『牧隱文藁』제13권「書證道歌後」. 조맹부가 쓴 중봉화상의「懷淨土詩」를 직접 읽고 차운한 시「次韻懷淨土詩」(『쁜儞和尙語錄』, 대정신수대장경 n.2554, 434쪽)의 발문을 보면 조맹부의 글씨가 당대에 고려와 일본에 활발하게 유통된 사실을 확인할 수 있다. 당대에 조맹부는 직간접적으로 3국의 상호교류에 이바지한 문화중개자로서의 역할이 뚜렷하다.

18 이색의 문집『牧隱詩藁』에는「嚴棲」·「夜吟」·「卽事」·「雜錄」등의 시에 證道歌의 문구가 다수 활용된 바 있다. 한편 조선시대에 들어서는 세조가 돌아간 후 그 명복을 빌고자 세조비가 학조대사에게 남명전화상계송의 언해를 완료하도록 하여 1482년에 간행한 바 있는데, 이러한 정황은 영가대사 證道歌가 고려시대와 조선시대에 널리 유포되고 있음을 반증하는 것이다.『조선왕조실록』세조 6년 1460년 9월27일 조에는 일본의 영주에게 증도가를 포함한 경전을 하사하는 기록이 있어 증노가가 조선과 일본에서 국제적으로 유통된 상황을 살펴볼 수 있다.

선승들에게 낯설지 않았을 것임엔 틀림없다. 각국에서 창작된 선가는 영가현각대사의 「증도가」로 대표되는 당송시대의 선가의 전통을 잇고 있다는 전제가 확인된다.

그러나 이러한 정황을 인정한다 하더라도, 고려 말 3사(師)의 선가는 원대 강남의 임제선풍이 생생하게 구현되는 선가를 고려 문화의 버전으로 새롭게 재창조한 것으로 파악할 필요가 있다. 이는 일본도 크게 다르지 않을 것으로 추정된다.

원나라와 고려, 일본에서 동 시대에 선가의 창작이 집중된 것은 영가대사 증도가(류)의 전통을 계승하고 있다는 것을 전제로 하되, 더 나아가 이를 13·14세기라는 시대성과 동아시아라는 공간성이 교차되는 지점에서 생성된 하나의 시대적 현상으로 파악하고자 하는 것이다.

3. 13·14세기 선가의 전개 양상

13세기 말~14세기는 중국의 경우 역사상 가장 방대한 영토를 확보한 원(元)제국 시기(1271~1368)에 해당하며, 고려는 원(元)간섭기의 고려 말기, 일본은 가마쿠라[鎌倉]시대(1192~1333) 말에서 무로마치[室町]시대 초에 해당한다. 이 시기에 세 나라의 선종사(禪宗史)에서 사상적 변화를 주도한 주인공으로 인정받고 있는 일군의 승려들이 있다. 원(元)의 경우,

중봉명본(中峰明本, 1263~1323)·석옥청공(石屋淸珙, 1272~1352)·천여유칙(天如惟則, 1276~1354)·천암원장(千巖元長, 1284~1357)·만봉시울(萬峰時蔚, 1303~1381)이 임제선풍을 드날렸고, 고려에서는 백운경한(白雲景閑, 1298~1375)·태고보우(太古普愚, 1301~1382)·나옹혜근(懶翁惠勤, 1320~1376)이 원에 유학하고 귀국하여 임제선풍을 현양하였다. 일본의 경우 元에서 귀화한 일군의 승려들과 원(元)에 유학한 일본 승려들에 의해 임제종이 수입되어 선종사의 개막을 알리게 된다.

1) 원나라의 양상 – 강남 선종의 지향과 선가의 다양성

몽고제국을 건설한 칭기스칸에 이어 쿠빌라이칸은 중국전역을 통일하고 원(元, 1271~1368)을 건설하였다. 원나라의 불교는 라마교(喇嘛敎)를 정책적으로 우대하였으며 정교(政敎) 두 방면에서 라마교의 수장은 막강한 권력을 행사하였다. 원대의 지배층은 초기에 교종을 우대하고 선종에 대해서는 일정한 거리를 두거나 억압하는 정책을 펼쳤는데, 이에 따라 중국 일원에 걸쳐 원나라 수도인 대도(大都)를 중심으로 한 교종(敎宗)과 양자강 이남의 선종(禪宗)으로 자연스럽게 구분되는 결과를 초래하였다.[19] 물론 선종에 대해서도 정책적으로 송대 이후 시행된 오산십찰(五山十刹) 제도를 시행하여 영향력을 행사하였으나,[20] 이 시기를 대표

---

19 紀華傳, 앞의 책, 22~23쪽.
20 남송대 선종사원을 중심으로 五山十刹이 정립된 이래 원대에도 오산십찰의 주지는 선승들이 전담했는데, 주로 임제종 승려들이 임명되었다. 송원대 오산십찰의 주지는 황제 혹은 행선정원에서 임명하는 방식으로 이루어졌으며 일종의 官寺와 같은 성격을 띠고 있다(강호선,

하는 설암조흠(雪巖祖欽, ?~1287) 계열의 승려들은 이러한 중앙정부의 정책에 적극적으로 참여하지 않고 운수행각을 통해 선리를 체득하고 세상에 나가 타협하지 않는 자세를 견지함으로써 나름대로 비판적 실천자의 면모를 보여주고 있다.[21]

원대 초기에는 강남 지방의 대부분의 선사들은 이민족에 대한 배타적 자세와 지조 때문에 신 정권을 용납하지 못하였고 심지어는 저항적 자세를 취하였다. 한편 원 세조 쿠빌라이 칸은 정치적 의도에 따라 강남의 선종을 무시하거나 타도하려는 태도를 가지고 있어 양자 간의 모순과 대립이 극에 달하였다. 중기에 들어 원 조정에서는 강남의 선종에 대한 태도가 완화되어 강남의 영향력 있는 선사들과 관계회복을 시도하게 되는데, 강남의 선종은 이로 인하여 명확한 분화가 이루어진다. 대부분의 선사들은 조정과 협력하지 않고 계속 강호에 은거하거나 산림에 주석하면서 수행하였는데 이들을 '암거지식(庵居知識)'이라 불렀다. 바로 중봉명본, 천암원장, 천여유칙, 석옥청공 등이다.[22] 이들은 당시 동아시아 선종의 핵심이 되어 각국에 끼친 영향이 크다. 이를 계보도로 나타내면 다음 쪽의 〈표 9〉와 같다.

음영으로 강조한 선사들은 선가를 남겨놓은 작가들이다. 고봉원묘(高峰原妙, 1238~1295)의 『선요(禪要)』와 중봉의 『천목중봉화상광록(天目中峯和尚廣錄)』은 당시의 대표적인 어록으로 후대의 선종에 깊은 영향을 끼친 것

앞의 책, 94쪽).

21 元代에 이르면 선종은 임제종이 대표적이며, 이 가운데서도 오직 雪巖祖欽 계열이 두드러질 뿐 전반적으로는 쇠퇴기에 이르렀다는 평가를 받고 있다.

22 紀華傳, 앞의 책, 33쪽 재인용

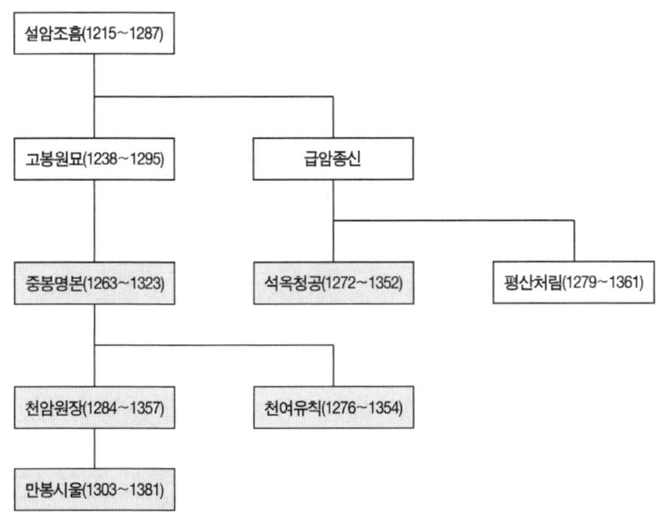

으로 평가받으며, 석옥과 평산처럼 역시 고려와 일본의 선종에 지대한 영
향을 끼친 인물이다.[23] 중봉명본, 천여유칙과 이들 석옥, 평산은 같은 시
기에 활동한 임제종의 정맥이라 할 수 있는데, 이들 어록에는 대부분 선
가가 수록되어 있어 한 시대 흥성했던 선가 창작과 유통의 경향성을 엿볼
수 있다.

중봉명본(中峰明本, 1263~1323)의 선가는 일본에서 간행된 『천목명본선
사잡록(天目明本禪師雜錄)』[24]에   8편(「즉휴가(即休歌)」·「두타고행가(頭陀苦行
歌)」·「탁발가(托鉢歌)」·「행각가(行脚歌)」·「자주득가(自做得歌)」·「지오가(紙襖
歌)」·「수운자재가(水雲自在歌)」·「송화름가(松花廩歌)」), 『천목중봉화상광록

---

23 급암종신의 법맥은 석옥청공, 평산처림으로 이어지며 이들은 백운경한, 태고보우, 나옹혜근
    에게 임제의 법맥을 전해주었다.
24 『신편속장경』 제70책, n.1402, 동경, 國書刊行會, 昭和 61년.

(天目中峯和尙廣錄)』[25]에   6편(「환주암가(幻住菴歌)」·「십이시가(十二時歌)」·「도요가(道要歌)」·「피대자가(皮袋子歌)」·「경책가(警策歌)」·「즉심암가(卽心菴歌)」)이 수록되어 있다.

당시에 명본선사는 강남불교의 상징적인 존재여서 그가 머무는 곳은 동아시아 선사들의 일대 교류의 장이 되기에 충분하였다. 고려에서는 특히 충선왕(忠宣王)이 천목산(天目山)을 직접 찾아 설법을 듣고 법호와 법명을 받았을 정도로 밀접한 관련을 갖고 있다. 일본에서는 명본의 법맥을 계승한 환주암파가 형성되어 일본 선종의 한 특색을 이루게 된다. 명본은 조맹부를 비롯한 사대부들과의 교류를 통해 고려·일본의 지식인들과도 교류를 나누었다. 또 당시 승려들은 원나라에 가서 그를 참방하여 공부하는 것을 최고의 영광으로 생각하는 풍조가 있었다. 중봉명본의 어록은『명본광록』으로 입적 후 바로 대장경(普寧藏)에 편재되었고,[26] 일본에서는『명본잡록』이 편찬되었다. 이를 통해 일본에서의 호응과 영향력을 확인할 수 있다.[27] 그는 평생 두타행(頭陀行)을 실천하여 때로는 산중에서, 때로는 강호에서, 때로는 마을에서 행각을 하였다. 이 과정에서 남긴 14편의 선가는 당시 타락해가는 시류에 영합하지 않고 생사를 넘나드는 치열한 자세로 수도의 길을 걸어갔던 지향성을 직, 간접적으로 보여주고 있다.

---

25 『佛敎大藏經』제73책, 台北, 佛敎書局, 民國 67년.

26 紀華傳, 앞의 책, 64쪽.

27 이밖에 주목할 점은 사상적으로 禪淨一致, 禪敎會通을 주창하였고, 특히 미타정토신앙을 제창하여 선은 곧 정토의 선이요, 정토는 곧 선의 정토라는 사상을 정립하였다. 이러한 회통사상은 고려와 일본에도 영향을 끼친 것으로 알려져 있다.

「幻住菴歌」

幻住菴中藏幻質　　환주암 속에 허깨비(幻) 몸 감추니

諸幻因緣皆幻入　　허깨비 인연들이 모두 허깨비로 들어오네

幻衣幻食資幻命　　허깨비 옷 허깨비 음식은 허깨비 목숨 밑천이고

幻覺幻禪消幻識　　허깨비 깨달음 허깨비 참선으로 허깨비 마음을 녹이네

六牕含裏幻法界　　육근이 허깨비 법계를 감싸고 있어

幻有幻空依幻立　　허깨비 유와 허깨비 공이 허깨비로 세워지네

幻住主人行復坐　　허깨비 집 주인은 이리저리 거닐며

靜看幻華生幻果　　허깨비 꽃 지고 허깨비 열매 열림을 조용히 관조하네

放還收　　풀어놓았다가 당겼다가

控勒幻繩騎幻牛　　허깨비 끈 당겨 허깨비 소에 올라타네

時或住　　머물 때엔

八萬幻塵俱捏聚　　팔만의 허깨비 먼지 차곡차곡 쌓아놓고

時或眠.　　잠들 적엔

一覺幻夢居四禪　　허깨비 꿈 깨서는 사선정에 머문다네

有時動　　움직일 때엔

幻海波翻幻山聳　　파도가 뒤집혀 허깨비 산 솟구치고

有時靜　　고요할 때엔

幻化光中消幻影　　환화의 빛 가운데 허깨비 그림자 사라지네

可中時有幻菩薩　　이 가운데 때때로 허깨비 보살이 있어

來扣幻人詢幻法　　허깨비 도인 찾아와 허깨비 법을 물어보네

(…중략…)

幻心瞥爾生幻魔　　허깨비 마음이 별안간 허깨비 마군을 나게 하니

幻翳忽然遮幻眼　　허깨비 눈병이 홀연히 허깨비 눈을 가리네

陽燄空華乾闥城　　아지랑이 공화 건달바의 성은

天堂地獄菩提名　　천당과 지옥 보리의 이름일 뿐

有問此幻從何起　　이 허깨비는 어디에서 오는가 묻는다면

雲月溪山自相委　　달과 구름 산과 시내에 스스로 맡겨 두시게

要見菴中幻主人　　환주암 속 허깨비 주인 보고자 한다면

認著依前還不是　　예전에 알고 있던 그 사람 아니라네.

「환주암가」는 자신이 주석하고 있는 곳의 공간적 의의를 당호 풀이를 통해 제시하면서 환(幻)의 본질에 대해 깊이 있는 풀이를 하고 있는 작품이다. 작품에 따르면 삼라만상이 모두 다 환의 세계인데, 이 환이라는 것은 어찌 보면 티끌에서 우주에 이르는 모든 존재, 나 자신을 포함한 모든 것의 본질이라는 점을 말하고 있다. 환은 단순히 허깨비의 뜻으로 미망에 가린 화자, 분별심을 내는 화자를 부정적으로 묘사한 것이 아니다. 환의 실체를 제대로 꿰뚫어 볼 때 예전과는 전혀 다른 주인공이 될 수 있다는 요지를 담고 있다. 평생 자신이 주석했던 여러 곳의 암자나 배의 이름을 환주암이라 했던 것에 비추어 볼 때 이 작품에는 생사대사(生死大事)를 자기의 임무로 알고 두타행에 전념했던 중봉의 지향이 상징적으로 드러나 있는 것으로 해석된다.

중봉의 작품을 내용상 분류하면 다음과 같이 정리할 수 있다.

① 「幻住菴歌」·「卽心菴歌」처럼 주석하고 있는 곳의 당호의 의미를 풀이하면서 자신이 지향하는 바를 드러내거나, 선적 열락을 표현한 작품군.

② 「幻住菴歌」·「卽休歌」처럼 '幻', '休' 등 불교의 핵심 개념을 깊이 있는 시어로 표현한 작품군.

③ 「水雲自在歌」처럼 운수납자로서 대자유를 누리는 즐거움을 담아낸 작품.

④ 「頭陀苦行歌」·「托鉢歌」·「行脚歌」처럼 이 시기 임제선사들이 실천하고 있는 진실한 수행의 과정을 때로는 사실적으로 때로는 비유적으로 표현한 작품군. 혹은 수행의 과정에서 일어나는 어떤 행위, 혹은 그 결과로 얻게 되는 내적 변화 등을 노래한 작품군.

⑤ 「紙襖歌」·「皮袋子歌」처럼 몸이나 바루, 종이옷 등 주변의 상주물을 대상으로 하여 깊이 있는 철리적 해석을 가미한 작품군.

⑥ 「松花廩歌」처럼 생활 주변의 사소한 소재를 해학적으로 표현한 작품군. 교조적인 작품이면서 동시에 자유롭고 흥취 있는 선 수행 도인의 멋이 넘쳐나는 작품군.

⑦ 「道要歌」처럼 참선수행의 요체를 노래로 풀이한 작품, 「自做得歌」처럼 인과의 원리를 다양하게 변주한 작품, 「警策歌」처럼 선 수행의 과정에서 대중들에게 주는 경책의 내용을 담은 작품 등, 대타적인 목소리가 주가 되는 교술적 작품군.

⑧ 「十二時歌」처럼 전래의 12시가 형식을 빌어 수행자의 삶을 12장으로 나누어 노래한 작품군.[28]

---

28 12時歌는 아직 문학적 연원이 명확하게 밝혀지지 않았다. 조기 형태는 趙州의 「十二時歌」에서 비롯되었으며, 당시에 유행한 월령체가 등 민요와 관련을 맺고 있을 것으로 보인다. 작품

이상 소개한 것처럼 중봉의 선가들은 이전의 선가보다 다양한 주제 의식을 보여주며, 선시의 표현 영역을 확장한 의의를 지닌다. 그의 명성에 의지하여 이들 선가는 강남은 물론 이웃나라에도 상당한 영향을 주고 있다. 명본의 어록이 일본에서 간행된 것은 아마도 그 한 예에 지나지 않을 것이다. 결국 명본의 선가 창작은, 물론 그가 유일하다고 볼 수는 없지만, 이 시기 동아시아 선가 창작의 발신자요, 기폭제 역할을 한 것으로 평가될 수 있다.

중봉의 제자로는 천여유칙(天如惟則)과 천암원장(千巖元長)이 있다.

먼저 천여유칙의 작품으로는 8편의 선가(「한인호가(閑人好歌)」·「존심실가(存心室歌)」·「영계가(靈溪歌)」·「나우가(懶牛歌)」·「가정가(可庭歌)」·「중주가(中洲歌)」·「귀선실가(歸善室歌)」·「탁발가(托鉢歌)」)가 있다.[29]

천여유칙은 중봉명본의 법맥을 이었는데, 권력을 멀리한 채 천목산에서 임제종풍을 선양하고 있다는 점에서 수행의 자세도 계승하고 있는 것으로 평가받는다. 그가 남긴 작품들은 수행의 과정에서 대자유의 열락을 노래한 「한인호가(閑人好歌)」, 탁발행각을 노래한 「탁발가(托鉢歌)」가 있는가 하면, 다양한 형태의 당호송(堂號頌), 명호송(名號頌)이 있다. 「존심실가(存心室歌)」·「영계가(靈溪歌)」·「나우가(懶牛歌)」·「중주가(中洲歌)」·「귀선실가(歸善室歌)」는 당호나 명호를 빌어 어떤 사물이나 대상, 개념에 대한 깊이 있는 해석을 담아 불법의 이치를 노래들이다. 이

의 경향은 하루 12시의 변화를 세심하게 묘사하고 있는데, 작품에 따라서는 일생의 변화, 혹은 선수행의 과정을 옳는 등 다양한 경향이 있다. 작품에 따라 구도의 자세가, 구체적인 일상의 묘사가, 때로는 해학적인 측면이 두드러지게 나타나기도 한다.

29 『天如惟則禪師語錄』,『신편속장경』 제70책, n.1403, 동경 : 國書刊行會, 昭和 61년.

들은 대부분 도반들과의 교유과정에서 산출된 것으로서, 중봉명본의 선가에서는 크게 드러나지 않는 천여유칙 선가의 특징이라 할 수 있다. 이는 깊이 있는 선가의 격조를 흩트리지 않으면서도 선가가 선승들 간의 상호 교류의 매개로 활용될 수 있다는 가능성을 보여주는 것으로서, 선가의 기능적 확장을 보여주는 예라 하겠다.[30] 한편 「가정가(可庭歌)」는 법명이 가(可)인 스님의 주석처를 노래한 것으로도 보이나, 마지막에는 용이 새겨진 청동 거울의 만화경을 비유하여 부른 것임을 알 수 있다. 만 가지 형상이 드러나기도 하고 사라지기도 하는 거울의 공간성을 입체적으로 묘사하고 있어 문학적으로도 훌륭한 성취를 보여주고 있다.

천암원장(1284~1357)은 「지족가(知足歌)」와 「쾌활가(快活歌)」를 남겼다.[31] 천암원장(千巖元長)은 명본의 제자 중 가장 중요한 인물 중의 하나로서, 후대 임제종의 주요 법맥이 그로부터 나오는 것으로 평가된다. 그의 「지족가(知足歌)」·「쾌활가(快活歌)」는 선 수행의 과정에서 누리는 자족감과 열락을 서정적으로 노래한 작품이다.

천암원장의 제자인 만봉시울(萬峰時蔚, 1303~1381)은 「파의가(破衣歌)」[32] 를 남겼는데, 작품에서 누더기를 입고서도 개의치 않고 참선수행에 전념하는 화자의 즐거움과 다짐을 노래하고 있다.[33]

원 집권층은 라마교를 신봉하고 교학불교를 선호한 반면, 강남의 선

---

30 이 시기 문집, 어록 가운데 명호시, 도호시가 많은 것은 동아시아 불가문학의 보편적인 경향으로 보인다.

31 『千巖和尙語錄』, 『禪宗全書』(語錄部 14), 台北 : 文殊出版有限公司, 1990.

32 『萬峰和尙語錄』, 『禪宗全書』(語錄部 14), 台北 : 文殊出版有限公司, 1990.

33 이외에 石屋淸珙은 「歌」(15장으로 구성)를 남겼다(『石屋淸珙禪師語錄』, 『신편속장경』 제70책, n.1399, 동경 : 國書刊行會, 1975).

불교에 대해서는 사뭇 비판적이었다. 그 결과 강남의 임제종 선승들, 특히 이 글에서 대상으로 하는 중봉명본, 천여유칙, 석옥청공 등의 선사들은 지배층에 대한 강렬한 비판의식을 가지고 은둔의 길을 표방하였다. 내부적으로는 혼란스런 시대상황과 수행에 게을리 하는 경향 속에서 백척간두에서 자연에 침잠함으로써 대결해 나가는 진정성을 보여주고 있다. 이들이 견지하였던 임제선풍은 산수를 우유하고 가난을 벗하면서 선 수행에 정진하는 경향을 보여주는데, 이들의 시에 나타난 자연에 대한 침잠과 의미 부여는 이러한 과정에서 나온 진정성 있는 태도라 할 수 있다. 탁발과 행각에 대한 선가가 다수 창작된 것도 이러한 경향을 반영한다. 아울러 이들은 산과 물, 구름 외에도 자신이 거처하는 공간에 대한 선적인 의미를 부여하고 이를 시적, 서정적으로 감싸 안고 있다. 이외에도 수행인을 경책하거나 도의 핵심을 전달하는 선가가 있는가 하면, 가죽 부대, 거울, 바루, 종이옷, 송홧가루, 게으른 소 등에 대한 선적인 의미를 부여하고 있는 선가도 있다. 이들은 교술적이면서도 그 대상을 서정적인 정서로 감싸 안고 있어서 문학적으로도 높은 성취를 보여준다.[34] 이러한 작품들은 형식상 영가현각의 「증도가(證道歌)」의 형식을 빈 것도 다수 있어 「증도가」의 영향을 받은 것으로 쉽게 거론할 수 있으나, 그 지향에 있어서나 시대정신의 구현에 있어서는 나름대로 독자적인 성격을 지니는 것이다.

---

[34] 이러한 경향은 아마도 심성론이 대두하고 사물에 대한 관심이 증대되던 이 시기의 문학적 형상화의 경향과 관련이 있을 것으로 생각된다. 특히 원말에 선가가 유행하게 되는 현상의 바탕에는 이러한 시대적 사조와도 관련이 있을 것으로 보이나 이에 대한 해명은 앞으로의 과제로 남긴다.

2) 고려의 양상 – 국제적 법맥인가(法脈印可)의 매개로서 활용

보조지눌(普照知訥, 1158~1210)은 고려 중엽에 수선결사운동을 전개하여 고려 선사상의 전환을 가져왔고, 이를 이은 무의자혜심(無衣子慧諶, 1178~1234)과 원감충지(圓鑑沖止, 1226~1292) 등은 선적 사상의 전환을 선시를 통해 형상화하여, 우리 시문학사에서 새로운 표현법을 개척하는 선례를 보여주었다. 후기에 이르면 원나라에 가서 원의 승려들과 직접 교류한 선사들이 등장하면서 중국 임제종파(臨濟宗派)의 종지를 직접 수용하게 된다. 이들은 임제종 18대조인 석옥청공(石屋淸珙, 1272~1352)의 법맥을 이은 태고보우(太古普愚, 1301~1382)와 백운경한(白雲景閑, 1298~1375), 그리고 석옥청공(石屋淸珙)의 법형제인 평산처림(平山處林, 1279~1361)과 교류를 나눈 나옹혜근(懶翁惠勤, 1320~1376) 등이다. 나옹혜근은 이외에도 천암원장(千巖元長) 등과도 교류를 나눈 것으로 알려져 있다.[35]

이들은 앞선 시기의 선사들이 선시를 창작하여 문학사를 주도한 것과 다르게, 장편의 선가를 창작하여 고려 말 문학사에서 주도적 위치에 서게 된다. 그런데 이들이 교류를 나눈 임제정맥의 계승자들은 앞서 살펴본 바와 같이 선가를 다수 창작하고 있어 양국 간의 상호 관련성이 주목된다. 역사학계의 연구에 따르면, 원 간섭기에 새로 수용된 임제종풍(臨濟宗風)은 고려의 선승 사이에 입원인가(入元印可) 유행에 영향을 미친 것으로 보고 있다. 고려선종에 큰 영향을 끼친 몽산덕이(蒙山德異), 고봉원묘(高峰原妙) 등은 깨친 후 본분종사(本分宗師)를 친견하여 인가받는 것

---

35 강호선, 앞의 글, 328쪽 도표 참고.

을 중요하게 여겼다. 고려와 원 사이의 정치적 관계 때문에 고려의 선승으로서 원나라 강남 지역에 가서 본분종사로부터 인가를 받았다는 사실은 사회적으로 큰 영향력을 발휘하기 시작하였다. 강남유학은 당시 고려선승들에게 필수적인 요건이었고 본분종사로부터의 인가는 승려에게 권위를 부여하였다. 태고보우나 나옹혜근의 원나라 유학 역시 이러한 시대적 분위기에서 이루어진 것이다.[36]

　13세기 말~14세기에 걸쳐 고려 선승으로 원나라에 입국한 승려로서 이름이 밝혀진 이는 태고 백운 나옹 이외에도 약 20여 명이 된다.[37] 이외에도 고려 충선왕은 이제현 등과 함께 1319년에 강절(江浙)지방을 유력하면서 보타산을 참배한 후 서천목산(西天目山) 환주암(幻住庵)에 주석하고 있던 중본명본을 방문하였다.[38] 이를 통해 고려는 중요한 전적들(『선요』·『육조단경』·『몽산법어』·『불조삼경』·『호법론』·『인천안목』·『선림보훈』·『심부』 등)을 수입하여 판각하고 있는데, 이는 일본에서 오산판(五山版)이 간행된 것과 비슷한 현상이다. 사상적으로는 무자화두(無字話頭)의 강조, 사교입선(捨敎入禪)의 경향과 함께 본분종사(本分宗師)로부터의 인가에 큰 의미를 부여하였다. 고려불교에서의 본분종사는 강남지역 임제종 양기파(楊岐派) 승려로 설암조흠 계열을 의미하는 것이었다.[39] 주지

36　강호선, 앞의 책, 51~54쪽 참고.
37　조명제, 「고려말 원대 간화선 수용과 그 사상적 영향」, 『보조사상』 23, 보조사상연구원, 2005, 160쪽.
38　조명제, 앞의 글, 164쪽.
　　강호선, 「충렬·충선왕대 임제종 수용과 고려불교의 변화」, 『한국사론』 46, 서울대 국사학과, 2001, 73~78쪽.
39　이상 설명은 강호선, 앞의 책, 104쪽 참고.

하다시피 태고보우와 백운경한은 석옥청공의 법맥을 잇고 있고, 나옹혜근은 평산처림의 인가를 받았던 것이다.

이 시기 고려의 선가로는 백운경한(白雲景閑, 1298~1375)의 「무심가(無心歌)」,[40] 태고보우(太古普愚, 1301~1382)의 「태고암가(太古庵歌)」·「잡화삼매가(雜華三昧歌)」·「산중자락가(山中自樂歌)」·「백운암가(白雲菴歌)」,[41] 나옹혜근(懶翁惠勤, 1320~1376)의 「완주가(翫珠歌)」·「백납가(百納歌)」·「고루가(枯髏歌)」[42] 등이 있다.

백운경한(白雲景閑)은 1351년(충정왕 3년) 중국의 호주(湖州) 하무산(霞霧山)에 주석하고 있던 석옥청공(石屋淸珙)을 찾아 법을 묻고 문답을 나누었다. 어록에는 1351년 5월 석옥에게 올린 글이 남아 있다.[43] 귀국한 후 3년 뒤에 석옥은 입적하면서 사세송(辭世頌)을 지었는데 이듬해(1354) 원(元)나라에서 법안선인(法眼禪人)이 석옥청공의 사세송(辭世頌)을 가지고 해주(海州)의 안국사(安國寺)로 찾아와 전달하였다. 그는 이를 받고 석옥을 위한 재를 베풀면서 "(이 사세송을 전한 것은) 우리 스승께서 이 세상과 인연이 다 되어 열반에 드실 때 한평생 쌓아두셨던 맑은 바람을 내게 맡기신다는"[44] 의미라 풀이하고 있다. 임제의 법맥이 석옥으로부터 자신에게 전수되었음을 천명한 것이다. 그의 선사상의 특징은 임제선을 수용하면서도 무심(無心)과 무념(無念)을 강조하여 일명 무심선(無心禪)이라

---

[40] 『白雲和尙語錄』, 『한국불교전서』 6, 동국대 출판부, 1984.

[41] 『太古和尙語錄』, 위의 책.

[42] 『懶翁和尙歌頌』, 위의 책.

[43] 至正辛卯五月十七日 師詣湖州霞霧山天湖庵呈似石屋和尙語句.

[44] 予小師再三披閱 審詳其義 乃先師世緣旣畢 收化歸寂之際 平生所蘊之淸風 傳付於我之法偈也(『한국불교전서』 6, 658쪽).

부른다.[45] 그의 많은 시가 그런 것처럼 「무심가(無心歌)」는 주체와 경계의 차별과 걸림이 없이 자유자재한 심경을 무심이라 규정하고 이를 비교적 짧고 불규칙적인 장단의 리듬에 따라 노래하고 있다. 특유의 맑은 서정의 세계가 묻어나는 노래로 소박한 작품이라 하겠다.

태고보우(太古普愚)는 백운과 함께 석옥청공(石屋淸珙)과 교류를 나누었다. 보우는 이미 입원(入元) 이전에 득도하여 문도를 지도하고 있던 45세에 원나라에 들어가게 된다. 이는 단순한 유학이 아니라 본분종사를 만나서 인가를 얻고자 하는 목적이 뚜렷하다. 보우가 원에서 체류한 기간은 2년에 불과하며, 인가가 주목적이었다. 그는 하무산(霞霧山)에서 나흘 가량 머물며 「태고암가(太古庵歌)」를 통해 석옥에게 인가를 받고 대도(大都)로 돌아와 황제의 귀의를 받고 귀국했다.[46] 「태고암가」의 발문에는 이러한 자취가 잘 드러나 있다.[47] 여기에서 주목되는 것은 선가의 창작이 단순하게 중국에서 영향을 받아 모방하는 단계를 지나, 자신의 수행의 결과나 득도의 단계를 상징적으로 드러내는 일종의 의식적 행위였다는 점이다.

태고보우(太古普愚)의 작품 「태고암가(太古庵歌)」·「백운암가(白雲菴歌)」

---

45 김호귀,『인물한국선종사』, 한국학술정보, 2010, 140~141쪽.

46 강혜선, 앞의 책, 55쪽 인용.

47 高麗南京重興萬壽禪寺長老 諱普愚號太古 向曾爲此一段大事 立志去 下苦硬工夫來見處透脫. 絶意路出思惟 非言像之所能拘 欲潛隱邃結菴寺之三角山 以自號扁其菴 亦名太古 以道自適 放意於泉石間 述太古歌一章 丙戌春 出鄕至大都 不憚路途勞役 尋跡而來 丁亥七月 到余山石菴 寂寞相忘 道話半月 觀其動靜安詳 聽其言語諦實 將別前出示向者所作太古歌 余乃淸窓展翫 老眼增明 誦其歌也淨厚味其句也閑湛 眞得空劫已前消息 非今時尖新堆釘者 而可方比則太古之名不謬也 余久絶酬應 管城子忽焉踍跳 不覺書于紙尾 復爲詞曰 (…중략…) 至正七年丁亥八月旦日 湖州霞霧山居石屋老衲 七十六歲書.

• 「산중자락가(山中自樂歌)」는 깊은 산속 암자에서 선수행을 하며 느끼는 여유로움과 화자의 지향을 담은 노래들이다. 「잡화삼매가(雜華三昧歌)」는 법화경의 요지를 禪歌 형식에 담아 노래하였다. 행장을 보면 「백운암가(白雲菴歌)」와 「태고암가(太古庵歌)」는 입원(入元) 전에 창작하였고, 「산중자락가(山中自樂歌)」는 본국으로 돌아온 뒤 용문산 북쪽의 소설산(小雪山)에 암자를 짓고 지은 것으로 소개되어 있다. 그의 禪歌는 소재적으로는 흰 구름을 즐겨 사용하여 투명하게 정화된 무위무사(無爲無思)의 선심(禪心)과 허령담적(虛靈湛寂)한 본래의 심체(心體)를 상징하는 것으로 평가되고 있다.[48] 이처럼 태고보우는 그의 작품에 드러나듯 맑은 시심의 세계를 지닌 선승으로 평가할 수 있다.

그러나 禪歌의 창작과 관련되어 나타나는 인식을 보면, 그는 禪歌를 단순히 맑은 시심이나 깨달음의 세계를 드러내는 장르가 아니라 국제적인 공인을 받고자 하는 대사회적 매개로서 더 강하게 의식하고 있는 것으로 보인다.

「山中自樂歌」

不剪須 不剪髮	수염도 깎지 않고 머리도 깎지 않았으니
好箇鬼頭羅刹	그것은 마치 귀신 머리의 나찰 같구나
憨憨癡癡也似石頭	미련하고 어리석기 돌대가리 같고
愚愚魯魯也如木橛	어리석고 멍청하기 말뚝 같구나

---

48 인권환, 앞의 책, 175쪽.

踏盡草鞋參祖師	짚신으로 모든 조사 두루 찾으매
惡聲虛說如機發	나쁜 소리와 거짓말을 기계처럼 쏟아내네
囉囉哩 哩囉囉	라라리 리라라
獨唱此曲來休歌	홀로 와서 이 곡조를 즐거이 부르노라
大元天子聖中聖	대원의 천자는 성인 중의 성인으로
賜居岩谷消日月	내게 이 절을 주어 세월을 보내나니
無人共我山中樂	산 중의 이 즐거움 함께 할 이 아무도 없어
吾獨憐吾踈轉拙	어설프고 옹졸함을 홀로 가여워하네
寧同水石長自樂	이 수석과 함께 언제나 혼자 즐길지언정
不與世人知此樂	세상 사람과 더불어 이 즐거움을 나누지 않으리라
但願聖壽萬萬歲	원하옵나니 거룩한 수명 만만세 누리시고
萬歲長爲萬歲樂	만만세 누리시되 언제나 만만세 즐거우소서

(…중략…)

古來聖賢之樂只如此	예부터 성현의 즐거움 이러했거니
空留虛名聲韻何寂寞	부질없이 헛된 명성 남긴들 얼마나 쓸쓸하리
知之好者尚難得	이것 좋은 줄 아는 이도 만나기 어렵거늘
況其樂之行之作	하물며 이것을 만들어 즐기고 행하는 이겠는가
君看太古此中樂	그대는 이 가운데 태고의 즐거움을 보라
頭陀醉舞	두타가 취해 춤추매
狂風生萬壑	미친 바람이 온 골짜기에 일어나거니
自樂不知時序遷	스스로 즐거우매 계절의 변화도 알지 못하고
但看嵓花開又落	피고 또 지는 꽃을 바라볼 뿐이네.

인용 작품의 밑줄 친 부분에서 보듯이 「산중자락가(山中自樂歌)」는 단순히 개인적 정회를 읊고 있는 禪歌의 차원을 넘어서는 것이다. 사실 그가 은거를 표방하고 있는 태고암, 백운암이 각각 삼각산과 양평(용문산)에 있다는 점도 예사롭지 않다. 그가 은거를 표방한 곳은 사실 권력과 지근거리의 공간이라는 점에서 그가 지향하고 있는 맑은 서정의 세계가 과연 진정성이 있었는가에 대해 재평가를 할 필요성이 있다.[49] 이는 앞서 살펴본 중봉명본 계열의 선사들이 권력과 거리를 두고 치열하게 수행해 갔던 자취와 대비되는 것이라 할 수 있다. 고려의 입원승(入元僧)으로 禪歌를 창작했던 이들이 모두 국사, 왕사의 대우를 받고 활동했던 것 역시 그들이 원대의 선승들과 다른 정치적 사회적 맥락에 놓여있다는 점을 보여준다.

나옹혜근(懶翁惠勤)은 1339년 20세로 공덕산(功德山)의 요연선사(了然禪師) 문하에 출가했고, 1344년 회암사에서 수행하던 중에 일본승 석옹(石翁)을 만나 입원구법을 결심하고 4년의 수행 끝에 득도 후 원나라에 유학하였다. 그는 10년 동안 중국에 체류하였는데, 1348년에서 1350년 사이에는 당시의 수도였던 대도(大都)의 법원사(法源寺)에서 인도(印度)승 지공(指空)문하에서 수학하였으며, 이후에는 강남의 여러 지역을 순력하며(杭州 淨慈寺, 明州 育王寺, 婺州 伏龍山) 임제종 선사들을 두루 만나게 된다. 혜근은 평산처림, 천암원장과도 최소한 한 차례 이상의 안거의 시간을 보낸 바 있다.[50]

---

49 최병헌, 「태고보우의 불교사적 위치」(『太古集』, 세계사, 1991)에는 태고의 행적과 관련하여 『고려사』의 기록에는 문집의 행장과 다른 지점에서 해석할 여지가 있음을 논증한 바 있다.

50 강호선, 앞의 책, 56쪽 참고.

나옹혜근의 세 작품(「완주가(翫珠歌)」·「백납가(百衲歌)」·「고루가(枯髏歌)」)
은 구슬·누더기 옷·해골을 소재로 하여 내면의 불성(佛性)을 탐구한 작
품들이다. 이들 작품은 중봉명본의 「지오가(紙襖歌)」·「피대자가(皮袋子
歌)」처럼 소소하지만 매우 본질적인 의미를 지니고 있는 대상—구슬, 누
더기 옷, 해골—에 대한 심도 있는 탐구의 과정을 거쳐 나온 禪歌로 수준
높은 작품들이다. 인간의 마음을 구슬에 비유한 禪歌로는 이미 『전등
록』 가운데 「단하화상 완주음(丹霞和尙 翫珠吟)」·「관남장로 획주음(關南長
老 獲珠吟)」·「소산화상 심주가(韶山和尙 心珠歌)」 등이 있어 당·송 시대에
이미 이러한 禪歌적 전통이 있다는 점을 확인할 수 있다. 나옹혜근의
「완주가(翫珠歌)」는 이러한 당·송의 전통과 원대의 강남불교의 영향을
동시에 담고 있는 것으로 해석할 수 있다. 「백납가(百衲歌)」는 중봉명본
의 「지오가(紙襖歌)」처럼 항상 입고 있는 옷을 소재로 하였고, 「고루가(枯
髏歌)」는 해골바가지의 노래인데 넓게 보아 가죽 부대를 노래한 「피대자
가(皮袋子歌)」와 같은 계열의 소재와 주제를 담고 있다.

그가 남긴 세 편의 禪歌는 언제 창작되었는지 알 수는 없으나, 작품에
부기된 이색의 발문을 보면 귀국 후 창작된 작품으로 보인다.

나옹스님의 문장은 손 가는 대로 맡겨 미리 초하는 일이 없다. 진실한 이
치를 토해내고 찬연히 써내며 운율이 빛나지만 세속의 문자를 그다지 깊이
알지 못하는 점도 볼 수 있다. 그러나 게송 세 수에 있어서는 마치 두 사람의
손에서 나온 것 같으니, 반드시 애를 쓰고 깊이 생각해 지은 것이리라. 그렇
지 않다면 어찌 영가현각의 문투를 본떴겠는가. 뒷날 서역에 전해지면 반드

시 알아주는 사람이 있을 것이다.

懶翁文字信手 未嘗立 草吐出實理 粲然寫出 韻語琅然 然於世俗文字 不甚
解 亦可見焉 至於三歌 如出二人之手 必其硏精覃思而作者也 不然 何以倣永
嘉句法哉 異日流傳西域 當有賞音者矣(李穡,「懶翁三歌後」)

이색(李穡)은 이 세 편의 노래가 서역에 전파되더라도 작품의 높은 경
지에 대한 평가가 있으리라는 기대를 표명하고 있다. 여기에서 서역은
중국을 포함하는 것으로 보인다. 당시 불교계와 매우 밀접한 관련을 가
지고 있는 이색이 내린 평가는 대사에 대한 단순한 찬양을 넘어서 고려
한문학의 수준이 어느 정도인지 알려주는 것으로 평가할 수 있다. 이미
禪歌는 유자들에게 있어서도 국제적으로 통용되는 불가 문학의 한 양
식으로 인식되었던 것도 알 수 있다.

이상의 내용을 보면 태고보우의 경우 禪歌의 대사회적 기능에 대해
상당한 정도의 의식을 하고 있는 것으로 나타난다. 나옹혜근의 경우에
도 발문에서 국제적 공인에 대한 의식이 간접적으로나마 반영되어 있
는 것을 알 수 있다. 고려에서는 본분종사에 인가를 받고자 하는 열풍
속에서 禪歌가 매우 중요한 매개로 활용되었다는 점을 확인할 수 있다.
이외에도 소재적으로는 백운 등 맑은 시심을 투영하는 소재를 애용하
였으며, 구슬, 누더기 옷, 해골 등 일상적이면서도 독특한 소재를 이용
하여 인간의 불성에 대한 깊이 있는 탐구를 하고 있다는 점이 고려 禪歌
의 특징이라 할 수 있다.

3) 일본의 경우 – 귀화승(歸化僧)에 의한 이식(移植)과 생활시로의 변화

원대(元代) 강남의 임제종은 각 나라의 상황에 맞게 수용되면서 문화적 변화를 수반하였다. 고려 말에 해당하는 이 시기 일본의 오산선림(五山禪林)의 禪歌 창작은 그 한 예이다. 일본에서는 13세기 후기에서 14세기 중, 후기에 이르기까지 여러 선승들이 원나라에 유학하여 중봉명본 천여유칙 석옥청공 등 임제종 선사를 참학하여 임제선풍을 수용하였다. 이들은 막부의 후원을 받는 오산(五山)을 중심으로 법맥을 전승하고 문학을 창작하여 찬란한 오산문학을 꽃 피웠다. 오산문학의 초창기엔 주로 송 · 원대의 승려로서 원이 세력을 확장함에 따라, 혹은 민족적 의식에서, 혹은 기타 다양한 이유로 일본에 귀화한 중국 승려들의 활약이 두드러진다. 여기에 원나라에 가서 중봉명본 등 강남 선사들을 직접 만나 사사했던 많은 일본의 선승들이 있어 선종을 일본에 이식하는 데 큰 기여를 하였다. 오산문학파처럼 많은 작품을 남긴 것으로는 보이지 않으나, 외국 유학승 가운데 일부는 중봉명본의 법맥을 잇는 것으로 정체성을 드러내었던 일군의 선승도 있다. 이들은 중봉명본이 머물렀던 암자(幻住庵)의 이름을 따서 환주파(幻住派)라 부르며 오산문학과 구별 지어 임하문학(林下文學)이라 부르기도 한다. 원계조웅(遠溪祖雄, 1287~1344)을 위시로 한 일군의 승려들은 중봉의 은둔적 성격을 본받아 산림에 은둔하며 여러 선지식을 참방하는 등 운수행각으로 한 시대를 풍미하였다.[51]

51　原田弘道, 「中世における幻住派の形成とその意義」, 『駒沢大學佛教學部研究紀要』53号, 駒沢大學佛教學部, 1995.2.

송·원대의 임제종은 가마쿠라 시대와 구로마치 시대에 걸쳐 일본에 절대적인 영향을 끼치게 된다. 이 시기 일본 승려로 원나라에 유학한 이는 약 200명이 넘으며, 남송과 원나라 승려로서 일본에 귀화한 선승도 30명이 넘는 것으로 조사되었다.[52] 이러한 선풍은 당시 무사들에 의해 크게 환영을 받았는데, 일본문화를 대표하는 다도, 정원, 꽃꽂이, 노(能) 등 다양한 문화가 여기에서 파생된 것으로 알려져 있다.[53] 이를 통해 임제선의 전승이 중세 일본의 생활 문화와 선종에 큰 영향을 주었던 것을 알 수 있다. 이 시기에 禪歌를 고려 말의 삼사(三師)가 각자 다른 방식으로 체화하여 작품을 창작한 것처럼, 일본에서도 동시대에 오산문학을 중심으로 하여 여러 편의 禪歌를 창작하여 놓은 정황이 어록과 시문집에 반영되어 있다.

無學祖元(1226～1286) : 「白雲菴居咄咄歌」·「送雲溪歌」[54]

清拙正澄(1274～1339) : 「爲達泉黃舍人賦止靜齋歌」·「三椽菴歌」·「飯不足歌」·「玄極歌」·「放牛歌」[55]

明極楚俊(1262～1329) : 「建德寺遠長老秀峰歌」[56]

竺仙梵僊(1292～1348) : 「次韻趙州十二時歌」·「泊船菴作」·「別流歌」·

52 조명제, 「고려말 원대 간화선 수용과 그 사상적 영향」, 『보조사상』 23, 보조사상연구원, 2005, 158쪽.

53 서영애, 『일본문화와 불교』, 동아대 출판부, 2003, 173～256쪽, 7장 「무로마치 시대의 문화」 참고.

54 『佛光國師語録』(1286간행), 『대정신수대장경』 v.80, n.2549, 대정일체경간행회, 1931.

55 『禪居集』, 『오산문학전집』 1, 京都 : 思文閣, 1992.

56 『明極楚俊遺稿』(1336), 『오산문학전집』 3, 京都 : 思文閣, 1992.

「南海歌」[57]

虎關師錬(1278～1346)：「持淨歌」[58]

雪村友梅(1290～1346)：「岷山歌」・「和潛用剛寄韻歌」[59]

愚中周及(1323～1409)：「肯心謠」・「徹堂歌」・「積賴歌」・「松巖歌」・「玉林歌」・「木林歌」・「東谷歌」・「實際歌」・「歷山歌」[60]

義堂周信(1326～1389)：「蘭室歌贈妙上人東歸」・「和松月齋歌」・「狂歌一首代詩」[61]

龍湫周澤(1308～1388)：「和富景軒歌」・「止矣哉歌」[62]

鐵舟德濟(?～1366)：「瑞光安樂歌」・「牧石歌」[63]

이 가운데서 무학조원(無學祖元), 청졸정징(清拙正澄), 명극초준(明極楚俊), 축선범선(竺仙梵僊)은 송과 원나라에서 귀화한 승려들로 일본 오산문학의 서막을 여는 역할을 맡고 있는 인물들이다. 나머지 선승 가운데는 원나라에 유학하여 오랫동안 머물거나 천목산 주위에서 중봉명본 천여유칙 등 선승과 교류를 나눈 선사들도 다수 있다. 이들은 아마도 고려에서 온 선승들과 함께 임제종의 선맥을 잇기 위해 각고의 노력을 하고 또 상호 교류도 나누었을 것으로 짐작된다. 이 시기에 비슷한 형태의 禪歌가

---

57 『竺僊和尚語録』(『대정신수대장경』 v.80, n.2554). 「別流歌」・「南海歌」는 『天柱集』(1348)(『오산문학전집』 1).
58 『濟北集』(『오산문학전집』 1).
59 『岷峨集』(『오산문학전집』 1).
60 『草餘集』(1409, 『오산문학전집』 3).
61 『空華集』(『오산문학전집』 2, 京都：思文閣, 1992).
62 『隨得集』(1388, 『오산문학전집』 2).
63 『閻浮集』(1366, 『오산문학전집』 2).

집중적으로 산출되었다는 사실은 일본 역시 당시 유행하던 사상적, 문학적 사조에서 벗어나지 않고 있음을 보여주는 것이다.

중국에서 귀화한 대표적인 작가인 청졸정징(淸拙正澄)의 작품을 통해 일본에 이식된 禪歌의 경향을 살펴보도록 한다. 일부는 정격 한시의 형태를 띠고 있고, 어떤 작품은 3 3 7 7 7조의 「증도가(證道歌)」 형식을 원용하고 있다. 「삼연암가(三椽菴歌)」는 자신이 주석하고 있는 삼연암의 의미를 규정하고 그 속에서 살아가는 수행인으로서 득의의 목소리를 담은 노래이다. 이러한 禪歌는 이미 당나라 석두화상(石頭和尙)의 「초암가(草庵歌)」에서 그 선례를 찾아볼 수 있으며 원대에 강남 지역에서 불린 많은 禪歌의 흐름과도 맥을 같이 한다. 청졸정징(淸拙正澄, 1274~1339)이 지은 「반부족가(飯不足歌)」는 선가의 내용적 측면에서 새로운 면모를 보여주는 작품이다.

「飯不足歌」

世亂五年飯不足	세상 난리 5년째라 먹을거리 부족해
宗社荒凉鬼神哭	사직 종묘 황량하고 귀신들 곡을 하네
衲僧唯有法供眞	납승에겐 오직 법공양 드릴 진미 있어
禪悅資生歌鼓腹	선열로 생을 부지하고 배 두드리며 노래하네
無米飯 無麥麵	쌀밥이 없어도 보리떡이 없어도
積嶽堆山勿輕賤	산에 가득 쌓였으니 가볍게 여기지 말라
天倉地庫沒關鑰	하늘 창고 땅 곳간은 자물쇠 채우지 않느니
車載斗量隨所便	수레에 한 말 싣고 편한 대로 쓰리라

(…중략…)

我歌飯不足	밥이 부족타 노래했으나
復歌飯有餘	이제 다시 밥이 남는다 노래하리
何須送食來天廚	어찌 반드시 하늘 주방에서 음식 보낼 필요 있으랴
不曾咬破一粒米	일찍이 나락 한 알 씹은 적 없어도
飽駒駒地忘飢虛	배부르게 먹고 코 골며 허기짐을 잊는도다
人從饑國來	배곯는 나라에서 온 사람들
欲覓大王饍	대왕의 반찬 찾으려 하네
我此法王眞富美	나는 이 법왕의 참된 부귀 정말 부러워라
大地群生盡使安	대지의 여러 중생들 모두 편안케 하고
干戈鑄作犁鋤片	창과 방패를 녹여 쟁기 호미 만들리라.

작품은 원과 일본의 전쟁으로 많은 민중들이 도탄에 빠지고 태풍과 지진으로 굶주리게 된 상황을 첫 구에 제시하여 남다른 긴장감을 불러 일으킨다. 물론 선열식이 있어 선정에 드는 이는 굶주리지 않는다는 요지의 내용이 담겨있기는 하나, 마지막 구에서 "창과 방패를 녹여 쟁기 호미 만들리라"라는 다짐을 표출하고 있어 이 시대 격화된 분쟁의 와중에 세상의 평안을 갈구하는 한 선승의 목소리를 들을 수 있다. 禪歌에 이처럼 시대적 모순을 반영한 대사회적 발언을 담고 있는 것은 매우 이채로운 것으로 일본 禪歌의 한 특색에 포함시킬 수 있다.

이를 포함하여 일본의 禪歌 전체를 대상으로 하여 내용을 분류하면 다음과 같다.

작자가 주석하는 공간의 노래 : 「白雲菴居咄咄歌」·「三椽菴歌」·「瑞光安
樂歌」

이름난 암자나 산수에 대한 노래 : 「泊船菴作」·「岷山歌」·「牧石歌」

수행 과정에서 느끼는 단상들(세태 비판적) : 「飯不足歌」·「持淨歌」·「止
矣哉歌」

선, 교의 가르침과 관련된 노래 : 「放牛歌」·「別流歌」

송별시 : 「送雲溪歌」·「狂歌一首」

堂號頌 : 「爲達泉黃舍人賦止靜齋歌」·「蘭室歌」·「和松月齋歌」·「和富景
軒歌」

道號頌 : 「玄極歌」·「建德寺遠長老秀峰歌」·「南海歌」·「徹堂歌」·「積賴
歌」·「松巖歌」·「松巖歌」·「玉林歌」·「木林歌」·「東谷歌」·「實際
歌」·「歷山歌」

12시가 : 「次韻趙州十二時歌」

이를 보면 일본의 禪歌에는 도호송(道號頌)나 명호송(名號頌), 혹은 수
증시로 사용되는 경향이 있다는 점이 하나의 특징이라 할 수 있다. 동시
에 유교적인 개념어와 지방 관료의 덕화와 명성에 대한 찬양의 내용을
담은 작품(「목석가(牧石歌)」)까지 등장하고 있다. 이러한 경향은 일본 禪
歌가 세속적, 현실적으로 활용되고 있는 측면을 드러내는 것으로 파악
된다.[64] 禪歌를 통한 도반들과의 교류는 이미 원나라 천여유칙의 禪歌

---

64 선행연구에 따르면 고려의 시는 은둔 체념적인데 비해 일본의 경우에는 문인적, 사교적인 경
우가 많다고 한다. 그리고 고려의 선시가 임제시풍을 일관되게 주도하고 있음에 비해 오산시

에서 확인한 바 있다. 그러나 천여유칙의 경우 나름대로 禪歌의 격조를 유지하면서 심도 있는 내용을 담고 있는데 비해, 일본의 도호송, 수증시의 일부는 일반적인 교유시(交遊詩)와의 경계가 모호해지는 양상을 보이고 있다. 禪機가 발현되는 禪歌가 아니라 생활시로 변이되는 양상을 보이고 있는 것이다.

한편 일본의 禪歌 가운데는 장편의 증도가풍(證道歌風)이 아니라 「적뢰가(積賴歌)」[65]·「실제가(實際歌)」[66]처럼 짧고 불규칙적인 음수를 보이는 경향이 있다. 특히 우중주급(愚中周及, 1323~1409)의 도호송은 단가(短歌)가 대부분을 차지한다. 이처럼 일본의 禪歌는 전반적으로는 원나라에서 유입된 禪歌의 전통을 그대로 유지하는 경우가 있는 반면 선기, 선취가 탈색된 생활시로 변이되는 경향도 보인다. 전반적인 경향을 보면 원나라에서 귀화한 선승들은 대부분 장편의 禪歌를 창작했지만, 일본의 선승들에 의해서 형식(단형)과 내용의 변화가 수반되었다. 禪歌가 생활시가 되면 이제 禪歌의 선가다움은 사라진 것으로 평가해도 좋을 것이다.

는 임제선은 강하지 않은 대신 다양한 사상적 요소를 넓게 반영하고 있는 것이 다르다고 하였다(인권환, 앞의 책, 384쪽). 일본의 선에 수증시가 많고, 관료와의 교류, 사상성의 약화가 특징이라는 점에서 선시의 경향과 禪歌의 경향이 크게 다르지 않다는 결론을 내릴 수 있다.

[65] 「積賴歌」"積兮賴兮 其義大哉 譬如無字 絶却疑猜 趙州狗子 咬殺金毛 佛祖性命 亦自難逃."

[66] 「實際歌：慈觀禪人」"德山是何德 臨濟々何事 露柱問燈籠 張三答李四 止々莫西來本無意 又不見 迦文曾受然燈記."

4. 중세 문예사조로서의 의의

이 글은 13 · 14세기 동아시아 각국의 禪歌의 창작과 교류는 중국 강남 지역의 임제선맥에 자신의 법통을 이으려는 선종계의 강한 열망에 따라 일어난 종교적 현상이며, 강남 열풍에 기반을 둔 하나의 문화적 현상이라는 점을 밝히고자 하였다. 원대 임제선맥을 이은 중봉명본과 그 제자들의 선가 창작은 치열한 구도의 자세에서 나온 것이지만, 일정부분은 몽고족이 세운 원나라에 대한 민족적 반항의식과 현실인식이 반영되어 있다고 해석할 수 있다. 물론 그들의 禪歌에 진지한 구도의 자세와 깊이 있는 의미 탐구가 돋보이기는 하나 대현실적 발화가 담겨있지 않기 때문에 이를 지나친 해석으로 볼 수도 있다. 그러나 고려의 경우에 왕사나 국사로서 국정 운영의 자문을 담당하고 있고, 일본의 경우 막부의 후원을 받고 있다는 점에 비추어 볼 때, 권력과의 긴장관계 속에서 창작된 원의 禪歌에는 상대적으로 현실비판의식이 잠재되어 있음을 부인하기 어렵다.

고려와 일본의 경우 禪歌 창작에 있어서 단순한 수신자의 입장에 섰던 것은 아니다. 고려의 경우 고려에서 제작한 禪歌를 가지고 원에 들어가서 인가의 매체로 활용했던 태고보우의 경우가 주목되는데, 이는 선가를 국제적인 공인의 매개로 활용하고자 하는 의식을 보여준다. 일본의 경우 원에서 귀화한 귀회승에 의해 禪歌가 전파되었다. 이후에 이들의 영향을 받아 다수의 禪歌를 창작하고 있지만, 禪歌가 가지는 본연의 순일성과 형식적 특징이 상당부분 현실화되고 생활화되는 양상을 보여준다. 고려의 경우 조선왕조가 들어서면서 순수한 禪歌 창작의 기풍은 사라진 것으로 보이며, 일본의 경우 이미 생활시가 되어버린 상황에서 禪歌의 정체성이 상실되어 버린 것으로 보인다. 13·14세기 禪歌는 이처럼 동아시아의 시대조류 속에서 산생된 시대성을 지니며, 국제적이면서 또 지역적인 문학으로서 의의가 있다.

원나라에서는 임제법맥을 전수한 중봉명본, 천여유칙, 천암원장, 만봉시울 등에 의해 다수의 작품이 창작되었다. 중봉명본은 15편의 禪歌를 남기고 있는데, 주제 면에서도 다양한 측면이 있어 후대 禪歌의 전범이 되었다. 그리고 제자 천여유칙은 禪歌의 격조를 유지하면서도 상호 간의 교류의 매개로 활용하는 양상을 보인다. 당송(唐宋) 시기의 禪歌의 전통을 이으면서도 원의 禪歌는 작품에 따라 좀 더 구체적이고 생활주변적인 소재를 통해 자신의 지향을 담아내고 있다. 그리고 자신의 목소리를 통해 일방적 교의를 전달하는 것이 아니라, 내가 상대하는 도반들의 이름이나, 당호를 소재로 선지를 전달하고 있어 禪歌라는 장르가 이제는 도반들과, 대중들과 호흡할 수 있는 상호 교류의 매개체로 활용되고 있음을 알 수 있다. 그리고 종이옷, 바루, 탁발, 가죽 부대 등 매우 구체적이고 상징적인 소재를 원용하여 선수행 및 득도 과정과 의의를 적실하게 표현하고 있음도 주목된다. 禪歌의 형식은 전통적으로 내려오는 형식일 수 있으나, 이러한 내용상의 풍부함, 상호 교류의 매개체로 활용한 점, 자신의 일생의 지향을 강렬하게 제시한 점, 강호와 벗하는 운수납자의 심정과 행각을 서정적으로 가미하여 노래한 점에 있어서는 이 시기 임제선풍의 경향을 여실히 반영하는 것이며, 원대(元代) 현실에 대한 현실 대응의 한 양상으로 해석할 수 있다. 따라서 원나라 시기의 禪歌의 창작은 일군의 작가군이 있으며, 그 작가군의 세계관이 집약적으로 드러나 있고, 이것이 하나의 유행처럼 고려와 일본에 전파되고 있다는 점에서 문화 전파자로서 역할을 충분히 담당하고 있는 것으로 평가할 수 있다.

원대 禪歌 창작의 최고봉은 중봉명본이라 할 수 있고, 그 법제자들의 창작은 일정 부분 중봉의 영향권에 있었다고 말할 수 있다. 그러나 한 시대 문화의 흐름은 단선적으로 진행되지는 않는다. 따라서 이 시대 동아시아 여러 나라의 禪歌 창작의 유행이 오직 중봉명본의 영향으로 이루어졌다고는 말하기 어렵다. 중봉보다 앞서거나 같은 세대인 무학조원(無學祖元, 1226~1286) 청졸정징(淸拙正澄, 1274~1339) 명극초준(明極楚俊, 1262~1329) 등은 송, 원 시기에 일본에 귀화한 승려들인데 이들 역시 중국이나 일본에서 다수의 禪歌를 창작하고 있음을 앞에서 살펴본 바 있다. 이들은 중봉의 영향을 받았다고 말하기는 어렵고 오히려 중봉과 대등한 위치에서 禪歌를 창작하고 전파한 것으로 볼 수 있다. 따라서 이 시기 禪歌의 창작과 전파는 한 개인의 문제라기보다는 한 시대의 집단성을 거론할 만한 문화적 유행이었다고 말할 수 있다.

고려의 경우, 태고보우는 석옥청공을 만나기 전에 이미 「백운암가」와 「태고암가」를 지어 입원(入元)했고, 이를 인가의 한 방편으로 삼고 있음을 앞에서 살펴본 바 있다. 아울러 고려의 경우 설암조흠 계열의 임제선사와 교류가 밀접하였는데, 나옹혜근은 평산처림 및 천암원장과, 태고보우와 백운경한은 석옥청공과 교류가 있었다. 모든 문화가 개인과 개인의 만남에 국한된다면 고려 선승들은 중봉명본이나 천여유칙 등 가장 많은 禪歌를 창작한 선사들과 직접적인 교류가 없었기 때문에 문화의 상호작용에 대해 근거가 약하다는 시각을 가질 수도 있을 것이다. 그러나 문화의 교류는 개인과 개인의 차원을 넘어 한 개인이 담고 있는 문화적 자장을 포괄적으로 상호 흡수하는 것으로 생각된다. 이 시기에 동아시아 여러 나라에 선가가 유행하게 된 현상에는 중국의 강남문화에 대한 동아시아 제국(諸國) 지식인들의 선망과 열풍이 배경으로 작용하고 있음이 분명하다.

동아시아 선가(禪歌)와 자국어 시가의 관련성
고려 말 가사 발생론을 포함하여

1. 비교문학적 연구의 현 단계

이 글은 13·14세기에 중국 강남에서 널리 불려진 禪歌가 고려와 일본에 유입되고 유행하였던 사실을 확인하고, 이러한 외래 시가가 고려와 일본에서 어떤 방식으로 자국어 시가와 조우하는지 고찰하고자 한다.

동아시아 중세의 공통적 특성은 한문이라고 하는 공동의 문어와 불교라고 하는 보편종교의 공유와 확산이라고 할 수 있다. 동아시아의 중세는 나라와 연구자별로 시대구분의 기준이나 통설이 다르지만, 대체로 10~14세기를 중심으로 하는데, 이에 따르면 13·14세기는 대체로 동아시아의 중세 후기에 해당한다. 중국의 경우 남송과 원의 교체기 (1260 원(元) 건국, 1279 남송 망(亡))에서 명(明)으로 교체되는 1367년경까지, 고려의 경우 고려 후기에서 조선 건국 이전, 일본의 경우 가마쿠라 시대 (1192~1333)에서 무로마치 시대(1338~1573) 초까지가 이에 해당한다. 이 시기는 문명권의 중심부에 있던 남송 / 원과 고려, 일본, 안남 등의 주변국 간에 불교를 매개로 하여 상호 긴밀한 문화적 교류가 진행된 것이 특징이다.

　이 글과 관련된 연구로서 조동일·임기중은 동아시아 불교 교류에서 나온 각국 문학의 비교연구에 대한 구도를 제시하였고[1] 최귀묵은 이러한 구도에 따라 고려의 충지(沖止, 1226~1293), 송의 대혜종고(大慧宗杲, 1089~1163), 월남의 인종(仁宗, 1258~1308), 일본의 절해중진(絶海中津, 1336~1405)을 대상으로 민족의식이 구현되는 양상과 문학사 전환기의 시가문학의 대응양상에 대해 고찰하였다.[2] 인권환은 동아시아 불교문학의 비교문학적 연구의 필요성을 제시하여 후학의 분발을 촉구하였고, 선도적으로 고려와 일본의 선시를 전반적으로 비교하는 논의를 펼쳤다.[3] 이 시기는 동아시아 보편문학으로서의 선가와 자국어 시가의 상호 연관성이 주목되는 시기로 이에 대한 해명이 문학사 연구의 주요한 과제로 제시되었으나[4] 후속 연구는 미진한 실정이다.[5]

1　조동일,『동아시아문학사비교론』, 서울대 출판부, 1993. 353~363쪽.
　조동일,『하나이면서 여럿인 동아시아문학』, 지식산업사, 2003, 86쪽.
　임기중,『한국고전문학과 세계인식』, 역락, 2003, 446쪽.
2　최귀묵,「충지 시에 나타난 민족의식에 대한 비교문학적 연구」, 서울대 석사논문, 1994.
3　인권환,「高麗後期 禪詩 硏究의 東亞細亞的 地平과 視角」,『고전문학연구의 쟁점적 과제와 전망』, 월인, 2003a.
　인권환,「高麗 禪詩와 日本 五山詩의 比較 硏究」,『한국한문학연구』31, 한국한문학회, 2003b.
4　조동일(1993)은 중세후기 문학의 상호 비교 가능성을 검토하는 가운데 선승의 파격적인 한시와 민족어시가와의 연계를 한국, 월남, 일본의 사례를 들어 소개하였다(359~362쪽).『한국문학통사』2권(4판, 2005)에서도 가사의 발생과 관련하여 같은 논의를 펼쳤다.(195~203쪽). 박경주(1997)는 고려말의 한문가요와 국문시가의 영향관계를 논하면서 가사의 발생과 선가가 관련되어 있음을 밝혔고(159~177·215~219쪽), 최귀묵(1994)은 한국과 월남에서 전개된 선시와 자국어시가의 관련성을 거론하였다.
5　이와 함께 한국문학사의 흐름 속에서 인권환, 이종찬은 이 시기 불가한시의 경향에 대해 개별 작품론 중심의 논의를 전개하였고, 이진오, 박재금 등 후속세대가 이를 계승하여 논의를 전개한 바 있다. 이외에 불가 한시 외에 고려시대의 한문가요를 독립적으로 연구한 박경주의 논의도 주목된다.

중국, 일본학계의 연구 동향을 보면 일본에서는 오산문학에 대해 오랜 기간 연구가 진행되어왔고, 중국과 일본 선승들 간의 계보가 자세히 밝혀져 있으며,[6] 중국학계에서는 최근에 신진학자들을 중심으로 강남의 임제선사와, 남송, 원대에 도일(渡日)한 선사에 대한 본격적인 연구를 진행하기 시작하였다.[7] 그러나 한중일을 포괄한 문학적 상호 교류의 자취와 그 영향에 대해서는 거시적으로나 미시적으로 더 많은 관심이 필요한 것으로 보인다.

이 글에서 논의하는 '○○歌'로 명명된 일련의 선가는 그동안 한시의 범주에 포함하여 논의하는 경향이 있었다. 그러나 3 7 7 7조 혹은 3 3 7 7 7조의 율격으로 대표되는 '가(歌)'로 명명한 게송은 일반 한시와는 양식에 대한 기대지평이 다르고, 또 노래를 통해 구현하고 싶은 문학적 관습도 다를 수 있다는 점에서 가요의 의미가 담긴 '禪歌'로 명명하고 논의를 전개하고자 한다.[8]

이 글의 2절은 예비적 고찰로서 선가를 둘러싼 상호 양상에 대해 논하고, 3절은 자료의 실상과 작가의 계보를 논하기로 한다. 4절에서는

인권환, 『高麗時代 佛敎詩의 硏究』, 고려대 민족문화연구소, 1983.
이종찬, 『韓國의 禪詩 ─ 고려편』, 이우출판사, 1985.
박경주, 『한문가요연구』, 태학사, 1998.
6 이노구치 이츠시, 심경호 외역, 『일본한문학사』, 소명출판, 2000.
入矢義高 校注, 『五山文學集』(新日本古典文學大系 v.48), 岩波書店刊行, 1990.
堀川貴司, 『五山文學硏究 : 자료와 논고』, 笠間書院, 2011. 전반적인 상황은 인권환(2003b)의 서목 참고.
7 紀華傳, 『江南古佛 : 中峰明本與元代禪宗』, 中國社會科學出版社, 2006.
江靜, 『赴日宋僧 無學祖元硏究』, 商務印書館, 북경, 2011.
8 이종찬(1985)은 「禪詩와 歌頌」이라는 항목에서 고려말의 선사들의 한시를 선시(詩)와 가송(歌)으로 구분하여 이원적인 흐름에 대해 논의를 펼쳤고, 박경주(1997)는 선승들이 창작한 "歌"를 '禪歌'라는 이름으로 파악하고 논의를 전개한 바 있다.

한중일 삼국에서 이들 선가가 자국어시가와 맺는 관련성을 살펴본다. 이 과정에서 고려 말 가사 발생론에 대한 소견을 일부 개진하도록 한다.

2. 상호 교류의 양상과 선가[9]

　13 · 14세기 한중일의 불교계의 상황을 보면 남북이 서로 다른 성격을 지니고 있음을 알 수 있다. 수도인 대도(大都)에서는 교종(티벳불교)이 지배층의 선호와 지지를 받았으며, 남송(南宋)의 근거지인 강남 지역에서는 선종이 성행하였다. 당시 강남의 선종은 임제종으로 수렴되는 특징이 있다. 강북과 강남의 구분은 민족적 대립과도 관련이 있다. 남송의 근거지였던 강남의 한족 입장에서 원에 의한 통일은 민족적 의분을 불러일으키는 사건이어서, 남송 멸망 후 이들은 권력과의 관계를 어떻게 설정하느냐를 놓고 고심할 수밖에 없는 상황이었다.[10] 강남 임제종 선사들을 중심에 놓고 보면, 그중 일부는 적극적으로 이민족 지배의 현

9　2절은 이 책에 실린 「동아시아 선가의 비교문학적 연구 서설」 부분의 논지를 활용하되 이를 좀 더 상세하게 보완하였다.

10　조맹부는 이 시대 최고의 서화가이자 불교와 권력 사이에서 연결고리 역할을 했고, 한중일 삼국의 문화 교류에 일정한 역할을 했던 인물이다. 중봉명본과의 관계가 밀접하여 정치적 후견인 역할을 담당하기도 하였다. 그런데 그는 송의 왕족 출신으로 원에 발탁되어 입사(入仕)하여 원의 체제 안정에 큰 기여를 하고 있다. 이 과정에서 본인 스스로 가지고 있던 심리적 갈등이 예술로 승화되었으리라는 추정이 가능하다.

실을 벗어나고자 일본으로 건너갔고, 일부는 그곳에 머물렀으나 나름
대로 정권과 거리를 두고 산림에 은거하였다. 후자에 속한 선승들은 권
력과의 통로는 닫았지만 지식인이나 여러 나라의 선사들의 참방에 대
해서는 적극적으로 문호를 개방하는 입장을 취하였다. 대표적인 이들
은 임제종 가운데 호구파(虎口派) 계열의 선사들로서 천목산(天目山)의 고
봉원묘(高峰原妙), 중봉명본(中峰明本), 천암원장(千巖元長), 천여유칙(天如惟
則) 등인데, 이들을 '암거지식(庵居知識)'이라 부르기도 한다.[11] 그 결과 이
들은 강남의 깊은 암자에서 산수를 벗하며 찾아오는 각국의 선사를 받
아들여 임제선을 동아시아의 여러 나라에 전파하는 역할을 담당하였
다. 일본으로 건너간 일군의 송 / 원 승려들, 그리고 고려, 일본, 고창국
(高昌國), 운남(雲南) 등지에서 유학 와서 법맥을 전수받거나 문화를 체험
하고 간 여러 승려들은 전승과 수용자의 역할을 하였다.

　따라서 이 시기 고려와 일본에서 중국으로 유학을 간 승려들의 경우
대도(大都)에서는 원 황실을 정점으로 하는 지배계급과의 교류를 통해
정치사회적 입장을 공고히 하는 경향이 있었고, 절강성 등 강남 지방에
가서는 임제 선사들을 참방하고 법맥을 인가받는 것을 매우 중요하게
여기는 풍조가 유행하였다. 천목산에 주석하던 고봉원묘, 중봉명본 등
을 참방하고 귀국한 각국의 선사들은 귀국 후 자국 선종의 핵심세력으

11　고봉원묘 행장에 "1279년 송조가 원에 망한 후 원묘는 천목산 西峰에 올라 1281년 토굴로 들
　　어가 사관을 닫고 입저할 때까지 15년을 관문으로 나오지 않아 세상 사람들이 존경하여 이르
　　기를 高峰古佛이라 하였다"는 기록이 있다. 중봉명본의 행장에도 '이름을 감추고 수도에 전
　　념하는 모습에 감동한 승속들이 다투어 참례하여 마침내 江南古佛이라 불렀다'는 기록
　　이 있다(「紀華傳」, 28~54쪽).

로 공인받아 왕사, 국사의 역할을 담당하게 된다.[12]

고려의 경우 충렬왕과 충선왕이 몽산덕이(蒙山德異, 1232~1308), 중봉명본(中峰明本, 1263~1323) 등과 나눈 교류가 주목된다. 충렬왕대에는 고려의 권신 귀족들과 지식인, 선사들이 강남 휴휴암에 은거하고 있던 몽산덕이를 찾아가 교류를 나눈 바가 있다.[13] 충선왕 대에는 충선왕과 이제현 등이 강남 천목산에 은거하던 중봉명본을 방문하여 법호를 받고 정자를 세워주는 등 밀접한 교류를 나누었다.[14] 이러한 사례는 이들 임제종의 대표적 인물에 대한 관심과 선호가 개별 선승의 관심에서만 촉발된 것이 아니고 당시 고려 왕실과 귀족을 포함하여 상당히 넓은 저변에서 비롯되었음을 알 수 있다. 또 이들의 방문은 중국의 선사들에게도 매우 고무적인 일이어서 행장에 이를 해당 선사의 권위를 높이는 매개로 자세히 기록되기도 하였다.[15]

이 글에서 대상으로 하는 고려선사는 백운경한(白雲景閑, 1299~1375), 태고보우(太古普愚, 1301~1382), 나옹혜근(懶翁惠勤, 1320~1376)인데, 이들

---

12 강호선, 『고려말 나옹혜근 연구』, 서울대 박사논문, 2011, 42~54쪽.

13 1295년 了庵元明長老 등 네 명의 방문, 이듬해 10명의 고려인 방문, 1297년 충렬왕의 두 공주를 포함한 내원당 대선사 혼구, 김방경 등의 방문, 이승휴와의 교류 등이 대표적이다. 이로써 몽산덕이의 사상이 유독 고려에서만 남아 전하는 계기가 되었다(허흥식, 『고려에 남긴 휴휴암의 불빛·蒙山德異』, 창비, 2008).

14 충선왕은 1319년 9월 초에, 원의 관리인 宣政院使, 平章相國과 왕자, 고려측의 從官인 재상, 상서, 시랑, 宣使 등을 대동하고, 서천목산의 환주암에 도착하여 중봉을 만났다. 충선왕이 중봉을 제자의 예로 받들자 중봉은 감격하였고, 勝光이라는 법명과 眞際라는 법호를 주었다. 이에 충선왕은 사자암 아래 眞際亭을 세우고 이를 기록하였다. 당시 충선왕과 중봉의 교류에는 趙孟頫의 역할이 다대하였다. 당시 강남 임제종의 영수는 중봉명본으로, 강남출신 한족 지식인 대부분이 중봉과 교류를 맺었고 이 과정에서 조맹부는 중봉의 핵심적인 단월로서 역할을 하였다(강호선, 「충렬 충선왕대 임제종 수용과 고려불교의 변화」, 『한국사론』 46, 서울대국사학과, 2001, 73~78쪽 참고).

15 강호선, 앞의 글, 2011, 110쪽.

은 짧게는 2~3년(백운, 태고), 길게는 10년(나옹) 동안 강남의 석옥청공(石屋淸珙, 1272~1352), 평산처림(平山處林, 1279~1361) 등과 직접 교류를 나누며 임제종의 종지를 체득하거나 공인받았다.[16] 태고보우, 나옹혜근 등은 원나라의 강남지역에 유학하여 임제종 선사들의 법통을 인가받아 고려 말에 국사나 왕사의 지위에 오르게 된다. 그런데 이들 역시 선가를 창작하여 고려후기 문학사의 한 특색을 이루는바, 이들의 문학 활동 역시 강남 문화와 밀접한 관련되어 있는 것이다.

일본에서의 상황도 이와 다르지 않다. 남송 / 원의 선사로서 일본에 건너간 도래승(渡來僧)은 약 20여 명이며, 일본에서 원에 유학하여 임제종을 전파한 부원승(赴元僧)은 약 200명 이상이 된다는 실제적인 통계가 있다.[17] 이들 역시 고려 승려들처럼 강남지방에 유학하여 법맥을 계승하거나, 일본에 도래한 강남 선사들의 영향을 받아 오산문학이라는 중세한문학을 발전시켰으며 이러한 영향에서 선가를 창작하여 유통시킨 정황이 뚜렷하다.[18]

이렇게 유통된 선가는 임제선의 계보를 공인하는 중요한 매개체로

---

16 이들 이후 고려 중기의 수선사를 중심으로 전개되어 온 고려 선종의 내재적 발전 과정이 이들에 의해 원 임제종 풍토가 직접 유입되어 전대와 다른 방향으로 불교사가 진행되었던 사실은 주지하는 바다.

17 堀川貴司, 『五山文學研究 : 자료와 논고』, 笠間書院, 2011, 323~326쪽.

18 조맹부가 필사한 「증도가」가 고려와 일본에 전파되고 있으며, 義堂周信의 경우 막부 장군 앞에서 선가인 「백운암거돌돌가」를 소개하고 있다는 점은 선가가 확산되는 예라 하겠다. 義堂周信은 永德 3년(1383) 3월 7일 室町 막부 장군 足利義滿에게 이 시를 설명하면서 白雲庵의 함의도 해석해 놓았다(의당주신, 『空華日用工夫略集』 권3, 태양사, 1939(江靜, 2011, 385쪽 재인용)). 七日 (…중략…) 府君說 昨日於永明院 倭漢聯句 近衛殿句 曰 書空咄似狂 侯門白日長 又曰 咄字日本讀作拙義如何 余曰 不然 拙與巧對 咄者呵罵之甚也 (…중략…) 余又說佛光祖作 白雲菴咄咄歌 府君問白雲菴義 余引狄粱公親舍白雲故事 光祖時養母 故名菴云云(의당주신, 『空華日用工夫略集』 권3, 태양사, 1939(江靜, 2011, 385쪽 인용)).

활용되기도 하였다. 고려의 경우 태고화상의 「태고암가」는 석옥청공에게 법맥을 전수받기 위해 고려에서 창작해간 선가로 활용되었다. 이와는 성격이 다르지만 나옹혜근의 「백납가」에는 강남 선지식을 찾아 인수받은 사실을 자부하는 내용이 담겨 있다.[19] 한편 운남 승려들이 중봉명본을 참학하고 돌아가면서 「즉심암가(卽心庵歌)」를 받고 귀국한 사례는[20] 선가가 단순한 개인 정서의 표현을 넘어 법맥 공인의 매개체로 활용된 것을 반증하는 것이다.

3. 선가의 분포와 작가의 계보

남송 / 원, 고려, 일본에서 13·14세기에 창작된 선가에 대한 연구는 각국에서 산출된 어록을 통해 자료의 실상을 확인, 확장하는 일부터 시작되어야 할 것이다. 13·14세기에 선가를 남긴 선사와 그 작품을 출신과 교류의 양상에 따라 구분하여 소개하면 다음과 같다.

19 선지식 찾아 진실한 풍모를 이었네. / 해진 옷 한 벌에 가느다란 지팡이 하나로 / 천하를 횡행해도 안 통할 것 없었네 / 강호를 두루 다니며 무엇을 얻었던고 / 원래 배운 것이라곤 빈궁뿐이라(卽身貧. 道不窮. 妙用千般也不窮. 莫笑襤縿癡呆漢. 曾叅知識續眞風. 一鶉衣. 一瘦節. 天下橫行無不通. 歷徧江湖何所得. 元來只是學貧窮.)
20 중봉의 「卽心菴歌」에는 운남의 普通, 智福, 道元에게 선가를 주며 작별하는 정황이 서문에 소개되어 있다(雲南福元通三上人. 遠逾萬里訪余窮山. 坐夏未了. 欲歸故鄕結菴爲禪居以圖究明己事. 預乞爲菴立名. 余以卽心二字示之. 蓋大梅常和尙. 參馬祖聞卽心是佛. 一住空山誓不再出. 旣有志於住菴. 當追古風以繼芳躅. 庶幾吾道之有望也. 乃爲之歌曰). 그리고 이 사실은 운남지역에 임제선이 전파되는 사건으로 중봉의 행장에 수록되어 있다.

고려(원 유학승)

白雲景閑(1298~1375 / 1352~1354留)：「無心歌」(『白雲和尙語錄』)

太古普愚(1301~1382 / 1346~1348留)：「太古庵歌」·「白雲菴歌」·「雜華
三昧歌」·「山中自樂歌」(『太古和尙語錄』)

懶翁惠勤(1320~1376 / 1347~1358留)：「翫珠歌」·「百衲歌」·「枯髏歌」
(『懶翁和尙歌頌』)

강남 선사(在元)

中峰明本(1263~1323)：「幻住菴歌」·「十二時歌」·「道要歌」·「皮袋子
歌」·「警策歌」·「卽心菴歌」『天目中峯和尙廣錄』「卽休歌」·「頭陀苦
行歌」·「托鉢歌」·「行脚歌」·「自做得歌」·「紙襖歌」·「水雲自在
歌」·「松花廩歌」(『天目明本禪師雜錄』(일본 간행))

石屋清珙(1272~1352)：「歌」(『石屋清洪禪師語錄』)

天如惟則(1276~1354)：「閑人好歌」·「存心室歌」·「靈溪歌」·「懶牛歌」·
「可庭歌」·「中洲歌」·「歸善室歌」·「托鉢歌」(『天如惟則禪師語錄』)

千巖元長(1284~1357)：「知足歌」·「快活歌」(『千巖和尙語錄』)

萬峰時蔚(1303~1381)：「破衣歌」(『萬峰和尙語錄』)

도일원승(渡日元僧)

無學祖元(1226~1286 / 1280渡日)：「白雲菴居咄咄歌」·「送雲溪歌」(『佛光
國師語錄』)

清拙正澄(1274~1339 / 1326渡日)：「爲達泉黃舍人賦止靜齋歌」·「三椽菴

歌」·「飯不足歌」·「玄極歌」·「放牛歌」(『禪居集』)

明極楚俊(1262～1336 / 1329渡日)：「建德寺遠長老秀峰歌」(『明極楚俊遺稿』)

竺仙梵僊(1292～1348 / 1329渡日)：「別流歌」·「南海歌」(『天柱集』). 「次韻
趙州十二時歌」·「別流歌」·「南海歌」(『竺僊和尙語錄』)

일본승(강남 유학 및 在일본 포함)

虎關師鍊(1278～1346)：「持淨歌」(『濟北集』)

雪村友梅(1290～1346 / 1307～1329留)：「岷山歌」·「和潛用剛寄韻歌」(『岷峨集』)

龍湫周澤(1308～1388)：「和富景軒歌」·「止矣哉歌」(『隨得集』)

鐵舟德濟(?～1366 / 入元)：「瑞光安樂歌」·「牧石歌」(『閻浮集』)

義堂周信(1326～1389)：「蘭室歌贈妙上人東歸」·「和松月齋歌」·「狂歌一
首代詩」(『空華集』)

愚中周及(1323～1409 / 1341～1351留)：「徹堂歌」·「積賴歌」·「松岩歌」·
「玉林歌」·「木林歌」·「東谷歌」·「實際歌」『草餘集』.「肯心謠」·「徹堂
歌」·「積賴歌」·「松巖歌」·「玉林歌」·「木林歌」·「東谷歌」·「實際
歌」·「歷山歌」(『佛德大通禪師愚中和尙語錄』)

翱之惠鳳(?～1465頃 / 1432入明)：「跋武衛公詩歌」(『竹居淸事』)

岐陽方秀(1361～1424)：「答通庵主和歌」(『不二遺稿』)

이들의 상호 관련 양상은 구체적인 언급 대신 선종의 계보를 참조하
여 도표로 도식화할 수 있다(다음 쪽의 〈표 10〉 계보도와 선가작가 참조).

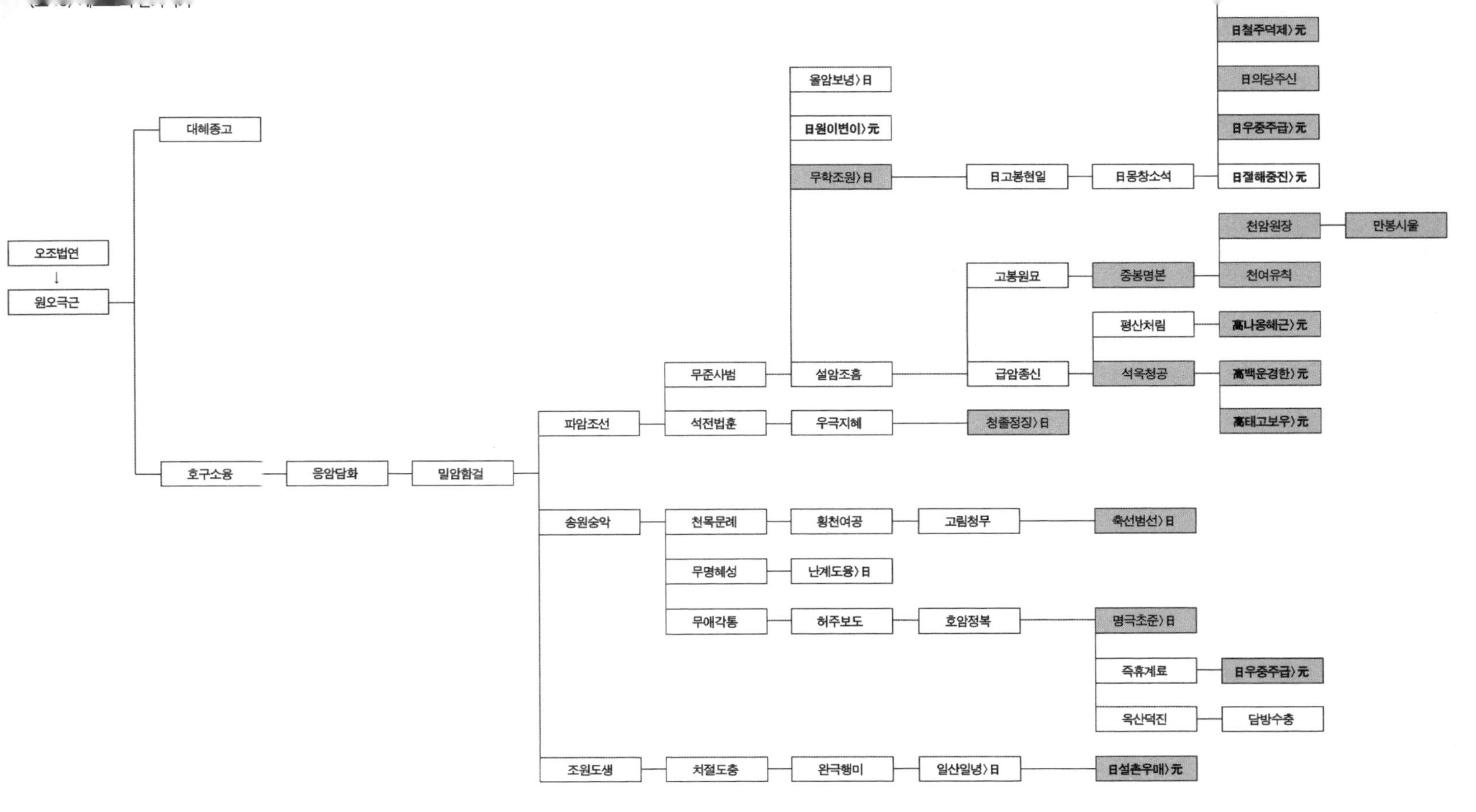

음영(禪歌 창작). 日(일본), 高(고려), 〉日(일본행), 〉元(원유학).

이철교 외, 『선학사전』, 불지사, 1995, 874~877쪽, 〈중국선종법계도〉.
강호선, 『고려말 나옹혜근 연구』, 서울대 박사논문, 2011, 328쪽, 〈호구파와 고려인의 교류(도)〉.
紀華傳, 『江南古佛-中峰明本與元代禪宗』, 中國社會科學出版社, 2006, 37쪽, 〈元代江南禪宗法系簡表〉.

<표 10>은 강남 임제종의 주류를 형성했던 호구파의 계보를 기본으로 작성한 것인데, 법맥이나 선가의 창작에서 이들과 고려, 일본의 임제종이 직접적인 영향을 주고받은 것이 뚜렷하게 나타난다. 횡선으로 연결된 두 인물간의 관계는 직접적인 만남과 법맥의 전수를 의미한다. 그러나 이는 사승의 관계를 시간적 편차로 제시한 데 그칠 뿐이다. 표에서 상하로 병렬된 여러 선사들 사이의 동시대적인 교류의 자취는 이 표에 드러나지 않는다. 예를 들어 나옹혜근은 평산처림의 법맥을 이었으나, 천암원장, 만봉시울과 교류하였으며, 그 스승인 중봉명본, 석옥청공 등과도 직간접적인 영향을 받았을 가능성이 크다. 또한 고려와 일본 선사들간의 동시대적인 교류, 중국과 일본 간의 다양한 계보적 맥락, 일본 자국내의 분파적 발전 등은 계보도에서는 파악하기 어렵다. 표에는 등장하지 않으나 중봉명본을 참학하고 일본에서 환주파(幻住派)를 형성한 다수의 선사들이 있다.[21] 이처럼 이 시기의 교류양상은 계보도로 나타내는 것 이상의 문화적 다양성과 상호 관련성이 있다고 하겠다.

---

21 이때 일본에서 중봉명본을 참학한 일군의 승려들은 중봉의 호(幻住庵)를 따서 幻住派를 형성하였다(原田弘道, 「中世における幻住派の形成とその意義」, 『駒沢大學佛教學部研究紀要』, 53号, 1995, 20~36쪽). 중봉이 56세 때(1318년) 일본의 승려 古先印元(1295~1374)이 원나라에 들어와서 천목산의 중봉에게 참문하고 그 법을 이었다. 일본의 『본조고승전』 권25(『대일본불교전서』 102)에 의하면 "東渡祖師十有餘人 皆是法中獅子"라는 기록이 있다. 원에 들어간 일본의 선승들은 대부분 천목산 중봉에게 참학하였는데, 대표적인 선사로 21명의 이름이 전한다.

4. 선가와 자국어 시가의 관련성

원 제국시기에 정치 외교적 변수로 인해 동아시아 삼국에서는 다층적인 상호 교류가 이루어졌고, 이러한 외적 교류는 문화적 영향을 수반하였다. 선가의 경우도 마찬가지다. 선가는 기본적으로 중국의 민요적 율격에 근거한 노래로서 선시와 향유 향상이 다를 수 있다. 강남 선사들은 자신의 수행 과정이나 심정을 유장한 노랫가락에 담아 표현하는 분위기를 만들었고, 이들 노래에 담긴 선적인 내용은 작가의 수행의 경지를 상징적으로 보여주는 것으로 인식되었다. 이를 훈습한 고려, 일본의 선사들은 이 노래의 형식을 활용하되 자신의 선적 수행의 경지를 개성적으로 담아내기 시작하였다. 강남, 고려, 일본의 임제종 선사들의 문화는 이렇게 하나가 되어 갔고 서로 다른 개성을 담은 자신만의 영역으로 확장해 나갔다. 그러나 본질적으로 선가는 '노래'이다. 고려와 일본의 선사들은 이들 선가를 체화하여 자신들의 생래적인 민요가락으로 수용하였다. 이는 곧 외래 가요를 자국어 시가로 문화적으로 번역하는 과정이라 할 수 있다.

이러한 선가가 당시에 어떤 방식으로 불렸는지, 혹은 단순한 기록문학과 어떤 변별성이 있는지에 대해 분명하게 설명하기는 어렵다. 선가의 본질은 노래이며 노래로 불렸거나 불릴 가능태로서 기록되었기 때문에 자연스럽게 중세문명권의 중간과 주변에서 그들의 생래적인 언어, 리듬과 만나게 되는 양상을 띤다. 노래로서 선가는 각 나라의 민요

나 자국어시가와 어떤 식으로든 관련을 맺고 있을 것으로 짐작되는바,
여기에서는 이에 대해 약간의 구도를 잡아보기로 한다.

1) 중국의 경우

일반적으로 선가는 당나라 영가현각이 지은 「증도가」에서 유래하는
것으로 알려져 있다.[22] 증도가의 형식은 3 3 7 7 7조의 반복적 운용에 있
는데, 이러한 형식은 이미 유통된 바 있는 『경덕전등록』에 다수 보이는
율격이다. 전등록 30권에는 「명(銘) · 기(記) · 잠(箴) · 가(歌)」 항목에 20
편 가량의 수도시가 수록되어 있는데, 이들은 7~9세기에 걸쳐 창작된
작품들로서 원대(元代) 禪歌의 창작의 원류 혹은 前史로 파악된다. 5언,
7언, 혹은 4 · 5 · 7언이 혼합된 잡언시를 제외하고 증도가 형태와 같은
율격을 보이는 노래로는 「증도가(證道歌)」 · 「초암가(草庵歌)」 · 「낙도가
(樂道歌)」 · 「일발가(一鉢歌)」 · 「부구가(浮漚歌)」 · 「고경가(古鏡歌)」 · 「변
참삼매가(遍參三昧歌)」 · 「완주음(翫珠吟)」 · 「획주음(獲珠吟)」 · 「심주가(心
珠歌)」 등이 있어 비율로 보면 약 50%가 넘는다. 이러한 율격과 관련하
여 당, 오대에 불교 대중화 과정에서 당대 중국 민중들이 애호하였던 지
방의 민요가 불가 음악으로 적극 활용되었고, 따라서 이들 노래에 당,
오대의 민요적 율격이 반영되어 있다고 보는 관점이 주목된다.

---

22 고려말의 태고보우와 나옹화상의 선가에 대한 언급 중에도 永嘉體, 永嘉句法이라 하여 「증
도가」의 전통을 잇고 있음을 말한 용례가 있다(「태고사 원증국사탑비문太古寺圓證國師塔碑
文」, 『목은문고(牧隱文藁)』 권13, 「서나옹삼가書懶翁三歌」).

唐五代 불교에는 民間歌謠 俗曲을 채용하는 것이 유행하여 '歌場'에서 佛理를 演唱 宣唱하고, 효도의 작품을 歌詠했는데 후세에는 보기 드물다. (…중략…) 강창변문의 주요 특징은 대개 운문과 산문이 함께 제시되는데, 운문부분은 곧 이야기한 '唱詞'로서, 이는 속강 경문에 새로 첨가된 부분이다. (…중략…) 창사는 주로 당시 민간에서 가장 유행했던 新歌俗曲을 조합하여 만든 것이다. 「五更轉」·「十二時」·「百歲篇」·「行路難」 등 장단구로 組成된 聯章體는 민간에서 가장 유행했던 것인데, 이를 각 사원에서 채택하여 속강경문 창사로 만들어 활용한 것이다.[23]

현재 보이는 돈황 강창문학작품에서 그 창사부분은 7언구가 차지하는 비중이 대략 65%로 가장 크고, 다음이 3 3 7구로 약 20%, 다음이 6언으로 약 15%를 차지한다. 6언 7언과 3 3 7구는 모두 민간에서 보편적으로 유행하던 것이며 장구한 역사적 연원을 지니고 있다. 강경문 발생 이전에 이 3종의 체제와 음악이 서로 결합하여 이미 민간에 유행하기 시작하였다. 강창변문이 이러한 곡조를 흡수하여 창사의 중요 부분으로 만들어 신속하게 가장, 법회에서 확산되었는데, 그 중 「오경전」과 「십이시」가 가장 많이 쓰였다.」[24]

돈황의 불교문학작품과 당대 민요의 형식을 비교 검토하고 있는 인용문의 논리에 따르면, 당나라 때 지방 민요들이 불교의 포교현장에서 채

---

[23] 鄭阿財, 『敦煌佛敎文獻與文學硏究』, 上海古籍出版社, 2011, 108~109쪽.

[24] 鄭阿財, 같은 책, 261쪽. 저자는 이외에도 「오경전」·「십이시」·「백세편」·「귀거래」·「행로난」·「어부사」 등 당·오대의 속곡들이 남방의 선종 즉 임제종과 조동종에서, 그리고 정토종에서 불곡으로 차용된 예를 소개하고 있다. (305쪽). 혜심의 「어부사」의 경우 이러한 남방 선종의 유입과 함께 창작되었을 가능성이 크다.

택되어 불교가요로 활용되었으며, 대표적인 작품은 「오경전(五更轉)」·「십이시(十二時)」·「백세편(百歲篇)」·「행로난(行路難)」 등의 장단구로 조성된 연장체 작품들이다. 그렇다면 이러한 33777조는 당 이전부터 유행했던 민간 가요의 기본 율격이 되는 것으로, 이러한 율격의 지방 민요가 당, 오대를 거치면서 불가의 음악으로 활용된 것으로 이해된다. 영가현각은 이러한 기본 율격을 원용하여 증도가를 제작하였고, 널리 알려져 동시대에 많은 선사들이 자신의 사상과 정서를 개진하는 양식으로서 이를 조술(祖述)하게 되었을 가능성이 있다. 선가 중에 「십이시(十二時)」를 활용한 작품도 전승되고 있다. 결국 선가는 중국 민간 가요의 리듬이 반영된 노래로서 이미 생래적으로 자국어시가와 관련을 맺고 있는 것으로 파악된다.

2) 고려의 경우

고려의 경우 고려 말에 삼사(三師)가 선가를 짓기 이전에도 선승들은 한시의 형식에서 벗어난 한문가요를 창작하였다. 대표적인 노래가 혜심(1178~1234)의 「고분가(孤憤歌)」와 「기사뇌가(碁詞腦歌)」, 충지(1226~1292)의 「비단가(臂短歌)」 등이다. 충지의 「비단가」에는 '속어를 써서 어떤 일을 두고 지었다(用俚語因事作)'는 부제가 붙어 있다. 세상 사람들과 나를 대비시켜 내 마음과 같지 않게 내가 세상을 위해 무엇 하나 할 수 없는 단절감과 아쉬움을 노래한 작품이다. 10행까지는 7언시의 형태를 유지하다가 "오호(嗚呼)"라는 감탄사로 시상을 전환한 후 11자, 9자의 낙구로 마무리한다. 이러한 형식과 시적 전개 방식은 기존 10구체 향가와 유사한 것이다. 아마도 이 작품은 향가의 전통을 이으면서 우리말 긴 노래를 표현하고 이를 한시 형태로 기록한 것으로 보인다. 혜심의 「기사뇌가」는 5언 10행으로 된 한시인데, 높은 산에 사는 '우희조(憂喜鳥)'가 고상하게 살다가 고기를 탐하는 솔개를 따라 마을에 갔다가 그물에 걸리는 것을 풍자한 내용이다. 바둑돌의 진퇴를 비유적으로 표현한 것으로 보이는 이 작품은 제목에서 보듯이 향가의 전통을 이은 노래를 한시로 표현한 것으로 파악된다. 「고분가」는 세상의 불합리한 현상들에 대해 해답을 찾지 못해 괴로워하는 화자의 심정이 의문과 탄식으로 점철되어 있다. 이는 작가가 출가할 때의 심정을 담아낸 노래로 알려져 있다.

이 작품들은 선사의 한정을 담아내는 시들은 아니다. 이들은 개인의 아픔이 사무칠 때, 세상과 화자가 조화를 이루지 못할 때, 부조리한 세상을 폭로하고 싶을 때 부르는 노래라는 점에서 공통점이 있다. 따라서 이들 가요는 이 글에서 논하는 선가의 지향과는 완전하게 같지는 않다. 오히려 이들 작품은 우리말 노래의 전통 속에서 창작된 자생적인 성격이 더 강하다. 고려말 선사들에 의해 가사가 창출되었다고 한다면 그 한 축은 향가의 전통을 계승하여 작자의 정서를 우리말 가락에 담아 자연스럽게 표현하는 구어시가의 전통에 있다고 할 수 있다.

그런데 가사와 선가와의 관련성을 이야기할 때 우리말 가사를 그대로 옮긴 것이 나옹화상 등의 선가라는 견해가 있다.[25] 그러나 고려말 삼

---

25 조동일, 앞의 책, 2005, 198~199쪽에서는 고려 말 삼사의 선가에 대해 '우리말 노래를 한문으로 옮겨놓은 것으로 보는 편이 타당하고, 이때 우리말 노래는 가사다'라고 하였다.

사(三師)의 작품을 비교문학적 견지에서 고찰하면 이와 다른 분석이 가능하다. 주목할 것은 당시 강남의 임제종 선사들이 창작한 선가의 경우 「증도가」 형식을 정확하게 원용하여 장편의 노래를 창작하고 있다는 점이다. 태고보우 나옹혜근의 선가는 이에 가장 흡사한 작품이며 시상과 사상적 깊이나 표현의 차원에서도 당시 국제적 문화교류의 장에서 높이 평가받고 있다. 즉 고려의 선가는 혜심, 충지의 자생적 형태와 백운경한의 소박한 형태의 가요를 넘어서 국제적 양식으로서 소통된 작품이라 할 수 있다. 따라서 고려 말 삼사의 선가 창작은 당시 동아시아 선사들의 보편적인 문학행위로서 우리 노래를 단순히 번역한 것과는 성격이 다르다.

결국 가사는 향가에서부터 내려오는 자생적 전통과 외래적인 선가가 결합하여 창안되었다고 보는 것이 타당하며, 이는 선행 연구에서 여러 논자들에 의해 확인된 바 있다. 다만 이들 선가와 가사 작품 간에 상호 관련성을 어떻게 증명할 수 있느냐가 관건이 될 것이다.

기존 연구에서는 「승원가」를 선가와 비교하여 영향관계를 살피려는 경향이 있어왔다.[26] 그러나 「승원가」는 19세기 말에 경상도 일원에 널리 유포된 자책가의 여러 이본 중 불완전하게 편집된 이본에 불과하며, 작품의 권위를 높이려는 종교적 의도에서 제작된 것에 불과하다는 입장에 있다.[27] 불교학계에서도 이 작품은 사상적으로도 염불, 시왕신앙이 흥성하게 되는 19세기 이후의 작품이라는 것이 중론이다.[28] 이에 따

---

26 조동일, 앞의 책, 2005, 198~199쪽; 박경주, 앞의 책, 1997, 215~219쪽.
27 김종진, 『불교가사의 연행과 전승』, 이회, 2002, 163~187쪽.

르면 「서왕가」 역시 염불신앙이 흥성한 시대의 작품으로 파악된다. 그러나 필자는 「서왕가」의 앞부분은 오랫동안 구전되었을 가능성이 있는 작품으로 뒷부분은 시대에 따라 누적적으로 첨가된 작품으로 판단하였다.[29] 이 글은 「서왕가」의 작품 일부가 원형일 가능성을 제기한 논의를 근거로 하여 그 관련성을 분석하기로 한다.

현전 가사 작품 가운데 가장 고형(古形)을 띠고 있는 것은 1704년에 최초로 판각된 「나옹화상서왕가」이다. 이 작품은 18세기 염불신앙이 흥성하는 과정에서 형성되고 활용된 가사 작품이다. 그러나 여러 논자들이 지적하는바, 이 작품에 어느 정도 가사의 고 형태로서 원형적 모습이 남아있을 것으로 기대하고 있는데, 작품 내적 분석과 율격 분석을 통해 앞부분은 비교적 원형에 비교적 유사한 형태로 남아있으며 뒷부분은 누적적으로 수차례에 걸쳐 추가된 정황이 있다.

① 나도 이럴만졍 셰샹애 인재러니 무상을 싱각ㅎ니 다거즛 거시로쇠 부모의 기친얼골 주근후에 쇽졀업다

② 져근닷 싱각ㅎ야 셰스을 후리치고 부모끠 하직ㅎ고 단표ᄌ 일납애 쳥녀쟝을 빗기들고 명산을 ᄎ자드러 션지식을 친견ㅎ야 ᄆ음을 볼키리라 쳔경 만론을 낫낫치 츄심ㅎ야 뉵적을 자부리라 허공마룰 빗기투고 마야검을 손애들고 오온산 드러가니 제산은 쳡쳡ㅎ고 ᄉ샹산이 더욱놉다

③ 뉵근 문두애 자최업슨 도적은 나며들며 ㅎ는중에 번로심 베쳐노코 지혜

28 인경, 『몽산덕이와 고려후기 선사상 연구』, 불일출판사, 2000, 382쪽.
29 김종진, 「「서왕가」 전승의 계보학과 구술성의 층위」, 『한국시가연구』 18, 한국시가학회, 2005.

로 비롤무에 삼계바다 건네리라 넘불즁싱 시러두고 삼승 딤째예 일승독글 드
라두고 츈풍은 슌치블고 비운은 셜도는디 인간을 싱각ᄒᆞ니 슬프고 셜운지라

④ 넘불마ᄂᆞᆫ 듕싱드라 몃싱을 살랴ᄒᆞ고 셰ᄉᆞ만 탐챡ᄒᆞ야 이욕의 즘겯ᄂᆞᆫ
다 ᄒᆞ륵도 열두시오 ᄒᆞᆫ둘도 셜흔날애 어늬날애 한가ᄒᆞᆯ고 쳥뎡ᄒᆞᆫ 불셩은 사
롬마동 ᄀ자신둘 어늬날애 싱각ᄒᆞ며 ᄒᆞᆼ사 공덕은 본늬 구독ᄒᆞᆫ둘 어늬시예
나야쁠고 셔왕은 머러지고 지옥은 각갑도쇠

인용문은 서왕가의 첫 단락부터 원형으로 추정되는 단락까지만 제시
한 것이다. 시적 화자가 자아의 존재를 드러내며 존재의 의의를 천착하
는 부분(① 단락), 인생의 무상함을 깨닫고 한 순간에 발심하여 출가한 후
자신의 육체적 감각과 집착에서 벗어나는 과정을 시간의 순서에 따라 서
사적으로 표출한 부분(② 단락), 그리고 고행을 통해 내적 자유를 획득하
고 열락을 노래한 서정적 부분(③ 단락)이 작품의 원형이며 여기에 정토
사상을 담은 라 단락이 결합되어 최초의 「서왕가」로 명명된 것이다.[30]

구체적인 논증은 생략하되 필자가 파악한 선가의 특징을 정리하면
다음과 같다.

㉠ 어떤 대상의 의미를 깊이 있게 탐구하며 이를 긴 호흡으로 서술해 나
가는 경향이 있다.

㉡ 작자 자신의 수행과정과 경험을 반영하는 자기술회적 경향이 있다.

---

30 김종진, 앞의 글, 2005.

  한국 불교시가의 동아시아적 맥락과 근대성

이때 자신의 일상, 내력 등을 밝히는 부분에 있어서는 시간의 순차적 흐름에 따른다.

ⓒ 대타적인 목소리를 낼 때는 청유형으로 교조적인 목소리를 내는 경우가 있다.

ⓔ 교조적인 목소리의 앞뒤에는 자연에 침잠한 한가로운 도인의 모습을 적절히 배치하여 서정적인 분위기를 조장하는 경향이 있다.

선가는 수도의 정점에서, 즉 선 수행이 궁극적으로 지향하는 어떤 지점에 이르렀을 때 자연스럽게 발화되는 것이다. 따라서 한 편 한 편이 노래하는 선사의 고도의 정신세계를 함축적으로, 상징적으로 드러내는 가치가 있다.

이에 비추어 「서왕가」 원형으로 추정하는 부분을 검토하면, 먼저 ① 단락은 '나'의 존재론에 대한 의미 찾기 과정을 보여주고 있다(나도 이럴망정 세상의 人子러니 무상을 생각하니 다 허망한 것인데 부모의 끼친 얼굴 죽은 후에 속절없다). 이는 ㉠에서 어떤 대상(사물이나 지명, 개념)에 대한 의미를 깊게 천착한다는 점과 겹쳐 있다.

② 단락은 ㉡의 경향처럼 자기수행의 과정을 담은 서사적 내용이 담겨있으며 이 과정이 바로 자기술회적 특징을 보여주고 있다는 점이 주목된다(기로에서의 선택, 부모 하직, 단표자 일납으로 명산에 들어가 선지식을 친견, 경전 탐구, 육체의 욕망과의 처절한 진검 승부 등).

③ 단락은 ㉣에 보이는 한정(閑情)의 서성직 국면이 일부 표현이기는 하나 드러나 있다는 점이 확인된다(춘풍은 순히 불고 백운은 섯도는데 인간을

생각하니 슬프고 설운지라).

④ 단락은 ⓒ에서처럼 청자에게 전달하는 목소리가 반영되어 있다는 점 등이 상호 대응된다고 할 수 있다.[31]

우리말 노래를 한시 형태로 표현한 전통은 혜심, 충지가 보여주었다. 이러한 전통 위에서 국제적으로 소통되는 선가의 지향을 우리의 언어 감각으로 재현한 것이 서왕가이다. 한편으로 고려 말 선승들이 가사를 생성해 낸 것은 당시 강남 문화의 영향에서 널리 유행한 선가를 우리말로 재창조한, 일종의 문화번역의 한 양상으로 파악할 수 있다.[32] 우리말을 사용하는 언중을 수용자로 설정했을 때 기존의 선가는 새로운 맥락에서 '번역'될 수밖에 없었을 것이고 그 결과 기존의 선가와 유사하지만 우리 문학의 맥락에서 자생적 전통(민요의 율격, 향가의 전통)[33]과 결합한 새로운 양식(가사)가 창출되었을 가능성이 있는 것이다.

---

[31] 이러한 전개 구조는 문헌 기록상 첫 번째 불교가사인 침굉현변의 「태평곡」(1695)에서도 반복된다. 또한 후대에 등장하는 「나옹화상증도가」·「낙도가」·「수도가」·「초암가」·「토굴가」 등의 내용 전개에서 표현 맥락에 이르기까지 선가와 불교가사의 구성 질서는 상당 부분 겹쳐 있다.

[32] 문화 번역은 "한 언어를 다른 언어로 대치하는 일반적인 '번역'과는 다른 것으로, 타자의 언어, 행동 양식, 가치관 등에 내재화된 문화적 의미를 파악하여 '맥락'에 맞게 의미를 만들어 내는 행위"라는 점(김현미, 『글로벌시대의 문화번역』, 또 하나의 문화, 2005, 48쪽)에 근거한 것이다. 저자는 이어서 "문화번역은 번역이 이루어지는 특정 시공간적 맥락과 문화 번역의 행위자가 누구인지에 따라 두 문화적 행위자 간의 평등한 관계를 만들어 내기도 하고 위계적인 관계를 고착시키기도 한다."고 하였다. 고려에서 선가를 창작한 행위, 우리말 가사를 창작한 행위는 양 문화간의 대등한 관계를 넘어 창조의 과정으로 전화하는 선례를 보여준다 하겠다.

[33] 김학성, 「가사 양식의 전통 유형과 계승 방향」, 『고시가연구』 23, 2009. 이 논문에서는 민요의 율격에 선가가 결합되었다는 점에 부정적 평가를 내리면서, 신라에서 부른 불가의 화청(가락)이 선가와 결합되었다는 주장을 전개한 바 있다. 민요의 율격과 선가의 결합에 대하여 논증의 불가함을 이야기하면서 대안으로 주장한 화청가락 역시 역사적으로 논증하기가 쉽지 않은 선언적 주장이라는 점에서 이에 대한 논의는 완결되었다고 보기 어렵다.

3) 일본의 경우

원에서 일본으로 도래한 선사의 경우에는 주석하고 있는 암자의 의미에 천착한 선가(「백운암거돌돌가(白雲菴居咄咄歌)」·「삼연암가(三椽菴歌)」), 수행의 과정과 화자의 태도를 반영한 선가(「반부족가(飯不足歌)」·「현극가(玄極歌)」·「방우가(放牛歌)」) 등이 있는데, 이는 강남 임제종 선사들의 전통을 잇고 있는 것으로 파악된다. 그러나 다른 한편으로 내용상 선가, 선시라고만 분류할 수 없는 일반시의 성격이 강한 작품(「송운계가(送雲溪歌)」·「건덕사원장로수봉가(建德寺遠長老秀峰歌)」)이 있고, 한결 짧아진 단형의 선가를 상대방의 도호, 당호의 의미를 푸는 노래로 활용하고 있는 작품(「별류가(別流歌)」·「남해가(南海歌)」)도 등장하고 있다. 후자의 경우 강남 임제선사 중 천여유칙이 선적인 분위기를 벗어나지 않은 장편의 도호시, 당호시를 지은 것과 유사하면서도 분량 면에서 현격한 차이가 있다.

현격하게 짧아진 선시를 지어 교류의 매체로 활용한 이러한 당호시, 도호시는 일본 태생의 선사의 작품에 대폭 확장 수용되는 양상을 보인다(「화부경헌가(和富景軒歌)」·「십이운가(十二韻歌)」·「난실가(蘭室歌)」·「화송월재가(和松月齋歌)」·「광가(狂歌)」·「철당가(徹堂歌)」·「적뢰가(積頼歌)」·「송암가(松巖歌)」·「옥림가(玉林歌)」·「목림가(木林歌)」·「동곡가(東谷歌)」·「실제가(實際歌)」·「역산가(歷山歌)」 등). 이들은 장가 형식이 아닌 '단가(短歌)'로 짓는다는 의식이 분명하다. 문체도 다양해져 초사체를 답습한 불규칙적인 장단구로서 일부는 흥취를 일부는 압축과 단절의 긴장감을 느끼게 한다.[34] 논증하기는 어렵지만 이들 작품은 노(能), 화도(花道), 정원 양식 등

과감한 생략과 절제된 압축을 통해 독특한 미감을 창출하고 있는 이 시기 일본 오산문화의 한 양상으로 볼 여지가 있다.

　아울러 장편의 선가라 하더라도 증도가의 리듬을 그대로 반영하기보다는 7언율시 형태나 일반 문인의 시와 다름없는 자연시(「민산가(岷山歌)」), 세태시(「지의재가(止矣哉歌)」), 정치적 교유시(「목석가(牧石歌)」) 등의

34 　단형 선가의 예를 들기 위해 「철당가」·「목림가」·「실제가」를 인용하기로 한다. 다른 작품도 대개 비슷한 단형으로 되어 있다. 인용한 작품은 모두 愚中周及(1323~1409)의 작품이다. 우중주급은 시호가 佛德大通禪師이며 1341~1351년 동안 在元하였다. 출전은『草餘集』이다.

四方豁開兮。	사방이 확 트이니	
八面玲瓏。	팔면이 영롱타	
洞然明白兮。	환하고 명백하니	
任向西復東。	서쪽으로 갔다가 동쪽으로 자유롭게.	
前三兮 後三兮。	전삼삼이요 후삼삼이니	
靡有不證心空。	마음이 공한 것 증명치 못할 이 없네	
若有頑兮不入者。	둔하여 들어가지 않은 이 있다면	
天也命也非主翁。	하늘이든 운명이든 주인공 아니어라.	
主翁兮 無所讓。	주인공이여. 물러서지 말지니	
當仁紹續此門風。	마땅히 인으로 이 문풍을 이을지라.	「徹堂歌」

少室一花開五葉。	소림의 한 송이 꽃에 다섯 잎이 열리고	
雙林結果自然成。	쌍림의 과실 자연히 이루어지네.	
昨夜三更風吹轉。	지난 밤 삼경에 바람 불어 치더니	
變作泥牛水上行。	변하여 진흙소가 물위를 걷는구나.	
々々々々 終不沒。	물위를 걸어도 종내 사라지지 않으니	
森森頭角勢崢嶸。	빽빽한(뾰족한) 뿔 기세 등등하구나	
莫謂尋常閑草木。	심상한 한가로운 초목이라 말하지 말라	
造次凡流豈可明。	창졸간에 범류들이 어찌 가히 밝으랴.	
吽。	훔!	「木林歌」

德山是何德。	덕산은 무슨 덕이며	
臨濟々何事。	임제는 무슨 일 건지려는지.	
露柱問燈籠。	노주(돌 기둥)가 등롱에게 물으니	
張三答李四。	장삼이 이사에게 대답하네	
止止莫西來本無意。	멈출지라. 서쪽에서 온 뜻은 본래 아무 뜻 없었나니	
又不見 迦文曾受然燈記。	그대 보지 못하였나. 석가모니 일찍이 연등불의 수기 받은 것을.	
		「實際歌」

다양한 양상을 보여준다. 이는 아마도 시선일치론(詩仙一致論)이 다양하게 전개된 이 시기 오산문학의 작가들(선승)의 문인취향적인 현상을 반영하는 것으로 보인다.[35] 이에 따라 일본의 선가는 선기를 드러내는 일면적인 문학이 아니라 세상의 변화를 일부 반영한 세태시 등 다양성을 확보하게 되었다.

오산문학의 쇠퇴기에 해당하는 15세기로 넘어가면 현전하는 자료에 국한해 볼 때 더 이상 장편의 선가는 창작되지 않은 것으로 보인다. 일본 시가에 대한 조예가 일천한 상황에서 예단하기 어렵지만, 일본으로 건너온 원대의 승려 작품에 보이는 단가 형태의 도호시가 일본의 선승들에 의해 활용된 것은 단형의 일본 가요 형태에 견인된 일본적 특색일 가능성이 있다.[36][37]

---

[35] 최귀묵, 앞의 글, 1994, 69~81쪽.

[36] 마지막 시기의 두 편(「跋武衛公詩歌」·「答通庵主和歌」)은 선가라 부르기도 어려울 듯한데, 두 작품에는 공교롭게 내용과 제목에 "和歌"라는 표현이 등장하고 있어 노래를 향유하는 이들의 가요 환경을 짐작할 수 있다. 참고로 翺之惠鳳(1432~1434, 入明僧)의 「발무위공시가」는 이러하다.
大都督源公。駐駕於西海之滋。和歌之與唐律。隨筆隨書。八十餘首。一十餘篇。使讀者不覺絶倒驚嗟。天留此公於此間。借洛水之色於九州之山川也。吁不有今日之行。烏知世有此好海山乎哉。
대도독 원공 / 서해의 물가에 말을 세웠네. / 와카와 당률을 함께하여 / 붓 가는 대로 글씨 가는 대로 / 팔십여 수 십여 편 지으니 / 읽는 이를 불현듯 넘어지고 놀라 탄식하게 하네. / 하늘이 공을 여기에 머물게 한 것은 / 낙수의 빛을 구주의 산천에서 빌린 것이라. / 아. 오늘의 행차 없었더라면 / 세상에 이렇게 좋은 바다산이 있을 줄 알았으리요.
한편 조동일(1993)은 "일본에서는 선시가 민족어시의 생성을 촉발하지 않았다. 민족어시가 이미 크게 발달해 있었기 때문이다. 그러나 선시 자체를 구어 노래와 근접시키는 것은 일본에서도 필요해서 선시와 일본어시를 한 글씩 교체하면서 짓는 和漢連句라는 것이 나타났다"고 하였다(363쪽).

[37] 이외에 월남의 경우 선가와 자국어시가의 관련성은 최귀묵의 선행 논문에서 검토된 바 있다. 13·14세기에 월남에서도 字喃으로 창조한 선가가 仁宗(1258~1308)에 의해 창작되었는데(「得趣林泉成道歌」) 이는 고려말 선사들에 의해 우리말 노래가 창작되는 양상과 닮아 있어 문학사적 변화를 함께 하고 있다는 점을 밝혔나. 고려의 안남에서 우리말 가사와 자남으로 쓰인 선가가 등장하게 되는 것 역시 선가가 문화 번역되는 과정에서 나타난 현상으로 이애힐 수 있다(최귀묵, 1994, 101·105쪽 참고).

5. 후속 연구의 확장을 위하여

지금까지 13 · 14세기 동아시아 선승들의 상호교류로 인해 확산된 선가의 유통과 자국어 시가와의 관련성을 살펴보았다. 그리고 가사 장르의 발생과 관련하여 고려말 나옹화상의 가사 창작에 끼친 선가의 영향에 대해서 논의하였다. 이 글에서 말하는 영향 관계는 각국의 자생적 리듬에 선가의 내용성이 결합되었다는 정도에 국한한 것이다. 따라서 선가의 영향을 논하면서 중국의 리듬과 고려의 리듬, 중국의 리듬과 일본 시의 리듬 사이의 충돌 양상에 대해서는 구체적인 논의를 전개하지 못하였다. 선가의 어떤 요소가 4음보 율격의 가사로 전화(轉化)되었는지 논의하는 것은 선가와 가사의 영향관계를 체계적으로 성립시키는 중요한 논의가 될 것이다. 그러나 그것이 과연 논증 가능한 것인가에 대해서는 아직 확신하기 어렵다. 앞으로 중국시가와 민요와의 관련성, 외래 시가와 고려와 일본의 민요적 리듬과의 관련성에 대해서는 앞으로의 과제로 남겨두고자 한다.

선가의 유입과 자국어 시가와의 접맥이라는 문학사적 사건은 이 시기 삼국 간의 문학 교류의 일단에 불과하다. 앞으로 각국 선승들의 어록에 담긴 다양한 문학에 대한 전면적 비교 연구가 필요할 것으로 본다. 불교 가요를 넘어서 고려 가요와 원나라의 속문학(俗文學)의 상호 관련성에 대한 연구로까지 확장하여 논의하는 것도 앞으로의 과제로 남는다.

고려 말 나옹(懶翁) 선가(禪歌)의 동아시아적 연원
「백납가(百衲歌)」·「고루가(枯髏歌)」를 중심으로

1. 나옹 선가와 동아시아적 맥락

나옹혜근(懶翁惠勤, 1320~1376)은 태고보우(太古普愚, 1301~1382)·백운경한(白雲景閑, 1298~1375)과 함께 고려말의 불교계에 사상적 변화를 가져온 삼사(三師) 중의 한 분이다. 그는 원나라에 유학하여 지공화상(指空和尙), 평산처림(平山處林), 천암원장(千巖元長) 등의 선사들을 만나 교류를 나누고 임제종의 법맥을 고려에 계승하였다. 나옹화상의 시가 작품을 모은 『나옹화상가송(懶翁和尙歌頌)』은 가(歌)와 송(頌)으로 나누어져 있는데, 여기에 가삼수(歌三首)라는 표제로 「백납가(百衲歌)」·「고루가(枯髏歌)」·「완주가(玩珠歌)」가 수록되었다.[1] 이들 작품은 한시의 정형성을 벗어난 변격의 율격(3 3 7 7 7 등)이 섞여 있고, 운수행각하는 선적인 취향과 선종의 종지가 담겨있어 '선시(禪詩)'나 '게송(偈頌)' 대신에 '禪歌'라는 이름을

---

1 국립도서관소장본(『한국불교전서』 6, 동국대 출판부, 1984, 730~731쪽).

붙이는 것이 실상에 더 부합하는 것으로 보인다. 태고보우와 백운경한도 비슷한 유형의 선가를 남기고 있어 선가의 창작이 고려말 임제선풍의 현양과 밀접한 관련이 있음을 짐작케 한다. 또한 이는 한국시가문학사에서 가사장르의 발생과 관련하여 그 영향관계가 언급된 바 있다.[2]

　이러한 선가는 그동안 그 연원을 당나라 영가현각(永嘉玄覺, 665~713)의 「증도가(證道歌)」에서 찾는 경향이 있다. 그러나 「증도가」가 고려에 유전하여 영향을 준 것을 인정하면서도, 특별히 고려 말에 선가가 유행한 것은 당시 원나라 강남 임제종 선사들의 선가창작 경향과 직접적인 관련이 있는 것으로 파악된다. 13세기 말에서 14세기에 이르는 시기는 원 지배기로서 한중일 간의 문화적 교류가 필연적으로 전제된 시기라 할 수 있다. 이 시기에 원의 통치에 반발한 일군의 선승들이 일본에 망명하여 선종을 정착시키고 선림문학을 꽃피웠으며, 고려와 일본의 선승들은 임제종의 본산인 원나라의 강남 지역에 가서 수학하며 본분종사(本分宗師)로부터 법맥을 잇는 것을 매우 중요하게 여기는 풍토가 자리잡았다. 이 시기에 고려의 승려로 원에 입국한 이는 20여 명이 넘으며, 일본에서는 200여 명이 되는 것으로 조사된 바 있다. 특히 이 시기에 중국의 강남지역에는 중봉명본을 위시한 임제종 선승들의 명망이 높아서 고려의 충선왕(忠宣王)도 중봉명본을 직접 찾아 법문을 들었고, 일본의 승려들 중 중봉명본에 참학한 이들은 귀국 후 자연에 침잠하여 수행을

2　조동일, 『한국문학통사』 2, 지식산업사, 2005, 195~203쪽.
　　조동일, 『동아시아문학사비교론』, 서울대 출판부, 1993, 362쪽.
　　박경주, 『한문가요연구』, 태학사, 1998, 215쪽.
　　김학성, 「가사 양식의 전통 유형과 계승 방향」, 『고시가연구』 23, 한국고시가문학회, 2009, 155쪽.

하는 기풍의 환주암파(幻住庵派)를 형성하기도 하였다. 특히 중봉명본을 비롯한 임제종 선사들은 이 시기에 집중적으로 선가를 창작하였는데, 고려말 선사 중 원에 유학한 태고, 백운, 나옹 역시 원나라의 시적 경향과 비슷한 선가를 창작하고 있다. 태고보우의 경우 법맥인가를 위해 원에 가서 석옥청공을 찾아 「태고암가」로써 선적 깊이를 증명하고 있는 바, 선가를 법맥인수의 매개로 활용한 가장 대표적인 예가 될 것이다. 13~14세기에 걸쳐 원, 고려, 일본의 선승들 사이에 활발한 상호 교류의 결과 비슷한 유형의 선가들이 창작된 것은 앞에서 살펴본 바 있다.[3]

그러나 앞부분에서는 원, 고려, 일본에서 창작된 선가의 대체적인 경향을 소개하는 데 그쳐 구체적인 작품에 대한 비교는 이루어지지 못하였다. 이 글은 나옹화상의 선가 두 편(「백납가(百衲歌)」·「고루가(枯髏歌)」)을 대상으로 하여 고려와 원의 선가에 나타난 문학적 특징과 상호 관련 양상에 대해 살펴보고자 한다. 「백납가」는 원나라 중봉명본(中峰明本, 1263~1323)의 「지오가(紙襖歌)」 및 만봉시울(萬峰時蔚, 1303~1381)의 「파의가(破衣歌)」와, 「고루가」는 중봉명본의 「피대자가(皮袋子歌)」와 소재나 주제적 측면에서 상호 관련성을 지니고 있어 비교검토의 대상으로 삼는다.[4]

원나라의 개별 선가 작품에 대한 자료 소개는 이 글에서 처음으로 이루어지는 만큼 작품을 비교적 충실히 소개하면서 상호 비교의 과정을

---

3 법맥과 선가창작의 관련성은 요약적으로 제시하였다(「동아시아 선가의 비교문학적 연구 서설」, 『국어국문학』 v.158, 국어국문학회, 2011, 183~217쪽 참고).

4 나옹화상의 三歌 중, 「翫珠歌」는 동시대의 영향뿐 아니라 중국 당송시대부터 오랫동안 전승된 구슬노래의 전통과 관련되어 있고 분량 또한 방대하여 별도의 지면에서 논의하기로 한다. 아울러 당시 창작된 일본의 선가 자료 가운데는 비슷한 주제의 작품이 드러나지 않아 일단 논외로 하였음을 밝힌다.

거치기로 한다. 동아시아 선가 작품을 유형별로 모아 그 문학적 특징과 상호 관련양상을 살펴보는 일은, 상호교류가 활발했던 13~14세기 동아시아 문학의 주제적 계보를 복원하고, 이들이 창출한 사상적 깊이가 있는 문학세계를 재구하기 위해 필요한 작업으로 생각한다.

2. 옷의 형상화 방식 비교 ― 나옹 「백납가(百衲歌)」·중봉 「지오가(紙襖歌)」·만봉 「파의가(破衣歌)」

나옹의 「백납가」와 중봉의 「지오가」, 만봉시울의 「파의가」는 모두 옷을 소재로 한 선가이다. 백납(百衲)은 남이 버린 헌 옷이나 베 조각들을 기워서 만든 누더기 가사를 말한다. 이를 가리키는 다른 이름으로는 분소의(糞掃衣)·폐납의(弊衲衣)·오납의(五衲衣)·백납의(百衲衣) 등이 있다. 납의는 비구가 욕심을 적게 하고 만족함을 알며, 세상의 영화와 현달을 멀리 벗어나기 위해 입는 것이다. 비구가 스스로를 '노납(老衲), 포납(布衲), 납승(衲僧), 납자(衲子), 소납(小衲)' 등으로 부르는 것은 납의를 입는 정신적 지향과 관련이 있다. 납의를 입는 것은 가난을 벗한다는 의미도 있고, 탁발과 함께 가장 낮은 자세로 수행해 나간다는 상징적인 의미도 있어 선사들의 치열한 구도정신의 표상이 되기도 한다. 이러한 납의를 소재로 하여 14세기 원과 고려의 선사들이 선가라는 악부체의 長歌

에 담아 표현한 것은 이 시대의 선가문학에서 착안하고 창출해 낸 하나의 전통이라 할 수 있다.

「파의가」의 '파의(破衣)'는 백납과 같은 의미로 해어진 옷, 누더기 옷을 의미한다. 이에 비해 「지오가」의 '지오(紙襖)'는 속살에 닿는 적삼 같은 종이옷을 말하는 것으로, 한 폭의 등나무 껍질을 벗겨 가공하여 만든 것이다. 그러나 의식주에 대한 욕심을 버리고 두타행(頭陀行)을 행하는 납승(衲僧)이 입는 옷으로 납의와 다르지 않은 소재이다.

1) 중봉명본(中峰明本)의 「지오가(紙襖歌)」(종이옷의 노래)

중봉명본(1263~1323)은 원나라 때 강남 지역에서 주석했던 임제종의 선승으로 고봉원묘(高峰原妙, 1238~1295)의 법맥을 이었고, 석옥청공(石屋淸珙, 1272~1352), 평산처림(平山處林, 1279~1361)과 동시대에 선풍을 드날렸던 인물이다. 중봉의 법맥은 천암원장(千巖元長, 1284~1357)과 천여유칙(天如惟則, 1276~1354)으로 이어지며, 천암원장의 법맥은 다시 만봉시울(1303~1381)로 계승된다. 열거한 이들 계보 속의 인물은 대부분 선가를 남겨 놓았다는 점에서[5] 임제선풍과 선가의 관련성이 매우 크다는 사실을 확인할 수 있다.

중봉은 어려서 출가하여 천목산(天目山)에서 고봉원묘를 찾아 심요(心要)를 묻고, 금강경을 읽고서 득도를 체험하였다. 이후 고봉의 법을 전수

---

5 위의 선승들 가운데 고봉원묘, 평산처림을 제외하고 모두 어록에 선가가 수록되어 있다. 평산처림의 경우에는 어록이 남아 있지 않아 선가 수록여부를 판단할 수 없다.

받고는 일정하게 있는 곳 없이 배[船] 가운데서 머물기도 하고 암자에서 거주하기도 하였는데, 그가 머무는 곳마다 환주암(幻住庵)이라는 이름을 붙였다. 그는 세 차례에 걸친 조정의 대찰(大刹) 주지직 임명에도 응하지 않은 채 산중과 강호에 자취를 감추고 선 수행을 닦았으나 가는 곳마다 대중들이 몰려들었다. 특히 고려 충선왕(忠宣王)은 직접 천목산의 중봉을 찾아 법문을 듣고 법호와 법명을 받기도 하였고(1319), 일본에서도 많은 선승들이 중봉의 법맥을 이어 귀국 후 산수간에 몸을 숨기고 선을 닦는 것을 종지로 하는 '환주파'를 만들기도 하였다.[6] 그는 평생 두타행(頭陀行)을 실천하여 때로는 산중에서, 때로는 강호에서, 때로는 마을에서 행각을 하였으며 이를 「선거(船居)」 10수, 「산거(山居)」 10수, 「수거(水居)」 10수, 「전거(廛居)」 10수로 형상화한 바 있다.[7] 「지오가」[8] 역시 이들 작품들과 마찬가지로 현실에 영합하지 않고 생사를 넘나드는 치열한 자세로 수도의 길을 걸어갔던 작가의 넉넉하고 원대한 정신적 경지를 드러낸 작품이다.

도인의 살림살이 돈으로 셈할 수 없을 만큼 좋아라.

한 폭의 시냇가 등줄기로 종이옷 마름질하니

눈부신 이슬의 맑은 빛보다 훌륭하고

형산(邢山)의 여의보주보다 더 멋지도다

앉았을 땐 싸늘한 서리 바람도 들어오지 않고

---

6 이들을 五山派와 구분하기 위해 林下派라 부르기도 한다(原田弘道, 「中世における幻住派の 形成とその意義」, 『駒沢大學佛教學部硏究紀要』 53号, 駒沢大學佛教學部, 1995, 20~36쪽).
7 『天目中峰和尚廣錄』 권제27상, 『佛敎大藏經』 제73책, 台北 : 佛敎書局, 民國 67년.
8 『天目明本禪師雜錄』, 『신편속장경』 제70책, 동경 : 國書刊行會, 昭和 61년.

길을 갈 땐 산들산들 봄바람에 땅의 생기 꿈틀거리네

어느 때는 움직이지 않고 어느 때는 고요하지 않으며

안팎이 텅 비고 밝아 마음의 거울 비추네

갈대 꽃, 밝은 달과 함께 잘 어울리니

한 덩어리 눈 바닥에 봄기운 감추었네

진나라 삼베와 월나라 모시옷

오나라 비단과 촉나라 비단 좋다 말하지만 도리어 비웃을 만하네.

청주에서 일곱 근 옷 만들었으나

내가 만 가닥 명주실 비껴 펼치지 않고 한 마디 종이옷을 지은 것과 겨룰
만하지 않은가.

체와 용을 온전케 하고 그 무엇보다 천진하니

그 부귀를 어떻게 사람들에게 풀어내리오.

道人活計無價好。一幅溪藤裁箇襖。

脫白露淨光浮浮。絶勝形山如意寶。

有時坐。冽冽風霜吹不過。

有時行。藉藉春風動地生。

有時不動亦不靜。表裏虛明照心鏡。

蘆花明月共相親。一團雪底藏陽春。

說甚秦麻幷越苧。吳綾幷蜀錦更堪笑。

在靑州做底重七斤。爭似我寸絲不掛萬縷橫陳。

全體用。最天眞。富貴如何說向人。

「지오가」는 전반적으로 종이옷과 그 기능을 다양하게 묘사하여 종이옷을 입고 수행하는 화자의 여유와 넉넉함을 드러낸 작품이다. 도인의 살림살이가 돈으로 셈할 수 없을 만큼 좋다[道人活計無價好]는 서두는 다양한 묘사를 통해 그 기능과 가치를 드러냄으로써 충분히 개진되고 있고 마지막 구에서 "부귀를 어떻게 사람들에게 말하리오[富貴如何說向人]"라는 표현으로 종이옷을 입고 수행하는 열락을 간명하게 담아내었다. 첫 구와 마지막 구는 수미쌍관법이 구사되었다.

이 작품은 종이옷을 입은 수행자의 열락을 표현하되 시적 대상이 되는 종이옷에 대한 다양하고 섬세한 묘사가 두드러진다. 작품 전체에 걸쳐 서정적인 분위기가 형성되어 있으며 밝고 환한 느낌이 묻어난다. 시냇가 등나무를 벗겨 삶고 찧고 펴고 물에 담그는 등의 과정을 거쳐 종이옷을 마름질하니 이슬보다 더 영롱하고 형산의 옥보다 더 멋지다는 내용은 보잘 것 없는 재료가 가지는 소박함이 태를 벗고 그 본연의 속성을 찬란하게 드러내는 과정과 닮아 있다. 중간 중간에 3 7 3 7이나 3 3 7조의 율격적 변화가 가미되어 경쾌한 분위기와 리듬감을 조장하고 있다.

3~10행에는 빛깔, 미감, 따뜻함을 주는 보온의 기능, 봄기운과 생기, 바삭거리는 소리, 투명함, 주변의 갈대꽃, 밝은 달과 어울리는 빛깔, 그리고 차가움 속에 간직한 따스함 등 시적 대상이 되는 종이옷의 본성에 대해 낱낱이 탐구하여 세세히 드러내었다. 종이옷에 대한 감각적 묘사는 그 자체로도 신선한 것이나 외적 묘사 안에 또 다른 깊은 의미를 감추어두고 있다는 점을 간과해서는 안 된다. 예를 들어 외적 묘사의 마지막 대목(10행)에 있는 "한 덩어리 눈 바닥에 봄기운 감추었네[一團雪底藏陽

春]"라는 표현은 차갑고 흰 빛이 나는 종이옷의 보온 효과를 드러낸 것으로 보이지만, 더 나아가 종이옷을 입은 화자 내면에 감추어져 있는 불성을 대유적으로 드러낸 것이다. 11~12행에서는 화자에게 있어서 이 옷이 중국 땅의 어떤 옷감보다 더 훌륭한 가치를 지닌다는 점을 비교를 통해 드러내고 있다. 이처럼 이 시는 외적 묘사와 현실적 비교를 통해 독자들에게 옷의 가치를 자연스럽게 전달하고 있다.

그러나 "청주에서 일곱 근의 옷을 만들었으나, 내가 만 가닥 명주실 비껴 펼치지 않고 한 마디 종이옷을 지은 것과 겨룰만하지 않은가[在青州 做底重七斤 爭似我寸絲不掛萬縷橫陳]" 하는 대목은 이 시를 단순히 외적 대상의 묘사가 두드러진 시로만 평가할 수 없는 깊이 있는 울림을 전해준다. 이 대목은 『벽암록』에 제45칙으로 소개되어 있는 조주포삼(趙州布衫) 공안과 관련이 있다.

조주 종심(趙州從諗)에게 어떤 스님이 물었다. "만 가지 법은 하나로 돌아가지만, 하나는 어디로 돌아갑니까?" 조주가 대답하였다. "내가 청주에서 베 장삼 하나를 지었는데 무게가 일곱 근이었네"라 하였다.

僧問趙州 萬法歸一 一歸何處 州云 我在靑州 作一領布衫 重七斤。

'만법귀일 일귀하처'의 질문은 궁극적으로는 대승불교의 보살도 정신을 선의 실천정신으로 정리하여 일상의 대화 속에서 불법을 체득하고 실천 수행할 수 있도록 제기한 문제이다.[9] 이에 대해 조주화상은 만법이니 하나니 차별하지 않고, 또한 대상으로 이해하거나 생각지 않고 일체만법과 하나가 된 상황을 청주 베적삼의 무게로 표현하였다.[10] 일체의 분별심과 차별의식을 타파하고 평상심이 곧 도라는 가르침을 상징적으로 드러낸 것이다.

이처럼 '청주의 일곱 근 옷[七斤衫]'은 부질없는 조주선사의 노파심이며, 종이옷의 자재함과 자유로움보다 나을 것이 없다는 비유의 대상으로 제시되었다. 종이옷을 입은 화자의 분별하지 않는 정신적 자유와 열락을 잘 드러낸 것이다. 분별에 떨어지지 않고 평상 그대로의 모습이 참된 진리라는 가르침을 앞서 제시하면서 결국에는 이마저도 종이옷의 그것에는 미치지 못한다는 것으로 갈무리하고 있다. 종이옷을 자세히 묘사하여 시각적 이미지를 풍부하게 그려가며 수용하는 독자, 청자에게 깊이 있는 통찰을 요구하는 화두를 제시한 것이다. 결구에서는 이 옷이 체와 용이 온전하니 그 무엇보다 천연의 참모습을 잘 드러낸다고 말하면서 종이옷을 입은 삶의 내적 열락을 노래하였다. 이처럼 이 작품은 다음에 서술할 다른 작품에 비해 외적 대상에 대한 즉물적인 묘사가 상대적으로 두드러진다.

2) 만봉시울(萬峰時蔚)의 「파의가(破衣歌)」(누더기 옷)

만봉시울(1303~1381)은 중봉명본과 천암원장의 법맥을 이은 선사로서 중봉명본의 법손이 된다. 고려의 나옹화상이 원에 갔을 때 천암원장

---

9 정성본 역해, 『벽암록』, 한국선문화연구원, 2006, 285쪽 인용.

10 상동.

과 한 차례 이상 안거를 함께 했던 교류가 있었다. 그의 제자인 만봉시울 역시 나옹화상과 동시대의 문화적 자장 속에 실존했던 인물로서 양자 간에 문화적, 문학적 상호 영향의 관련성을 그려볼 수 있다. 만봉시울의 「파의가」는 중봉명본이 임제종 선사의 정신적 지향을 종이웃을 통해 드러낸 것을 '파의(破衣)', 즉 '누더기 옷'으로 변주하여 형상화한 59구의 선가이다.

들판의 선화자는 인과를 초월하여

띠풀로 지붕 이고 바보처럼 앉아

배고픔 추위에 맨 몸이 드러나도 부끄러움 모르는데

팔방의 미친 바람 세차게 불어오네.

적쇄쇄하고 정나나하도다

오래 입은 양삼 자락 바람 불어 해졌으나

진여의 면목은 본래 천연 그대로니

수행하여 부처되기 구함을 비웃노라.

인과가 있는가 인과가 없는가

옳을까 그를까 의심하면 재앙이 따를지라.

적삼 입고 고자 벗어 던지자 眞常이 드러나니

영통한 실성은 숨기기 어려워라.

野禪和。超因果。把茅蓋頭癡呆坐。

飢寒體露不知羞。八面狂風峭直過。

赤洒洒。淨躶躶。孃衫著久風吹破。

眞如面目本天然。笑道修行求佛做。

有因果。無因果。疑是疑非招殃禍。

著衫脫袴露眞常。靈通實性難包裹。

「파의가」의 서두는 거친 외적 조건 속에서 운수행각하는 한 선승의 이미지를 떠올리게 한다. 이 '선화자'는 작자인 만봉시울로 환치시켜도 가능하나, 수행도인의 이상적 경지를 추상화하여 제시한 것으로도 볼 수 있다. 인과를 초월하고, 거친 밥과 해진 옷에 걸림없이 수행을 하며, 사방 팔방의 거센 회오리바람에도 흔들림 없는 당당한 도인의 모습이 제시되어 있다. "적쇄쇄하고 정나나하다"는 것은 선종의 용어로서 알몸뚱이로 한 점의 때도 없는 깨끗함을 형용한 말이며, 어떤 것에도 걸림이 없는 천진난만한 깨달음의 경지를 비유하는 것이다. 이처럼 서두는 파의에 대한 묘사보다는 해진 옷을 입고 온갖 분별심을 제어하며 내 안의 보배를 찬란하게 드러내는 가장 이상적인 도인의 모습을 상징적으로 드러내고 있다. 이 작품은 이처럼 옷을 노래하면서도 옷 자체보다는 옷이 감싸고 있는 내면(즉 불성, 본성)과의 관계, 혹은 그 본질에 대해 탐구하는 특징을 보여준다.

한편 서두는 당나라 때 禪歌 양식의 틀을 마련한 「증도가」의 전체적인 요지를 압축했다해도 과언이 아니다. 「증도가」는 배움을 끊고 작위적으로 무엇을 하겠다는 집착을 버린 무위(無爲)의 한도인(閑道人)이 분별심에서 자유로운 채 본원의 자성, 천진한 부처를 찾을 때 누리는 대자유를 노래한 선가인데, 이러한 주제의식이 이 작품의 서두에 압축적으로 제시되었다는 점에서 이 부분은 선각자 현각의 「증도가」에 대한 오마쥬라 할 수 있다.

고봉의 정상, 은천의 언덕이여

무상한 늙고 병듦 그 누가 비껴가리.

추위와 더위 교대로 볶는 대로 맡겨두고

스스로는 두 다리 쭉 뻗고 누워지내리.

백운을 헤치며 바람이 맨 몸에 부네

차가운 재 흩어지면 불씨 하나 남지 않는데

인간 세상 얼마나 보시를 좋아하는지

우러러 그것을 보니 누가 나를 알아보리.

영화로움에 비해서 적으면 어떠리

토막실 조각천도 버리지 않으니

천 가닥 비단이나 솜옷도 필요치 않네

청주 베적삼 단지 한 벌뿐.

홀연 인연 있으면 그 옷을 입고

눈빛이 형형히 뿜어져 나와 천연히 커지고

손에는 빛나는 구슬을 잡고

대지 산하에 모두 비추네.

동쪽 봉우리 거닐고 서쪽 봉우리 앉으며

해와 달이 북 지나듯 뚫고 지나가는 걸 자세히 관하네.

일찍이 세 근의 삼베를 끊어 어지럽힌 적 없으니

해진 적삼을 입은 게 몇 개나 되는가.

남주에서 태어나 북주에서 자랐으니

부모미생전엔 나는 누구인가

은애를 몰록 잊음이 참된 출가이니

인의 법공이 곧 여래의 자리라.

孤峰頂。隱泉坡。無常老病誰能躱。

或寒或熱任交煎。且自長伸兩脚臥。

披白雲。風吹裸。寒灰撥散無星火。

人間多少好相那。仰面看渠誰識我。

比榮華。少什麼。寸絲寸線頻難捨。

不用千羅萬兩綿。靑州布衫只一箇。

忽有緣。撞著嗄。眼光迸出天來大。

手中執顆爍光珠。大地山河皆照破。

東峰行。西峰坐。諦觀日月穿梭過。

未曾折亂三斤麻。著破孃衫知幾箇。

南州生。北州大。父母未生誰是我。

恩愛頓忘眞出家。忍衣法空如來座。

　　인생의 무상함을 깊이 체감하고 온갖 외적 물질의 간섭에도 한가로
운 도인의 풍모를 운치 있게 제시하고 있다. 화려하고 따뜻한 가사의 영
화로움보다 단지 베적삼 한 벌로 지내는 소박한 살림살이를 노래하는
것은 임제가풍을 담은 노래의 특징이라 할 수 있다. 그러나 「파의가」에

서도 해진 옷에 대한 묘사는 다시 '해와 달이 베 오리 북 지나듯' 가는 것에 대한 관(觀)을 통해, 그리고 '부모미생전(父母未生前)엔 나는 누구인가'라는 화두를 통해 선적 탐구로 이어지고 있어 단순한 소재 묘사를 넘어선다. 그것은 곧 내안의 불성을 탐구하는 일이요 여래의 자리를 탐구하는 일일 것이다.

> 광대 겁도 길지 않아라.
>
> 묶인 구슬 어찌 칠근의 옷 떠나리.
>
> 보낸 베로 마를 심어 돌 위에 심나니
>
> 솜옷은 이에 따라 불 속에 버려두네.
>
> 경행하고 좌선할 때 생각을 끊나니
>
> 산에 숨어들어 사니 그 누가 해진 옷 비웃으랴.
>
> 더우면 주렴 걷고 선선하면 내려놓나니
>
> 서역이나 이 땅이나 모두가 가향이라.
>
> 曠大刼。未爲長。繫珠何离七斤裳。
>
> 傳布種麻栽石上。毳衣從棄火中央。
>
> 經行坐。絶思量。隱山誰笑破衣裳。
>
> 熱卽捲簾寒放下。西天此土統家鄕。

　인용한 결사에 이르기까지 작품은 전체적으로 거칠고 해진 옷을 입고 산중에서 선정을 누리는 화자의 모습을 앞뒤로 제시하면서 옷안에 있는 보배 구슬의 찬란함에 대하여 노래하고 있다. 이런 점에서 작품 감상의 핵심은 파의와 구슬의 관계성에 있다고 하겠다. 다만 이 작품에서도 옷은 '마삼근(麻三斤)', '칠근삼(七斤衫)' 등 가사와 관련된 공안을 패러디하여 시적으로 활용하고 있다. 옷은 그 자체로는 몸을 감싸는 기능을 하는 것이나 궁극에 있어서는 칠근의 옷과 묶인 구슬이 서로 떨어질 수 없는 것임을 말하고 있다. 물론 이 경지에 이르면 서역이나 이 땅이나 모두가 '가향(家鄕)'일 것이다.

이 작품은 나옹화상의 「백납가」와 소재적, 주제적 계보를 그려볼 수 있다. 다만 뒤에 소개하겠지만 나옹화상이 「백납가」와 「고루가」로 옷과 육체(해골)를 작품을 달리하여 전개하고 있다는 것에 비해 이 작품은 그 두 작품을 일원적 질서로 통합하여 노래하고 있다는 점에서 차이가 있다.

3) 나옹혜근의 「백납가(百納歌)」(누더기 옷의 노래)

『나옹화상가송』의 송(頌)부분에는 당시 임제선의 중심지였던 중국 강남으로 유학을 가거나 행각을 가는 여러 선자들에게 주는 게송이 다수 남아 있다. 「남방으로 놀러 떠나는 연시자를 보내면서」·「강남으로 돌아가는 통선인을 보내면서」·「강남으로 가는 고산 승수좌를 보내면서」·「당(唐) 지전선자(智全禪者)가 게송을 청하다」·「강남의 낙가굴에 예배하다」·「강남 구리송(九里松)에 제하다」 등이 그것이다. 이는 태고 보우의 어록에서도 마찬가지 현상을 보여주는데 이를 통해 당시에 고려와 원나라의 강남지역과의 친연성과 교류의 양상을 엿볼 수 있다. 당시 원나라 강남에 임제종의 승려들이 다수의 선가를 남기고 있다는 점에서 나옹화상의 삼가(三歌) 창작 역시 이러한 문화적 교류의 상황 속에서 자연스럽게 이루어졌을 것으로 보인다.

백 번 기운 이 누더기 내게 가장 알맞으니

겨울이나 여름이나 늘 입어도 편안하구나

누덕누덕 꿰매어 천 조각 만 조각인데

겹겹이 기웠으매 어디가 앞이고 어디가 뒤인지.

자리도 되고 옷도 됨이여

철 따라 때 따라 어김없이 쓰이며

이로부터 고상한 행에 만족할 줄 아나니

가섭존자가 끼친 자취 지금껏 남았구나

這百衲。最當然。冬夏長被任自便。

祖祖縫來千萬結。重重補處不後先。

或爲席。或爲衣。隨節隨時用不違。

從此上行知已足。飮光遺跡在今時。

이 작품은 서두에서 백납(가사)이라는 시적 제재를 바로 제시하면서 누더기옷의 외적 형상과 편의성을 서술하고 있다. 이는 곧 화자의 삶의 일부이며, 자신의 두타고행의 외적 징표가 된다. 음광(飮光)은 두타행을 실천한 석존의 제자이며, 누더기옷은 자신을 철저히 낮추고 중생을 구제하며 구도행을 실천하는 표상으로 제시된 것이다. 백납을 통해 스스로 만족할 줄 아는 두타행 실천자로서 화자를 드러낸 것이다.

한 잔의 차 일곱 근 장삼이여

조주스님 재삼 들어 보여 헛수고했나니

비록 천만 가지 현묘한 말씀 있다 한들

우리 집의 백납장삼만이야 하겠는가

이 누더기는 매우 편리하니

늘상 입고 오가며 무엇을 하든지 편리해라.

취한 눈으로 꽃 보는 일 누가 구태여 하겠는가

도에 깊이 사는 이라야 스스로 지킨다네.

一椀茶。七斤衫。趙老徒勞擧再三。

縱有千般玄妙說。爭似吾家百衲衫。

此衲衣。甚多宜。披去披來事事宜。

醉眼看花誰敢着。深居道者自能持。

　　백납을 지족행의 표상으로 하여 한가로운 도인의 풍모를 드러내는 것은 이 작품의 주요한 특징이다. 이 작품에 등장하는 조주의 공안은 '차나 마시고 가게'라는 화두와 '일곱 근 장삼' 화두이다. 이 화두는 선가에서 늘 살아있는 물음을 제시하는 활구로서 널리 알려진 것이다. 작품에서는 그럼에도 불구하고 이것들은 화자가 늘 입고 있는 백납장삼만 못하다고 하여, 생각으로 터득하는 진리는 구체적인 삶 속에서 수행의 하나로 행해지는 두타행만 못하다는 내용을 담고 있다. 이는 "몇 달이 되었는지 몇 해나 되었는지 / 경전도 읽지 않고 좌선도 하지 않으니 / 누런 얼굴에 잿빛 머리의 이 천지 바보여 / 오직 이 누더기 한 벌로 남은

생을 보내리라[不記月 不記年 不誦經文不坐禪 土面灰頭癡呆呆 唯將一衲度殘年]"라
는 결사에도 잘 드러나 있다.

이 작품은 화자의 내적 각오나 다짐의 표현에 더 큰 무게가 놓여있다
는 점에서 앞에 소개한 두 작품에 비해 상대적으로 자기술회적 성향이
강하다. 나아가 선가 자체를 법맥인가나 임제정맥 계승의 징표로 활용
하고 있는 양상을 보인다.

이 몸은 가난하나 도는 끝없어

천만 가지 묘한 작용 다함 없어라

누더기에 멍청이 같은 이 사람을 비웃지 마라

선지식 찾아 진실한 풍모를 이었으니

해진 옷 한 벌에 가느다란 지팡이 하나로

천하를 횡행해도 안 통할 것 없었네

강호를 두루 다니며 무엇을 얻었던고

원래 배운 깃이라곤 빈궁뿐이라

이익도 구하지 않고 이름도 구하지 않아

누더기 납승, 가슴이 비었거니 무슨 생각 있으랴

바루 하나의 생활은 어디 가나 족하니

그저 이 한 맛으로 남은 생을 보내리.

卽身貧。道不窮。妙用千般也不窮。

莫笑襤縿癡呆漢。曾叅知識續眞風。

一鶉衣。一瘦笻。天下橫行無不通。

歷徧江湖何所得。元來只是學貧窮。

不求利。不求名。百衲懷空豈有情。

一鉢生涯隨處足。只將一味過殘生。

　　인용문은 백납 가사 한 벌과 지팡이 하나로 주유하며 가장 낮은 곳에
서 깨달음을 구하는 두타행자로서의 자부심을 드러낸 것이다. 이종군
은 이 빈궁에 대해 '일체망상을 놓아버린 빈궁이며, 청정한 정신세계,
평상심시도의 생활을 상징한다'고 해석한 바 있다.[11]

　　저자는 앞 글에서 한중일의 선가를 비교하면서 고려의 선가에는 법맥
공인의 매개로 선가를 활용한 점을 그 특징으로 파악하였는데[12] 밑줄 친
부분은 평산처림의 법맥을 계승하고 중봉의 문도인 천암원장과 교류를
나누었던 나옹화상이 임제정맥의 계승자로서 겪은 체험적 과정이 소개
되어 있다. 당시 강남지역을 중심으로 전개된 임제종의 중심에 중봉명
본이 있었고 그를 정점으로 하는 한·중·일의 교류가 활발하게 전개되
었음은 주지의 사실이다. 당시 고려에서는 원에 들어가 법맥을 이은 것
을 대단하게 여기는 풍조가 생겼는데, 이러한 시대 분위기에서 나옹이
"선지식을 찾아 진실한 풍모를 이었"다고 노래한 것은 나옹의 실제적 체
험에서 우러난 것으로 자부심의 근거를 과시한 것으로 볼 수 있다.

　　이렇게 본다면 이 작품에서 백납은 가난의 상징, 평상심시도의 상징
으로 제시됨과 동시에 법맥인가의 자부심을 내포하고 있는 것으로 해

11　이종군, 「나옹 三歌의 상징성 연구」, 『동양한문학연구』 v.10, 동양한문학회, 1996, 156쪽.
12　본서, 128~132쪽 참조.

석된다. 이는 곧 선가를 법맥인가의 매개로 활용하는 고려 선가의 특징이 반영된 것이다.

4) 상호 관련 양상

이들 세 작품은 모두 한적한 도인의 풍모와 수행과정에서 누리는 열락을 곳곳에 배치하여 전체적으로 여유롭고 한적한 선취가 느껴진다. 그리고 모두 납의와 관련된 위대한 선사들의 활구(活句)를 제시하되 그것마저도 납의가 지니는 자유로움에 미치지 못한다 하여 시 자체를 깊이 있는 탐구의 대상으로 만들고 있다.

① 청주에서 일곱 근 옷 만들었으나 / 내가 실오라기 하나 걸치지 않고 만 가닥 비껴 펼치는 것과 같으랴[在靑州做底重七斤 爭似我寸絲不掛萬縷橫陳].(「지오가」)

② 천 가닥 비단이나 솜옷도 필요치 않네 / 청주 베적삼 단지 한 벌 뿐[不用千羅萬兩綿 靑州布衫只一箇].(「파의가」)

③ 일찍이 세 근의 삼베를 끊어 어지럽힌 적 없으니 / 해진 적삼을 입은 게 몇 개나 되는가[未曾折亂三斤麻 著破孃衫知幾箇].(「파의가」)

④ 한 잔의 차 일곱 근 장삼이여 / 조주스님 재삼 들어 보여 헛수고했나니 / 비록 천만 가지 현묘한 말씀 있다 한들 / 우리 집의 백납장삼만이야 하겠는가[一椀茶 七斤衫 趙老徒勞擧再三 縱有千般玄妙說 爭似吾家百衲衫].(「백납가」)

　이상은 옷에 관한 공안을 제시하면서 여러 선사들의 화두에 제시된 그것보다 내가 입고 있는 이 옷의 가치가 더 높다는 자부심을 드러내는 대목이다. 이뿐만 아니라 세 작품에는 화자의 소박한 삶의 모습을 제시한다든가 자족적인 삶을 보여주는 대목에서도 유사한 표현방식이 구사되었다.

　이처럼 이들 작품에는 진지한 선적 탐구의 내용이 담겨있음과 동시에 정신적인 자유로움이 드러나 있고 임운등등(任運騰騰) 하는 흥취가 조화를 이루고 있어 내적 가락을 형성하고 있다. 나아가 납의에 대한 깊이 있는 탐색이 변격의 율동감 있는 운문으로 시화(詩化)되면서 교리적으로 전달할 수 없는 풍부한 의미와 개인적 감성이 미적으로 구현되면서 재창조 되었다. 늘 입는 납의가 이제는 진지한 자기 성찰의 도구가 되며, 자신의 불성과 육체를 감싸고 있는 외물에 대한 상호 관계는 진지한 탐구의 대상이 된다. 여기에서 우리는 이들 옷을 소재로 한 작품들이 동아시아의 정신사적 깊이를 지닌 표현예술의 한 영역으로 확장되고 있음을 확인할 수 있다. 또한 이들 작품은 구상과 추상의 절묘한 조화를 노래에 담았고, 사물과 심성에 대한 불가적 탐색을 작품에 녹여낸 작품으로서, 심도 있는 서정적 교술시의 성격을 가지고 있다고 평가할 수 있다.

　그러나 세 작품 간에는 유사한 전개를 보이면서도 작품별로 특색을 보여주고 있다. 「지오가」에는 시적 대상인 옷에 대한 세심한 관찰과 감각적인 묘사가 두드러지며, 종이옷을 걸친 운수납자의 끊이지 않는 기쁨, 즉 무한한 정신적 부귀가 수미쌍관법으로 제시되어 전체적으로 서정적인 분위기를 형성하고 있다. 「파의가」에는 가사와, 가사가 감싸고 있는 불성과의 긴장관계가 돋보인다. 여기에서 발견한 옷은 단순히 탈속적 정취만 드러내는 것이 아니라 본래의 천연(天然)한 불성을 감싸고 있는 존재라는 의미를 지닌다. 옷을 입은 화자와 옷 자체의 대비를 통해 신령한 불성을 드러내고 내 안에 감추어진 여래장을 드러내는 양상으로 구현된다. 이는 나옹의 작품에서 「백납가」와 「완주가」로 나누어 제시한 것을 하나로 총괄하고 있는 특징을 보여준다. 「백납가」에서는 납의의 편의성, 기능, 유래를 묘사하면서 납의 입은 화자의 지족행을 노래하였다. 또 이 작품은 가난을 벗하며 살고자 하는 한도인(閑道人)의 모습과 그 지향을 다짐하는 노래로서 타 작품에 비해 상대적으로 자기술회적 경향이 강하다. 특히 원나라의 임제종 선사를 만나 법맥을 전수받았던 자부심을 표현한 대목에서는 고려말 선사들에게 있어 임제종의 법맥전수와 선가 창작이 매우 중요한 관련을 맺고 있음을 확인할 수 있다.

3. 몸의 형상화 방식 비교 — 나옹 「고루가(枯髏歌)」·중봉 「피대자가(皮袋子歌)」

나옹의 「고루가」는 마른 해골에 관한 노래이며, 중봉의 「피대자가」는 살을 가죽부대에 비유한 노래이다. 두 작품 모두 살가죽으로 둘러싸인 육체성을 지닌 인간에 대한 노래이다. 두 작품은 살아있을 때 인간을 감싸던 몸과 죽음 이후 형해에 대해 노래하고 있다는 점에서 서로 다르지만 삶과 죽음의 연속성에 기대어 본다면 결국은 하나의 소재를 다른 방식으로 형상화하고 있다고 볼 수 있다. 이들은 모두 인간의 몸과 관련된 제재의 유사성이 있고 인간의 존재론적 성찰이라는 주제의식이 공통된다. 따라서 이 둘은 이 시대 원과 고려에서 선종의 승려들이 탐구해 간 정신적인 경지의 편폭을 확인하고 그것이 시적으로 어떻게 형상화되었는지 살펴볼 수 있는 좋은 자료적 가치를 가진다. 이에 대한 분석은 종교와 문학이 통합적으로 사유된 중세 동아시아 문학의 한 영역을 복원하는 의의가 있을 것으로 기대한다.

1) 중봉명본의 「피대자가(皮袋子歌)」(살가죽의 노래)

『천목중봉화상광록(天目中峰和尚廣錄)』[13]에 수록된 「피대자가」는 총 95구의 장단구 禪歌로서, 서문에 노래를 부르게 된 정황이 소개되어 있다.

幻人이 잠시 앉아 있을 때 皮袋子의 방문을 받았다. "사람들은 제 몸에 여섯 가지 쓰임의 육근을 갖추고 있기 때문에, 따르고 거스름과 애정과 증오에 여러 전도된 견해를 일으켜, 생사 바다 가운데 잠기고 빠져 벗어날 수 없습니다. 제가 일찍이 돌이켜 생각해보니 삼세의 부처님이 나 자신이 無上의 도를 깨치는 도구가 된다고 하였으나, 이제 과연 선한가 또 성인이 될 수 있

는가 또는 범인이 될 수 있는가 모르겠습니다." 환인이 노래로 답을 하니 피대자가 귀를 쫑긋하고 서서 환인의 노래를 들었다.[14]

　서문에서는 '환인'과 '피대자'라는 주인공을 등장시켜 인간의 육체에 대한 문답을 주고받는다. 중봉은 자신이 주석하던 초암이나 절집에 언제나 '환주암(幻住庵)'이라 이름붙이고 있는데, 「환주암가」에 이러한 환(幻)의 본질에 대해 노래한 바가 있다. 살가죽을 둘러쓴 나그네는 바로 환의 한 모습으로서, 육체를 지닌 인간, 생사윤회의 씨앗을 제공하는 육근에 둘러싸인 인간의 육신을 가리킨다. 서문에는 이것이 어떻게 무상(無上)의 도를 깨치는 도구가 될 수 있는지를 묻고 있고 이에 대한 응답으로 「피대자가」를 부른다고 하였다. 이는 우의적(寓意的) 표현으로서, 자신의 마음에 일어나는 의심과 그에 대한 자신의 관점을 허구적 인물을 등장시켜 적실하게 드러낸 것이다. 서문의 내용이 '애정과 증오에 전도된 견해'를 일으켜 생사윤회를 거듭하고 있다는 현실을 제시하고, 그럼에도 인간의 몸에 부처가 될 수 있는 씨앗이 있다는 것에 대해 의심하는 것으로 전개된 것처럼, 「피대자가」의 경우에도 비슷한 내용 전개 방식을 보여준다. 노래의 내용은 크게 두 단락, 즉 사바세계의 현상제시(1~56구)와 화자의 교시(57~95구)로 구성되어 있다.

14　幻人枯坐次. 有皮袋子者見訪. 乃曰. 人以我具六用之根. 於順逆愛憎. 起諸倒見. 沒溺於生死海中. 莫之能脫. 而我嘗返思. 三世佛祖咸以我爲成無上道之具. 今不知果爲善耶. 果能聖耶. 果能凡耶. 幻人乃歌以答之 皮袋子佇聽幻人歌.

사바라 하는 눈앞의 법계

중국말로는 '감인'이니 그 누가 어찌하리오

질펀히 흐르는 세찬 세파에 흔들려

백 천의 살 포대 아무도 모르게 사라지고 닳아지네

진실로 한 찰나에 깨닫지 못하기에

무명과 애견이 서로 얽혀드네

오늘은 성내다가 내일은 희희낙락

아침엔 영화롭다 저녁엔 욕 받으니 언제나 그칠까. (…중략…)

目前法界名裟婆。華言堪忍誰奈何。

浩浩湯湯搖世波。百千皮袋暗消磨。

良由一念不肯瞥。無明愛見相交羅。

今日嗔。明日喜。朝榮暮辱何曾已。

사람이 되어도 이 살 포대

짐승이 되어도 이 살 포대

자르고 나누고 삶고 굽고 빠른 손 자랑하니

어제 빚진 것 오늘은 갚아야 되는구나.

지난날은 사 먹더니 오늘은 제가 팔리고 있네. (…중략…)

人亦是皮袋。獸亦是皮袋。

宰割烹炮誇手快。昔相負兮今相償。

自買依前還自賣。

살 포대여 그대에게 알려주노니

온 몸이 다 거짓이고 온 세상이 다 거짓이라

피대자라는 이름은 업의 바탕임을 알라

내다 버리면 죽은 시체 되리니

사대의 뱀들이 한 궤짝에 함께 있어

성주괴공하면서 무시로 변하면서 사라지리라.

무슨 일로 세상 사람들은 이를 모르고

마음껏 탐진치 3독을 방출하는구나. (…중략…)

皮袋子。敎儞知。通身是假盡世成非。

了知名業質。委棄爲死屍。

四大虺蛇同處一篋。壞空成住變減無時。

因甚時人不解事。盡情放出貪瞋癡。

문장을 자랑하고 도리를 설하니

삼교의 뛰어난 무리들 누가 그렇게 하지 않으리오만

하루아침에 학문이 꿈속에 사라져

예전처럼 살 포대로 돌아가고 마네.

誇文章。說道理。三敎勝流誰不爾。

一朝學問夢魂消。依舊打。歸皮袋。

'사바(娑婆)'는 범어(梵語) 'sahā'로, 어원적으로는 '참다'의 의미를 지닌
다. 이에 한자로는 '인(忍), 감인(堪忍), 능인(能忍), 인토(忍土)' 등으로 의역

한다. 사바세계는 현실 세계로서 석존이 나타나 교화하는 세계이다. 이곳의 중생은 안으로는 여러 가지 번뇌가 있고, 밖에는 풍우한서가 있어서 여러 번뇌를 받으면서도 떠날 생각을 하지 않기 때문에 이름을 '인(忍)'이라 한다.[15] 인용한 앞 단락(1~56행)은 화자[幻]가 인간의 육체에 대해 가지고 있는 인식을 현상적으로 나열하며 탄식하는 것으로 서정적 독백이라 할 수 있다. 이는 서문에서 나그네가 육근에 가려있는 육체의 구속에 대해 질문한 것을 받아 곡진하게 풀어낸 것이다. "사바라 하는 눈앞의 법계 / 중국말로는 '감인'이니 그 누가 어찌하리오?"하는 것은 그 고통을 누가 막아내며 감당할 수 있겠는가 하는 물음으로서 인간 존재의 한계를 말한 것이다. 인용한 두 번째 단락에는 생사윤회의 결과가 매우 극적으로 그려져 있다. 어제는 사람이었다가 오늘은 짐승이 되고, 과거에는 고기를 잡아먹다가 현생에는 잡아먹히게 되는 그 기막힌 인과의 과정은 생사윤회의 과정을 핍진하게 묘사한 것이다. 화자는 제행은 무상이며 인생이 무상한데 사람들은 그것을 알지 못하고 탐진치 삼독에 빠져 생사윤회를 거듭한다는 내용을 적실한 예와 비유를 통해 파노라마처럼 제시하고 있다. 그리고 이에 대한 화자의 해결방안과 궁극적인 답변이 "나의 진실한 말"로 시작되는 후반부에 제시되어 있다.

나의 진실한 말을 들어보라

마음이 일어났다 하면 모두 윤회의 업에 속하는데

가죽부대가 본래 공하다는 것 생각지 않네

끝없이 기교질 부리다가 오히려 졸작이 되나니

많이 알려하지 말고 많이 이해하려 하지 말라

다만 뭔가 했다 하면 모두 끌어 물러나니

예배하거나 산화공덕 베풀 필요 없도다

다만 이것의 이름은 참된 참회이니

선도 생각지 말고 악도 생각지 말라

두 가지 씨앗이 나오면 모두 망령된 지음이라

범부에게도 인연 맺지 말고 성인에게도 인연 맺지 말라

성인과 범부가 모두 마음의 병이니라

聽余眞實說。擧心盡屬輪迴業。

不思皮袋本來空。茫茫弄巧翻成拙。

莫多知。莫多會。但有施爲都拽退。

不須禮拜與散華。只此是名眞懺悔。

不思善。不思惡。兩種由來皆妄作。

不緣凡。不緣聖。聖凡盡是心王病。

　서정적 독백 형식을 취했던 전반의 내용과는 달리 후반부는 명령과 청유형 어미로 자신의 주장을 직접 드러내는 표현 방식을 취하고 있다. 생사의 윤회에서 벗어나는 첫 단계는 '이 가죽부대가 본래 공하다'는 생 각을 가지는 것이다. 화자에 따르면 마음을 일으키는 순간 모두가 윤회 의 나락에 떨어질 것이며 무언가 잘 해보려는 생각, 많이 알아서 알음알

이로 극복해보겠다는 생각, 나아가 예배를 하고 산화공덕을 베풀며 무언가를 얻어 보겠다는 생각마저도 망상이라고 하였다. 화자가 제시하는 구체적인 방안은 오직 '참된 참회'임을 강조하였고, 선악, 성인범부, 깨달음과 미혹함, 삶을 탐착하고 죽음을 두려워하는 모든 분별심을 내는 것이 모두 망령이요 부질없는 노력이라고 하였다.

털을 걸쳤건 뿔을 대었건 지으려했건 우연히 만들어졌건

부처를 이루거나 조사가 되거나, 도가 높건 높지 않건

사성과 육범이 몸에 원래 갖추어졌으니

시방세계가 눈앞에 포섭되도다

살 포대는 무정물이라 기뻐함과 성냄이 없으니

모두가 다 무생의 길이라

다만 보아낸 곳(견성해 낸 곳)에 마음을 두지 않으면

법왕 대보께서 친히 분부 받을 것이다.

여래께서 얻은 의생신과

살 포대가 어찌 티끌만큼이나 떨어져 있으리

너희들이 만약 구분하여 두 가지로 나눈다면

영산회상에 모인 사람들 포복절도케 하리라.

披毛帶角要要做便做。成佛作祖道高不高。

四聖六凡體元具。十方世界目前包。

皮袋無情無喜怒。頭頭盡是無生路。

但於見處不留情。法王大寶親分付。

如來獲得意生身。皮袋何曾隔一塵。

儞若區分成兩箇。笑倒靈山會裏人。

　　결사는 서두에 제시되었던 피대자의 의심에 대한 명쾌한 답변이다. 인간이건 짐승이건, 부처건 조사건, 사성육범이 몸에 원래 갖추어졌다고 하였다. 사성과 육범은 살아있는 것들을 십계(十界)로 나눈 것으로 불, 보살, 성문, 연각을 사성이라 하고 천상, 인간, 지옥, 아귀, 축생, 아수라를 육범이라 한다. 가죽부대는 무정물이요 더 이상 남이 없는 무생(無生)의 길로서 여래가 얻은 의생신과 인간의 몸이 전혀 다름이 없으며, 둘을 분별하여 구분 짓는 것을 경계하는 것으로 끝을 맺었다. 여래의 의생신(意生身)은 생각대로 태어난 몸인데, 성인들의 신체는 오온에 의해서가 아니라 단지 의온(意蘊)에 의해 구성된다고 한다. 그러나 범부의 몸은 업생신(業生身)으로 전생에 쌓은 업의 과보로 태어난 것이다. 이렇게 볼 때 서문에 제시한 피대자의 물음은 가죽부대를 입은 인간 존재에 대해 분별심을 내어 양변을 모순관계로 바라보는 것에 지나지 않는다. 이는 곧 작자가 몸에 대한 자신의 종교적 통찰을 제시하기 위한 우의적 상황이었음이 뚜렷해진다. 이 노래는 환인과 피대자를 등장시켜 작자의 사상을 입체적으로 설파하고 있는, 인간의 존재에 대한 깊은 성찰이 담겨있는 작품으로 평가할 수 있다.

2) 나옹의 「고루가(枯髏歌)」(마른 해골의 노래)

나옹의 「고루가」는 가죽부대가 썩어 바람에 사라지고 남은 마른 해골을 제재로 하고 있다. 작품은 총 52구로 되어 있으며, 매 4구의 첫 구는 3·3조로 되어 있다. 매4구마다 한 단락으로 나눌 수 있으며 이에 따라 작품은 총 13단락으로 나누어진다. 그리고 1단락, 3단락, 11단락의 첫 구는 인용문 첫 구처럼 "이 고루[這枯髏] ○○○"으로 시작되는데 이를 시상의 흐름을 묶는 하나의 표지로 본다면 작품은 전체적으로 서사(1~2단락), 본사(3~10단락), 결사(11~13단락)로 나누어진다.

　　① 이 마른 해골이여 몇 천 생이나

　　　축생이나 인천(人天)으로 허망하게 허덕였던가

　　　지금은 진흙 구덩이 속에 떨어져 있으니

　　　반드시 전생에 마음 잘못 썼으리라.

　　　這枯髏。幾千生。橫形竪像妄勞形。如今落在泥坑裏。必是前生錯用情。

시적 제재인 마른 해골[枯髏]은 육도 윤회의 과정에서 축생, 아수라가 되기도 하고 사람 혹은 천신이 되기도 하는 등, 윤회의 수레바퀴 속에 있는 모든 존재를 대유적으로 표현한 것이다. 인용문에서 "횡형(橫形)"은 네 발로 걷는 짐승을, "수상(竪像)"은 두 발로 걷는 인간을 말한다. 이는 6단락에서는 "유두각 무두각(有頭角 無頭角)", 즉 머리에 뿔이 있거나 머리에 뿔이 없는 존재로 표현되었다. 인용문은 진흙 구덩이 속에 떨어

저 있는 저 마른 해골은 육도 윤회의 과정을 반복하고 있는 존재, 혹은
육도윤회의 결과 처하게 된 상태임을 말하였고, 그 원인은 전생의 업보
에 따른 것이라 하였다. 이종군은 이에 대해 단지 마른 해골이 아니라
'인간 육신의 무상한 변화상을 지칭하는' 것으로 파악하고 있다. 그리고
'어리석음과 윤회를 끝없이 되풀이하는 허망한 육체적 존재를 가리킴
과 동시에, 수행을 통해 존재의 근본을 깨닫고 모든 집착과 고통으로부
터 떠날 수 있는 수행의 주체이기도 한 점을 함께 응축하여 상징적으로
표현한 것'으로 보았다.[16]

마지막 구인 "필시전생착용정(必是前生錯用情)"에서 쓰인 "착(錯)"은 현
재의 마른 해골의 상태에 이르게 한 원인이 되는 과거의 업보이다. "착"
의 내용은 이후 단락에서 다양하게 변주된다.

③ 이 마른 해골이여 매우 미련하고 깜깜하여

그 때문에 천만 가지 악을 지었네

하루아침에 공하여 있지 않음을 확실히 본다면

한 걸음도 떼지 않고 서늘히 몸을 벗으리

這枯髏。甚癡頑。因他造惡萬般般。一朝徹見空無有。寸步不離脫體寒。

④ 그때를 놓쳤으니 가장 좋은 시절이라

이리저리 허덕이며 바람 따라 나는구나

---

16 이종군, 앞의 글, 171~173쪽.

권하노니 그대는 지금 빨리 머리를 돌이키라

진공(眞空)을 굳게 밟고 바른 길에 돌아가라

背當年。最好時。波波役役逐風飛。勸君早早今廻首。蹋着眞空正路歸。

⑤ 모였다 흩어지고 오르고 빠짐이여

이 세계도 저 세계도 마음 편치 않구나

그러나 한 생각에 빛을 돌이킬 수 있다면

단박에 뼛속 깊이 생사를 벗어나리라

或聚散。或升沉。他方此界不安心。但能一念廻光處。頓脫死生入骨深。

⑧ 나기 전에 잘못되었고 죽은 뒤에 잘못되어

세세생생 거듭거듭 잘못되었으나

한 생각에 무생(無生)을 깨달으면

잘못되고 잘못됨도 원래 잘못 아니리

生前錯。死後錯。世世生生又重錯。若能一念了無生。錯錯元來終不錯。

⑨ 거친 것에도 집착하고 미세한 데에도 집착하여

집착하고 집착하면서 전연 깨닫지 못하다가

갑작스런 외마디 소리에 후딱 몸을 뒤집으면

눈에 가득한 허공이 다 부서지리라

麤也着。細也着。着着來來元不覺。驀得一聲急翻身。滿目虛空當撲落。

'착'의 내용은 '탐애(貪愛), 치완(癡頑), 조악(造惡), 치애(癡愛), 탐진(貪瞋)' 등으로 반복되어 나타난다. 이는 곧 탐진치 삼독(三毒 : 탐욕, 성냄, 어리석음)의 다른 말이며 마른 해골로 진흙구덩이에 빠지게 된 현재의 원인이 된다. 8문단(29~32구)에 이르러서는 이 '착' 글자를 반복하여 그것을 더 뚜렷하게 제시하였다. 이 착오를 깨닫는 것은 일종의 참회에 해당하며 앞서 소개한 「피대자가」에서 제시한 참회의 내용과 다르지 않다.

「피대자가」는 윤회의 나락에 떨어진 원인을 먼저 제시한 뒤 결사에서 그 해결책을 제시하였는데, 「고루가」는 하나의 단락마다 전2구에는 이러한 착종된 업연을 제시하는 한편 후2구에는 그것을 참회하는 과정과 육도윤회에서 벗어나는 여러 방안을 제시하였다. 위의 인용 단락들도 대부분 이러한 경향을 보여준다. 동일한 주제를 단락마다 계속하여 변주하여 제시하는 이러한 반복 구조는 불교시가의 작시원리로서, 이를 전륜을 굴리듯 계속 반복하며 앞으로 나아간다는 의미에서 '전륜(轉輪)' 구조라 하기도 하고 혹은 '중언부촉(重言咐囑)'의 구조[17]라 하기도 한다.

⑪ 이 마른 해골이 한번 깨치면

　　광겁의 무명도 당장 재가 되어서

　　그로부터는 항하사 불조의

　　백천삼매라 해도 부러워하지 않으리

　　這枯髏。忽悟來。廣劫無明當下灰。從此恒沙諸佛祖。百千三昧也不猜。

17　김종진, 『불교가사의 연행과 전승』, 이회, 2002, 333쪽.

⑫ 부러워하지 않는데 무슨 허물 있는가

생각하고 헤아림이 곧 허물되나니

쟁반에 구슬 굴리듯 운용할 수 있다면

겁석도 그저 손가락 튀길 사이에 지나가리

也不猜。有何過。思量擬議便爲過。若能運用似盤珠。劫石徒爲彈指過。

⑬ 법도 없고 부처도 없고

마음도 없고 물질도 없네

여기에 이르러 분명한 이것은 무엇인가

추울 때는 불 앞에서 나무 조각 태운다.

也無法。也無佛。也無心兮也無物。到此灼然似什麼。寒時向火燒柮榾。

결사에 해당하는 내용이다. 앞서 「피대자가」에서 욕망에 물든 육체와 불성을 가진 육체를 불이적(不二的) 관점에서 하나로 포괄하는 것처럼, 「고루가」의 결사에서도 미혹한 세계를 벗어나 유(有)·무(無)가 공한 해탈을 이루도록 이끌고 있다.[18]

3) 상호 관련 양상

중봉의 「피대자가」는 무명의 업에 둘러싸여 생사윤회를 거듭하는 육신을 가죽부대로 표상하였다. 그리고 그 부정적인 면과 불성함유라는

---

18 이종군, 앞의 글, 177쪽.

긍정적인 면을 대화의 방식을 통해 하나의 논리, 질서 속에 수렴하였다. 이에 비해 나옹의 「고루가」는 그 가죽부대가 썩어 바람에 사라지고 남은 마른 해골을 제재로 하고 있다. 앞서 이야기한 것처럼 두 작품은 이러한 차이에도 불구하고 인간의 육체성에 대한 진지한 탐구의 노래로서 상호 관련성이 있다. 그리고 두 작품 모두 시상의 발상과 전개과정, 그리고 구체적 표현에서도 상당한 유사성이 발견된다.

「피대자가」는 크게 두 단락으로 구성되어 있다. 앞부분은 윤회의 현상과 그 원인에 대한 서정적 탄식이며, 뒷부분은 이에 대한 참회와 교시적 설법으로 되어 있다. 그리고 궁극적으로는 사성과 육범이 원래의 몸에 갖추어져 있고, 여래의 의생신과 중생의 업생신이 둘이 아니라는 불이적(不二的) 사유로 갈무리하고 있다. 「고루가」 역시 윤회의 현상과 원인에 대한 서정적 탄식과 교시적 설법이 제시되어 있으며 궁극적으로는 '법도 없고 부처도 없'으며, '마음도 없고 물질도 없'는 불이적 사유로 마무리하고 있다. 이러한 점에서 두 작품 사이에는 구성상 약간의 차이는 있지만 전체적인 시상의 흐름에 있어서는 상당한 유사성이 발견된다.

① ・사람이 되어도 이 살 포대, 짐승이 되어도 이 살 포대

・털을 걸쳤건 뿔을 대었건(이상 「피대자가」)

・축생이나 인천(人天)으로 허망하게 허덕였던가

・머리에 뿔이 있거나 머리에 뿔이 없거나(이상 「고루가」)

② ・진실로 한 찰나에 깨닫지 못하기에 / 무명과 애견이 서로 얽혀드네

・무슨 일로 세상 사람들은 이를 모르고 / 마음껏 탐진치 3독을 방출하
는구나.(이상「피대자가」)
・혹은 어리석음과 애욕으로 혹은 탐욕과 분노로 / 곳곳마다 혼미하여
허망한 티끌 뒤집어 써서(「고루가」)

③ ・사성과 육범이 몸에 원래 갖추어졌으니 / 시방세계가 눈앞에 포섭되도
다 / 살 포대는 무정물이라 기뻐함과 성냄이 없으니 / 모두가 다 무생
의 길이라(「피대자가」)
・법도 없고 부처도 없고 / 마음도 없고 물질도 없네 / 여기에 이르러 분
명한 이것은 무엇인가(「고루가」)

①은 이 살포대나 마른 해골에 이르기까지 육도윤회를 거듭하고 있
는 불쌍한 모든 존재에 대해 묘사하고 있고, ②는 육도윤회에 떨어진 이
유가 탐진치 삼독에 있음을 말하고 있다. ③은 있음과 없음, 추함과 아
름다움의 모든 분별의식을 초월한 해탈의 세계를 노래하는 결사 대목
이다.

이러한 상호텍스트성 현상은 살 포대와 마른 해골에 대한 두 선사의 통
찰이 우연히 비슷한 주제의식과 표현방식으로 나타난 것으로 볼 수도 있
지만, 중국 강남의 임제종 선사들과 고려말 선사들과의 직간접적인 교류
의 양상에 비추어 볼 때 시대적으로 앞선 중봉의「피대자가」의 유행이
「고루가」의 형성에 자양분이 된 것이 분명해 보인다.

4. 상호 관련성을 바라보는 시각

한국문학사에서 고려말 문학현상의 하나로 소개되는 禪歌의 창작과 유통은 사실 동시대에 원나라의 선가의 경향과 밀접한 연관성을 가지고 있음을 소개하였다. 「백납가」는 중봉명본의 「지오가」나 만봉시울의 「파의가」와, 「고루가」는 중봉명본의 「피대자가」와 동공이곡(同工異曲)임을 논증하였다. 고려말에는 임제종의 선사들이 선불교의 중심지였던 강남에 유학하여 법맥을 인가받는 것을 대단한 자부심으로 생각했다는 점, 그리고 이들 선사들의 어록에 강남 가는 도반들에 대한 수증시가 많은 것을 보면 원대 강남의 문화적 풍토에 대한 이들의 선망을 확인하는 일은 그다지 어렵지 않다. 이 글에서는 이들 작품의 같고 다른 점에 대해 비교적 상세히 논의하였고, 그 결과 원나라 중봉명본의 작품이 나옹화상의 작품에 영향을 끼쳤을 가능성을 언급하였다. 그러나 원-고려간의 상호 영향의 작품 외적 근거를 실증적으로 제시하기도 힘들거니와 자칫 일방적인 영향의 방향에 초점을 맞추다보면 지역문학의 독립적인 의의는 상당부분 왜곡될 가능성이 있다. 양국 선가간 상호 영향의 가능성을 고려하되 원과 고려 양국에서 동시대에 동아시아 문학을 형성하는데 함께 기여한 측면을 적극 고려할 필요가 있다. 범위를 확장하면 이 시기의 선가의 창작과 유통은 원-고려 / 원-일본 / 원-안남 등의 관계와 고려-일본-안남의 관계를 복합적으로 고려할 때 종합적이고 입체적으로 이해될 수 있을 것이다. 문면에 드러난 문화의 일방향적 수수관계만 논할 것은 아니다. 중세 동아시아의 불교문화 권역에서 중심과 주변이 함께 동참하여 문화를 확장하고 심화시켰다고 보는 입체적인 관점이 필요한 시점이다. 이를 위해서 두 작품 이외의 다른 작품군에 대해서도 지속적인 비교검토가 이루어질 필요가 있을 것으로 판단한다.

「태고암가(太古庵歌)」의 주제적 계보와 창작 의의

1. 태고의 선가와 동아시아적 맥락

고려 후기는 우리 역사상 대외적인 교류가 가장 활발했던 시기 중 하나이다. 역사상 가장 넓은 영토를 확보한 원 제국 시기에 고려의 문화 전반에 걸쳐 국제화의 기풍이 다양하게 나타나는 것은 자연스러운 현상이다. 그러나 한국문학사 기술에서 고려 말의 문화 현상을 주변국의 문화와 상호 비교하여 의미를 파악하고자 하는 노력은 그동안 활발하게 이루어졌다고 보기 어렵다. 한국문학 연구 초창기에 한국문학 장르의 발생에 중국문학의 여러 장르가 끼친 영향에 대해서는 선학들의 논의가 있었지만, 한국문학사의 자생적 흐름 속에서 그 연원을 찾으려는 기풍이 주류를 이룬 나머지 이에 대한 발전된 논의는 미진했던 것이 사실이다. 그러나 그 가운데서도 고려 말 시가 문학에서 고려 속요나 경기체가에 나타난 원곡(元曲)의 영향에 대해 심화된 논의를 전개하기도 하였다.[1] 추후 여러 영역에서 심도 있는 비교 연구가 요구된다고 할 수 있다.

이 글은 고려 말 문학사를 동아시아 문학사의 맥락에서 파악하고자 하는 시각에서, 태고화상의 「태고암가(太古庵歌)」와 중국, 일본 선승의 가요를 비교하여 동 시대의 문화현상으로서 상호 영향의 가능성을 논증해 보고자 한다. 태고보우의 선가 네 편—「태고암가」·「잡화삼매가(雜華三昧歌)」·「산중자락가(山中自樂歌)」·「백운암가(白雲菴歌)」[2]—가운데 「태고암가」를 중심으로 주제적 계보를 살펴보기로 한다. 비교 대상은 당 석두희천(石頭希遷, 700~790)의 「초암가(草庵歌)」,[3] 도일승(渡日僧)인 청졸정징(淸拙正澄, 1274~1339)의 「삼연암가(三椽菴歌)」[4]이다. 나아가 이를 토대로 당대에 「태고암가」를 대상으로 도출된 석옥청공(石屋淸珙)의 평가를 분석하여 「태고암가」의 당대 문학적 의의를 재 고찰하고자 한다.

---

1 성호경, 「元 散曲이 한국시가에 끼친 영향에 대한 고찰」, 『한국시가연구』 v.3, 한국시가학회, 1998.
    김명준, 「쌍화점 형성에 관여한 외래적 요소」, 『동서비교문학저널』 v.14, 한국동서비교문학학회, 2006.
2 『太古和尙語錄』, 『한국불교전서』 6, 동국대 출판부, 1984.
3 김월운 역, 『전등록』 3, 동국역경원, 2008.
4 『禪居集』(『五山文學全集』 v.1, 京都 : 思文閣, 1992). 이외에도 「爲達泉黃舍人賦止靜齋歌」·「飯不足歌」·「玄極歌」·「放牛歌」가 함께 전해진다.

2. 주제적 계보

1) 계보의 연원 – 석두희천(石頭希遷)의 「초암가(草庵歌)」

「초암가」는 진실한 수행에 힘쓰는 납자의 본분을 노래하고 있으며, 안빈낙도하면서도 유위(有爲)에 떨어지지 않는 선사의 초탈한 심경을 드러내고 있다. 「초암가」를 지은 석두희천(石頭希遷, 700~790)은 육조혜능의 대표적인 전법제자 청원행사의 계통을 이은 선사이다. 석두는 출가하여 조계산 보림사에 나아가 육조혜능을 뵈었으나 구족계를 받기 전에 혜능이 시적하였다. 그래서 혜능의 유언대로 청원행사에게 나아가 수행하여 그 법을 이었다. 석두는 이후 천보(天寶)연간(742~756)에 형악(衡岳)으로 가서 남대사(南臺寺) 동쪽에 대(臺)같은 반석위에 암자를 짓고 좌선하였는데, 여기에서 석두(石頭)화상이라는 이름을 얻었다고 한다.[5]

작품은 32행의 7언시인데 형식상 8연으로 나누어진다. 2연부터는 첫행이 3 3으로 제시되어 단락의 표지 역할을 하고 시상의 전환을 유도하였다. 제목에서 보듯이 초암은 띠로 엮은 작은 암자이다. 이는 절이랄 것도 없는 수행인의 작은 토굴로 보면 될 듯하다. 그의 호가 유래한 것처럼 단단한 바위 위에 얽기 설기 기둥을 세우고 띠풀을 덮어 수행처로 삼은 듯하다. 작품은 1연에서 5연까지 토굴생활의 한가로움과 마음의 여유, 운치 있는 정경을 자신—"오(吾)", "아(我)", "산승(山僧)"이라는 화자

---

5   최현각,『선어록 산책』, 불광출판부, 2005. 125쪽.

―의 목소리로 직접 묘사하고 있다. 1연과 5연은 이러한 한정이 가장 서
정적으로 드러난 부분으로 작품의 전반적인 분위기와 정조를 결정하고
있다.

① 吾結草庵無寶貝。　내가 엮은 토굴에는 보배가 없지만

　飯了從容圖睡快。　먹고 나니 한가하고 잠을 자니 즐겁다

　成時初見茆草新。　새로 지었을 땐 새 빛나서 좋았으니

　破後還將茆草蓋。　부서지면 어떠랴 새 띠로 덮으면 되지

⑤ 靑松下 明窓內。　푸른 솔 아래에 밝은 창 달았으니

　玉殿朱樓未爲對。　옥의 대궐과 단청한 누각으로도 견줄 수 없어라

　衲被蒙頭萬事休。　누더기 옷을 머리까지 덮어쓰면 만사가 쉬니

　此時山僧都不會。　이때 산승은 아무것도 알지 못하네

　1연에는 밥을 먹고 잠자는 일상의 한가로움이 제시되어 있다. 처음
지붕을 올렸을 때 초록이 빛나는 새 띠 지붕이었고, 이것이 마르고, 비
바람에 허물어지면 다시 새 띠를 엮어 올리리라는 소박한 삶의 자세와
평범한 하루하루의 무심함이 드러나 있다. 5연 역시 하루를 다 지내고
누더기 가사를 이불삼아 머리까지 둘러쓰고 눕는 모습을 드러내어, 모
든 일에 무심한 화자의 무위(無爲)와 그 안온함을 잘 드러내고 있다. 「초
암가」는 전체적으로 선가의 원류로 공인된 「증도가(證道歌)」에 비해 서
정성이 두드러지게 나타나 있다. 이런 면을 보면 「초암가」는 당, 오대

에 등장하는 수도시 가운데 서정성이 가장 강한 작품으로 보아도 가능할 정도이다.[6]

　작품의 1연과 5연을 보면 단순한 한정을 노래하고 있는 것으로 보이나, 그 안에 내포되어 있는 2~4연에는 암자에 대한 작가의 철리적(哲理的) 해석이 다양하게 제시되어 있다.

　　②住庵人 鎭常在。　토굴에 사는 사람 항상 있으니
　　　不屬中間與內外。　중간에도 안팎에도 속하지 않네

　　③庵雖小 含法界。　토굴은 작으나 법계를 머금으니
　　　方丈老人相體解。　방장의 노인이나 체득해 이해하리

　　④問此庵 壞不壞。　토굴이 무너질까 무너지지 않을까 묻지만
　　　壞與不壞主元在。　무너지건 말건 원래의 주인은 항상 있네
　　　不居南北與東西。　남북에도 있지 않고 동서에도 있지 않으니
　　　基址堅牢以爲最。　기반이 견고함을 최고로 여기네

　인용구는 청자에게 분별과 집착을 벗어나게 하는 전통적인 불가적 표현이다. '이 암자에 어떤 사람이 항상 있다'는 말은 '주인공'의 존재와 주인공이 머무는 공간에 대한 묘사에 해당한다. 그러나 화자는 '항상 그

6　물론 「삼연암가」·「태고암가」 등의 선가에서도 이러한 서정적 분위기는 전편에 흐른다.

자리에 있다'는 말을 바로 '중간에도 안팎에도 속하지 않는다'는 말로 뒤집어버린다. '항상 있다'는 말에 집착할 청자에게 '없다'는 반대의 상황을 제시하는 대신, '있다 없다'의 경계를 초월한 '중간'이나 '안팎'에도 속하지 않는다는 말로, 지식으로 이해하려는 청자를 한 번 크게 흔들어 놓다. 눈에 보이는 토굴이 아닌 우주에 보편한 어떤 공간, 주인공이 되는 것이다.

3연에서는 '토굴은 작으나 법계, 즉 온 우주를 담고 있다'고 하였는데, 이는 티끌 하나에 온 우주가 담겨있고, 모든 티끌마다 그러하다는 화엄 논리의 시적 표현이라 해석된다. 그리고 유마힐이 협소한 방장에 높이 8만 4천 유순이나 되는 광대한 고좌(高座)를 3만 2천 개나 빌려와서 그곳에 넣었다는 유마경의 비유와 맥이 닿아 있다. 작품 속의 "방장의 노인"은 바로 유마거사를 말한다. 유마거사가 수미산을 겨자 안에 넣기도 하고 대해수를 모공 속에 넣었던 것을 보면, 수미산과 겨자씨는 극대와 극소의 극단이나, 이는 표면의 모습일 뿐이다. 그 본성에서는 수미산도 법계 속에 있고 겨자씨도 법계 속에 있어 본성에서 보면 모든 것이 법계 속에 존재하는 것이 된다. 4연에서도 동서남북 어디에도 없는 이 암자의 공간성에 대해 이야기하고 있다. 이 암자는 '중간, 안팎에도 없고 동서남북에도 없는 것'으로 우리들의 사량 분별을 벗어난 어떤 경지를 보여준다. 이 작은 공간은 아주 작으나 온 우주(법계)를 담고 있는데, 이러한 경지는 유마거사나 이해할 수 있는 경지인 것이다.

이상은 자신이 거주하는 암자의 의미를 전 우주적 차원으로 만들어가는 과정에서 '이것도 아니고 저것도 아니다. 이것이 아닌 것도 아니고,

저것이 아닌 것도 아니다', '있는 것도 아니고 없는 것도 아니다'를 반복하는 전형적인 불교 논리, 즉 '백비(百非)'의 논리를 다채롭게 표현한 것이다. 이러한 구의 일정한 반복은 노래의 가사가 꼬리에 꼬리를 물며 속도감 있게 변화하는 결과를 가져왔다. 이는 궁극적으로는 청중의 단견을 깨치는 과정으로 현상이나 관념에 대한 집착을 벗어나게 하는 방식으로 쓰인 것이다. 비유하자면 선사는 암자라는 환영을 공중에 띄우고 이리 뒤치고 저리 뒤쳐 현란하게 만든 언어조작을 통해 청자를 깨달음의 상태로 유도하는 것으로 볼 수 있다.

「초암가」는 이상에서와 같이 암자의 의미를 깊이 있게 깨우친 다음 6, 7단락에서는 '알음알이를 내지 말'고, 불퇴전의 자세로 정진하라는 당부를 하고 있다. 그리고 마지막 8구에서는 토굴 속의 영원히 죽지 않는 사람―득도한 이, 주인공―은 바로 숨을 쉬고 있는 이 육체를 떠나 다른 곳에서 찾을 것이 아니라는 것을 제시하여 반전의 기법으로 마무리하였다.[7]

2) 도일승(渡日僧) 청졸정징(淸拙正澄)의 「삼연암가(三椽菴歌)」

「삼연암가」는 1326년에 일본으로 건너간 청졸정징(淸拙正澄, 1274~1339)의 선가이다.

청졸정징에 대해서는 오산문학전집의 간략한 작가 소개와 강정(江靜)

---

[7] 당부와 선적 일구로 마무리하는 양상은 다른 두 작품의 경우도 비슷하나 서로 다른 방식으로 드러나 있다.

의 최근 연구[8]에서 일부 언급된 바 있다. 이에 따르면 청졸정징은 복주(福州) 연강(漣江) 사람으로 15세에 출가하여 이듬해 구족계를 받았다. 17세에 복주 고산(鼓山)의 평초○용(平楚○聾)을 참학하고 이후에 강절(江浙)지역의 명산 고찰을 유람하고 여러 선사를 참학하였다. 후에 원주(袁州) 계족산(鷄足山)의 절과 송강(松江) 진정사(眞淨寺)의 주지를 역임하였다. 이 시기 그의 문하에 일본 유학승이 점점 많아지고 이에 따라 청졸정징의 명성은 더욱 널리 전해지게 되었다. 1326년에는 일본 단월들의 요청에 응하여, 제자 영진(永鎭)과 함께 박다(博多)에 도착하였고 이듬해 정월 경도(京都)에 도착하였다. 그 후 집권자인 북조고시(北條高時)의 청으로 관동에 부임한 후 건장사(建長寺)·정지사(淨智寺)·원각사(圓覺寺)의 주지가 되었다. 1333년에는 제호천황(醍醐天皇)의 칙령을 받고 건인사(建仁寺)의 주지가 되었으며, 1336년에는 남선사(南禪寺)로 옮겨 주석하였다. 그는 1339년 정월에 입적하였고, 광명천황(光明天皇)은 대감선사(大鑑禪師)라는 시호를 내렸다. 저서로『대감선사어록(大鑑禪師語錄)』2권,『선거집(禪居集)』2권,『대감청규(大鑑淸規)』1권이 남아 있다.

방하행사랑(芳賀幸四郎)은 청졸정징의 일본문화에 대한 공헌을 다음과 같이 네 가지로 나누고 있다. 첫째, 겸창(鎌倉)과 경도(京都) 두 곳에서 명성이 높아 여러 사법제자를 기르고 대감파(大鑑派)를 개창하여 무로마치[室町]시대 중기까지 번성하게 하였다. 둘째, 소립원(小笠原) 정종(貞宗)의 수호를 받고, 이름 있는 무사의 귀의를 받아 선종을 무사사회에 보급하

---

8 江靜,『赴日宋僧 無學祖元 研究』, 북경 : 商務印書館, 2011.

는 데 기여하였다. 셋째, 백장청규(百丈淸規)에 기초하여 대감청규(大鑑淸規)를 만들어 후에 임제종 사원 규장(規章) 제도의 기초를 만들고, 아울러 소립원(小笠原) 무사(武士) 예법의 형성에 영향을 끼쳤다. 넷째, 우수한 문학 재능을 지녔으며 원대(元代)에 성행한 선림(禪林)의 게송 창작의 풍조를 일본에 도입하여 오산문학(五山文學)을 흥륭시킨 선구자가 되었다.[9]

앞서 소개한 「초암가」의 구조와 표현 기법은 「삼연암가」에는 전체 분량의 약 1/2을 넘을 정도로 확장된다. 제목의 삼연(三椽)은 '삼조연하칠척단(三條椽下七尺單)'이라 하여 수행자가 혼자 앉아서 좌선할 만한 공간으로 수행처, 즉 토굴을 가리킨다.

衲僧住處三椽菴。	납승이 머물러 있는 이 삼연암은
南北東西無不可。	남북, 동서 어느 쪽도 통하지 않는 곳 없어라
不論萬指與半人。	천 사람이나 반 사람이나 가리지 않나니
我此三椽長恰好。	나는 이 삼연암이 항상 흡족하고 좋아라
問菴創始來何年。	묻노니, 이 암자 지어진 지 몇 해인가.
非新非故非後先。	새로울 것도, 예랄 것도, 선후도 없어라.
昆婆尸佛早已住。	비바시불이 일찍이 머물렀었고
賢劫次第相留傳。	현겁의 부처님들 차례로 머물러 서로 전하였네.
住此菴 無向背。	이 암자에 머물 때에 앞도 뒤도 없어라.
西舍東隣巧相對。	서쪽 집, 동쪽 이웃 교묘히 마주하여
同門出入不相逢。	같은 문으로 출입하나 만나지 않네.

---

9 위의 책, 55~56쪽, 재인용.

並足挨肩各三昧。　　발을 겹치고 어깨를 밀쳐도 각각 삼매에 드네.

昆藍卷空海水乾。　　비람(큰 폭풍)이 하늘을 말아 바닷물이 말라도

我菴鎭靜若泰山。　　내 암자는 고요히 있으니 태산과 같네

大旱流金世界熱。　　큰 가뭄에 쇠들이 녹아 흘러 세계가 불에 타도

我菴淸凉若氷雪。　　내 암자는 청량하여 얼음 눈과 같아라.

(…중략…)

誰言此菴窄。　　이 암자 그 누가 좁다하나.

十方虛空齊逼塞。　　시방 허공이 가지런히 가득 차니

多著前三與後三。　　많을 땐 전삼삼 후삼삼이며

少容五百幷三百。　　적게도 오백이나 삼백을 수용할 만하네.

誰言此菴廣。　　이 암자 그 누가 넓다고 하나.

一法元無忘伎倆。　　일법이 원래 없으니 솜씨를 부릴 것 없네.

'납승이 머물러 있는 이 암자는 남북, 동서 어느 쪽도 통하지 않는 곳 없다'는 것은 「초암가」에서 나온 구의 반복인데, 이는 작은 방안에 온 우주가 다 담겨있다는 말과 다르지 않다. 따라서 이 초암에서는 '천 사람이나 반 사람이나 가리지 않으며, 과거도 현재도, 앞도 뒤도 없고, 동서(東西)의 이웃이 같은 문으로 출입해도 만나지 않는다.'고 하였다. 층층의 법계가 작은 겨자씨 안에 담겨 있음을 기억하면 이웃이 방안에서도 서로 만날 일이 없다는 것이 이해될 것이다. 그리고 '이 암자는 좁지 않으며 시방 허공이 가득 차 있고, 많을 땐 무수히, 적어도 300에서 500명을 수용할 수 있다'고 하면서 반대로 '넓은 것도 아니니, 일법(一法)이

원래 없다'고 단언하고 있다.

　이 역시「초암가」에서 구사한 기법, 즉'보여주고 뒤집고 다시 만들었다가 허무는' 일련의 불교 논리를 구사하여 청자를 집착에서 벗어나도록 유도하고 있다. 이렇듯 화자는 자신이 머무는 작은 암자의 공간성을 자유자재로 펼치면서 궁극에는 절대 자유의 경지에서 노니는 모습을 감출 수 없었다.

君不學。	그대 배우지 않았는가.
石頭結菴圖睡快。	석두선사는 초암을 지어 잠을 잘 자려 했으나
茅草終須有成壞。	띠풀이 종내 성주괴공 있음을.
但從基上取堅牢。	다만 터전의 견고함을 취했으나
肯信堅牢未爲寂。	어찌 믿으랴. 견고함도 최고가 아닌 것을.

　인용구는 석두화상의「초암가」의 제1연, 제4연을 패러디하여 석두가 추구했던 그 초암마저도 절대시, 대상화하지 말라는 내용을 담아 낸 결과,「삼연암가」가「초암가」의 전통에서 지어졌음을 분명히 하였다. 띠풀은 종내 사라지고 터전이 견고하다 하나 역시 성주괴공(成住壞空)의 순환 속에 몸을 맡길 뿐이다. 이렇게 볼 때,「삼연암가」는「초암가」의 전통을 이어 암자에 우주적 차원의 의미를 부여하고 만들고 허물기를 반복하면서 진정한 주인공 찾기를 유도하는 내용이라 할 수 있다.

　「삼연암가」의 마지막 구는'과연 이 암자의 주인공은 누구인가?'라는 화두를 제시하고 있다.

三椽之下眞消息。　삼연 아래의 참 소식을

今日爲君輕漏泄。　오늘 그대 위하여 경솔히 누설하노니

欲識菴中正主人。　이 암자의 정 주인을 알고자 한다면

九九明明八十一。　구구는 분명코 팔십 일이로다.

　앞서「초암가」에서는 초암이 육신을 떠나 있지 않다고 했는데, 여기서는 '진짜 주인을 알고 싶다면 구구는 팔십일이다'는 선구(禪句)로 여운을 남기는 방식을 취하고 있다.

3) 원(元) 유학승 태고보우(太古普愚)의「태고암가」

　태고보우(太古普愚)는 고려 말에 임제선풍의 변화를 이끌었던 삼사(三師) 중의 한 인물이다. 그는 고려 왕실 권력의 주변에서 관료들의 귀의를 받고 문도를 지도하고 있던 45세에 원나라에 유학하게 되는데, 이는 임제종의 본분종사를 만나서 인가를 얻고자 하는 목적을 지닌 것이었다. 보우가 원에서 체류한 기간은 2년이라는 짧은 기간에 지나지 않으나 그는 하무산(霞霧山)에서 나흘 가량 머물며「태고암가」를 통해 석옥청공(石屋淸珙, 1272~1352)에게 인가를 받고 대도(大都)로 돌아와 황제의 귀의를 받고 귀국했다.[10] 태고보우(太古普愚)의 작품「태고암가(太古庵歌)」・「백운암가(白雲菴歌)」・「산중자락가(山中自樂歌)」는 자신이 머물고

10　강호선,『고려말 나옹혜근 연구』, 서울대 박사논문, 2011, 55쪽 인용

있는 깊은 산속에서 선수행의 과정에서 느끼는 여유로움과 화자의 지향을 담은 노래들이다. 행장을 보면 「백운암가(白雲菴歌)」와 「태고암가(太古庵歌)」는 입원(入元) 전에 창작하였고, 「산중자락가(山中自樂歌)」는 본국으로 돌아온 뒤 용문산 북쪽의 소설산(小雪山)에 암자를 짓고 지은 것으로 소개되어 있다. 그는 선가의 소재로 흰 구름을 즐겨 사용하고 있는데, 이는 투명하게 정화된 무위무사(無爲無思)의 선심(禪心)과 허령담적(虛靈湛寂)한 본래의 심체(心體)를 상징하는 것으로 평가되고 있다.[11]

「태고암가」는 태고보우의 득의의 심정을 담은 노래이다. 태고는 석옥청공을 만나 이 노래를 통해 득도의 경지를 제시하였고 석옥은 이를 인증함으로써, 중국 강남의 임제 정맥이 태고보우에게 계승되고 있음을 과시하는 매개로 활용되었다.

吾住此庵吾莫識	내가 사는 이 암자 나도 몰라라
深深密密無壅塞	깊고 세밀하나 막힘이 없네
函盖乾坤沒向背	건곤을 모두 가두었으니 앞뒤가 없고
不住東西與南北	동서남북 어디에도 머물지 않네
	(…중략…)
一毫端上太古庵	하나의 털끝 위의 태고암이나
寬非寬兮窄非窄	넓어도 넓지 않고 좁아도 좁지 않네

---

11 인권환, 『高麗時代 佛敎詩의 硏究』, 고려대 민족문화연구소, 1983, 175쪽. 이상 태고보우에 대한 소개는 「동아시아 禪歌의 비교문학적 연구 서설」, 『국어국문학』 v.158, 국어국문학회, 2011, 200~201쪽 일부를 재인용.

重重刹土箇中藏　　겹겹한 세계들이 그 안에 들어있고

過量機路衝天直　　뛰어난 기틀의 길이 하늘을 찔러 트이었네

「태고암가」 역시 앞서 소개한 선가와 마찬가지로 첫 구절부터 이 암자의 공간적 의미에 대하여 철리적 해석을 가하고 있다. '깊고 세밀하나 막힘이 없고, 온 천지를 다 함축하고 있으나 앞뒤 전후가 없고, 또 동서남북 어디에도 없는' 공간이란 무엇이며, '하나의 털끝 위에 세웠으되 넓지도 않고 좁지도 않으며, 중중무진(重重無盡)한 세계가 그 안에 담겨있는' 공간이란 무엇이란 말인가? 태고는 '하나의 작은 터럭에 시방세계가 다 들어있고, 일체의 모든 티끌에 다 이러하다─微塵中含十方 一切塵中亦如是'라는 화엄의 논리를 원용하여 청자에게 공간의 의미를 고민하게 한다.

「태고암가」의 작가는 이렇듯 전통적 선가의 표현을 활용하면서, 작품 전편에 걸쳐 자신의 득도 체험과 경지를 잘 드러내고 있다. 그리고 마지막 구에서는 외적 정경을 기교 없이 제시함으로써 자신의 선적인 경지를 드러내고 있다.

君不見　　　　　그대 보지 못하였는가

太古庵中太古事　　태고암 속 태고의 일을.

只這如今明歷歷　　오직 이것은 지금 밝고도 분명한데

百千三昧在其中　　백천의 삼매가 그 가운데 있어

利物應緣常寂寂　　만물을 이롭게 하고 반연에 응하면 항상 고요하네

| 此菴非但老僧居 | 이 암자는 이 노승만 사는 곳이 아니라 |
| 塵沙佛祖同風格 | 수많은 불조들도 풍격을 같이 했네 |

(…중략…)

| 君若問我山中境 | 그대 만일 나에게 산중경계 물으면 |
| 松風蕭瑟月滿川 | 솔바람 시원하고 달은 시내에 찼네 |

(…중략…)

| 閑來浩唱太古歌 | 한가하면 태고의 아름다움을 소리 높이 부르며 |
| 倒騎鐵牛遊人天 | 무리 소를 타고 인천을 노니네 |

　　지금까지 살펴본 바와 같이 청졸정징의 「삼연암가」와 태고보우의 「태고암가」는 당나라 석두희천의 「초암가」의 전통을 잇는 작품이다. 이는 단순한 시적 소재로 자신이 주석하고 있는 작은 암자에 대한 노래라는 점을 넘어서, 하나의 작은 방은 우리들의 감각적 인식이나 분별지(分別智)로 파악하거나 규정할 수 없는 공간적 의미를 지니고 있다는 점, 그리고 작은 암자 안에 이 넓은 우주 전체가 담겨있어 무한한 공간성을 지니고 있다는 점, 그리고 그것을 무한한 상상력으로 확장하고 있다는 점에서 그러하다. 무한한 공간성을 백비(百非)라는 논리적 방식을 원용하여 올렸다가 넘어뜨렸다가 세웠다가 부수는 시적 유희를 통해 독자, 청자의 닫힌 인식, 고정된 편견, 집착을 한 꺼풀씩 벗겨내고 있다는 점도 같다. 그리고 이 안에 사는 주인공의 절대적 자유를 얻은 경지를 노래하게 되는데, 궁극적으로는 절대자유를 체득한 주인공은 작가 자신이 될 수도 있고 자신의 내면의 보배가 될 수도 있다는 점에서도 세 작

품은 상호텍스트성이 밀접하다고 평가할 수 있다.

태고보우가 석옥화상의 인가라는 국제적인 공인을 얻을 수 있었던 것은 「태고암가」에서 이러한 시 문법을 원숙하게 인용하면서 자신의 득도에 대한 자부심을 반복하여 드러내었다는 점, 그리고 절대자유를 획득한 주인공의 여유를 무심한 자연의 풍경을 통해 제시하였다는 점이 크게 작용하지 않았을까 생각한다.

3. 「태고암가」에 대한 석옥청공(石屋淸珙)의 평가와 의의

태고보우의 「태고암가」는 원에 유학을 떠나기 전 태고암에서 지은 작품으로 당대의 임제선사인 석옥청공(1272~1352)의 법맥을 잇는 데 중요한 계기가 되었던 작품이다. 이 작품이 창작된 시기와 석옥청공에게 보여준 정황에 대해서는 이 작품에 함께 전하는 석옥청공의 발문에 자세하다.

고려 남경 중흥 만수선사 장로의 휘는 보우요 호는 태고이다. 그는 일찍이 하나의 큰일에 뜻을 세우고 피나게 공부한 뒤에 깨달은 바가 뛰어나, 뜻의 길이 끊어지고 생각을 벗어났으며 말로 표현할 수도 없었다. 그리하여 숨어살기 위해 삼각산에 암자를 짓고 자기의 호로써 그 현판을 붙이어 태고라 하였다. 그는 스스로 도를 즐기고 산수의 경치에 마음을 놓아 太古歌 한 편을 지었다.

병술년 봄에 고국을 떠나 이곳 大都에 이르자 먼 길의 고역도 꺼리지 않고 자취를 찾아오다가 정해년 7월에 나의 산석암에 이르러서는 쓸쓸히 서로 잊은 듯 반달 동안 도를 이야기했다. 그 동정을 보면 침착하고 조용하며, 그 말을 들으면 분명하고 진실하였다.

이별할 때에 다다라 전에 지었던 太古歌를 내보였다. 나는 그것을 맑은 창 앞에서 펴보고 늙은 눈이 한층 밝아졌다. 그 노래를 외워보면 순박하고 중후하며 그 글귀를 음미해 보면 한가하고 맑았으니, 참으로 공겁 이전의 소식을 얻은 것으로서, 요즘의 첨신하고 퇴정한 것들에 비할 것이 아니었으니, '태고'라는 이름이 틀리지 않았다. 나는 오랫동안 수응을 끊었더니 붓이 갑자기 날뛰어 모르는 결에 종이 끝에 쓴다. 그리고 다시 노래를 짓는다. (게송 생략)

지정 7년 정해 8월 1일 호주 하무산에 사는 석옥노납은 76세에 쓴다.[12]

발문 가운데 태고보우가 '뜻의 길이 끊어지고 생각을 벗어난' 경지에 이르러 '스스로 도를 즐기고 산수의 경치에 마음을 놓아' 「태고암가」를 지었다는 평은 창작의 배경과 정황을 소개한 것이다. 그런데 태고는 자신의 득의의 작품인 「태고암가」를 스승인 석옥청공에게 먼저 제시하지

---

12 高麗南京重興萬壽禪寺長老 諱普愚號太古 向曾爲此一段大事 立志去 下苦硬工夫來見處透脫. 絶意路出思惟 非言像之所能拘 欲潛隱遂結菴寺之三角山 以自號扁其菴 亦名太古 以道自適 放意於泉石間 述太古歌一章 丙戌春 出鄕至大都 不憚路途勞役 尋跡而來 丁亥七月 到余山石菴 寂寞相忘 道話半月 觀其動靜安詳 聽其言語諦實 將別前出示向者所作太古歌 余乃淸窓展翫 老眼增明 誦其歌也淨厚味其句也閑湛 眞得空劫已前消息 非今時尖新堆飣者 而可方比則太古之名不謬也 余久絶酬應 管城子忽焉踴跳 不覺書于紙尾 復爲詞曰 先有此菴 方有世界 世界壞時 此菴不壞 菴中主人 無在不在 月照長空 風生萬籟 至正七年丁亥八月旦日 湖州霞霧山居石屋老衲 七十六歲書(『태고화상어록』, 『한국불교전서』6, 683쪽).

는 않았음을 알 수 있다. 약 반 달 동안 도를 이야기하며 '진실'한 교감을 나눈 뒤 비로소 깊이 감추어 둔 작품을 꺼내 수행의 경지를 평가 받고 싶은 속내를 드러낸 것이다. 가벼운 읽을거리로서 창작된 작품이 아니라 고려 선사로서 자신의 득의의 작품으로 임제법맥을 인가받고자 하는 의도에서 작품을 꺼내 보인 것이다.

이 작품에 대한 석옥청공의 비평을 살펴보면, '눈이 밝아'졌다는 평가, 노래로 불렀을 때 '순박하고 중후하'다는 평가, 글귀를 음미할 때 '한가하고 맑'다는 평가, 그리고 '공겁 이전의 소식을 얻은 것'으로 '첨신(尖新)하고 퇴정(堆釘)한 것에 비할' 바가 아니라는 평가 등 다양한 시각에서 작품의 면모를 평가하고 있다. 이러한 평가는 「태고암가」가 「초암가」류의 전통적 시 문법에 기반한 작품으로서 새롭고 기이한 것을 추구하는 부화한 작품이 아니라는 점을 분명히 드러내는 것이다. 아울러 그럼에도 순박하고 한가하고 맑은 서정의 세계가 느껴지며, 진부함에서 벗어나 있다는 점을 강조하였다.

태고보우가 이 작품을 창작한 시기는 1339년 이후 삼각산 중흥사의 태고암에 머무르기 시작하여 1346년 봄에 원으로 유학을 떠나기 전이다. 청졸정징 작품의 경우를 살펴보면 청졸정징이 1326년에 일본에 도착하기 전에 창작되었고, 이후 일본에서 판각되고 있다는 점에서 「삼연암가」는 원과 일본에서 창작과 전승의 과정을 거친 것으로 보인다. 상호텍스트성이 드러나 있는 「태고암가」와 「삼연암가」를 비교해 보면, 시기적으로 「삼연암가」의 창작이 앞선다. 「삼연암가」는 청졸정징이 원나라에서 먼저 창작한 뒤에 1326년에 일본으로 가져와 유통시켰고, 「태고암가」는 이보다 뒤인 1339년 이후 창작된 것이다. 약 9년 이상의 편차가 있는 두 작품의 창작 배경에는 당나라 선사인 석두희천의 「초암가」가 자리 잡고 있다.

사실 이 글에서 대상으로 하는 선가는 주로 13~14세기 원대, 고려 말, 카마쿠라~무로마치 시대에 집중적으로 창작되고 그 이후에는 거의 창작되지 않은 것이어서 나름대로 동아시아 삼국의 선가로서 시대적 의의가 있는 것으로 파악되기는 하나, 그 연원은 당나라 영가현각의 「증도가」, 석두희천의 「초암가」 등의 선가라 할 수 있다. 이들은 『전등록』에 수록되어 오랜 기간 동안 전승되면서 동아시아 임제종의 정전으로 자리 잡고 있다. 불가에서 일명 수도시(修道詩)로 알려진 이들 불규칙 음절(3 3 7 7 7)의 게송은 13·14세기에 강남의 임제종 선승들에 의해 임제선풍을 과시하고 산수 간에 침잠하며 선 수행에서 누리는 열락을 담은 선가로 재생산되었다. 그리고 이들 강남선승들의 선가 창작은 강남에 유학을 와서 법맥을 이었던 고려와 일본의 승려들에게 영향을 끼쳤고, 또 남송과 원에서 일본으로 건너간 다수의 임제선사들도 선가를 창작함으로써 이 시기 선가의 창작은 동아시아적 범위에서 하나의 문화현상이 된 것으로 파악된다. 이런 측면에서 볼 때 원나라에서 일본으로 건너간 청졸정징의 「삼연암가」와 원나라에 유학하여 법맥을 전수받은 태고보우의 「태고암가」 사이에는, 일단 표면적으로 직접적인 교류의 증거가 없다하더라도, 동시대의 문화현상으로 파악해야 마땅할 것이다. 즉 이들 두 작품은 당나라 때부터 전해오는 「초암가」의 시문법을 공유하는 선가로서 주제적 전통을 함께 나눈 동곡이음(同曲異音)의 관계라 할 수 있다.

경기체가 「기우목동가^(騎牛牧童歌)」의 구조와 문학사적 위상

1. 「기우목동가」 연구의 현황

　이 글은 선초^(鮮初)의 경기체가인 「기우목동가^(騎牛牧童歌)」의 구조를 밝히고 그 문학사적 위상을 밝히고자 작성되었다. 「기우목동가」의 작가인 말계지은^(末繼 智崑)은 생몰연대가 자세히 밝혀지지는 않았으나 대략 조선조 세종·세조대에서 성종 초에 활동한 인물로 알려져 있다. 「기우목동가」는 『적멸시중론^(寂滅示衆論)』(치악산 上院庵 간행, 1481(성종 12))에 수록되어 있는데, 이 책은 보조^(普照) 지눌^(知訥)의 선사상^(禪思想)을 계승하면서 중생구제의 방향으로 이를 수용하고 있는 명편으로서, 선초 불교계의 사상적 흐름을 파악할 수 있는 소중한 자료로 인정받고 있다. 이렇듯 작품이 존재하는 양태를 보면 「기우목동가」에 대한 온전한 이해는 『적멸시중론』에 대한 독해에서부터 비로소 시작된다고 할 수 있다. 그러나 그동안의 연구 경과를 살펴보면 이에 대해서 충분한 논의가 이루어진 것 같지는 않다.

김문기는 국문학계에 최초로 「기우목동가」를 소개하면서, 이 노래는 『적멸시중론』의 내용을 보완해 주는 동시에 그 내용을 요약한 것이며, 견성·열반의 차례와 경지를 읊은 것이라고 적시한 바 있다.[1] 다만 작품의 내용을 설명할 때는 『적멸시중론』과 직접 비교하기보다는 송(宋)나라 곽암사원(廓庵師遠)이 찬술한 「십우도송(十牛圖頌)」과의 비교를 통해 그 특징을 드러내고 있어, 문헌자체의 성격과 관련하여 작품을 분석하는 일은 과제로 남겨두었고, 이후 다른 연구자에 의해서도 이 작품에 대한 연구는 진척되지 않은 것으로 보인다. 사실 『적멸시중론』 같은 종교·사상적 텍스트에 담긴 작품에 대한 연구는 사상적 연구와 상보적으로 이루어질 수밖에 없을 것인데, 이에 대해서는 이 방면에 선편을 잡은 고익진의 소개가 도움이 된다. 고익진은 『적멸시중론』의 작가와 사상에 대해 고찰한 결과, 지은의 선사상은 보조지눌의 돈오점수설(頓悟漸修說)에 매우 가까우나, 지눌의 그것에 비해 좀 더 실천적인 면모를 보인다는 결론을 내린 바 있다.[2]

이상의 논의는 『적멸시중론』과 가요의 관련성 및 사상적 특징과 시대적 의의에 대해 명확하게 방향을 제시한 성과가 있다. 그러나 앞서 말한 것처럼 『적멸시중론』과 가요의 관련양상을 구체적 문맥에서 고려하면서 시상의 전개과정을 좀 더 세심하게 검토하는 일은 후학에게 남겨진 과제로 판단된다. 이에 따라 이 글에서는 먼저 작품이 수록된 『적멸시중론』이 생성된 경과를 확인하고, 「기우목동가」의 구조와 문학사적

---

1 김문기, 「「기우목동가」 연구」, 『어문학』 39, 어문학회, 1980, 15~35쪽.
2 고익진, 「적멸시중론의 선사상」, 『한국불교학』 10, 한국불교학회, 1985, 184~192쪽.

위상을 검토하고자 한다. 이 논의가 기본적인 작품이해에도 어려움이 있는 선초 불교계 경기체가 작품에 대한 본격적 논의의 출발점이 되기를 기대한다. 자료 인용은 『한국불교전서』 제7권(동국대 출판부, 1986)에 수록된 『적멸시중론』을 기준으로 하였다.[3]

2. 작자와 수록 문헌 생성의 경과

논설과 가요의 상관관계를 파악하기 위해서는 작자인 지은의 사상적 특징을 검토하는 일이 선행되어야 하는데, 이에 대해서는 고익진(1985)의 논고가 길잡이로 매우 유용하다. 길지만 그의 주장을 요약하여 제시한다.

지은의 법맥은 자세히 알 수 없다. 다만 문헌에서 나옹의 설을 직접 인용하고 그것을 다시 부연하고 있으며,[4] 지공화상의 말도 인용[5]하고 있다는 점에서 지은은 나옹을 잇는 법계에 속할 것으로 보인다. 그러나 나옹이 元代 臨濟宗風의 看話禪을 주창한 것과 달리 보조국사 지눌의 선의 핵심인 惺寂 等持門에 가깝다. (보조선의 핵심은 ① 惺寂等持門, ② 圓頓信解門, ③ 看話

3　인용된 각주에 제시된 괄호안의 숫자는 『한국불교전서』의 면수와 단수를 가리킨다.
4　故翁師云 死了燒了散了也 故知三了之意更論開示(281-2).
5　故指空云 生死迅速 無常不遲 能除慢心(284-3).

徑截門의 3문으로 구성됨.) 최초의 성적등지문은 "自心의 空寂靈知를 頓悟하여 定慧等持로 漸修할 것"을 가리키는데, 지은이 말하는 바, 空寂靈知가 너의 본래면목[空寂靈知之心 是汝本來面目也]이라는 표현은 지눌 사상의 핵심인 것이다. 그는 공적영지(空寂靈知)에 대한 언급으로 논술을 일단락한 다음 無相 榮華 念佛 經論 등의 문제를 논하면서, 그러한 갖가지 행은 '頓悟本性한 而後'에 해야만 진정한 뜻이 이루어진다고 강조하고 있다. 그런 뒤 경기체가 「기우목동가」를 수록하여 논을 마치고 있는데, 이 대목은 보조선의 頓悟 후의 漸修에 해당하는 것이다. 또 지눌은 그런 漸修(定慧等持)를 牧牛行이라 불렀는데, 이 또한 「기우목동가」와 기묘한 대응을 보여주고 있다. 이처럼 『적멸시중론』의 선사상은 보조선의 돈오점수설에 매우 가까운 것이기는 하나, 지눌과 달리, 이상의 선의 의리를 강력한 중생구제[示衆]의 방향으로 전개시키고 있다는 점이 주목된다. 중국의 선사인 荷澤·圭峰의 개념을 수용한 普照의 空寂靈知가 개인의 修禪을 중심으로 한 것이라면, 지은의 그것은 중생의 구제방향으로 그것을 다시 전개시킨 데에 차이가 있다.

인용문을 통해 지은이 나옹의 법계에 속할 가능성이 있다는 것과 보조지눌의 공적영지 개념을 수용하여 자신의 선사상을 설파하고 있다는 점에서 지눌의 영향력이 인정된다는 점을 알 수 있다. 그리고 지눌의 공적영지 개념을 수용하였지만 논설과 가요에서 지눌과 달리 깨달음 이후 중생 구제의 방향으로 이를 수용하고 있다는 점에서 차이가 있다는 것을 알 수 있다.

『적멸시중론』에는 논설인 『적멸시중론』과 경기체가인 「기우목동가」^(12장)가 합철되어 있다. 논설『적멸시중론』에는 산문의 중간 중간에 앞의 내용과 관련을 지니는 게송이 삽입되어 있는 산운복합체(散韻複合體)의 성격을 지니고 있다. 이를 소개하면 다음과 같다.

① 적멸시중론 : 논설 1(강론+문답)–게송 1–논설 2(문답)–게송 2–논설 3

　　(강론+문답)–게송 3

② 기우목동가 : 기우목동가–게송4(騎牛牧童修證歌)

④ 증명(證明)·대시주·교정[6]

⑤ 게송 : 김수온(金守溫) 지음.

⑥ 늘公後話 : 덕원군(德源君)이 다듬음[扣].

⑦ 간기[7]

⑧ 시주질[8] : 치악산 상원암에서 간행할 때의 시주 명단.

　작품 생성의 배경에 대한 경과는 노래에 이은 증명 및 교정^(1차), 김수온의 게송, 지은의 후화(後話), 간기 및 2차 시주질을 통해 확인할 수 있

6　증명(證明)–효령대군(孝寧大君) 보(補), 덕원군(德源君) 서(曙), 하성부원군(河城府院君) 정현조(鄭顯祖), 영산부원군(永山府院君) 김수온(金守溫).
　　대시주(大施主)–金今音同.
　　교정(校正)–운수납자(雲衲) 지응(智應), 광월헌청융(曠月軒淸融) 서(書), 중덕성지(中德成志) 서(書), 홍보천조(洪寶千刁), 김장손(金長孫).
7　황명 성화 신축년(성종12, 1481) 5월 하순 치악산 상원암에서 새로 간행함[皇明成化歲在辛丑暮春下澣 新刊於雉岳山上院庵].
8　대시주(大施主) 사직(司直) 유만산(劉万山) 외. ④의 대시주가 1차 시주질이며, 이곳의 명단은 2차 시주질이 된다. 2차 시주질에는 많은 시주자가 등장하는데, 주목되는 것은 다수의 이두식 이름과 護軍1명, 司直17명, 司正4명의 명단이다. 호군 사직 사정 등의 명단은 말계지은의 세력이나 궁중 혹은 치악산과 관련을 가지는 것으로 보이나, 구체적인 내용은 아직까지 밝혀지지 않았다.

다. 문헌의 간기(⑦)에 따라 『적멸시중론』은 1481년(성종 12) 5월 하순 치악산 상원암에서 새로 간행[新刊]한 것을 알 수 있다. 그러나 정작 저술을 남긴 말계지은의 삶에 대해서는 명확한 언급은 없다. 다른 방증자료가 없는 상황에서 문헌에 담긴 몇 가지 사항을 추정하여 그의 삶을 재구할 수밖에 없을 것이다. 김수온의 게송(⑤)에는 "지은스님 학문은 명사 중에 빼어났고, 치악산 띠풀 암자 십년을 은거했네"라 하였고,[9] 지은이 남긴 열반시(涅槃詩)(⑥)에 "어리석고 못나서 시류를 따르지 않고, 원주 치악산에 숨어서만 살았네"[10]라고 한 대목에서, 작자 지은은 입적하기 전 10년간 치악산의 상원암에서 주석했음을 알 수 있다.

고익진은 『적멸시중론』의 출간연도(1481, 성종 12년)와 후화(後話)에 담긴 내용(10년을 치악산에 은거)으로 보아, 지은은 대략 성종 3년에서 12년 사이(1472~1481)에 치악산에서 은거하며 후학을 지도했으며, 이로써 그는 세조·성종대에 활약했던 선승(禪僧)으로 확인된다고 하였다.[11] 지은의 학문이 원숙해진 만년에 이 책이 저술된 것으로 본 것이다.

---

9 退隱連旨道庵開 學者如雲集籌室
   吐言勘破佛祖意 直下無心無異物
   豈公之學出明師 十載茅庵居雉岳
   深爹默逗箭鋒機 爭席一堂誰主客
   如今做出法語來 大意明明無一錯
   何幸門徒刊板行 幾處流傳開眼目(286-1).

10 四大維羅人我山 中有惺寂仗釼室
   興隆世上希曾意 惇愼三觀一眞物
   愚荒不圖今日時 度伏專馴本原岳
   非中非外非雙機 是眞是幻圓融客
   于伊千聖傳不輕 奚似根前在冒錯
   石上雲生導引行 淸淨順元皆前目(286-1).

11 고익진, 앞의 글, 190쪽.

그러나 이에 앞서 김문기는 증명인들의 생몰연대(세종·세조대)를 참
고하고, 김수온의 찬시("퇴은(退隱)의 뜻을 이어 도암(道庵)을 여니")에 등장하
는 퇴은장휴(退隱莊休, 생몰연대 미상)가 무학자초(無學自超, 1327~1405)의 법
을 이었다는 점을 근거로 하여, 말계지은은 무학자초보다 약 60년 뒤에
활동한 것으로 추정하였다. 즉 지은은 1387~1465년경에 생존했으며,
「기우목동가」는 세조대에 창작된 것으로 보았다. 그리고 이 책이 말계
지은의 생존시가 아니라 사후에 문도들에 의해 간행된 것으로 보았는
데, 그 근거는 김수온의 시 구절 중, "지금까지 전해오니", "다행히 문도
들이", "유전되어"라는 구에서 찾았다.[12] 즉『적멸시중론』은 말계지은
사후에 곧바로 간행된 것이 아니고 상당한 세월이 흐른 뒤에 간행된 것
으로 본 것이다.

이와 같이 고익진은『적멸시중론』이 지은이 생존했던 시기에 판각되
었다는 견해를 가지고 있고, 김문기는 그가 입적한 지 16년 정도 지난
후에 판각된 것으로 보는 견해를 가지고 있다. 이에 대해서는 아직 확실
한 근거를 가지고 판단하기 어려운 상황인데, 다만 은공후화(誾公後話)가
지은의 유언을 정리한 것, 즉 열반송의 성격을 지니는 것으로 볼 때, 이
문헌이 지은이 입적한 뒤에 간행된 것은 분명해 보인다. 그리고 상당히
많은 상원암의 시주자 명단을 보면 그의 영향력이 아직도 살아있는 어
떤 시기, 즉 입적해서 얼마 되지 않은 시기로 추정할 수 있다.

그런데 이 책의 편제를 보면 단일한 텍스트가 아니라 두 가지의 텍스

---

12 김문기, 앞의 글, 20~22쪽.

트가 겹쳐있는 것을 알 수 있다. ④의 경우 증명인과 대시주(大施主)가 등장하고 필사자 2인이 등장하는데, 이는 상원암에서 판각하기 전에 이미 선행하는 필사본이 존재한다는 사실을 반증한다. 대시주가 비록 '금금음동(金今音同)'이라는 이두식 이름이어서 그 신분이 높지 않을 수도 있지만, 증명인의 위상을 보면 상원암에서 판각할 때 등장하는 시주질과 그 격이 다르다. 좀 더 자세한 논증이 있어야 하겠으나, 이 책은 치악산 상원암이라는 공간성보다 오히려 은거하기 전에 활동했던 어떤 공간, 즉 증명인으로 등장하는 효령대군, 덕원군, 정현조, 김수온 등이 함께 했던 법회에서 행해진 법문의 기록으로 생각된다. 즉 간기에 있는 광월헌청융(曠月軒淸融)과 중덕성지(中德成志)가 기록하여 펴낸 것이 1차 텍스트이며, 이것이 오랫동안 "유전되어" 오다가 상원암에서 간행되면서, 김수온의 게송과 지은의 후화(後話)를 추가하고, 여기에 상원암과 관련 있는 새로운 인물들의 시주를 거쳐 2차 텍스트가 형성된 것으로 보인다.

「기우목동가」는 『적멸시중론』의 논설과 내용상 상당한 친연성을 보이고 있다는 점에서 논설의 내용이 제작되는 동시에 창작된 것이 분명하다. 그리고 그 창작시기는 치악산에 은거하기 전 여러 명망가들과 교류를 나누던 시기이며, 그 당시 제작된 작품이 10년 동안 유포되다가 1481년에 치악산 상원암에서 새로 간행된 것으로 정리할 수 있다.

3. 「기우목동가」의 구조

　　「기우목동가」는 『적멸시중론』의 논설에 담긴 내용을 12개의 장에 나누어 시적으로 표현하였는데, 주제의 흐름이 뚜렷하며, 구조적으로 안정감 있는 형식을 보여준다. 「기우목동가」의 내용단락은 서사(1~2장), 본사(3~10장), 결사(11~12장)로, 본사는 다시 상구보리[上求菩提] 단락과 하화중생(下化衆生) 단락으로 나눌 수 있다.

1) 서사 – 적멸(寂滅)과 시중(示衆)

　　『적멸시중론』의 서두(논설 1)에는 이 논설의 핵심이자 대 전제로서 세존이 영산회상에서 이심전심으로 가섭에게 전한 내용이 제시되어 있다. 곧 세존은 말하지 않음으로써 적멸의 공을 지적해 보이셨다는 내용이다. 논설 1에서는 이와 같이 이 글의 대 전제를 제시한 후 '도에 입문하는' 청자들에게 권하는 몇 가지 당부를 더하였다. 즉 도에 입문하는 자는 먼저 원(願)을 세운 뒤 스승(宗師)을 찾아야 하고, 반드시 적멸(寂滅)의 공(空)을 배우되 신심(信心)을 떠나지 말아야 하며, 애착 욕심 탐냄 성냄 아만(我慢) 등을 영원히 끊어야 한다고 강조하고 있다.[13] 이중에서 특히 아만(我慢)

13　故知願有入道者 先當發願 尋博宗師 須學寂滅空中 不離信心 愛欲貪嗔 我慢工巧 世上是非 邪正揀擇 分揀先須 永絕此行識者 永斷輪廻 成佛作祖 不識者 沉淪苦海 永無出期也 可惜不行戒 人若不迁善改過 本師是何因緣能度也(280-1).

과 잘났다는 생각을 없앨 것을 길게 강조하였는데, 특히 자기 이익만 생각하고 이타행(利他行)을 말하지 않는 자를 '자비심 없는 천마(天魔)'라 한다고 하고,[14] 이런 마를 보면 멀리하고 조심하라고 당부하였다. 이는 경기체가 「기우목동가」의 서사 부분에서 다시 시적으로 재구성되었다.

생생세세 사견을 문득 벗고 삿된 마를 멀리 떠나

세세생생 탐진치를 끊고서 아만을 제멸하여

아, 세 곳에 회향하는 경계, 그 어떠합니까

세 곳에 회향하니 실상이 원만하네

세 곳에 회향하니 실상이 원만하네

아, 미혹중생 제도하는 경계, 나는 좋아라

아미타불……(1장)[15]

현재와 미래를 삼킨다면 다시는 짓지 않아 청정한 계 항상 머물고

업이 청정해져 보리심을 일으키고 마침내 도 이루네

아, 부처님 크신 은혜 보답하는 경계, 그 어떠합니까

부처님 크신 은혜 보답하는 대장부여

---

14 故自利不說利他 則是名無慈悲天魔(280-3).
15 生生世世 頓脫邪見 遠離邪魔.
    世世生生 絶貪嗔癡 除滅我慢.
    爲 回向三處 景 幾何如爲尼伊古.
    回向三處 實相圓滿(再云).
    爲 度諸迷淪 景 我好下人.
    阿彌陁佛云云.

부처님 크신 은혜 보답하는 대장부여

아, 윤회를 밝히는 경계, 나는 좋아라

아미타불······(2장)[16]

　　1장은 사견(邪見) 사마(邪魔) 탐진치(貪嗔癡)와 아만(我慢)을 모두 끊어 적멸(寂滅)에 이르고, 이를 보리·중생·실제의 세 곳에 회향하는 경계를 읊고 있다. 후소절에서 그것은 곧 미혹한 중생을 제도하는 경계임을 강조하였다. 2장은 항상 청정한 계를 닦고 업을 청정하게 하며 보리심을 일으켜 마침내 도를 이루는 실천행을 노래하였다. 이는 바로 부처님의 큰 은혜에 보답하는 경계와 다르지 않은데, 후소절에서는 이것이 곧 윤회에 빠진 중생을 밝혀주는 실천행으로 다시 한 번 강조되었다. 그리고 부처님 은혜에 보답하는 '대장부(大丈夫)'를 거명하여, 전달하고자 하는 내용을 구체적 행위를 닦는 인격체를 통해 가시화하는 효과를 보여준다. 이처럼 『적멸시중론』에 논설의 대 전제이자 전달하고자 하는 실천행이 논설의 서두에 제시되어 있는 것과 상응하여, 「기우목동가」에서도 적멸의 본질과 실천행이 서사에 제시되어 있는 것을 알 수 있다.

16　如吞今後 後不復造 恒住淨戒.
　　業旣淸淨 具發菩提 究竟成道.
　　爲 報佛大恩 景 幾何多爲尼伊古.
　　報佛大恩 大丈夫亦(再云).
　　爲 發明輪回 景 我好下㕦.
　　阿彌陁佛云云.

2) 본사

『적멸시중론』 논설 1의 서두에 이은 문답부분은 이타행(利他行), 일행삼매(一行三昧), 만행삼매(萬行三昧), 화두(話頭), 적멸(寂滅), 도를 배운다는 것, 도를 이룬다는 것 등에 대해 설명하고 있다. 이 과정에서 '선(禪)', '여래(如來)가 항상 계신 곳', '공적영지(空寂靈知)에 대해서', "선(禪)이라는 한 글자를 여기서 재론해 보자", "'여래(如來)가 항상 계신 곳'을 다시 논해 보겠다", "공적영지(空寂靈知)에 대해 논의를 더 전개해 보자" 등의 언구로 시작하면서 부연 설명하고 있다.[17]

논설 3은 논설의 마무리단계로서, 논설 1에서 제시하였던 핵심을 제시하면서 요즘 도 닦는 이들에게 실천을 당부하는 내용으로 이루어졌다. 즉, 도 닦는 이들은 탐심 애착 인정을 끊고 종사를 뵙고 정법을 듣고 본성을 깨쳐야 한다는 것, 그 이후 고난을 달게 여기며 목숨을 아끼지 말고 구도에 철저해야 하며 그 이후에 경론을 보라는 당부의 내용을 담고 있다. 이어 현재 설법하는 이 공간의 의미에 대해 축원하는 말과 아만심을 버리라는 당부의 말을 담았다.

논설의 1과 3에서 지은이 강조한 핵심 개념으로는 선(禪)·적멸(寂滅)·공적영지(空寂靈知) 등이 있다. 그리고 대중들에게는 종사를 찾아뵙고 정법을 들은 후, 명산에 들어가 철저하게 수행하여 삼매를 깨친 뒤 도를 이루라는 당부의 메시지를 담고 있다. 이는 곧 「기우목동가」의 3장에서 10장에 이르는 본사를 이끌어나가는 내용적 기저가 된다.

---

17 禪之一字也 故此處再云(282-1). 如來常住處 更論開示(282-2). 更論開示 空寂靈知(282-3).

(1) 본사 1―상구보리[上求菩提]의 단계

본사 가운데 3~7장은 입도(入道)에서 증득(證得)에 이르는 상구보리의 과정을 제시하고 있어 하나의 내용단락으로 묶을 수 있다.

> 종사를 두루 뵙고 참된 뜻에 의심 끊어 더더욱 정진하니
>
> 해진 옷과 표주박으로 세세생생 정행에서 물러나지 않네
>
> 아, 번뇌에서 벗어나는 경계, 그 어떠합니까
>
> 번뇌를 벗어나 만물에 무심하네
>
> 번뇌를 벗어나 만물에 무심하네
>
> 아, 천하를 행각하는 경계, 나는 좋아라
>
> 아미타불 아미타불(3장)[18]

3장은 논설 3에 제시된 실천행―즉, "요즈음 도 닦는 이들은 탐심과 애착과 인정을 끊고 (…중략…) 종사를 뵙고 정법을 듣고 본성을 깨쳐야 한다. 그런 뒤에 명산에 들어가 풀을 엮어 암자를 짓고서 몸을 돌보지 않고 목숨을 아끼지 말고 고난을 달게 여겨야 한다"[19]는 내용과 관련이 있다. 후소절은 이러한 고행을 통해 번뇌를 벗어난 경지에 도달하게

---

18 歷覽宗師 決疑眞宗 更加精進.
鶉衣一瓢 世世生生 不退淨行.
爲 出於根塵 景 幾何多爲尼伊古.
出於根塵 萬物無心(再云).
爲 四洲遊方 景 我好下人.
阿彌陀佛(再云).

19 故云今時修道之人 當依如是法 須絶貪愛人情 最初不向經論 回心向道 尋博宗師住處 進入宗師面前 伏地禮師 諦聽正法 頓悟本性而後 回入名山中 結草爲菴 亡身不顧 不惜身命 肯而苦難 (284-2).

된 화자의 자유로움을 노래하였다. 본사 1 가운데 3장은 도 닦는 이가 행해야할 첫 단계의 실천행을 제시하고 있다는 점에서 입도(入道) 단계를 노래한 것으로 볼 수 있다.

> 생각 없음이 장안이라, 부처와 조사가 전한 마음
>
> 연려심을 문득 쉬면 적멸한 공 가운데 청정한 법신이라
>
> 아, 공적하면서 신령하게 아는 경계, 그 어떠합니까
>
> 공적하면서 신령하게 아는 것이 본래의 면목이니
>
> 공적하면서 신령하게 아는 것이 본래의 면목이니
>
> 아, 청정한 데 돌아온 이 경계, 나는 좋아라
>
> 아미타불 아미타불(4장)[20]

4장은 『적멸시중론』에서도 중요하게 제시된 공적영지(空寂靈知)를 핵심어로 활용하고 있는 단락이다. 전대절에서는 부처와 조사가 전한 법은 무념무사(無念無思)이니 반연하는 마음을 문득 없애면 적멸 중에 청정한 법신을 본다는 내용을 담았다. 후렴구에서는 이것이 곧 공적영지(空寂靈知)의 경계라 하였고, 후소절에서도 두 번 더 반복하면서 강조하였다. 또한 후소절에서는 청정한 그 경지에 도달해야 하리라는 당위를 선

20　無念無思 是名長安 佛祖傳心.
　　頓息緣慮 寂滅空中 淸淨法身.
　　爲 空寂靈知 景 幾何多爲尼伊古.
　　空寂靈知 本來面目(再云).
　　爲 返淨即是 景 我好下亽.
　　阿彌陁佛(再云).

험적으로 도달한 것처럼 표현하면서 열락의 느낌을 표현하였다.

　　돈오의 묘용은 본디 신령한 근원이라 한 생각도 나지 않네

　　앞뒤 모두 끊긴 곳에 조주를 친견하여 도량에 상주하리

　　아, 그대로가 천당인 경계, 그 어떠합니까

　　그대로가 천당이란 돈교의 법문이라

　　그대로가 천당이란 돈교의 법문이라

　　아, 원래 밝아 스스로 비춤이여, 나는 좋아라

　　아미타불 아미타불(5장)[21]

　　공적하여 한 물건도 없는 곳에 성성적적 고루지녀

　　망념을 따르지 않고 견문도 생멸도 따르지 않는다네

　　아, 선정지혜 고루 지닌 경계, 그 어떠합니까

　　선정지혜 고루지녀 의심사량 끊으리

　　선정지혜 고루지녀 의심사량 끊으리

　　아, 부처님께 수기받는 경계, 나는 좋아라

　　아미타불 아미타불(6장)[22]

21　頓悟妙用 本是靈源 一念不生.
　　前後際斷 叅見趙州 常住道場.
　　爲 自然天堂 景 幾何多爲尼伊古.
　　自然天堂 頓敎法門(再云).
　　爲 自照元明 景 我好下人.
　　阿彌陁佛(再云).
22　湛然空寂 本無一物 惺寂等持.
　　不隨情識 不隨見聞 不隨生滅.

5장은 돈오(頓悟)의 오묘한 작용을 노래하여 증득(證得)에 이르는 방법을 제시하였는데, 후소절에서는 돈교(頓敎)의 본래 속성이 원래 밝고 스스로 비추는 것임을 말하였다. 6장은 담연(湛然)한 공적(空寂) 가운데 성적(惺寂)을 고루 지녀 망념(妄念) 견문(見聞) 생멸(生滅)도 따르지 않는 경계를 제시하였다. 이것이 곧 선정과 지혜를 고루 지닌 경계이며, 선정지혜를 고루 지녀 의심을 끊으면 부처님께 수기를 받으리라는 내용을 담고 있다. 6장은 정혜등지(定慧等持)라는 개념을 핵심어로 하고 있어, 돈오(頓悟)에 이어 점수(漸修)를 노래하는 단락으로 해석된다.

> 허령하고 밝은 이것 영산에 상주하니 삼매의 힘이로다
>
> 시시비비 본래 없고 참과 거짓 본래 없고 주객도 모두 잊어
>
> 아, 대원각을 성취한 경계, 그 어떠합니까
>
> 대원각을 성취한 도인이여
>
> 대원각을 성취한 도인이여
>
> 아, 본래 저절로 원만성취된 경계, 나는 좋아라
>
> 아미타불 아미타불(7장)[23]

爲 定慧等持 景 幾何多爲尼伊古.
定慧等持 絶疑思量(再云).
爲 蒙佛授記 景 我好下人.
阿彌陁佛(再云).

[23] 虛靈不昧 常住靈山 三昧之功.
本無是非 本無眞妄 能所俱忘.
爲 成就大圓 景 幾何多爲尼伊古.
成就大圓 道者是亦(再云).
爲 本自圓成 景 我好下人.
阿彌陁佛(再云).

7장은 시비(是非)와 진망(眞妄)이 없는 대원각(大圓覺)을 성취한 경지를 노래하였다. 후소절에서는 그 경지를 성취한 '도인(道人)'을 내세워 찬양함으로써 지금까지 전개된 내용을 한 인물을 통해 집약하면서 가시적으로 보여주는 효과를 가져왔다.

이상에서 소개한 3장에서 7장까지의 핵심 개념을 제시하면 3장-천하행각(天下行脚), 4장-공적영지(空寂靈知), 5장-돈교법문(頓敎法門, 頓悟), 6장-정혜등지(定慧等持, 漸修), 7장-원각성취(圓覺成就) 등이다. 3장은 실천행의 도입부로서 입도의 단계를, 4장은 본 논설의 핵심개념인 공적영지를, 5장과 6장은 각각 돈오(頓悟)와 점수(漸修)를 제시하고, 7장에 이르러 대원각을 성취하는 도인(道人)을 제시함으로써 마무리하고 있다. 3장에서 7장까지는 따라서 상구보제(上求菩提)의 내용을 전개한 것으로 볼 수 있다.

(2) 본사 2-하화중생(下化衆生)의 단계

『적멸시중론』에서 상구보리[上求菩提]의 과정과 그 결과는 작자 지은이 제시하는 논설의 최종 귀착지가 아닌 것처럼, 「기우목동가」의 지향도 깨달음의 성취와 그 경지를 노래하는 것에서 그칠 수는 없다. 논설과 마찬가지로 가요의 8~10장은 대중에게 회향하는 하화중생(下化衆生)의 내용을 담고 있다.

본체에서 작용을 일으키고 작용에서 본체로 돌아가기 찰나에 화살 맞듯

마음바탕 확 틔여서 삼세에 널리 통하고 무아에 통달하네

아, 온갖 생각 떠난 경계, 그 어떠합니까

온갖 생각 떠나서 중생과 함께하리

온갖 생각 떠나서 중생과 함께하리

아, 생각 떠난 경계를 함께 증득하리, 나는 좋아라

아미타불 아미타불(8장)[24]

갖가지 허깨비가 여래 원각묘심에서 나오나니

이 뜻을 모르면 참을 잃고 망을 따라 생사에 윤회하리

아, 홀연히 마음을 깨달은 경계, 그 어떠합니까

홀연히 마음을 깨달아 여러분께 널리 알리노니

홀연히 마음을 깨달아 여러분께 널리 알리노니

아, 깨달음의 저쪽 언덕 함께 증득하는 경계, 나는 좋아라

아미타불 아미타불(9장)[25]

가섭이 법등 전한 평등법회 부처의 해 더욱 밝아

원래부터 청정하여 대적멸의 원통으로 청허에 도달했네

아, 본래 형상없는 경계, 그 어떠합니까

---

24 從體起用 攝用歸體 利那逢箭.
　　心體虛通 廣道三際 通達無我.
　　爲 即離諸想 景 幾何多爲尼伊古.
　　即離諸想 願共衆生(再云).
　　爲 共證離相 景 我好下人.
　　阿彌陁佛(再云).
25 種種幻化 皆生如來圓覺妙心.
　　不識此意 迷眞逐妄 生死輪回.
　　爲 忽然心覺 景 幾何多爲尼伊古.
　　忽然心覺 普告諸人(再云).
　　爲 同訂覺岸 景 我好下人.
　　阿彌陁佛(再云).

본래 형상없이 대천세계 두루 비추니

본래 형상없이 대천세계 두루 비추니

아, 강호에 달빛 가득한 경계, 나는 좋아라

아미타불 아미타불(10장)²⁶

8장은 마음 바탕이 확 틔어서 삼세(三世)에 널리 통하고 무아(無我)에 통달한 경지를 중생과 함께 하고자 한다는 서원을 노래하였다. 9장은 갖가지 허깨비가 원각묘심(圓覺妙心)에서 나옴을 알아야 윤회에서 벗어나며, 깨달음의 언덕에 함께 증득하는 경지를 노래하고 있다. 그리고 이를 '여러분'(諸人)에게 알린다고 하여 8~9장의 구제 실천의 대상을 가까운 청자로 설정하는 효과를 보여준다. 10장은 원래 형상 없는 경계임에도 대천세계를 두루 비추는 적멸의 경지를 강호에 가득 찬 달(江湖滿月)이라는 시적 비유로 제시하면서 본사 2를 마무리하였다.

3) 결사 – 회향(回向)과 유전(流傳)

서사의 해설에서 언급한 바와 같이 『적멸시중론』 논설 1의 서두에는 논설의 핵심이자 대 전제로서 세존께서 영산회상에서 이심전심으로 가

---

26 飮光傳燈 平等法會 佛日增暉.
元是淸淨 大寂圓通 能到靑虛.
爲 本無形相 景 幾何多爲尼伊古.
本無形相 遍照大千(再云).
爲 江湖滿月 景 我好下入.
阿彌陁佛(再云).

섭에게 전한 가르침의 실체가 제시되어 있다. 즉 세존은 말하지 않음으로써 적멸의 공을 지적해 보이셨다는 것이다. 이어 논설에는 모든 부처 보살 조사 성인이 처음에 공적한 곳에 들어가 무명의 습기를 갈아 없앤 후 세간에서 몸을 빼내 궁극에 이른 결과 큰 원통(圓通)에 이르렀다고 하였다. 즉 큰 원과 큰 행과 큰 자비로 육도에 빠진 미혹한 무리를 잊지 않으시고 중생을 제도하였고 그리하여 육도중생에게 자비로운 아버지가 되었다는 주장을 전개하였다.[27] 깨달음에 머물지 않고 이를 중생을 위해 회향하는 것은 앞에서 인용했듯이 지은 선사상의 특징적 면모이다. 「기우목동가」의 결사(11~12장)에는 이 점이 다시 한 번 분명하게 제시된다.

석가세존 설산의 구름 중에 육년 고행 하시고

보리를 회향하사 입을 열어 설법함에 이곳저곳 없으시네

아, 널리 중생 제도하신 경계, 그 어떠합니까

널리 중생 제도하사 나도 남도 이롭다네

널리 중생 제도하사 나도 남도 이롭다네

아, 큰 원을 내신 경계, 나는 좋아라

아미타불 아미타불(11장)[28]

---

27 昔世尊在靈山會上 上首流傳 心心傳受 飮光證明 猶之本師無言無說 人天百萬億大衆 頓入淸
    淨涅槃三昧身燈之 故世尊無言無說 指示寂滅空中也 故諸佛菩薩祖師千聖 始初頓入空寂之中
    於無量刧中 永磨無明之習氣 出身於世 而到究竟 故獲大圓通而後 大願大行 大以慈悲 不忘六
    道之迷倫 哀憫如赤子 重來 示現人間 四方雲集 開示寂滅空中 度諸群生之類(280-1).
28 釋迦世尊 雪山雲中 六年苦行.
    菩提回向 開口說法 無彼無此.

열반회상 석가 가섭 지음으로 마주하여

보살이 그앞에서 신통을 보이신 일 역시 빈 전수라

아, 지금까지 전해오는 경계, 그 어떠합니까

도를 닦는 여러분께 널리 알리노니

도를 닦는 여러분께 널리 알리노니

아, 본래 텅비고 묘한 경계, 나는 좋아라

아미타불 아미타불(12장)[29]

결사는 적멸의 본질을 다시 한 번 반복하는 내용을 담고 있다. 11장은 석가모니가 6년간의 고행 끝에 보리를 얻고 이를 회향하여 널리 중생을 제도한 경계를 노래하였다. 이는 자리(自利) 이타(利他) 즉 상구보리 하화중생이라는 본사 1, 2의 내용을 간명하게 요약하는 기능도 한다.

설산에서 육년 수도 후 인간 세상에 나타나 중생을 구제한다는 내용은 지은의 논설에서 석존의 중생구제의 양상으로 중요하게 언급된 바 있다. 가요의 결사는 앞에서 전개한 시상을 마무리하는 중요한 단락인데 여기에 열반과 중생 구제의 대비가 선명하게 제시된 것은 가요의 지

爲 廣度衆生 景 幾何多爲尼伊古.
廣度衆生 自利利他(再云).
爲 大願境界 景 我好下人.
阿彌陁佛(再云).
[29] 涅槃會上 釋尊飮光 知音相對.
菩薩當前 示現神通 亦是虛傳.
爲 至今流傳 景 幾何多爲尼伊古.
普告一切修道人人(再云).
爲 本來虛玄 景 我好下人.
阿彌陁佛(再云).

향점이 어디에 있다는 것을 분명히 드러내는 것이다.

12장은 석존이 열반할 때 가섭과 말없이 뜻이 통한 가운데 전한 것 역시 원래 텅 비고 묘한 경계임을 노래하고 있다. 후소절에는 지금까지 유전되는 경계를 '수도인(修道人)'에게 알린다고 하여, 논설에 제시된 청자를 다시 설정하여 그에게 당부하는 것으로 마무리하고 있다.

지금까지 작품의 전개양상을 분석한 결과, 「기우목동가」는 서사·본사·결사의 구조를 가지고 있으며, 서사는 논설 및 가요의 대전제를, 본사는 상구보리와 하화중생을, 결사는 회향과 유전이라는 주제를 표현한 것을 확인하였다.

그런데 내용단락의 마지막 장에는 각기 다른 행위의 주체가 제시되어 있어 주목된다. 서사("대장부(大丈夫)"), 본사 1("도자(道者)"), 본사 2("제인(諸人)"), 결사("수도인(修道人)")의 마지막 단락이나 그에 상응하는 단락에 제시된 이들 이름은 『적멸시중론』에서 제시된 청자들이기도 한데, 가요에서는 각각 찬양의 대상 혹은 수도의 주체 혹은 교화의 대상으로 등장한다. 가요의 각 장에 제시된 내용은 다분히 관념적이고 형이상학적인 것인데, 이들 주체, 혹은 청자를 각 단락의 마지막에 제시함으로써 가요의 내용을 좀 더 실체적 메시지로 전달하는 장치를 마련하였다.

불교적 논설인 『적멸시중론』은 적멸과 시중의 여러 가지 개념과 세부 내용이 산만하게 제시되어 하나의 집약된 줄거리로 요약하기 쉽지 않다. 이에 비해 「기우목동가」는 앞에 제시한 논설의 핵심개념을 빠짐없이 동원하면서도 경기체가라는 양식이 지니는 확산과 응축, 나열과 집약의 표현효과에 기대어 주제를 뚜렷하게 전달할 수 있었다. 이러한

점에서 『적멸시중론』이라는 법문은 「기우목동가」를 통해 완성되었다
고 할 수 있을 것이다.

4. 「기우목동가」의 문학사적 위상

　이 장에서는 『적멸시중론』 내에서 가요가 지니는 위상은 무엇인가를
먼저 살피고 이어 경기체가 전개사에서 「기우목동가」를 포함한 선초의
불교계 경기체가가 지니는 위상을 검토하고자 한다.
　『적멸시중론』은 논설과 그 내용을 요약하며 부연하는 게송이 결합된
산운복합체(散韻複合體)의 성격을 보여준다. 논설 중간 중간에 삽입된 운
문은 앞의 내용을 반복하고 특정한 내용을 강조하는 한편, 강론을 지속
할 때 초래되는 긴장감을 푸는 역할을 하고 있다. 이와 함께 수록된 「기
우목동가」는 앞의 논설 내용을 요약하고 있다는 점에서 『적멸시중
론』의 부속 가요에 지나지 않는다고 볼 수도 있다. 그러나 이 문헌에서
「기우목동가」가 지니는 위상은 그 이상이다. 앞서 분석한 바와 같이
「기우목동가」는 서사·본사·결사의 정연한 구조로 되어 있고, 본사에
는 다시 상구보리와 하화중생의 과정이 차례로 제시되어 있다. 이로 인
해 앞서 논설에서 제시했던 핵심개념이 집약적으로 제시되어 주제를
효과적으로 전달할 수 있었다. 가요를 통해서 논설의 의미가 새롭게 구

성되며, 『적멸시중론』이라는 문헌이 일관된 질서로 편집되는 효과가 있다는 점에서, 「기우목동가」는 이 문헌에서 단순한 가요 그 이상의 가치를 지니는 것으로 평가할 수 있다.

「기우목동가」에는 특히 『적멸시중론』의 본사 1에 제시했던, 석존이 이심전심으로 전한 깨달음의 본질과 공적영지 개념이 핵심 내용으로 채택되어 시적으로 형상화되어 있다. 논설에는 문답이 가미되고 이에 따라 여러 내용이 산만하게 심화·부연·나열·확장되는 양상을 보여주고 있으며, 중간에 삽입된 게송 1∼3의 경우에도 본론의 내용을 명확하게 반복하기보다는 시적인 감흥을 비유적으로 표현하는 경향이 있다. 이에 따라 논설과 게송을 포괄하는 가요가 필요했으며, 아울러 집약적으로 주제를 전달하는 시 형식이 필요했을 것으로 생각된다.

그런데 말계지은이 자신의 법문을 담는 운문형식으로 특별히 유자들의 양식인 경기체가를 택한 이유는 무엇일까. 이 물음에 대한 해답의 실마리는 경기체가 자체의 양식적 특징에서 구할 수 있을 것으로 본다. 즉 경기체가 양식은 하나의 연에 확장적 제시와 집약적 응축이 동시에 가능한 구조로 되어 있어 교술적인 개념을 한정된 행 속에 충분히 나열할 수 있다. 나아가 그것에 대한 찬탄, 과시, 호소까지도 후렴구를 통해 제시할 수 있어, 형식 자체에 다양한 개념을 담을 수 있는 속성을 가지고 있다. (이는 「한림별곡」에서 전범으로 제시된 바 있다.) 또 경기체가는 하나의 연에 담을 수 없는 여러 내용들은 분절형식으로 나누어 배열하여 전달하고사 하는 내용 을 충분히 보완하는 장치가 내재되어 있다. 「기우목동가」의 경우에도, 경기체가 작품 중에서 가장 긴 12장의 형식을 통해, 저자의 논설을 충분히 담아낼 수 있었으며, 확장과 응축이 반복되는 각 장에 서로 다른 핵심 개념들을 담아내는 양상을 보여준다. 가사와 같이 비분절적인 장르에도 여러 가지 불교적 교리를 담을 때, '주인공 주인공아'라는 시작의 표지나 '나무아미타불'이라는 단락종결의 표지를 활용하여 분절되는 경향을 보여주고 있다는 점에서 볼 때, 분절형식으로 충분히 연을 늘일 수 있으며, 각 연마다 집중과 확산, 확장과 응축의 구조적 장치를 지니고 있는 경기체가의 양식적 특징이 불교적 교리를 담아내는 양식으로 충분한 조건을 가지고 있다고 할 수 있다. 이렇게 볼 때 「기우목동가」를 창작한 말계지은은 경기체가의 양식적 특징을 교리전달의 매개로 발견한 의의를 갖게 될 것이다.[30]

다음으로 불교계경기체가가 경기체가 전개사에서 지니는 위상을 검토하기로 한다.

선초의 불교가요로는 한시체 가요(「영산회상(靈山會上)」·「귀삼보(歸三寶)」·「찬법신(贊法身)」·「찬보신(贊報身)」·「찬화신(贊化身)」·「찬약사(贊藥師)」·「찬미타(贊彌陁)」·「찬삼승(贊三乘)」·「찬팔부(贊八部)」·「희명자(希冥資)」), 순국어가요(「관음찬가(觀音讚歌)」·「월인천강지곡(月印千江之曲)」·경기체가 작품), 현토가요(「미타찬(彌陀讚)」·「본사찬(本師讚)」·「관음찬(觀音讚)」·「능엄찬(楞嚴讚)」), 번역 가요(「증도가(證道歌)」) 등이 있다. 그런데 이들이 연행되는 맥락은 대부분 경찬회(慶讚會), 재의식(기우(祈雨), 구병(救病), 명복(冥福)을 위한 재승도불(齋僧禱佛)), 그리고 법연(法筵) 등이다. 이들 가요는 기본적

으로 의례를 구성하는 의식가요이며, 음악적 측면에서 범패의 대본이거나 이에 준하는 가요의 대본으로 창작, 유통된 것이다.

그렇다면 이 시기의 불교계 경기체가의 경우는 어떠한가. 먼저 「기우목동가」는 그 법연의 외적 동기는 밝혀져 있지 않지만, 법회의 의식과 밀접한 관련이 있을 것으로 추정된다.[31]

함허당(涵虛堂) 기화(己和, 1376~1433)가 창작한 「미타찬(彌陀讚)」·「안양찬(安養讚)」·「미타경찬(彌陀經讚)」은 『악학궤범(樂學軌範)』, 『악장가사(樂章歌詞)』에 수록된 찬과 그 내용이 비슷하며, 불교의식에서 연행되었다는 공통점이 있다.[32] 함허당 기화의 경기체가는 그의 활동영역을 유념해 볼 때 왕실 중심의 여러 재의식에서 구연되었을 가능성이 크다 할 수 있다.

「의상화상서방가(義相和尙西方歌)」는 『염불작법(念佛作法)』(1572, 천불산 개천사)에 수록되어 있다. 주목되는 것은 『염불작법(念佛作法)』이 염불의

---

[31] 특히 논설 2에는 연행의 현장성을 반영한 여러 징표들이 있다. 불교논설에서 문답형식으로 된 것이 꼭 현장성을 반영한다고 말할 수 없지만, 다음 부분은 필사자가 법연의 상황을 재구하며 객관적인 상황에 대한 판단을 개입시킨 것으로 보인다.
(이때 질문한 사람이 말이 막혀 서 있다가 합장하고 아뢰었다. "염불과 독경은 정법이 아니라서 생사를 면치 못합니다. 저희들을 불쌍히 여기시어 견성에 대해 설명하여 깨닫게 해주십시오." 스님이 말하였다. "염불 독경을 삼만오천 겁 동안 하더라도 자기 성품을 반조하는 것만 못하다. (…중략…)" 이때 질문한 사람이 본성을 문득 깨달아 의심에서 벗어났다[於時問者 言空而立 合掌所祈云 念佛誦經 非是正法故 不免生死 哀憫我等 辨說見性 悉令開悟 師云念佛誦經 三萬五千刦 不如反照自性 故知 恒蠢運手動足 返照本性者 三萬五千刦 念佛誦經執想 一鎚擊碎 頓入淸淨涅槃也 於時問者 頓悟本性 皆脫疑心(283-2)].
또한 논설 2에는 불교 초입자나 문외한이 제기할 정도의 기초적인 질문에 대하여 여러 반응을 보여주는 가운데, "그대 유생들과는 문답을 하지 말아야 하는데[不可而汝儒衆問言]"라는 탄식의 표현도 나온다. 이는 구연의 상황이 유자와 불자가 함께 모인 법연이었음을 방증하는 것이다. 이 경우 문헌에 증명인으로 나오는 여러 명망가들 또한 자리를 함께 했을 것으로 추정된다.

[32] 유호선, 「함허당 문학에 나타난 정신세계 — 가·송·찬 작품을 중심으로」, 『어문논집』 v.44, 안암어문학회, 2001, 178쪽.

식의 절차를 정리한 책이라는 점에서, 「서방가」가 염불의례의 한 레퍼토리로서 문헌에 정착되었다는 사실을 확인할 수 있다.

이상에서 보듯이 세종세조대를 중심으로 제작 유포된 불교계경기체가의 창작을 두고, 변화된 시대의 유교적 분위기를 의식하여 정토신앙을 대중에게 홍포하려는 전략적 선택의 산물로만 여기는 것은 타당하지 않다.[33] 불교계 경기체가의 창작이 궁극적으로 보면 대중교화의 의도를 지니지 않을 수 없지만, 불교의 대중화라는 개념은 현대적 의미와 완전히 일치하지는 않으며 따라서 제한적으로 사용되어야 할 것으로 본다. 이보다는 언어생활의 측면에서, 현실에서 유통되는 가요양식의 수용이란 맥락에서 접근하는 것이 타당할 것이다.

한편 경기체가 자체의 장르의 흐름을 볼 때, 고려 후기 작품(「한림별곡」・「관동별곡」・「죽계별곡」)에는 역사의 전면에 부상하는 신흥사대부들의 득의의 기상이 담겨 있다. 고려 후기는 새로운 시 형식에 새로운 내용을 담아가는 시적 창조력이 우세한 시기로 볼 수 있다. 이에 비해 조선전기로 가면 새로운 정권의 이념을 담아내는 형식과 내용이 필요했으며, 제도와 종교적 측면에서 기존에 전승되는 안정된 가요형식에 그들의 이념을 담아내는 분위기가 승했던 시기로 보인다. 형식 자체의 고식화, 내용의 교조성이 두드러지는 이 시기를 전 시대의 창조력의 시기와 달리 계몽의 시기라 할 만하다. 이후 중기에 이르면 어린 학생들을

---

33 고익진의 글에서 「기우목동가」의 후렴구에 등장하는 '아미타불'이 단순히 정토왕생의 염원을 뜻하는 것이 아니며, 이보다는 적멸 가운데 중생 示現의 大願行이 自性發生하는 즐거운 경계를 노래한 것이라는 견해는 경청할 만하다(앞의 글, 184쪽).

교육하기 위한 매체로 경기체가가 활동되는 측면도 있어 조선전기의 계몽성을 잇고 있으나, 「화전별곡」·「독락팔곡」 등 지방 사족의 정서적 안정감과 일탈의 정서를 표현한 작품이 주를 이루며, 이와 함께 경기체가의 형식적 제약이 느슨해지는 경향을 보인다. 이런 맥락에서 볼 때 불교계 경기체가는 유자의 가요를 채용하여 불교를 홍포하려는 상대적인 측면보다는, 이념지향의 시대·계몽의 시기에, 대중적으로 유행하는 가요형식을 차용하여 의례음악으로 활용하는 면에 더 주목해야 할 것으로 본다. 즉 세종세조대의 불교계 경기체가는 불교가요 자체의 시대적·현실적 적응력을 보여주는 작품군으로 해석하는 것이 타당할 것이다.

제2부 / 근대적 전개

잡가의 종교성과 세속성

1. 잡가의 복합성을 어떻게 볼 것인가?

잡가(雜歌)는 근대를 전후로 하여 향유된 노래로서 양반 사대부들이 향유했던 전아한 가곡과 민초들이 향유했던 소박한 민요 사이에 걸쳐 있는 장르이다. 잡가는 조선후기에서 근대에 이르는 시기에 전문적인 가창집단에 의해 구연되었고 시정문화의 형성과 발전에 따라 대중적 인기를 얻게 되면서 근대 대중가요의 효시가 된 장르로 알려져 있다. 잡가는 지역적으로 경기잡가 서도잡가 남도잡가로 분류된다. 경기잡가는 한양과 경기지역에서 불려진 잡가로, 서울의 청파동 사계축이 중심이 된 12잡가(坐唱)와 교역이 활성화된 서울의 오강(五江)을 중심으로 구연된 입창(立唱, 일명 산타령)이 있다. 서도잡가는 상당부분 경기잡가와 중복되면서도 서도 특유의 레퍼토리가 다양하게 전해지며, 남도에는 이보다 수는 적으나 남노 특유의 기락에 실려 전승되는 남도잡가가 있다.

특히 12잡가가 서울의 양반문화의 주변에서 전문 가창집단이나 기녀

들에 의해 불려진 것에 비해, 그 밖의 가사들은 걸립패, 사당패, 무당에 의해 종교적 맥락에서 구연되기도 하였다. 그리고 이들의 영향을 받아 선소리패라는 풍류집단이 등장하여 대중적 인기를 얻기도 하였다.[1] 이러한 레퍼토리가 근대로 내려와서는 극장에 전속된 전문 가창인들에 의해 상업적 의도에서 재생산되었으며 유성기 음반으로 전파되어 근대 대중음악의 모태가 되었다. 내용을 보면 잡가는 서정적 가요로서 사랑과 이별의 근대적 정서를 반영한 도시주변의 잡가가 있는가 하면, 사당패 등에서 유래한 종교적 성격을 일부 반영한 잡가가 있고, 무당의 무가와 관련이 있는 잡가도 적지 않다. 특히 1910년대 이후 간행된 잡가집의 작품들을 보면 서도잡가의 경우 상당수가 불교문화와 무속문화의 자장에서 산출된 작품이라는 점을 새삼 인식하게 된다. 그런데 이들 종교와 관련을 맺는 가요는 사실 철저한 종교적 세계관이나 순일한 교의를 문학적으로 세련되게 형상화한 것은 아니다. 이들 노래의 가사는 종교적 특성을 논하기 어려울 정도로 매우 잡박(雜駁)하며 이 때문에 잡가는 더욱 당대의 중심 문화로부터 변방에 위치해 있는 것으로 평가 받기 쉽다. 사실 세속적인 잡박성과 비속성이 느껴지는 잡가는 문학적 수준을 고려하기 어려운 측면이 있다. 그러나 이들 잡가 작품들에 대한 문학적 분석은 근대 이전에서 근대에 이르는 과정에서 종교와 관련을 가지는 한국 시가의 향방이 어떠했는지를 파악하는 중요한 시금석이 된다. 그리고 이에 대한 연구는 경서도 잡가의 본질에 대해서도 새로운

---

1 사당패 소리와 선소리패의 관련성에 대한 종합적 논의는 장휘주, 「사당패소리와 경기입창」, 『경기잡가』, 경기도국악당, 2006, 209~235쪽 참고.

 한국 불교시가의 동아시아적 맥락과 근대성

통찰을 제공한다는 점에서 음악적 연구를 보완하는 의의가 있을 것으로 기대한다.

이 글의 2, 3절에서는 불교적 영향권의 잡가와 무속적 영향권의 잡가를 나누어 고찰하고, 4절에서는 이를 통합하여 종교성과 세속성에 관한 잡가의 구현양상과 의의를 살펴보고자 한다. 논의의 대상은 주로 종교성과 세속성의 두 측면을 잘 보여주는 작품으로 선정하였다. 2장에서는 사당패의 「판염불」을 주 대상으로 삼았는데, 이에 앞서 사당패와 관련된 자료를 소개하면서 가창의 주체로서 그들이 사찰과 관련을 맺는 시대를 추정해 보았다. 3절에서는 서도잡가를 중심으로 종교성과 세속성의 양상을 고찰하되, 무속과 직접 관련 있는 무경이나 무가를 제외한 나머지 서도잡가 몇 편을 대상으로 하였다. 불교적 교리를 노래에 담아 불가의 의식에서 구연하거나, 무경이나 무가 자체를 구연한 경우보다는 그것들이 속화되는 과정 속에 이 글의 주제의식이 분명해질 것으로 생각하기 때문이다.

2. 잡가와 불교의 관련성 —사당패와 「판염불」을 중심으로

1) 사당패 활동 시기

잡가가 불교와 관련을 맺는 양상은 연행의 주체에 따라 화청승, 절걸립패, 굿중패, 사당패 등을 들 수 있다. 이 가운데 의식을 집전하는 화청승은 천도재의 말미에 불보살의 공덕을 회향하면서 「회심곡」을 불렀고, 이것이 대중적 인기를 얻으면서 잡가로 널리 파생되기도 하였다.[2] 절걸립패와 굿중패는 민가를 돌아다니며 권시주 행각을 할 때 천수경을 치거나 「회심곡」을 부르며, 염불을 가미한 고사염불(고사반)을 구연하기도 하였다.[3] 사당패는 사찰과 일정한 계약관계를 맺으며 공존했는데, 사찰은 이들에게 생활의 편의와 활동의 명분을 마련해 주었고, 사당패는 공연을 통해 얻은 시주물을 일정 부분 사찰에 시주함으로써 상호 공존하는 양상을 띠고 있다.[4] 이들은 기본적으로 사찰이라는 종교적 공간과 마을이라는 세속적 공간의 구미를 동시에 충족시켜야 하는 존재양상을 보인다. 이들은 사찰과의 연관성을 신분이나 노래 내용에 반영하면서 동시에 마을에 들어가 공연을 진행하면서 민중들의 구미에 맞는 다양

---

2 김종진, 『불교가사의 연행과 전승』, 이회, 2002, 151~156쪽.
　김동국, 『회심곡 연구』, 고려대 박사논문, 2004, 57~60쪽.
3 한만영, 『한국불교음악연구』, 서울대 출판부, 1983, 96~154쪽.
4 사당패와 불교와의 관련성에 대해서는 다음 두 편의 글을 참고할 수 있다.
　국사편찬위원회 편, 『천민예인의 삶과 예술의 궤적』, 두산동아, 2007, 220~234쪽.
　법장, 「떠돌이 놀이패와 사찰과의 관계고찰」, 『수다라』 v.10, 1995, 40~63쪽.

한 레퍼토리를 개발하여 공연의 호응도를 높였을 것으로 본다. 이들이 부른 잡가로 대표적인 것은 마을에서 공연을 시작할 때 맨 처음 부른 「판염불」이다. 이 노래는 어찌 보면 태생적으로나 내용적으로 잡가의 종교성과 세속성의 관련양상을 잘 보여주는 대표적인 예가 될 것이다.

지금까지 국악계의 통념은 판염불은 사당패가 부르던 노래라는 것이다.[5] 기존의 국악계의 논의에서는 산타령류(앞산타령 뒷산타령 자진산타령)가 사당패의 노래인가 아니면 사당패와 관련이 없는 선소리패의 레퍼토리인가에 대한 관심이 많았던 것으로 보인다. 그런데 초기에는 사당패 소리인 판염불이 사찰과 관련을 가지며 구연되었을 것으로 보인다. 이 글에서는 바로 그 시기가 언제인가에 대해 자료 검토를 하고자 한다. 이들은 초기에는 사찰에서 일종의 신분증을 제공하고 이를 신표로 하여 연행의 길을 떠나는 등 사찰과의 관련성이 밀접했을 것으로 추정되며, 이에 따라 사찰의 중대한 불사, 즉 중창불사, 괘불, 탱화 조성 등에 이들이 시주자로 동참했을 것은 분명하다. 따라서 이들 문화재의 시주질에 등장하는 거사, 사당의 존재를 객관적 자료로 정리해 보는 것은 사

---

5 서도소리와 사당패 소리는 다음의 선행연구를 참고할 수 있다.
　　이창배, 『한국가창대계』, 홍인문화사, 1976.
　　김성배, 『한국 불교가요의 연구』, 아세아문화사, 1976.
　　손태도, 「경기명창 박춘재론」, 『한국음반학』 7, 한국고음반연구회, 1997.
　　손태도, 「광대 고사 소리에 대하여」, 『한국음반학』 11, 한국고음반연구회, 2001.
　　배연형, 「서도소리 유성기음반 연구」, 『한국음반학』 14, 한국고음반연구회, 2004.
　　김인숙, 「서도 재담 독경소리 음반고」, 『한국음반학』 14, 한국고음반연구회, 2004.
　　김인숙, 「북한 전승 「배뱅이굿」 연구」, 『한국음반학』 15, 한국고음반연구회, 2005.
　　장휘주, 「사당패소리와 경기입상」, 『경기잡가』, 경기도국악당, 2006.
　　이보형, 「화초사거리 연구」, 『한국음반학』 17, 한국고음반연구회, 2007.
　　손인애, 「서도 통속민요 「개성산염불」 연구―사당패소리 「산염불」과 음악적 관련성을 토대로」, 『한국음반학』 20, 한국고음반연구회, 2010.

당패의 활동 시기를 점검하는 데 일정한 의의가 있을 것으로 본다. 이는 시대적으로 어떤 시기에 더욱 밀접한 연관성을 가지고 있었고 어느 시기에 사찰과의 거리가 멀어지게 되었는지를 판단하는 근거가 될 수 있지 않을까 한다.

홍윤식 편, 『한국불화화기집(韓國佛畵畵記集)』(가람사연구소, 1995)에는 고려 24종, 조선전기 10종, 조선후기 이후 423종의 탱화 시주질이 수록되어 있다. 특히 조선후기를 보면 17세기 24종, 18세기 156종, 19세기 243종의 분포를 보이며 20세기 자료로는 121종의 탱화 화기가 수록되어 있는데, 이들 시주질에는 거사(居士)와 사당(舍堂)의 이름이 다수 등장하여 주목된다. 거사 가운데서도 청신거사(淸信居士)는 아마도 순수한 의미의 재가불자를 의미하는 것으로 보이는 반면, 거사(居士)나 사당(舍堂)으로 소개된 경우는 사당패(혹은 거사배)의 일원으로 활동했을 가능성이 있다. 그리고 거사와 사당이 함께 등장하는 경우는 사당패의 구성원인 가능성이 매우 크며 이 글의 논의와 유의미한 관련성을 가지고 있을 것으로 생각된다. 거사로 등장하나 성과 이름이 온전하게 기록된 경우가 있고 법명만 기록된 경우가 있다. 이 가운데 후자는 연희패와 관련된 거사일 가능성이 더 높다. 이들의 기록은 거사와 사당이 한 패를 이루어 사찰 주변에 기생하면서 공연을 하고 일정부분의 수익금을 보시하고 있는 구체적인 증거가 될 수 있다. 그러나 이 경우에 모든 시기에 걸쳐 균일하게 사당과 거사의 존재가 드러나는 것은 아니다. 시대의 추이를 살펴보기 위해 확보한 자료를 표로 나타내면 다음과 같다.

〈표 11〉 탱화 화기의 거사·사당 기록자료

순	탱화제목	연도	화기 기록	분류
1	마곡사 아미타후불도	1708, 숙종34	「緣化秩」居士朴禮男單身	거사
2	용문사 천불도	1709, 숙종35	「시주질」(燭○ 大施主) 舍堂妙淨單身 「緣化秩」(助緣) 舍堂信元單身	사당
3	용문사 팔상도	1709, 숙종35	「大施主」舍堂妙淨單身 「緣化秩」(助緣)舍堂信元 契東	사당
4	청곡사 괘불	1722, 경종2	「施主秩」(基布施主)舍堂省眞保體 (…중략…) 舍堂○○ (綠色施主)居士信元兩主 (引燈施主) 居士云豆兩主	사당 거사
5	운흥사 괘불	1730, 영조6	(布施施主) 舍堂時良 居士世淨 舍堂淸日 「掛佛櫃 銘文」(大施主) 居士 朴慈仁(청신거사일 가능성)	사당 거사
6	水多寺 영산회상도	1731, 영조7	「緣化秩」(供養施主)居士一源兩主, 居士解淚	거사
7	통도사 오계수호신장상	1736, 영조12	(施主)居士雪華潭	거사
8	옥천사 연대암 하단도	1737, 영조13	(婆蕩施主) 居士○○願兩主保體	거사
9	통도사 아미타회상도1	1740, 영조16	「緣化秩」(引勸)居士信淸保體	거사
10	홍국사 팔상전후불도	1741, 영조17	「施主秩」(基布大施主) 居士 信明○	거사
11	직지사 영산회상도	1744, 영조20	「緣化秩」(證師)念佛道人 震基-住本山內院庵, 念佛道人 智英-本山 (誦呪)念佛首座 元淨-本山, (首座海淳-본산) (…중략…) 「畵員秩」(助緣引勸化主)居士法興 (施主兼都大化主)念佛山人 淸願	염불도인 염불수좌 거사 염불산인
12	직지사 약사회상도	1744, 영조20	「施主秩」(引勸助緣)念佛道人忠勒, 念佛道人義明, 念佛首座熙雲, 念佛首座雪岑	염불도인 염불수좌
13	직지사 아미타회상도	1744, 영조20	「施主秩」念佛首座玄星	염불수좌
14	개암사 괘불	1749, 영조25	(綠色大施主) 居士信英信六兩主 (공양시주)舍堂白蓮單身 「공양대시주질」舍堂天玉 (化主)居士法寬	거사 사당
15	광덕사 괘불	1749, 영조25	「시주질」比丘赤梁兩主 居士取工兩主 「연화질」(大德化主) 舍堂淨保體	거사 사당
16	선암사 괘불	1753, 영조29	「대시주질」(基布大施主) 淸信居士月慧保體 (시주)居士善悟兩主 居士般若 居士明善明信 居士信觀兩主 居士月明兩主 居士積雲兩主 居士壽山兩主 處士勝元勝蓮花 居士守澄守行 居士次英保體 居士若天 居士坦信	거사
17	홍국사 제석천룡도	1759, 영조35	「연화질」(大化主)念佛人 彩休比丘 居士鎭惟	염불인 거사
18	홍국사 괘불	1759, 영조35	(시주)居士月慧兩主保體 (시주)念佛人 最再比丘 念佛人 文人比丘 念佛人 彩休比丘 「연화질」(大化主) 念佛人 彩休比丘, 居士眞性比丘	염불인 거사
19	원광대 소장 감로왕도2	1764, 영조40	居士處雲, 優婆璽 白蓮○, 優婆璽 玉明, 優婆璽 淨蓮, 優婆璽 玉蓮○, 優婆璽 克順, 居士 無盡惠 居士 覺心	우바새 거사
20	법주사 괘불	1766, 영조42	舍堂太信 居士賢學 「本寺秩」(化主)居士智賛 居士信海, 日守, 妙淨	사당 거사
21	오덕사 괘불	1768, 영조44	「시주질」(婆湯兼化主)黃居士惠明 妻舍堂敏機.. 舍堂碩連兩主 居士尙訓兩主 居士海澄兩主 「畵員秩」(三綱三寶) 居士海深	거사 처사당
22	西岳寺 영산회상도		「시주질」居士演澄	거사
23	水多寺 시왕도(제2·4대왕)	1771, 영조47	「大施主秩」(시주질) 居士學賛兩主	거사
24	수다사 시왕도(제5·7·9대왕)	1771, 영조47	「시주질」(大施主)居士惠仁 居士法尙 居士西還 居士自悟 居士贊益	거사
25	개암사 괘불	1772, 영조48	「대시주」居士道俊 居士法允 處士鄭國才 居士生仁 居士法行 居士惠日 居士法能	거사
26	寧國寺 삼장보살도	1772, 영조48	(波湯大施主) 居士日宗兩主	거사
27	선암사 팔상도	1780, 정조4	(유성출가상) 居士裵性寬	거사
28	惠國寺 신중도	1781, 정조5	(大施主) 居士智行 舍堂宗院	거사 사당
29	통도사 감로왕도1	1786, 정조10	「시주질」居士善和伏爲 亡父渭衍靈駕, 舍堂自閑碩己	거사 사당

<표 11>를 보면 유난히 1700년대의 기록에 사당과 거사가 동시에 등장하는 경우가 많아 주목된다. 이들 자료 가운데는 21번 자료(오덕사괘불)처럼 "황거사혜명 처사당민기(黃居士惠明 妻舍堂敏機)"이라 하여 거사와 사당이 부부로서 이름이 밝혀져 있는 경우가 있는가 하면 대부분은 거사(居士)○○, 사당(舍堂)○○, 거사(居士)○○양주(兩主), 사당○○양주(兩主) 등으로 나타나 있다. 이들이 단순한 재가신도를 의미하는 것으로만 볼 수는 없다. 그렇다면 다른 시대에도 동일한 표현이 나타나야 할 것이다. 이들 자료에 등장하는 거사와 사당은 하나의 집단성을 지니는 거사패, 사당패의 기록에 해당하는 것으로 보인다. 물론 절걸립패, 굿중패의 일원일 가능성도 배제하기 어렵다. 그런데 1800년대의 탱화 기록이 상대적으로 분량이 많음에도 불구하고 이후에는 전혀 거사, 사당의 기록이 등장하지 않는다. 이는 우연의 일치인지 기록에 남지 않은 문화현상의 변화를 어떤 식으로 반영하는 것인지 알 수가 없다. 그러나 이 글에서는 이를 후자의 경우로 적극 해석하고자 한다. 즉 사당과 거사가 집단성을 이루어 공연을 일삼는 전통이 비록 조선전기부터 발생했다하더라도 현재 우리가 파악할 수 있는 한에서 사찰과 이들 사당 거사와의 관계가 가장 밀접하고 확실한 근거를 갖추는 시기는 18세기라는 점이다. 이들은 사찰의 재정이 크게 기여하며 사찰과의 관련성을 전면에 내세우며 공연을 펼쳤는데, 양측의 현실적 이해관계가 가장 밀접했던 시기가 바로 18세기였던 것이다. 18세기를 넘어서는 이들의 존재가 화기에서 사라지는 것은 정치적인 요인(거사 무리들이 정치적으로 불온한 세력으로 낙인이 찍혔던 역사적 사실)이 있을 수 있고, 경제적인 관련성 혹은 사당패

성격상의 변질에 기인할 가능성도 있을 것으로 본다. 경제적으로 볼 때 19세기에 이르면 이들 집단이 이제는 사찰과의 관련성을 배제하고서도 독립적인 운영이 가능한 단계가 되었을 가능성이 있다. 이는 농업경영의 혁신, 상업의 발달 등으로 인해 자체적인 공연수입이 가능해졌던 시기의 한 모습으로 보인다. 아울러 사당패의 성적 거래는 이들에 대한 사찰의 입장에 변화를 초래했을 가능성이 크다. 아무리 재정에 도움이 된다하더라도 이제 성적 거래를 앞세운 그들의 연행행위는 지나치게 민속화된 현상으로 파악되며 그 결과 사찰과의 관련성이 희박해지는 상황으로 변하게 되었을 것으로 보인다.

또 다른 자료는 조선후기의 불화인 감로도(甘露圖)이다. 탱화 가운데 감로도는 조선후기에 본격적으로 다수 제작되었는데 그림의 하단 부분은 각종 민중들의 애환과 생활사의 보고로서 다양한 기록들이 그려져 있다. 밧줄타기, 접시돌리기, 물구나무서기, 장대 묘기부리기 등의 다양한 연희는 물론이고, 사당패나 걸립패로 보이는 다수의 구성원들이 악기를 들고 춤을 추면서 행진 혹은 공연을 하는 광경이 그려져 있다. 이를 남사당패의 전신인 거사패, 사당패, 절걸립패 등의 원형이라고 한다면 이야말로 경서도 잡가의 연원과 관련시켜 볼 중요한 자료로 볼 수 있을 것이다. 이들이야말로 불교음악의 전파를 담당한 실증적 자료라는 점이 주목된다. 이들 자료 또한 18세기에 본격적으로 등장하는 것으로 보아 이 시기가 불교대중화를 위해 불렀을 「판염불」의 등장 시기와 맞닿아 있는 것으로 설정될 수 있다.

2) 「판염불」과 파생 잡가

앞서 논의한 자료들은 사당패 소리 「판염불」이 언제 구연되었는지에 대해 시사하는 바가 없다. 이 분야의 자료가 원래 역사는 있으나 자료적 근거가 없는 경우가 대부분이기 때문이다. 그러나 이들 사당패의 집단이 불교, 사찰과 직접적인 관련을 맺고 있는 시기가 18세기라는 점은 분명해 보인다. 그리고 이들이 『천수경』 등 불교경전을 제외하고 대중적인 노래를 부른다고 할 때 어느 정도 불교와 친연성 있는 가사와 곡조를 선택했을 것으로 추정할 수 있다. 사당패 소리로서 불교적 내용을 담고 있는 「판염불」은 아마도 18세기나 19세기 이른 시기에 등장했을 가능성이 상대적으로 높은 것으로 보인다. 「판염불」은 종교적 엄숙함을 담보하는 경전의 일부구절을 차용하고, 또 세속의 오락화 과정을 보여주는 후반부의 내용이 결합되어 있기 때문에 불교의 자장에서 점차 세속을 향해 달려갔던 이들 사당패의 존재의 추이와 어느 정도 일치하는 것으로 파악할 수 있다.

「판염불」 가운데 문헌적 기록이 가장 앞선 작품은 『신구(新舊)시힝잡가』의 「판염불」이다. 분석을 위해 의미가 완결되는 마디를 단위로 다음의 12마디로 구분한다. 강조한 부분은 여음에 해당하며 각 마디의 사이에 휴지역할을 하는 것이다.

① 진군명산만장봉에 청텬삭퓰금부용 **음도로음도로(옴도로옴도로)** 시법이라

　ㄴ무어살ㅂ에(나무……사바하)

② 동너라 안산(案山)이라 쥬산(主山)니라 좌우(左右)라도 정용[靑龍] ㄴ무
살바 ㄴ무라도살바 ㄴ무살바(나무……사바하)

③ 츙청도라 니포산에 두루두루 한량님니 와계신더 막걸니 여섯동위 걸넛
스니 자시거ㄴ 말거ㄴ ㄴ무라도 살바 ㄴ무살바(나무……사바하)

④ 일셰동방에 졀도령 이셰남방에 득쳥룡 삼셰셔방에 부졍토 ㅅ셰북방에
영안강

⑤ 도령쳥졍에 무활예 삼보철령에 강차지 아금지송에 묘진언 ㄴ무라셔살바
ㄴ무살바

⑥ 산쳔초목이여 셩님어 ㄴ에 구경ㄹ기에좃쿠ㄴ 에에헤씌여네로구ㄴ 나에
에에헤야 에헤씌여네헤에야 어어듸이이 이이얼네로구ㄴ

⑦ 말은네에야 어 이놈말드러봐라 노양버든길로 평양감영쑥드러간다 에에
에헤이어네로구ㄴ 아모려도네에로구ㄴ

⑧ 낙낙장송느러진ㄹ지 다쩌러져서 쥴거리만남어지와 자조홀시구

⑨ 어 이놈말드러봐라 쳥산긔영에 올ㄴ 황운을 겸쳐잡고 에에이얼네로구ㄴ

⑩ 어린양ㅈ고은소리 눈에음 옴귀에쟁징 비ㄴ니다 하ㄴ님젼에 님싱겨달나
지이다고 비ㄴ니다

⑪ 락락장송느러진ㄹ지 혼마리는남게안쏘 쏘혼마리 들에안져 쳬어다보며
우름을울고 니리구버보며 우름을운다

⑫ 희당화그늘속에 비만마진졔비식기 졸졸흐늘거려 거드러거려 노는ㅅ랑
어화둥둥니ㅅ랑이야 어화둥둥니간간이로구나[6]

---

6 『新舊시힝잡가』, 경성 : 신구서림, 1914, 86~88쪽(자료는 정재호 편, 『한국속가선십』 1(영
인본), 다운샘, 2002, 284~286쪽 참고).

①은 단가 「진국명산」의 서두와 같은 내용이다. "진국명산만장봉(鎭國名山萬丈峰) 청천삭출금부용(靑天削出金芙蓉)"으로 시작되는 「진국명산」은 서울 장안의 지세를 노래하는 단가로서 판소리를 부르기 전에 목을 풀기 위해 명창들이 즐겨 불렀던 노래이다. 「창부타령」에도 이 구절이 활용되었다. 「진국명산」은 정확한 시기는 알 수 없으나 상당히 오래된 단가로 여겨진다. 내용은 나라를 지탱하는 명산이 높이가 만 장이나 되는데, 푸른 하늘에 금빛 연꽃을 깎아 놓은 듯 하다는 내용이다. '청천삭출금부용'구는 이백의 시 「망여산오로봉(望廬山五老峯)」에서 유래한다. 단가 「진국명산」은 '남쪽의 안산은 잠두로다. 좌(청)룡은 낙산, 우(백)호는 인왕, 상서로운 기운이 공중에 퍼져서 궁궐에 가까이 모여 있고, 맑은 기운은 영특하여 인걸을 내는구나'로 시작된다.[7] 언뜻 전체의 내용구조를 보면 진국명산에서 한양의 지세를 노래하고 세시연풍과 강구연월을 말하며 한 세월 마시며 놀아보세 하는 구조와 흡사함을 느낄 수도 있다. 이러한 구조의 유사성은 이 노래가 대중들에게 전달되는 흡입력을 배가하는 요인이 되었을 가능태로 작용한다. ②는 안산, 주산, 좌청룡 우백호의 지세를 표현하는 듯한데 어절이 매끄럽게 이어지지 않아 의미가 단락되는 양상을 보인다. 원래 지세를 표현하는 문장이 전승 과정에

---

7 이하 생략된 구를 소개하면 다음과 같다.
   거벽 흘립허여 북주로 삼각이로 기암은 두기 남안 잠두로다 좌룡은 낙산 우호인왕 서색은 반공 웅상궐이요 숙기는 종영 출인걸이라 미재라 아동방 산하지고여 성대태평 의관문물 만만세지 금탕이라 (…중략…) 부귀와 공명은 세상 사람에게 모두다 전해주고 가다가 아무데나 산좋고 물좋은데 명당을 가리고 가려 오간 팔작으로 황학루만큼 집을 짓고 유정하신 친구 벗님 한달에 한번씩만 좌우에 모여앉어 먹고 사면을 치고 일모가 도궁토록 한잔 더 먹소 더 먹게 권하며 거드렁거리고 지내보세.

서 그 의미를 파악하지 못한 창자들로 인해 파편화된 것이 아닌가 한다. 그럼에도 ③의 충청도 내포산의 지세가 명산, 명당자리라는 내용으로 자연스럽게 이어지는 의미 맥락으로 파악될 수 있다. 내포산은 내포평야와 이어져있는 너른 들을 배경으로 한 산으로 충남 남서부의 중심이 되는 곳에 있다. 서산마애불 역시 이 근처에 위치해 있다. 가사는 이곳에 한량들이 두루두루 참여했으니 막걸리 여섯 동이를 걸러놓고 한 바탕 유흥의 장을 마련했다는 내용이다.

①, ②, ③까지의 내용은 불가(佛歌)와 전혀 관련 없는 내용이다. 다만 밑줄 그은 부분은 다라니 구를 음사한 것이다. 특히 이는 천수경 중 「오방내외안위제신진언(五方內外安慰諸神眞言, 오방의 모든 신을 위로하는 진언)」인 "나무 사만다 못다남 옴 도로도로 지미 사바하"(三唱) 구를 차용한 것으로 보인다.

이어 ④, ⑤는 천수경에도 포함되어 있는 「사방찬」과 「도량찬」을 인용한 것이다.

四方讚 (사방을 찬탄하는게송)

一灑東方潔道場 二灑南方得淸凉 三灑西方具淨土 四灑北方永安康

道場讚 (도량이 깨끗함을 찬탄함)

道場淸淨無瑕穢 三寶天龍降此地 我今持誦妙眞言 願賜慈悲密加護

구어의 부정확성과 전승과정의 누락으로 인해 표기된 「판염불」의 가사는 무슨 의미인지 불명확하거나 전혀 다른 음절로 변형되기도 한다.

이를 보면 이 노래는 천수경에 익숙한 상황에서 가사가 작성되거나 전승되었을 가능성이 크다. 비록 ①, ②, ③은 가사 내용은 불가와 거리가 있으나 이를 『천수경』 다라니의 후렴구를 이용하여 불가로 포섭하고 있는 구조이고, ④, ⑤는 『천수경』의 「사방찬」과 「도량찬」을 직접 인용하여 이 노래가 불가(佛歌)임을 보여주고 있다. 그러나 ⑥구 이하는 산천초목이 구경 가기 좋다는 내용에서부터 임과의 사랑을 노래하는 내용까지 이어지며 불가와는 전혀 다른 내용이 부기되어 있다. 아마도 이 작품에서 불가와 관련을 맺는 것은 앞의 4구까지이며 이후에는 이 노래가 대중화되는 과정에서 혹은 청중의 흥미를 북돋우는 맥락에서 확장되거나 후대에 추가되었으리라 생각된다.

특히 ③구에는 "마시거나 말거나" 하는 내용이 추가되어 분위기를 급전직하 시키는 기능을 하고 있다. 잡가의 유흥성을 드러내는 매개가 되며 엄숙한 종교성을 희화화하고 유흥의 분위기에 덧붙여 진지한 분위기마저 파격적으로 흩트리게 하는 효과를 가져온다. 다음 구에서 종교적 후렴구와 『천수경』의 한 대목을 진지하게 구연했던 창자의 목소리는 이 대목에서 진지함을 상실한다. 창자는 갑자기 심술을 부려 잡가는 유흥의 노래라는 점을 강조하는 듯하다.

다시 노래를 구연하는 주체로서 사찰과 관련을 맺고 있는 연희집단의 상황을 고려해 보자. 절걸립패는 마을을 돌아다니며 시주를 권하는데 경우에 따라서는 천수주를 외거나 고사염불을 해 주는 경우가 많다. 고사반이라는 긴 내용의 고사염불 외에도 천수경을 치는 경우가 있다. 이러한 기반에서 천수경을 기반으로 한 새로운 대중적인 노래의 제작은 당연한 수순이 아니었을까. 경전의 일부를 본문과 후렴구로 차용하는 방식은 어찌 보면 종교적 텍스트를 현실적 텍스트로 전환하는 가장 자연스러운 수순으로 보인다.

다음은 선소리패 잡가의 하나인 「놀량」으로 소개된 가사 중 여음을 제외한 대목이다.

> 산천초목이 다 무성한데 구경하기도 즐겁도다 ←⑥
>
> 녹양 벋은 길로 평양감영 쑥 들어간다 ←⑦
>
> 춘수는 낙락 기러기는 훨훨 낙락장송이 와지끈 딱 부러졌다 마들가지 남
>
> 아 지화자자 좋을씨구나 ←⑧
>
> 인간을 하직하고 청산을 쑥 들어도 간다
>
> 삼월이라 육구함도 대사응구리 얼씨구나 절씨구나
>
> 녹양방초 사랑초 다 제쳐나니 아무리 하여도 네로구나[8]

이 노래의 가사는 「판염불」에서 불교적 내용을 노래하고 있는 앞부분을 과감히 생략하고 ⑥⑦⑧구의 순서에 따라 재편집하였다. 판염불이 사당패의 소리라면 놀량은 사당패의 소리를 좀 더 대중화한 선소리패의 소리로 불교적 내용에서 멀어지는 양상을 보인다. 선소리패들이 서울의 5강을 중심으로 공연을 할 때 사당패의 종교 관련성과 거리를 두고 대중에 좀 더 친연성 있게 변화시킨 것으로 볼 수 있다.

8　이창배, 『한국가창대계』, 홍인문화사, 1976, 327~328쪽.

사당패 소리 「판염불」이 대중적으로 속화한 것이 「놀량」인데, 서울의 산타령패는 놀량을 필두로 하여 앞산타령, 뒷산타령, 잦은산타령을 하나의 세트로 하여 구연하였고, 서도의 산타령패는 놀량, 앞산타령(사거리) 뒷산타령(중거리) 경발림(景사거리)의 순으로 하나의 세트를 만들어 구연하였다. 여기에서 사당패 소리와 산타령패 소리는 서로 다른 길을 가게 된 것이다.[9]

「판염불」은 사당패가 저자거리나 마을에 들어가서 판을 벌일 때 가장 먼저 부르는 잡가로 알려져 있다. 이것이 남도지방에서는 「보렴(報念)」이라는 이름으로 바뀌어 전승된다.

상래소수공덕해(上來所修功德海)요 회향삼처실원만(回向三處悉圓滿)을 봉위(奉位) 주상전하수만세(主上殿下壽萬歲)요 왕비전하수제년(王妃殿下壽齊年)을 세자전하수천추(世子殿下壽千秋)요 선왕선후원왕생(先王先后願往生) 제궁종실각안녕(諸宮宗室各安寧) 문무백료진충량(文武百僚盡忠良) 도내방백위익고(道內方伯位益高) 성주합하증일품(城主閣下增一品) 국태민안(國泰民安)에 법륜전(法輪轉)이라 나무(南無) 천룡지신(天龍地神)님네 동방화류 남방화류 서방화류 북방화류 오름이야 도름이야

천수천안관자재보살 광대원만무애대비심 대다라니(大悲呪啓請－인용자 주) 무상심심미묘법 백천만겁난조우 아금문견득수지 원해여래진실의(開經偈－인용자 주) 법정진언 옴 바라니 옴 대다라니 / 계청 계수 관음보살 석가여래 문

9　선소리패의 소리에 대한 것은 장휘주, 앞의 글 참고.

수보살 지장보살 옴 바라니 옴 바라요 옴 바라니 옴 바라요 앞도 당산 뒤도
주산 좌우 천룡 수살맥이라 성황님네 나무 천룡 지신님네 동에는 청제지신
나무 천룡, 남에는 적제지신 나무 천룡 서에는 백제지신 나무 천룡, 북에는
흑제지신 나무 천룡, 중앙에는 황제지신 나무 천룡 지신님네 아미 일쇄동방
결도량 이쇄남방득청량 삼쇄서방구정토로다 나무 천룡, 사쇄북방영안강이라(四
方讚－인용자 주) 나무 천룡 지신님네 도량청정무하예 삼보천룡강차지 아금지
송묘진언 원사자비밀가호(道場讚－인용자 주) 아석소조제악업 개유무시탐진치
종신구의지소생이라(懺悔偈－인용자 주) 나무아미타불[10](괄호－인용자)

여러 가지 불교의 축원문으로 널리 통용되는 구절과 『천수경』의 일
부로도 활용되는 「개경게」·「사방찬」·「도량찬」 등을 차용하여 하나
의 염불가요를 형성하였다. 현행 『천수경』을 보면 위의 작품에서 「개
경게」와 「대비주계청」의 순서만 바뀌었을 뿐 전체적인 순서(「사방찬」·
「도량찬」·「참회게」)가 일치한다. 경서도의 「판염불」이 「놀량」으로 변화
하고 불교적 성격이 약화되는 대신 흥행성이 가미된 것에 비하면, 남도
민요 「보렴」은 경전 일부와 다라니 일부를 차용하여 불교적 성격을 더
욱 강화하는 양상을 보인다. 여기에서도 잡가의 구성원리가 그러한 것
처럼 각 문단의 사이에는 유기적인 구성 질서를 분명하게 찾기 어렵다.
유사한 정조나, 관련된 다라니구를 일정한 주제나 정서를 강조하는 방
향으로 나열하고 있을 뿐이다.

---

10 이창배, 앞의 책, 876쪽.

3. 잡가와 무속의 관련성 – 서도잡가를 중심으로

잡가 중에서도 서도잡가는 유난히 무속에서 유래한 잡가가 다수를 차지한다. 여기에는 무격(巫覡)이 직접 부른 무경(巫經)이 있는가 하면 그렇지 않은 경우라도 무가나 무경의 구조를 차용하거나 진술방식을 원용한 경우가 상당수를 차지한다.[11] 다른 지역도 마찬가지일 수 있으나, 조선시대 풍속 기록에 평양에 음사(淫司)가 많다는 기록이 있는 것을 보면 이 지역 자체가 무속 문화와 상당히 친연성이 있었던 것으로 짐작된다. 이는 근대초입에도 다르지 않아 근대잡가에도 상당수의 무경과 무속적 가사가 편입된 결과를 보여주고 있다.

잡가는 양반문화권의 주변에 자리 잡고 있던 삼패 사계축 등에 의해 전승되었고, 대중들의 너른 인기를 얻어 근대 극장에서 공연되거나 유성기 음반으로 향유되었다. 그러나 경기소리, 서도소리의 레퍼토리의 상당부분은 종교나 민속신앙적인 흔적을 긍정적으로든 부정적으로든 반영하고 있어 잡가와 종교는 그 유래에서 소재 및 구조에 이르기까지

---

11 배연형의 분류에 따르면 유성기 음반에 채록된 무가로는 「撲手念佛歌」·「祭席解歌」·「平壤巫女神奉歌」·「平壤巫女請陪歌」·「盲人德談歌」·「念佛今日來」 등이 있다(배연형, 앞의 글, 99쪽). 김인숙에 따르면 서도지방에는 독경이 일찍이 무대 음악화하여 많은 사람들로부터 사랑을 받아왔다고 한다. 예를 들어 평양출신 허덕선은 「기밀경」을 지어 크게 인기를 모았으며 「今日經(念佛今日來, 기밀경)」·「祝願經」·「安宅經」·「盲人德談經」·「破經」 등이 1930년대 유성기 음반에 다량 취입되었고, 최순경은 그 중에서도 「맹인덕담」으로 인기를 모았다고 한다. 예전 서도소리의 공연무대에서 후반부의 소리판을 끝마무리하며 「맹인덕담경」·「파경」으로 청중들에게 해학적인 축원을 해주는 것도 일종의 관행이었다고 한다(김인숙, 앞의 글, 15~16쪽).

다양한 관련을 가진다고 할 수 있다. 잡가 중에서 「회심곡」·「보렴」 등 종교적으로 공인된 노래를 제외하고도 이러한 현상은 발견된다. 배연형(2004)은 서도음악의 유성기 음반 자료를 제시하면서 큰 분류로서, '수심가 / 난봉가 / 산염불 / 염불 / 배따라기 / 영변가 / 긴아리(김매기소리) / 서도잡가 / 산타령 / 무가 / 회심곡 / 연희소리 / 시창, 송서 / 기타'로 나누어 소개하고 있다.[12] 이창배 편 『한국가창대계』의 목록을 보면 서도잡가로서 적벽부, 사설공명가, 초한가, 제전, 공명가, 별조공명가, 배따라기, 잦은 배따라기, 잦은 뱃노래, 장한몽, 맹인덕담경, 파경, 영변가 등이 소개되어 있고, 평안도 민요의 대표적이 노래로는 수심가, 황해도의 대표적인 노래로는 산염불(잦은 염불)이 소개되어 있다. 이와 함께 배뱅이굿도 서도연희의 주요 레퍼토리 중의 하나로 소개되어 있다. 『한국가창대계』의 자료 중에서 「적벽부」·「공명가」·「초한가」 등은 각각 소식의 작품, 삼국지, 초한지의 내용을 기본으로 하여 노래로 풀이한 것이며 「장한몽」은 근대의 번안물로 이 글의 대상에서 제외된다. 「영변가」는 종교적인 것과 거리가 있는 잡가이고, 「맹인덕담경」과 「파경」은 그야말로 무속적인 가락과 사설로 되어 있다. 이 글의 대상은 종교적인 것과 세속적인 것 사이에 걸쳐있는 작품을 대상으로 하고자 하므로 「제전」·「배따라기」·「배뱅이굿」을 대상으로 하며 여기에 축원문 양식으로 된 「사설공명가」에 한정하여 논의하도록 한다.

「배따라기」는 생업으로 배를 타는 주인공이 바다에 나갔으나 모진풍

12　배연형, 앞의 글, 104~105쪽.

파를 만나 죽을 고비를 넘긴 후 평양 대동강으로 돌아와 가족과 상봉하고 다시는 배를 타지 않겠노라고 다짐하는 내용을 담고 있다. 이러한 내용을 구조화하면 '출항-난파-표류-귀항-재회'로 정리될 수 있다.[13] 이는 위험한 상황에 자신의 몸을 던지고 무엇인가 귀한 것을 얻어서 돌아오게 되며, 그 결과로 출발하기 전에 던져졌던 모순의 상황, 현실의 위기를 극적으로 극복하여 후에 인간의 삶에 막대한 주력을 행사하는 존재로 추앙되는 무속의 회귀구조와 관련시켜 해석할 수 있다. 무속에서의 영웅적 희생 서사는, 물로 근대의 유흥 가요라 할 수 있는 「배따라기」에서는 발견되지 않는다. 신적인 영웅 서사는 평범하며 미천하기까지 한 뱃사람의 생존담과 거리가 있을 수밖에 없다. 「배따라기」에는 주인공이 가까운 바다에 고기잡이를 떠난 것인지 먼 바다에 상선으로 떠난 것인지도 드러나 있지 않다. 다만 망망대해로 떠나는 신세가 부각되어 있을 뿐이다. 그러나 어쩔 수 없는 상황에서의 출항에서부터 여러 단계의 위기를 겪고, 누군가의 도움을 받아 구사일생 살아 돌아온다는 이야기와 무속 서사는 유형적으로 닮아 있다. 또한 출항한 후에 고향으로 돌아오는 과정에 제시된 여러 지명들은 무속 서사의 노정기(路程記)와 닮아 있다. 즉, 「배따라기」는 무속서사의 흔적을 부정적으로 담은 잡가로서, 종교적 서사가 세속화하고 유희화하는 현상의 하나로 해석할 수 있다.

「제전(祭奠)」은 한식날에 즈음하여 죽은 임의 무덤 앞에 제물을 마련

---

13 잡가 배따라기의 유형에 대해서는 김종진, 「잡가 「배따라기」의 유형과 구성 원리」, 『한국시가연구』 28, 한국시가학회, 2010, 327~358쪽 참고.

해 놓고 임에 대한 그리움을 애절한 곡조로 표현한 노래이다. '백오동풍에 절일을 당하여 임의 분묘를 찾아가서 분묘 앞에 황토요 황토 위에다 제석(祭席)을 깔고 제석 위에다 조조반을 놓고'에서 시작하여 제석에 진설한 제물을 자세히 묘사하였다. 술을 올리는 대목에서 다시 술에 대해 자세히 묘사한 후, '첫잔 부어 산제하고 두잔 부니 첨작이요 석잔 부어서 분상묘전에 퇴배 연후에 옷은 벗어 남게 걸고 그냥 그 자리에 되는대로 펄썩 주저앉아 오열장탄에 애곡을 할 뿐이지 뒤따를 친구가 전혀 없구료. 잔디를 뜯어 모진 광풍에 흩날리며 왜 죽었소 왜 죽었소 옥같은 나 여기 두고 왜 죽었단 말이오'로 탄식하는 내용이 이어진다.

그러나 이러한 정서적인 긴장감은 부분적으로 크게 와해되는 양상을 보인다. 예를 들어 제상을 차리는 대목을 소개하면 다음과 같다.

차려간 음식 벌이울제 우병좌면 어동육서 홍동백서 오기탕 실과를 전자후준으로 좌르르르 벌일적에 염통 산적 양보끼 녹두떡 살치찜이며 인삼 녹용에 도라지채며 고비 고사리 두릅채 왕십리 미나리채며 먹기좋은 녹두나물이며 쪼개쪼개는 콩나물도 놓고 신계곡산 무인처에 머루다래며 함종의 약률이며 연안 백천의 황밤 대추도 놓고 경상도 풍기 준시 수원홍시며 능라도 썩 건너서 참모롱이 둥글둥글 청수박을 대모장도 드는칼로 웃꼭지를 스르르르 돌리어 떼고 강릉생청을 주루룩 부어 은동글반 수복저로다 씨만 송송 골라내며 한그릇 메 한그릇은 갱이로구나 [14]

---

14 이창배, 앞의 책, 290쪽.

전체적인 시상의 흐름 속에서 불필요할 정도로 나열하여 말 재미에 탐착하는 장면의 극대화 현상을 보여주고 있다. 장면의 극대화와 상황의 극적 제시가 잡가 서술원리의 하나라 할 때 「제전」의 묘사 역시 잡가의 서술원리를 잘 보여준다고 할 수 있다. 죽은 이의 무덤 앞에서 천도를 하거나 제를 올리는 것은 다분히 망제, 진혼제, 넋풀이라는 종교 의례를 배경으로 한다. 그러나 이 노래는 중간 대목에서 제물을 자세히 묘사하고, 술에 대해 장황하게 묘사하는 방식으로 비극성 종교성을 비껴나가 놀이와 유흥의 분위기에 편승하고 있다.

「사설공명가(辭說孔明歌)」는 「공명가(孔明歌)」에서 파생된 노래로서 공명이 동남풍을 빌고 배를 타고 하구(夏口)로 가는 것을 서성과 정봉이 추격하였으나 결국 공명을 놓쳐버리고 한탄하는 부분까지 노래한 것이다. 조조가 80만 대군을 적벽강에서 전멸 당하게 하고 화용도로 도망을 가다 관우에게 잡히어 목숨을 비는 대목을 엮은 것을 「적벽가」라 하고, 이를 좀 더 자세히 엮은 것을 「별조공명가」라 한다. 「사설공명가」는 공명이 남병산에 올라 동남풍을 비는 데에서 축문 읽는 대문만을 엮은 것이다.[15] '공명이 갈건야복으로 남병산 올라 지세를 살핀 후에 칠선단을 돋아 모으고 동남풍 빌 제 (…중략…) 말을 마치며 단에 올라 분향재배하고 천지신명 전에 고축(告祝)하며 지성으로 비는 말씀 (…중략…) 금자 여손권으로 동심협력하여 공파조조라고 안보사직을 발원이올시다'로 전개되는 줄거리는 그야말로 축원 그 자체라 할 수 있다. 이 작품 역

15　이창배, 앞의 책, 284쪽.

시 축원 고사라는 종교 제의가 노래를 파생시키고 널리 향유하게 하는 요인으로 작용하고 있다. 다만 이를 꼭 무속의 축원으로 볼 필요는 없으나, 이 노래가 서도의 종교와 신앙이라는 기층문화에서 유래한 것으로 보는 데는 전혀 무리가 없을 것이다.

서도의 대표적인 굿 노래인 「배뱅이굿」은 굿의 내용이 줄거리를 형성하고 있는데, 객지에 나가 죽은 넋을 기리는 다분히 무속적인 노래이다. 그러나 주인공인 배뱅이는 가짜 무당이며, 작품의 결론은 주인공이 가짜 무당에 속아 넘어가 굿판을 벌인다는 내용으로서 다분히 반무속적이요, 반종교적인 내용으로 되어 있다. 그렇다고 이것이 중세적 속신을 부정한다고 해서 종교문화와 전혀 별개의 것이라고 할 수는 없다. 신의 권능이, 무당의 존재가, 종교의 신성성이 사라져 버리고 신앙의례나 무당이 객관화되고 희화화되는 현상 속에 이 작품이 존재한다. 전근대적 속신신앙의 문화에서 이야기의 구조, 줄거리가 생성되었으나, 신과 무당을 희화화하고 오락의 대상으로 만들어 버리는 현상이 담겨 있다. 그리고 이러한 현상은 서도잡가의 상당부분에서 유사하게 나타난다.

이상에서 무경, 무가뿐만 아니라 굿의 형식을 빈 오락거리인 「배뱅이굿」, 서정가요인 「제전」, 서사적 가요인 「배따라기」·「사설공명가」 등에서도 무속문화와 종교성이 반영되어 있음을 확인할 수 있다. 그런데 이들 작품에서는 한 가지 두드러진 특징이 있다. 바로 화자 목소리의 다성성(多聲性)이다. 일반적으로 잡가 한 작품 내에 앞뒤 구절이나 문장이 상호 유기적인 실서를 갖는 것은 아니다. 일정한 정서나 주제를 구현하는데 필요한 구절이면 기존에 유행하는 작품의 일부든 한시구든 가리지 않고 무잡하게 모아놓은 특징을 보이고 있다. 이상에서 검토한 작품에서도 여러 목소리가 섞여있는 것을 발견할 수 있다.

텬싱만민이 필슈직업이 다 각각 다르길너로 이내인싱은 포쳔싱쟝하여 비에 올낫더니 먹는거슨 스쟈밥이오 닙은옷슨 원웅이오 트고돈니는 거슨 필셩판이라 이렁더렁 힝션ᄒ야 말치밧썩내다르니 모진광풍이 진작ᄒ여 이리져리 블녀갈제 윤하윤식은 다 지나가고 황국단풍이 다시도라온다 영ᄌ님아 쇠노와보아라 평양에 대동강이 어디로 붓헛나 쇠노와보아라 (출항대목)

가마여울 썩넘어세셔 류로 문밧 얼핏지나 동포루에 비를미니 이날은 나 놈은날이 아니라 이내일신이 죽은 날이라고 죽은혼이라도 위로ᄒ려고 우리쟝손이 어미가 록두쌀 싯츠러 강변에 나왓다가 나를보더니만 혼비빅산ᄒ여 꿈인지 샹신지 샹신지 꿈인지 분변치 못ᄒ고 와르륵 달녀드러 셤셤옥슈로 부여잡고 호텬망극에 ᄒ는말이 이거시 웬일인가 하늘노셔 쩌러지며 짜흐로셔 소스나며 바람길에 뭇어오고 구름길에 쓰여왓나 ᄒ며 서로 붓들고우름우니 린리졔인과 일가친쳑이 모도다 모혀 비환이 교집ᄒ여 ᄒ춤우름울제 넙뎡집 쟝손이 어미와 다닥 달녀 드러 ᄒ는말이 여보 이거시 웬일이오 쟝손이 아바지는 왓것만은 우리 가쟝은 어이하여 아니온단 말이오 이리 ᄒ춤 말홀적에 쳐ᄌ권쇽과 부모동싱들의 ᄒ는말이 이후에는 밥을 빌어셔 죽을 쑬지라도 제발 쩍분에 빗놈 노릇을 ᄒ지 말아 (재회대목)[16]

16　『訂正增補新舊雜歌』, 평양: 광문책사, 1915, 166~169쪽(정재호 편, 앞의 책, 600~603쪽).

출항대목에서 이내 인생이 등장하는 것으로 보아 1인칭 화자의 자기 술회적 서술임이 분명하다. 그러나 "이렁더렁 행선하여 말치 밖 썩 내 다르니" 대목은 3인칭 서술자의 목소리에 가깝다. 아울러 "윤하윤색 다 지나가고 황국단풍이 다시 돌아온다"는 구는 이 대목에서 어울리지 않는 내용으로서 제3자의 목소리가 삽입된 것이며, "영좌님아 (…중략…) 쇠놓아 보아라" 구는 배가 행선지를 잃고 배회하는 대목에서 조타를 책임진 영좌에게 하는 말을 직접 인용한 것으로서 1인칭의 회고라기보다는 입체적 상황을 전달하는 제3의 목소리다.

이러한 화자의 혼용 교체 중복은 재회대목에서 두드러진다. "이날은 이내 일신이 죽은 날이라고 나를 보더니만 (…중략…) 꿈인지 분변치 못하고" 대목은 1인칭 화자의 목소리로 전달되고 있으나 3인칭 전지적 시점이 겹쳐있는 것으로 보인다. 아울러 아내와 이웃사람들이 하소연하는 대목도 상황을 객관적으로 제시하는 것이며, 체험의 당사자가 관찰자적 위치에서 그 상황을 전달하는 역할을 하고 있다.

이처럼 「배따라기」의 가창은 1인칭 회고담으로 이루어지는 가운데 부인의 목소리, 이웃사람의 목소리가 동시에 드러나 있다. 시점 역시 1인칭 주인공의 시점으로 시작하고 있으나 결국에는 3인칭 전지적 작가 시점이 전개되기도 하는 등 착종의 현상을 보이고 있다.

「제전」에서는 죽은 임에 대한 원망을 1인칭 화자가 서정적으로 표출하면서 동시에 제의의 과정을 서술하는 과정에서 관찰자의 시각을 노정히어 시선의 착종현상, 정서의 유리현상을 보여준다. 이러한 착종현상은 「배뱅이굿」에서 들려주는 목소리의 혼효현상과 다르지 않다.

「배뱅이굿」에는 무당의 노랫가락이 그러하듯이 일인 다역의 주인공이 등장한다. 배뱅이굿의 가창자는 "배뱅이의 넋이 들어왔다고 하는 박수무당의 흉내, 배뱅이 어머니의 음성, 배뱅이 아버지의 목소리, 함경도집 할머니의 흉내, 배뱅이의 어릴 때 친구 세월네, 네월네 등"의 목소리 흉내를 내어야 하는 어려운 작품이라 한다.[17] 다양한 목소리의 공존현상은 작품 외적 연희의 특징이면서 동시에 작품내적 현상으로 이어지는데, 이는 앞서 소개한 「배따라기」 등에도 상통하는 특징이기도 한다.

이상의 서술상의 특징을 단순하게 잡가의 형성원리로 설명할 수도 있으나 잡가의 종교성을 검토하는 이 글의 맥락에서 볼 때 이는 또 다른 의미를 찾아볼 수 있다. 무당은 중세의 민간신앙의 주재자이기도 하지만 현실 맥락에서 오락과 축제의 담당자요 연희의 담당자로서 일인다역의 역할을 하게 된다. 청배 공수 등 무속의 여러 제차(祭次)에서 무당의 목소리, 제주(祭主)의 목소리, 신의 목소리 등 다양한 갈림이 있는 것처럼 이상의 작품에서도 1인칭 목소리와 3인칭 목소리가 혼효되어 있고 기원하는 이, 기원을 받는 대상, 기원을 대신해주는 이의 목소리가 착종되어 있다. 이는 잡가에 등장하는 시선의 착종, 목소리의 다성성과 함께 이해될 수 있는 것이다. 아울러 이는 이 조선후기의 민화(民畵)나 지도에서 보여주는 미학적 특징과 유사하다. 민화에 등장하는 다양한 시점의 동시적 표현과, 우리의 고지도에 드러나는 다양한 초점의 동시적 표현은 여러 목소리가 착종된 잡가의 표현미학과 관련을 가지는 것으로 해석된다.

---

17 이창배, 앞의 책, 275쪽.

4. 잡가의 재발견 — 종교와 오락의 경계와 전화

역사는 있으나 자료가 없는 이 분야의 특성상 여기에서는 앞서 서술한 잡가의 현상에 내재된 문화적 성격에 대해 살펴보기로 한다. 근대 이전, 근대 초입까지도 민중들에게 직접 다가가는 가장 대표적인 연희는 바로 '굿'이었을 것이다. '굿이나 보고 떡이나 먹자' 등 굿과 관련된 여러 속담이 이를 반증한다. 굿이야말로 근대 이전 지역공동체의 축제요 삶의 방식이요 종교의식이었으며, 여기에서 향유한 노랫가락이야말로 대중들의 종교적 심성을 자극했을 것이다. 무당과 걸립패들이 보여주는 다양한 레퍼토리는 단순한 노동의 현장을 담은 민요와 다른 색다른 감각을 선사했을 것으로 추정된다. 이러한 감각은 근대유흥문화에 접맥되어 종교성을 반영하되 반종교적이며 무속서사의 구조를 답습하는 양상을 보인다. 초기 유성기 음반에 수록된 다양한 레퍼토리 가운데 그토록 많은 무경(巫經), 종교적 속성의 가요가 수록된 것도 이러한 흐름과 밀접한 관련이 있다. 중세의 신앙, 종교 담당자는 연희의 담당자요 오락과 축제의 담당자로서 일인다역의 기능을 하게 되었다. 이는 곧 작품 속에 다양한 목소리가 반영되어 있는 현상, 시선의 착종현상과 관련이 있는 것으로 보인다.

잡가는 근대 대중음악의 기원이 된 장르로 평가받고 있다. 근대의 유흥적인 분위기와 애상성은 잡가의 정서적 경향을 대표한다. 그러나 이는 잡가가 가지는 여러 특성 중의 하나일 뿐이다. 잡가는 전근대와 근대에 걸쳐 한국인의 종교적 심성을 다양한 방식으로 담아낸 장르로서, 중세의 종교적 전통과 근대의 유희화의 과정의 중핵이 되는 장르라는 평가를 내릴 수 있다. 이 글에서 소개한 잡가 작품들은 불교나 무속이라는 종교의 순일한 교의를 반영한 것은 아니다. 잡가는 종교가 어느 정도까지 세속화되고 삶의 일부가 될 수 있는지 그 극단적인 양상을 보여주는 의미도 있다. 이제 이 정도가 되면 종교적 가요는 오락물이 되고 종교와 관련을 맺고 있는 연행의 주체는 오락거리를 제공하는 주체로서 전화(轉化)의 과정을 거치게 된다. 잡가의 표현을 보면 생활에서 우러난 어휘와 비속한 어휘를 동원하고 있어 시적 형상화라는 장르적 긴장감은 거의 찾아보기 어렵다. 그리고 한 작품 내에 통일된 서술보다는 토막 난 문구들이 '엉거주춤' 결합되어 있는 경우가 다반사다. 이러한 파편화된 정서의 조합은 잡가의 문학성에 대한 기존 관념을 재확인하게 하는 근거가 된다.

그러나 이를 문화적인 현상으로 파악하면 잡가의 의의를 새롭게 발견할 수 있을 것으로 본다. 잡가의 이러한 특징은 초점이 다각화 되어 있는 조선후기의 민화(民畵)나, 실제의 공간성을 반영하여 지명이 기록된 조선후기의 지도 등에서 볼 수 있는 미학적 특징과 맞닿아 있다. 잡가의 창조자들은 의도하지 않았지만 중세적 질서가 해체되고 인간이 자연으로부터 격리되는 근대의 징후를 예감하고 이를 해체하고 희화화하여 표출한 것으로 해석된다. 앞의 논의에서 종교적 내용이 순일하게 작동하지 않고 작시의 맥락에서 종교의 희화화과정을 거치게 되는 것을 확인하였는데, 이는 초월적 세계와 현실세계의 교섭과 혼용, 즉 숭고

함의 비속화라는 맥락으로 해석된다. 심각한 기존 관념에 대한 유흥적 분위기로의 전화는 지속성과 통일성이라는 중세적 질서에 대한 잡가 가창자들, 잡가 향유자들의 유쾌한 반란으로 볼 수 있을 것이다.

무속과 불교의 혼종성을 비롯하여 숭고와 해학이라는 미의식의 혼종, 질서화된 세계를 파편화하고 근엄한 의식을 흔드는 데 잡가의 미학이 있다. 그리고 이를 확대해석하면 잡가는 전근대와 근대를 동시에 겪었던 당대인들의 의식이 전환되는 과정에 산출된 혼성 장르라는 평가를 내릴 수 있다. 다만 그것이 어느 정도까지 문화사적 파장을 불러일으켰는가에 대해서는 아직 논증해야할 지점이 많다.

근대 불교시가의 전환기적 양상과 의미
『조선불교월보(朝鮮佛敎月報)』를 중심으로

1. 매체의 혁신과 근대 불교시가

20세기 초 불교계는 조선시대 5백여 년에 걸친 질곡으로 와해된 운동성을 회복하고 근대종교로서의 체제를 갖추어야 하는 전환기적 과제를 맞이하게 되었다. 그러나 식민 체제에 편입되면서 불교계는 식민지 체제 속에서 한국불교의 정체성을 정립해야 하는 이중의 과제를 안게 된다. 불교계는 이렇게 과중한 시대의 모순을 해결하는 방법의 하나로 잡지(雜誌)에 주목하게 되었는데, 이로 인해 비로소 불교계 전체를 아우르는 대중공론의 장을 확보하게 되었다. 불교계 잡지에 수록된 논설과 제반 담론들은 근대 종교로의 전환문제에 관해 고심한 당대 불교계의 대응양상을 잘 보여주고 있다. 또한 불교계 잡지는 일상에서부터 작건 크건 다양하게 이루어지는 의식과 행사, 사상적 모색, 집단화된 계몽의식을 전달하여 당대의 담론을 형성하는 데 일정하게 기여하고 있는 시의성 있는 시사 잡지의 성격을 지닌다. 나아가 근대의 초입에 당시의 문화

양태를 다양하게 수용하고 있는 복합적인 문화 텍스트로서 불교계 잡지를 주목해야할 필요가 있다. 불교계 잡지는 근대 불교계의 공론의 장으로, 불교계의 혁신에 대해 제언하고 불교의 역사를 복원하며 불교의 교리와 용어를 정리하는 논설이외에도, 새로운 시대에 걸맞은 의식을 모색하기도 하며, 다양한 장르의 문학작품을 수록하고 있는 총합으로 존재한다. 따라서 불교계 잡지는 근대 잡지사나 근대 불교문화사 혹은 동 시대의 문학사 연구에서 중요하게 다루어져야 할 대상인 것이다.

문학 연구의 측면에서 볼 때 잡지에 수록된 시가 장르의 작품들과 서사 장르, 희곡, 기행문 등은 이 시대 불교 지성인들의 문학적 대응양상을 여실히 보여주고 있는 자료적 가치를 지닌다. 그러나 이 시기의 불교계 잡지에 수록된 문학 자료를 정리하고 소개하는 노력은 본격적으로 이루어지지 않았는데, 이는 자료집의 부재로 인한 것이 가장 큰 이유였다. 이 상황에서 『한국근현대불교자료총서』(이철교 · 김광식 편, 민족사, 1996) 전70권의 등장은 이 방면에 대해 본격적 연구의 견고한 발판을 마련한 의의를 지닌다.[1] 자료집에 집성된 불교계 잡지는 보수적인 문학관에서

---

1 자료집에 소개된 대표적인 불교계 잡지를 소개하면 다음과 같다.
『조선불교월보(朝鮮佛教月報)』1~19호(1912.2~1913.8)『해동불보(海東佛報)』1~8호(1913.11~1914.6)『불교진흥회월보(佛教振興會月報)』1~9호(1915.3~1915.12)『조선불교계(朝鮮佛教界)』1~3호(1916.4~1916.6)『조선불교총보(朝鮮佛教叢報)』1~22호(1917.3~1921.1)『유심(惟心)』1~3호(1918.9~1918.12)『취산보림(鷲山寶林)』1~6호(1920.1~1920.10)『조음(潮音)』창간호(1920.12)『불교(佛教)』1~108호(1924.7~1933.7)『불일(佛日)』1~2호(1924.7~1924.11)『평범(平凡)』1~3호(1926.8~1926.10)『금강저(金剛杵)』15~26호(1928.1~1943.1)『일광(一光)』1~10호(1928.12~1940.1)『선원(禪苑)』1~4호(1931.10~1935.10)『불교시보(佛教時報)』1~105호(1935.8~1944.4)『금강산(金剛山)』1~10호(1935.9~1936.6)『경북불교(慶北佛教)』1~48호(1936.7~1941.7)『신불교(新佛教)』1~67호(1937.3~1944.12)『람비니(藍毘尼)』1~4호(1937.5~1940.3)

상대적으로 진보적인 문학관까지, 국내에서 국외에 이르기까지, 불교 교리 전달 중심에서 개인의 자유로운 정서의 표출에 이르기까지 다양한 편폭을 보여준다. 이들 잡지를 불교사나 사상 연구의 자료가 아닌 당시대를 호흡하고 있는 불교계 지성인 집단의 문화운동의 텍스트로서 파악할 필요성이 절실해진다. 그리고 이러한 기대는 개별 잡지에 대한 구체적인 분석이 수반될 때 이루어질 수 있다.

이 글은 이 시기 불교계 잡지에 대한 문화사적, 문학사적 고찰을 염두에 두되, 관심의 폭을 좁혀 현전하는 최초의 불교계 잡지인『조선불교월보』(이하 '월보'로 지칭함)의 투고 작품에 나타난 시가 장르의 전환기적 양상을 고찰하고자 한다. 이를 통해 전통적인 가사 창작의 흐름과 차별성을 지니는 도시불교의 현장에서 이루어진 다양한 시가 작품을 복원하며 그 시대적 의의를 드러낼 수 있을 것으로 기대한다.

2.『조선불교월보』의 성격과 편집자

『조선불교월보(朝鮮佛教月報)』는 원종종무원(圓宗宗務院)의 기관지로서 1912년 2월 조선불교월보사(朝鮮佛教月報社)에서 간행하였다.[2] 편집 겸

---

2 1912년 6월 圓宗과 臨濟宗이 통합되면서 운영의 주체는 朝鮮禪教兩宗各本山住持會議院으로 명칭이 바뀌었으나 잡지의 성격에는 큰 영향을 끼치지 않은 것으로 보인다.

발행인은 권상로(權相老, 1879~1965)이다.

이 잡지의 편집 방침은 '본보(本報)의 특색(特色)'으로 소개된 광고기사에 잘 드러나 있다. 권상로는 이 잡지가 '승려계의 모범, 학생계의 양사(良師), 수증가(修證家)의 보잠(寶箴), 종교가의 명감(明鑑), 한묵가(翰墨家)의 호우(好友)'가 되기를 희망하였다.[3] 이를 통해 이 잡지가 불교계 소식을 전달하는 단순한 기관지를 넘어서 근대적 교양 잡지로서 다양한 독자층을 설정하고 있음을 알 수 있다. 그러나 실질적으로는 교리의 연구나 해설, 불교사의 정립과 자료의 발굴 등이 대다수를 이루고 있고, '관보(官報)'란을 통해 일제의 종교정책을 신속하게 전달하는 한편, '잡보(雜報)'란을 통해 이와 관련된 기사를 게재하여 결과적으로 일제 종교정책을 홍보하는 역할을 하기도 하였다. 그리고 일반 독자의 투고를 환영하고 있으나 실질적으로는 "정치(政治)에 관계(關係)가 유(有)한 문자(文字)는 불요(不要)홈(11호 판권란)", "본보(本報)는 단순(單純)한 종교성질(宗敎性質)인즉 정치(政治) 등(等)을 함유(含有)한 투고(投稿)는 불요(不要)홈"(12호 속 표지)이라 하여 독자들의 현실 참여에 매우 제한적인 입장을 취하고 있다.

편집체제는 매 호마다 약간의 변화가 있으나 시사적인 논설, 불교 교리의 논구나 풀이, 불교사의 탐구, 금석문, 한시(漢詩), 국문시가나 소설

3　本報의 特色(11호).
　　本報는 佛祖의 骨髓로써 人天의 眼目을 開ᄒ기로 目的ᄒ오니 僧侶界의 模範.
　　本報는 久遠한 敎史와 深奧한 敎理를 簡明ᄒ도록 發揮ᄒ오니 學生界의 良師.
　　本報는 敎海에 行相과 禪林에 公案을 詳細히 演繹編述ᄒ오니 修證家의 寶箴.
　　本報는 宇宙의 萬有와 眞俗의 諸諦를 籠絡ᄒ야 配對辨明ᄒᄂ 宗敎家의 明鑑.
　　本報는 新舊學問과 內外群籍을 括取ᄒ야 文華가 彬蔚ᄒ오니 翰墨家의 好友.
　　本報는 世出世間과 內外人民의게 普及ᄒ야 迅速流通홈으로 廣告力이 卓越.

	1호	2	3	4	5	6	7	8	9	10	11	12	13	14	15	16	17	18	19
권상로	6편	9	6	11	11	10	5	7	3	3	3	7	7	5	5	6	6	6	11
박한영								1	1	0	1	4	4	2	4	5	6	5	5
최동식											2	4	2	3	2	3	3	2	2
한용운													1	1					
백용성				1	1	1			1	1									
최취허														2					
총목차	11	12	16	17	18	14	10	23	15	20	12	21	20	29	18	20	23	22	28

작품, 관보, 국내 불교계 소식 등으로 일정한 순서에 따라 편집되었다.[4]
주요 필진으로는 권상로, 박한영, 최동식, 백용성, 한용운, 최취허 등이
있으며, 이중 대표 필자는 단연 편집 겸 발행인이자 '기자'였던 권상로
를 들 수 있다. 이들을 중심으로 1~19호까지 글의 편수를 제시하면 위의
〈표 12〉와 같다.

　〈표 12〉를 보면 권상로의 글이 총 126편으로 압도적이며, 잡지의 초기
에는 거의 1인 필진 시대라 할 수 있을 정도로 그의 비중과 역할이 컸다는
것을 알 수 있다.[5] 그는 본명 이외에도 긔자(記者), 퇴경(退耕), 운산두타(雲
山頭陀), 쌍하자(雙荷子), 운양사문(雲陽沙門), 일천제(一闡提), 지일자(之一子),
백운한사(白雲閑士), 무심도인(無心道人), 쌍련암주인(雙蓮庵主人), 사불산인

4　13호부터 편집체재가 완전히 바뀌었으나 담긴 내용은 처음의 순서와 크게 다르지 않다. 다
만 이 글의 대상인 근대시가가 13호부터는 등장하지 않는다는 점은 특기할만하다.
1호 : 趣旨書 序 祝辭 論說 文苑 敎史 傳記 寄書 詞林 雜著 官報 雜報
8호 : 論說 講壇 文苑 敎史 傳記 寄書 雜著 詞林 歌園 譚叢 강연 官報抄錄 雜報
13호 : 一炷香 廣長舌 正法眼 無縫塔 大圓鏡 閑葛藤 無孔笛 언문부 官報抄 雜貨舖
19호 : 廣長舌 獅子吼 無縫塔 大圓鏡 流星身 閑葛藤 無孔笛 언문부 官報抄 雜貨舖

5　편수는 목차에 제시된 것을 중심으로 계산한 것이다. 여러 사람이 동시에 참여하고 있는 축
사란이나 한시를 모아놓은 사조란의 작품은 포함하지 않았다.

(四佛山人), 농지생(聾之生), 운산도사(雲山道士), 상로자(相老子), 구소당(九韶堂) 등의 필명으로 불교, 역사, 사상, 문학, 문화 등 다방면에 걸쳐 매우 정력적인 글쓰기를 보여주고 있다.

당대의 대표적인 교학승이었던 박한영은 주로 '강단'란을 통해 교학을 전달하는 역할을 하였다.[6] 박한영은 이회광이 원종을 세울 때 한용운과 함께 임제종을 세워 대립했던 관계로서, 이회광이 주도한 원종의 기관지로 출발한 『조선불교월보』에 참여할 입장은 아니었으나, 1912년 5월 28일 주지회의에서 원종과 임제종을 조선선교양종으로 통합하기로 결정하고 양자가 화해 한 후 비로소 필진으로 등장하게 된다.[7] 박한영의 글이 등장하는 8호부터는 권상로의 비중이 축소되는 경향이 있다.[8] 그럼에도 실질적으로 권상로 1인에 의해 잡지가 지속되었다는 점에서 월보에 대한 연구의 상당부분은 권상로의 초기 활동에 대한 연구와 중복될 수밖에 없다.

권상로 글의 성격을 대별하면 첫째, 조선불교개혁론,[9] 둘째, 교리 연구 및 해설,[10] 셋째, 해외 저술 번역 소개,[11] 넷째, 한국불교사 정립과 문헌의 발굴,[12] 다섯째 한시, 시가, 소설[13] 및 기타 단형물[14] 등이다. 이 가

---

6 한시작품은 제외하였다. 이 잡지에 수록된 한시에 대한 고찰은 별고를 통해 규명될 필요가 있다.

7 『조선불교월보』7, '잡저'.

8 8~11호에는 권상로의 글의 비중이 현격하게 줄어든다. 8호~12호까지 '記者'로 소개되는 글이 없는 것은 박한영의 등장으로 인한 것인지 다른 이유인지 확인이 필요할 것으로 본다.

9 '잡저'(3~8호)와 '한갈등'(13~18호)란에 12회 「조선불교개혁론」이 연재되었다.

10 강연, 강단, 학해, 본실린을 중심으로 소개되었다.

11 村上專精의 불교통일론을 강단 정법안 사자후 란에 언제함. 村上專精(1851~1929)는 大乘非佛說을 주장한 일본의 유명한 불교학자이며, 권상로가 이를 번역한 것 역시 그의 개혁 의지가 잘 드러나는 것이라 한다(이재현, 2000).

운데 앞의 네 측면에 대하여는 기존의 불교학, 역사학계에서 어느 정도 소개가 이루어진 상황이다.[15] 그러나 계몽담론을 전달하는 과정에서 여성 독자를 공론의 장에 편입하고 이 과정에서 새로운 형식의 문학을 시도하는 역할에 대해서는 지금껏 논의된 바 없다.

한편 '雜報'란에 여러 소식을 선택적으로 소개한 편집자의 역할은 통계자료에는 잡히지 않으나 나름대로 중요한 의미를 지닌다. '잡보'란의 여러 기사를 분석해보면 일정한 경향성을 확인할 수 있는데, 가장 주요한 관심사는 포교당의 건립과 불교의식의 집전이었다. 이들 기사를 적극 발굴하고 소개한 것은 불교의식의 재정립이라는 시대적인 과제와 맞닿아 있다.

시가 작품은 몇 편 되지 않으나, 한시·언문풀이·창가·가사 등 이 시대에 존재했던 다양한 문학 양식이 소개되었다. '사림(詞林)', '사조(詞藻)'와 '무공적(無孔笛)'란에는 권상로 최동식 최취허(崔就墟) 박한영(朴漢永) 등의 한시가 수록되어 있다. 국문시가는 '가원(歌園)'과 '언문'란에 주로 수록되었다. 무심도인(無心道人)의 「諺文歌(언문뒤푸리)」·「時鍾歌」·「陽春九曲」, 지일자(之一子)의 「新歲拜」, 김정혜의 「紀念歌」, 최취허의 「歸

12　教史란과 무봉탑 란에 인도사, 지나사, 조선사, 일본사, 삼국사, 고려사가 연재되었으며, 문원과 대원경 란에 고승들의 비명 비문 간찰 등을 (24회에 걸쳐) 집성하였다. 傳記란에는 순도화상에서 원광법사에 이르는 초기 인물의 전기를 발굴 소개하였다. 불교사를 정립하는 문제는 권상로에게 가장 큰 관심사의 하나였다. 비문자료를 수집하기 위해 현상응모(4~8호)를 하고 시상(14호. 雜貨舖)까지 하는 등 국학자로서 강한 의지와 사명감을 보여준다.

13　소설로는 권상로의 「尋春」(1호), 「楊柳絲」(4·6호)와 南史居士의 一宿覺(2~3호)이 있다.

14　'譚叢'란에 소개된 짤막한 이야기(4·5·8호)로 추후에 소설과 단형물에 대한 논의가 필요하리라 본다.

15　양은용(1993); 김경집(2001); 이재현(2000); 김경집(2006); 이덕진(2006) 외 참고

一歌」, 복덕월 리한열의 「축사(祝辭)」, 이증석의 「신년축사(新年祝詞)」 등이 있다.[16] 권상로의 시가작품 4편과 여타의 작품에는 불교개혁의 의지가 작품 속에 고스란히 반영되어 있는바, 오랜 세월에 걸친 불교계의 어둠을 깨치고 새로운 중흥의 전기를 마련하자는 의도에서 자각과 정진을 고취시키는 계몽적인 내용이 주를 이루고 있다. 포교당 등의 건립과 기념일을 맞이하여 행사시에 부르는 창가로 소개된 김정혜, 최취허의 창가, 복덕월 리한열의 「축사(祝辭)」, 이증석의 「신년축사(新年祝詞)」 등은 근대 전환기를 맞이한 이 시대의 불교계의 분위기를 잘 반영하고 있다. 물론 이러한 작품을 선별 수록한 편집자 권상로의 의도가 배경에 작용하고 있음은 유념해야 할 것이다. 이에 제3장에서는 권상로의 편집자로서의 역할이 주로 드러나는 창가, 언문풍월을 중심으로 그 전환기적 양상에 대해 고찰해 보고자 한다. 권상로 창작의 작품은 이 책의 다음 장에서 별도로 논의하도록 한다.

---

16 이 가운데 '무심도인'과 '지일자'는 권상로의 호라는 점을 앞서 밝힌 바 있다.

3. 『조선불교월보』 국문시가의 전환기적 양상

1) 새로운 의식의 모색과 창가(唱歌)

조선 왕조 500년에 걸친 오랜 억불(抑佛)의 상황에서 조선시대의 불교는 교학(敎學)의 부진과 교단의 쇠퇴를 맞이하였다. 이 가운데서도 왜란과 호란을 겪으면서 승군(僧軍)의 활동이 활발하게 전개되어 불교교단의 입지가 어느 정도 확보되었고, 이후 17세기에서 18세기에 이르는 동안 전국의 사찰에서 불사(佛事)가 중흥되는 기회를 맞이하였다. 이 시기에는 각 사찰의 대웅전을 비롯한 법당의 개보수와 중수(重修)가 이어졌고 이에 따라 각각의 부속건물에 필요한 다양한 형태의 탱화—〈감로도〉, 〈시왕도〉, 〈영산회상도〉 등—와 불상이 제작되었다. 아울러 불교경전의 재간행이 활발하게 이루어지게 된다. 이는 물론 진경시대라고 하는 영정조 전후의 우리 문화의 부흥시대와 맥을 같이 하는 것이다.

이러한 과정과 동시에 또는 계기적으로, 조선후기 불교계는 의례의 정립과 정비를 통해 불교를 홍포하고 법통을 전승하려는 노력을 보여준다. 이는 18세기 이후에 정비된 각종 의례서를 통해 확인할 수 있다. 이 시기의 의례집으로 『범음집(梵音集)』(智還 편, 1723) 『작법귀감(作法龜鑑)』(白坡 찬, 1826) 『동음집(同音集)』(미상, 18세기 이후) 『일판집(一判集)』(미상, 18세기 이후) 등이 있다. 이 시기에 의식집을 여러 차례 펴낸 것은 의식의 정비를 통해서 교단의 질서를 세우고 대중포교에 효과를 높이기 위한 것으로 생각된다. 한편 범패의 가창과 함께 바라춤 나비춤 등의 다양한 무용의식과 괘불 그림 등 민속신앙적인 요소가 결합되는 양상을 보여준다.[17]

그러나 이러한 의례불교의 파생양상은 20세기 나라의 운명이 급박하게 돌아가고 급변하는 사회문화적인 환경 속에서 그 시대적인 의의를 상실하게 되었다. 근대불교운동을 전개하는 선각자들은 기존의 의례불교에 대한 철저한 부정을 주창하거나 온건하게는 기존의례의 정비를 주장하게 되었다. 한용운의 『조선불교유신론』의 상당부분은 주로 기존의 신앙행태와 의례 불교에 대한 비판으로 이루어져 있다.

조선 佛歌의 백 가지 법도가 신통치 않아서 하나도 볼 것이 없거니와 그 중에서도 齋供養의 의식(梵唄 四物 作法 禮懺 및 기타)이라든지 제사 때의 예절 따위의 일(對靈施食 및 기타)에 이르러서는 매우 번잡 혼란하여 질서가 없고 비열 잡박해서 끝이 없는 상태다. 이것을 모두어 도깨비의 연극이라고 이름 붙이면 거의 사실에 가까울 듯하니 지금은 말하는 것도 부끄러운 까닭에 가리어 논하지 않으련다.[18]

한용운은 기존의 불교의례의 제 양상을 미신으로 규정하고 기복신앙적 불교를 벗어나야 한다고 주장하였다. 그리고 다신교적인 양상을 보이고 있는 각종 숭배 대상을 석가모니 불상 하나로 통합해야 하며, 의식

---

17 홍윤식, 『한국불교사의 연구』, 교문사, 1988, 288쪽 참고.
18 한용운, 이원섭 역, 『조선불교유신론』, 운주사, 1992, 112쪽.

절차도 간결하게 하여 종래 범패 사물 의식무 등 예능적 불교의식을 모두 없애야 된다고 하였다.

한용운이 비판하고 있는 재래의 예능적 특성을 지닌 다양한 형태의 불교의식은 조선 후기의 시대 상황에 대응한 하나의 문화양상이라는 점에서 그 역사적인 의미를 부여할 수 있다. 그러나 이러한 의례중심 예능중심의 포교방향은 근대의 상황에서 타율적이고 비주체적인 신앙으로 규정되면서 새로운 의식의 필요성이 강하게 제시되었다. 한용운이 『조선불교유신론』에서 제기하고 있는 주장의 핵심은 기존 의례불교의 다양하고 잡박한 예능형태는 불교의 본질을 벗어난 것이며 의식을 단순하게 하여 불교의 본래의 정신을 회복하자는 것이다.

그러나 이러한 주장은 한용운만 제기한 것은 아니었다. 이미 이 시기에 조선의 불교계는 교육제도 사회제도의 근대적인 변화 속에서 의례의식의 개선에 대한 다양한 모색이 진행되고 있었다.

예를 들어 월보 2호의 기자 논설(「大邱信士의 衆議를 一述홈」)에는 범어사에서 대구에 설립 중인 포교당의 의식에 대한 의견이 세 갈래로 나뉘어져 있다는 점을 예의 주시하고 있다. 장차 포교하는 의식에서 불상을 모시자는 입장(因舊派), 일원상을 모시자는 입장(圓相派), 불상도 일원상도 없이 의식을 진행하자는 입장(眞空派)이 대립되어 있는데, 이 중 세 번째 진공파가 우세하다는 기사와 함께 기자의 의견을 개진하고 있다.[19]

---

19 我 朝鮮 佛教界에 活動力이 第一 澎漲 敏銳한 釜山府 梵魚寺에셔는 東萊郡에 法輪寺를 創立 호야 布教에 從事호고 又 其 餘力을 延伸호야 現今 永川郡 銀海寺와 合資호야 布教堂을 大邱 에 又爲建築호는 中인디 將來 奉佛 布教홀 儀式에 就호야 信士 諸氏의 論議가 不一호야 此를 類分호면 大概 三派로 成立되야시니 甲, 眞空派 乙, 圓相派 丙, 因舊派 (…중략…) 三派의 言

또한 1912년 5월 28일 11본사 주지회의에서 원종 임제종을 조선 선교 양종으로 결정하고 사법(寺法)을 제정하면서 삼보본법식일(三報本法式日)로 세존열반회(2.15), 세존탄생회(4.8), 세존성도회(12.8)(60쪽)[20]로 정하였다. 그리고 "불공절차(佛供節次)는 종래(從來)의 청규(淸規)를 의(依)ᄒ되 단(但) 화청(和請) 고무(鼓舞) 라법(法) 작법(作法)은 일체(一切) 폐지(廢止)홈"(64쪽)[21]이라 하여 전통 의례에 대한 금지를 사법으로 강제하고 있음을 알 수 있다. 사법(寺法)은 일본의 사찰령과 사찰령 시행 규칙에 의해 제정토록 한 일제의 문화 말살 정책의 와중에 제정된 폭압적인 법령이었다. 종래의 민속화된 불교의례에 대한 반성과 일제의 문화 말살 정책은 근본적으로 큰 차이가 있으나, 산중불교에서 도시불교로 전환되는 이 시기에 양자가 한 지점에서 만나고 있다는 사실은 매우 역설적이라 할 수 있다.

이 시기의 의식의 변화 양상은 불교계 잡지의 '잡보'나 '휘보'란을 중심으로 소개되었다. 월보의 경우에도 의식의 소개는 새로운 시대를 맞아 흥성하는 불교의 위상을 드러내는 호자료로 적극 소개되었다. 초기 간행에서 주목되는 것은 석탄일, 성도일, 열반재 등의 의식의 절차와 성황에 대한 것이다. 그리고 의식의 절차 중의 하나로 찬가(讚歌)나 창가(唱歌)를 불렀다는 기록이 빠지지 않는다는 점도 주목할 만하다.[22] 이와 함께

論이 互相支吾ᄒ야 何로 落着홀는지는 未知이느 多數는 甲派를 向ᄒ야 擧手ᄒ다더라.

20 4호(1912.5) : '잡보'

21 4호(1912.5) : '잡보'

22 대표적인 기사는 다음과 같다.
1호 : (1912.2)(成道紀念日 행사. 각황교당)
畫會 : ① 개회 ② 대중예식 ③ 설교 ④ 贊演 ⑤ 답사 ⑥ 進供
夜會 : ① 대중팔상예식 ② 讚歌–남학생 여학생 ③ 奏樂 ④ 설교 ⑤ 찬연 ⑥ 讚歌–남학생 양정여학생 ⑦ 進供 ⑧ 폐회

각지의 포교당 건축이나 행사시에 창가(唱歌)는 필수적인 절차의 하나로 자리 잡아 가는 상황도 '잡보'를 통해 확인할 수 있다.[23] 이들 의식은 월보 초기 호(1~6호)에 자세히 소개되어 있다. 이 시기 매우 새롭고 이목을 끄는 행사로 적극적인 의미를 부여하고 있음을 알 수 있다. 각 행사에 소개된 창가 역시 불교계의 의식에 새로 유입된 절차로서 주목되는 것임을 짐작할 수 있다. 그러나 7호 이후에는 더 이상 자세한 의식절차의 소개는 이루어지지 않게 된다.[24] 이제는 이목을 끄는 의식의 절차가 아니라

4호(1912.5)(涅槃齋 행사. 각황사 포교당)

각황사 포교당내에서는 4월2일(음력 2월 15일)에 석가세존열반하신 제2861회에 당한 열반재를 성대히 거행하였는데 그 순서는 다음과 같다.

書會 : ① 개회 ② 唱歌-호동학교학생(夜會시에는 호동학교학생 양정여학교학생) ③ 대중예식 ④ 식사 ⑤ 설교 ⑥ 찬연 ⑦ 답사 ⑧ 唱歌(상동) ⑨ 진공 ⑩ 폐회-인데 신남신녀와 기타 참관하는 내빈이 만장하여 無前한 盛況을 물하였더라.

5호(1912.6)-(釋迦誕辰日 행사. 각황사)

(畫會) ① 개회 ② 唱歌(사립호동학교학생 사립양정여학교학생) ③ 대중팔상예식 ④ 설교 ⑤ 贊演 ⑥ 창가(사립호동학교학생 사립양정여학교학생) ⑦ 進供 ⑧ 폐회 (夜會)인디 來會는 신사신녀와 卄관광자가 무려 7, 8천에 달하였고 호동학교 급 양정여학교에서 각각 50燈을 製獻하였으며.... 각황사 창건이래 불과 3년에 여시히 확장됨을 추산하건데 不幾年에 吾敎의 대발전을 가히 단언하겠도다.

5호(1912.6)-(통도사 석탄일 및 사리계단탑 낙성식 거행)

① 開式(창가) 학생 ② 개식취지 ③ 설교(김구하) ④ 찬연 ⑤ 축사((…중략…) 부인회대표 尹淑貞, 여학생대표 李全子) ⑥ 답사 ⑦ 창가(학생) ⑧ 遊戲-여학생 ⑨ 進다과 ⑩ 閉式(夜會에는 폐회 때도 唱歌)인데 참관자가 萬有餘名에 달하여 近古조선불교계는 초유한 성황을 정하였다더라.

23 5호(1912.6)-[잡보] 범어사 주최 경성 포교당 건축(조선임제종중앙포교당 개교식 거행의 식순) ① 개회 ② 귀의삼보 ③ 창가(사립호동학교학생) ④ 주악(고아원음악) ⑤ 취지설명(한용운) ⑥ 八定 3분간 ⑦ 설교(백용성) ⑧ 찬연 ⑨ 축사 ⑨ 주악 ⑩ 창가(상동) ⑪ 불교만세 ⑫ 폐회 ⑬ 進茶菓

7호[잡제] 함경남도 안변군 석왕사 포교당 세우고 봉불식 거행-拜觀者가 一路에 充塞ᄒᆞ야 幾百萬名으로 計數키 難한 人山人海를 成ᄒᆞ얏고 기 법식순서는 좌와 여ᄒᆞ얏더라

(畫會) ① 개회 ② 대중예식 ③ 唱歌(明進學校 生徒) ④ 주악 ⑤ 설교 ⑥ 찬연 ⑦ 답사(*夜會시 唱歌 추가) ⑧ 진공

24 10호[잡보] 조선불교중앙포교당에서 지난 27일 제2회 기념일인 고로 각사 승려와 신남신녀 제씨가 다수 회집ᄒᆞ야 주야회에 공전절후한 성대예식을 設行하였더라.

13호 '雜貨舖' 경성 조선불교중앙포교당에셔는 납월 8일 성도기념식을 성대히 거행ᄒᆞ얏더라.

벌써 일반적 경향으로 자리 잡았음을 유추할 수 있다. 다만 1913년에 이르면 기존의 의식에 '환등(幻燈)'회(會)라는 방식이 새로 선을 보이며, 이에 대해서는 다시 자세한 소개가 이루어진다.[25] 근대 의식의 작은 변화에 대한 기자로서의 보도 자세가 여실히 드러나는 것이다.

이러한 행사에서 부른 찬가(讚歌), 창가(唱歌) 그리고 여러 학교 학생이 제창으로 불렀을 창가의 내용은 현재 전하지 않는다. 이 시기의 창가가 그러하듯이 서양의 악곡(예를 들어 올드랭사인 등)이나 일본의 곡조를 차용하여 불렀을 가능성이 크나 확인할 자료는 없다. 다만 현재 확인되는 자료는 「기념가(紀念歌)」와 「귀일가(歸一歌)」 두 편이다.

「기념가」는 대구(大邱) 동화사(桐華寺) 포교당(布敎堂) 제일회(第一回) 기념식(記念式) 창가(唱歌)로 소개(월보 7호, 1912.8)되었다.

어와우리 同胞들아 오날날을 알으시오

明治四十四年度에 奉佛ᄒ던 紀念일세

우리世尊 釋迦如來 大慈大悲 誓願으로

三界火宅 苦海中에 衆生濟度 ᄒ시고져

---

²⁵ 15호 '雜貨舖' 경성 조선불교중앙포교당에서는 열반일에 성대ᄒᆫ 기념식을 주야 2회에 設行ᄒ며 夜會에 如來八相幻燈이 有홈으로 인산인해를 成ᄒ야 비상한 성황을 呈하얏ᄂ디 그 순서는 如左ᄒ더라.
(晝會) ① 개회 ② 唱歌-학생 ③ 八相禮式 ④ 설교(박한영) ⑤ 贊演(이능화) ⑥ 창가-학생 ⑦ 進供 ⑧ 폐회
(夜會) ① 개회 ② 창가-학생 ③ 奏樂 ④ 팔상예식 ⑤ 八相幻燈 ⑥ 창가-학생 ⑦ 진공 ⑧ 폐회
17호 '雜貨舖'-誕節盛式 : 本年 陰 4월 8일 誕節은 세존응화 2939회 기념일인 고로 環靑丘로 言ᄒ야도 사원과 교당마다 기념에 대한 供養盛備와 法要演揚홈은 無處無之ᄒᆫ즉 枚擧報告ᄒ기 不能ᄒ거니와 其最勝 最大式場은 경성중부 각황사 즉 소선불교중잉포교당에ᄂᆫ 주야기념식 성황은 無論ᄒ고 如來應化事蹟으로 素本을 삼어 幻燈會가 壯觀奇觀을 遂成ᄒ얏고

秋天滿月 도드신듯 三十二相 八十種好

大人相을 莊嚴ᄒ사 淨飯王宮 誕生ᄒ와

七十九年 住世中에 三百餘會 說法으로

度脫衆生 ᄒ오시니 一生能事 아니신가

我佛如來 無上法門 希有ᄒ고 微妙ᄒ다

飢饉劫時 膏粱이요 疾病劫時 良藥이라

昏衢長夜 寶月이요 生死苦海 慈航일시

一歷耳根 ᄒ오시면 生死輪廻 永脫ᄒ고

無生法忍 證得ᄒ야 無上快樂 바드시니

엇지아니 조흘숀가 이리조흔 微妙法을

혼자알고 안說ᄒ면 佛子義務 아니로셰

어화우리 同胞들아 報佛恩德 ᄒ야보셰

報佛恩德 ᄒ사랴면 어이ᄒ야 ᄒ올넌고

香華燈燭 幢幡寶盖 가지가지 供養ᄒ며

三時身命 河沙七寶 가지가지 布施ᄒ며

頂戴ᄒ고 床座되야 恒沙劫을 지녀여도

布敎傳道 못ᄒ오면 報佛恩德 아니로셰

어화우리 同胞들아 어셔어셔 工夫ᄒ야

布敎ᄒ며 傳道ᄒ야 報佛恩德 ᄒ야보셰

이와갓흔 佛恩德은 우리當然 갑흘바라

우리아니 갑흐오면 그뉘기롤 밋을숀가

同胞들아 同胞들아 銘心不忘 잇지마오

紀念旗를 놉히들고 萬歲훈번 불너보세

―「기념가」

이 작품은 동화사 포교 출장본부인 아미산포교당에서 제1회 봉불기념식을 거행하면서 부른 노래로서, 자세한 행사내용이 월보 6호 '잡보'란에 소개되어 있다.

5월 20일 음력 4월 9일 동화사 포교 출장본부 아미산포교당에서 제1회 奉佛기념식 거행ᄒ얏ᄂᆞᆫ디 當地 各官吏와 各宗敎 各社會 代表와 紳士諸氏와 多數히 參禮ᄒ얏고 信徒는 男女間 수천여명에 達ᄒ얏ᄂᆞᆫ디 下午 1시에 開會ᄒ야 本寺住持 金南坡씨가 出席ᄒ야 趣旨를 說明하얏고 說敎는 朝鮮側에셔 金月齊씨가 登壇ᄒ야 佛敎宗旨를 演揚ᄒ얏고 (…중략…) 餘興으로 동화사 학생 40여 명과 파계사 학생 20여 명과 유가사학생 ᄭᅡ지 70여 명이 일제히 紀念歌를 唱하고 下午 8시에ᄂᆞᆫ 靑黃赤白 四色燈籠으로 수백여개ᄅᆞᆯ 半空에 高懸ᄒ고 학생이 提燈唱歌훈 후에 폐회하얏ᄂᆞᆫ디 大邱ᄀᆞᆺ치 인심이 완고ᄒ고 佛法을 신앙치 아니ᄒ던 지방에도.

월제(月齊) 김정혜(金定慧)[26]는 봉불식을 기념하는 자리에서 조선측의 대표로 참석하여 강연[27]을 하였고, 기념 창가의 가사를 지었다. 이 노래

---

26 『조선불교월보』 제4호 '祝辭'란에 조선북교월보를 축하하는 한시투의 축사가 실려있다. 「祝辭」 曰爾報公아 來何晚也오 公之不來에 慧炬幾滅터니 公之來也에 慧炬復明이로다 飢饉劫時 膏粱이오 疾病劫時 良藥이로다 孰聞公來ᄒ고 不以踏舞아 讚之不及ᄒ고 頌之不及이로다 心香一炷로 暗祝吾公ᄒ노니 壽量無窮ᄒ야 於千萬劫이어다.

는 여러 학생들이 일제히 제창하였던 것으로 기록되었는데 그 곡조는
알 수 없다. 앞부분에서는 부처님 은혜를 소개하고, 중반 이후에는 부
처님의 은혜에 보답하는 일은 포교와 전도에 있다는 내용을 담고 있다.
김정혜가 법회에서 행한 강연의 요지가 각자 본분을 다하고 포교에 힘
쓸 것을 권장하고 있는 것과 같은 내용이라 할 수 있다.

　일제의 사찰 정책에 의해 더 이상의 사찰은 개창할 수 없고 포교당 건
립만 가능케 한 결과 불교잡지에 포교당 건립 소식이 다수 차지하게 되
었다. 그리고 포교당이라는 명칭에 걸맞게 포교와 전도에 힘쓸 것을 당
부하는 내용의 창가가 불려지는 것은 이 시대의 현상이라 할 수 있다.
최취허(崔就墟)의 「귀일가(歸一歌)」는 경북 풍기군 봉명사(鳴鳳寺) 귀일강
당(歸一講堂)의 건립을 축하하고 학업에 힘쓰자는 내용으로 월보 8호
(1912.9) '歌園'란에 수록되어 있다.

歸一講堂 學徒들아 歸一趣旨 知也否아

歸一意思 모르거든 歸一義味 드러보소

歸一ᄒᆞᄂᆞᆫ 此時代에 歸一안코 되깃는가

農業歸一 氣力업고 商業歸一 資本업네

工業歸一 홀수업고 學業歸一 第一일셰

學業歸一 ᄒᆞ고보면 萬事歸一 졀노된다

國民義務 歸一ᄒᆞ면 忠君愛國 歸一ᄒᆞ고

27　강연 내용 전문이 동 잡지 6호에 실려 있다.

孝親敬長 歸一ᄒ면 爲人子弟 歸一ᄒ고

交友投分 歸一ᄒ면 朋友有信 歸一일셰

三綱五常 歸一ᄒ면 慈善道德 歸一이오

慈善道德 歸一ᄒ면 三乘會歸 一乘이라

三歸一乘 ᄒ고보면 萬法歸一 一何歸지

此歸一於 何處런고 百川流水 歸一海라

三界萬類 歸一處ᄂ 畢竟成佛 歸一일시

歸一講堂 目的地ᄂ 如是歸一 如是로다

歸一歌를 놉히불너 歸一講堂 歸一ᄒ셰

―「귀일가」

매 구마다 당호인 '귀일(歸一)'을 반복해서 일정한 리듬을 형성하고 있다. 노래로 부를 때 매우 박진감 있는 가락이 형성되었을 것으로 보인다.

지금까지 살펴본 바와 같이 이 시대에는 의식의 양상이 전 시기와 사뭇 다르게 전개되는 것을 파악할 수 있다. 의식이 현대적인 식순 개념으로 변모하고 있고 승려 중심의 의례가 아닌 자리를 함께 한 모든 이를 위한 식순이 되어 있음을 알 수 있다. 그리고 기독교 의식가요에서 유래한 창가가 구연되고 있으며 여학생의 유희(遊戱)와 같은 근대적 오락물 혹은 근대적 예능화의 양상까지도 파악된다. 그리고 이러한 의식절차에 양건식 한용운 이능화 등이 연사로 참여하고 있음을 보면 한용운이 주창하고 있는 새로운 의식의 형태와 직간접적인 관련을 맺고 있음을 알 수 있다. 나아가 기념식 창가 등이 소개되면서 이 시기 의식불교의 근대화되는 과정에서 새로운 음악 장르의 도입과 형성이 하나의 현상으로 자리 잡고 있음을 알 수 있다.

1931년에 변화하는 시대 새로운 의식의 정비를 요구하는 시대적인 요청 속에 『석문의범』이 출간되었다. 이 책은 일반대중까지 독자로 설정하여 기존의 의례를 체계적으로 정리하고 화청으로 전승되는 기존의 불교가요를 수록하고 있다. 불교가요는 「회심곡」·「백발가」·「몽환가」 등의 가사, 「원적가」·「왕생가」·「신년가」 등의 단형 가사, 「신불가」·「찬불가」·「성탄경축가」·「성도가」·「열반가」·「학도권면가」 등의 창가가 수록되었다. 이 가운데 특히 창가는 1924년 이후『불교』지에 빈번하게 소개된 찬가(讚歌), 기념가(紀念歌) 가운데 일부를 수록한 것이다.

결국 1912년에서 1913년까지 경이의 눈으로 바라보았던 '창가'는 구체적으로 어떤 내용이며 어떤 곡조인지 알 수 없으나, 「기념가」·「귀일가」 등의 노래를 통해 그 내용을 짐작할 수 있다. 그럼에도 이들 작품의 내용과 당시 의례에 대한 관심을 기사화한 자료를 통해 이 시기가 근대적 의례로 변모하는 과정에서 새로운 가요가 필요했으며 그것들의 경향성을 확인할 수 있다는 점에서 의의가 있다. 이러한 변화를 바탕으로 1920년대에는 본격적인 찬불가가 등장하고 이후 30년대에 의식집에 수록됨으로써 공인되는 과정을 거치게 된다. 이런 맥락에서 볼 때 1910년대의 창가는 근대 의식가요의 첫걸음으로서 의의가 있다.

2) 사회진화론의 훈습과 학생계(學生界)의 투고 작품

『조선불교월보』의 간행은 근대불교계의 공론의 장을 마련한 기념비적인 사건이라 할 수 있다. 그렇다면 이 잡지가 표방하는 편집의 원칙과 독자층은 어떻게 설정되었는가 확인해 볼 필요가 있다. 앞서 소개한 '편집 방침'에는 승려계(僧侶界), 학생계(學生界), 수증가(修證家), 종교가(宗敎家), 한묵가(翰墨家)의 네 부류가 독자로서 제시되어 있다. 일종의 광고성 안내에 불과하지만, 이를 통해 잡지의 지향점과 내용을 짐작하기 어렵지 않다. 이들 중 학생계는 기존의 관습에 물들지 않고 불교계의 새로운 변화를 적극 수용하는 대상 혹은 주체로서 월보에서 주요한 독자로 설정되었다. 그리고 불교혁신의 이념을 전파하는 과정에서 개혁의 우군으로, 새 시대의 필진으로 적극 편입되었다.

예를 들어 월보 창간호 '축사'란에 기고한 인물을 검토해 보면 19명의 필진 가운데 승려, 거사(태화거사 남형, 일소거사 이능화, 서산거사 성훈–호동학교 교장), 김윤식, 박영효 등의 지식인 이외에 '17세 학생 조학유(曹學乳)', '김용사 학생(金龍寺學生) 전유선(全裕銑)', '김용사 학생(金龍寺學生) 이증석(李曾錫)' 등의 '학생계'가 한 몫을 차지하고 있음을 알 수 있다.[28] 조학유는 1920년대에 찬불가를 지어 의식의 형성이 기여한 주요한 문화계 인물로 부상하게 된다. 시대의 호흡에 맞는 새로운 의식에 다각도로 관심을 가지고 또 각종 의식에서 불려지는 새로운 의식가요에 관심을 보여주던 권상로의

---

28 이증석과 전유선, 조학유는 같은 호 [詞林]란에 한시를 발표하고 있다. 이증석과 전유선은 「축불교월보발행」을, 조학유는 「偶吟」이라는 제목 아래 한시를 발표하였다. 이증석의 한시를 소개한다. 月報精神亘古今 高談格句是圓音 聲聲透到雲山裡 覺我禪牕一夢深.

영향을 받았다고 할 수 있다. 전유선과 이증석은 김용사의 학생들인데, 김용사에서 주석하고 강의하였던 권상로의 제자들로 생각된다.[29]

> 明治四十五年 初春에 第一 喜消息은 佛敎月報刊行이 是已라.... 嗚呼法侶 僉彦이여 過去歷史 回思ᄒᆞᆫ소 唯一無二 大宗敎를 鼓發之期 杳然타가 枯木에 春氣回ᄒᆞ야 冷灰가 今復燃ᄒᆞ니 年少學生 李曾錫도 佛法中에 一分子라 感賀 心을 不勝ᄒᆞ야 淸膓曉燈에 遙禮頂祝 ᄒᆞᄂᆞᆫ바라 佛敎月報兮여 (…중략…) 使 吾敎靑年으로 人人愛讀此報ᄒᆞ야 腦髓舊染淨洗ᄒᆞ고 新鮮空氣注入ᄒᆞ면 (… 중략…) 宗敎蔚興ᄒᆞ리로다.[30]

> 今日我 靑年은 其將覆轍을 循蹈ᄒᆞ야 吾敎의 未來興替를 又復時代의 自然 에 任置코져ᄒᆞᄂᆞᆫ가 抑或活步를 勇施ᄒᆞ야 吾敎의 未來隆盛을 自己의 手로 造成코져 ᄒᆞᄂᆞᆫ가 一年의 事ᄂᆞᆫ 春期에 可辦ᄒᆞᆯ지오 一家의 事ᄂᆞᆫ 長子가 可幹 ᄒᆞᆯ지오 一世의 事ᄂᆞᆫ 靑年이 可擔ᄒᆞᆯ지니 今日 吾敎에 對ᄒᆞ야 吾儕의 靑年은 其 責任이 重大ᄒᆞ도다.[31]

이증석의 논조는 이 시대에 유행한 사회진화론의 영향을 받아 변화 와 개혁을 갈망하는 것으로 채워져 있으며, 학생계의 주축들은 이 시기 에 전개되는 불교청년운동의 주요 필진으로 부상하게 되는 것을 위의

29　권상로는 1904년(26세) 김용사 화장암의 강사로 부임한다. 1905년(27세) 상경하여 명진학교 에 입학하여 3개월간 다니다가 중퇴하고 경상북도 문경 등 7개군 사찰연합으로 김용사 내에 慶興학교를 창립하였다. 이듬해 이 학교의 한문교사가 되며, 30세 되던 1908년 이 학교의 측 량과를 수료하고 사원의 강사와 학교의 교사를 두루 역임하였다(양은용, 1993, 3~4쪽).
30　이증석, 「축사」, 『조선불교월보』 1, 11쪽.
31　이증석, 「寄書 : 敬告于佛界靑年」, 『조선불교월보』 8, 45쪽.

글을 통해 확인할 수 있다. 이와 함께 월보 12호에 '학생(學生) 이증석(李曾錫)'의 작품으로 수록된 「신년축사(新年祝詞)」는 창간호부터 전개한 새 시대의 변화에 대한 기대와 흥분을 반복하고 있는 단형의 가사이다.

天理循環億千劫에 明治天地다시밝고
我師入寂三千年에 報化精神不滅ᄒᆞ샤
佛敎月報化出ᄒᆞ니 未曾有의祥瑞로다
菩提樹王萬千枝에 枝枝節節文明花라
日月雙流迅速ᄒᆞ야 大正新春시로워라
深冬長夜大夢關에 警世鍾은佛敎月報
狂風暴雨黑夜路에 電氣燈은佛敎月報
劫海波濤漲刮頭에 迷津筏은佛敎月報
衆生心病膏肓中에 回春丹은佛敎月報
嗟我衆生大導師ᄂᆞᆫ 佛敎月報이아닌가
送舊迎新오날날에 慶賀之心읍슬소냐
靑邱叢林一分子로 心香一炷시로들어
來頭無恨新年마다 無窮幸福느리기를

―「신년축사」

신년을 맞이하는 기쁨을 명치(明治) 연호와 대정(大正)연호를 드러내어 제시하였고, 월보의 창간을 축하하며 월보에 거는 기대를 격한 어조로 표출하고 있다. 「신년축사」는 월보에 넘쳐나는 사회진화론 논설의 훈습을 받은, 혹은 주도하는 불교청년의 목소리를 재확인시켜 주는 작품이라 할 수 있다.

3) 여성 독자의 편입과 언문풍월

여러 가지 한계가 없는 것은 아니나『조선불교월보』는 불교계에 근대적 공론의 장을 마련하고 집단적인 변혁의 흐름을 선도해 나가며 여러 기사를 통해 불교사를 정립하는 등 큰 역할을 하였다. 월보는 또 시대의 변화에 따른 불교의식의 변모에 대해서도 예의 주시하는 한편 불교청년세력을 형성하고 불교계의 주역으로 성장시키는 중요한 역할을 하고 있다. 이와 함께 이 글에서 주목하는 것은 여성을 불교계의 일원으로 부각시키면서 새 시대의 변화에 서도록 지면을 할애하고 있다는 점이다. 비록 불완전하고 미미한 수준일지라도 이러한 변화는 매우 의미 있게 받아들일 필요가 있다.

이러한 변화는 제3호에 '언문'란을 신설하면서부터 시작되었다. 여기에는 복덕월 리한열의「축사」, 춘수관녀ᄉ 쳔일쳥의「신교ᄒ시ᄂᆞᆫ부인계에ᄒᆞᆫ말ᄉᆞᆷ으로경고ᄒᆞᆷ」, 그리고 기자의 논설인「불교ᄂᆞᆫ 보텬하형뎨자미의교」가 수록되어 있다. 기자의 논설은 같은 호 논설(論說)란에 국한문 혼용체로 소개된「오교(吾敎)ᄂᆞᆫ 보천하형제자매(普天下兄弟姊妹)의 교(敎)」를 한글로 옮긴 것인데 이는 전통적으로 '언문'에 익숙한 여성층을 독자로 확장하려는 의도에서 꾀한 변화라 할 수 있다. 기자(권상로)는 이 글에서 불교가 승려에만 한정된 것이 아니라 '여러 형제자매'의 것임을 말하면서 기존의 인식을 깨고 적극적인 참여가 필요하다는 것을 원론적으로 제시하였다.[32] 이는 승려뿐만 아니라 거사 재가신도 특히 여성을 염두에 둔 것으로 독자층의 확장과도 관련이 있다.

같은 호에 수록된 춘수관 녀ᄉ 쳔일쳥의 글(「신교ᄒᆞ시ᄂᆞᆫ부인계에ᄒᆞᆫ말슴으로경고흠」)은 불교계 최초의 여성계 논설이다.[33] 지난 세월동안 억눌린 여성의 삶을 서두에 제시하고 새로운 희망의 시대에는 부패한 습관을 버리고 신사상을 고취하여 자선사업을 하자는 논리를 펼쳤다. 결론으로는 종교를 믿으려면 수신을 먼저 하라는 말로 끝맺고 있어 고답적인 담론으로 회귀하고 있으나, 여성의 목소리로 여성의 역할을 당부하는 글로서 그 의미가 작지 않다.

권상로의 논설 「불교와 녀ᄌ」(월보 4호)는 불교와 '부인'과의 관계를 아함경을 비롯한 10여 권의 경전을 인용하면서 논리를 제시하였다.

불교와 부인과는 특별한 관계가 있다 할지로다. 대저 여자는 상고로부터
불교가 아니면 구속을 면하고 해탈을 얻지못하며 또한 여자를 가르치신 말

---

32 "불교 이 자(二字)는 단순히 혈혈한 승려의 소유권이 된 자인가 또한 보천하 형제자매의 보통으로 수용할 공동권이 있는 자인가. 제위는 반드시 기백년 조선 습관에 젖어서 불교는 간단히 승려의 소유라 하실지나 기자는 반다시 보천하형제자매의 공공한 불교라 하노라."
33 "지금 문명한 시대에 우리 불교의 종풍이 다시 일어남에 일월광명이 더욱 밝았으니 환희한 마음을 측량치 못하겠도다. 우리 여자된 일반 동포여 종금이왕으로는 이전에 부패한 습관은 다 버리고 신사상을 고취하여 복을 구코져 할진대 착한사업을 면려할지어다. 자선사업을 힘쓰지 아니하고 단정한 품행을 가지지 못하며 부처님 계명을 어기면 부처님 전에 천만번 예배하고 대중공양을 천만번하여도 복이 오지 아니하나니 공일이 되거든 교당에 참석하여 대법사의 설법과 제신사의 찬연을 자세히 듣고 집에 돌아가 자세히 연구하며 사구고 양자손 봉제사에 태홀치 아니하고 자선사업을 힘써 가정을 정돈하고 신심으로 귀의하오면 복록이 자연 융융할 것이오 자손이 사연 민당할지니 이러하기를 맙지 아니하면 최상승 종문에 들어가도 솔천 내원궁도 내 마음대로 갈 것이오 무량겁 차신이 전녀성남하기도 어렵지 아니하오니 생각할지어다 여자동포여 종교를 신하거든 수신을 면려하시오."

씀이 여사서 여대학 여논어 내칙 등 유교의 서적보담 더욱 상명한 부녀수신 교과서가 되거늘 조선은 여러 백 년을 불교를 믿지 아니하는 동시에 부녀의 학문도 업어지고 수신도 하지 못하여 부녀라 하면 인류사회에 쓰지 못할 버린 물건으로 대우하였으니 어찌 분하지 아니하리오.

불교는 자비가 광대하여 일체중생을 제도함으로 취지가 되느니 일체중생에게 각각 친절한 자는 자모라. 남의 자모가 되어 진정한 신심으로 불교를 숭봉하여 불경을 수신교과서로 하고 자녀의 교육과 가장 삼기는 것과 내지 무량한 자비로 보살행을 닦아 일체 중생의게 유익한 사업을 행하면 누라서 부녀를 모욕하며 남존녀비를 주장하리오. (…중략…) 불교와 여자는 직접으로 친밀한 관계가 있나니 악한 이름은 해탈하고 아름다운 이름과 평등한 성리를 회복할지어다.

인용문은 논설의 결론에 해당하는 대목이다. 추상적인 선언이고 또 실질적으로 여성의 권리와 역할 확장에 대해 어떤 노력을 했는지는 가시적으로 드러나지 않으나, 여성 독자층을 위해 '언문'란을 만들고 논리를 제공하는 역할은 이 시대의 편집자의 역할로 주목해야 마땅할 것이다.[34]

이러한 배경에서 여성의 시가 작품이 '언문'란에 등장하게 된다. 월보 3호에 수록된 복덕월(福德月) 리한열(李漢烈)의 「축사(祝辭)」는 여성의 작품으로는 최초로 소개되는 것이다.

---

34 월보 12호의 '강단'란에는 묘길상비구니(妙吉祥比丘尼)의 「우리부텨님의 교가, 우리동포형졔, 자민의게, 관게가, 엇더홉을, 혼번의론홈」이 수록되어 있다. 월보의 편집자가 마련한 공론의 장에 최초로 등장하는 비구니의 논설이다. 5호(1912.6) 잡보에 소개된 '통도사 석탄일 및 사리계 단탑 낙성식' 행사에는 부인회대표 尹淑貞, 여학생대표 李全子의 축사가 절차에 소개되어 있다.

즐겁도다오날날에

불교월보출세로다

길고오랜장마ㅅ날에

청천빅일빗취인듯

잡지에는 작품이 한 줄 네 구로 소개되어 있어 언뜻 보면 말장난에 가까운 문장을 나열한 것 같으나 이는 8음절 4행의 시적 형태를 띠고 있는 언문풍월(諺文風月)이다. 언문풍월은 1910년대를 전후해 풍미한 일종의 변종장르로 한시 형식을 모방한 일종의 패러디 장르이다.[35] 한시를 대신할 수 있는 우리말 시가 있어야 한다고 여긴 것이 당시의 시대적 요청이었는데, 언문풍월은 시조 장르와 함께 경쟁관계에 있다가 1920년대 시조부흥운동이 전개되면서 문학사에서 자취를 감춘 독특한 장르였다.[36] 언문풍월은 주로 7언시 형태로 전개되고 한시처럼 운자가 정해져 있다. 그러나 이광수의 경우에도 네 자씩 두 번 연속한 8언 율시를 지은 바 있고, 운자가 일정하지 않은 등 언문풍월은 형식적인 유동성을 지니고 있다. 복덕월 이한열의 「축사」는 네 글자를 두 번 연속한 8언 절구로서 1행과 3행에 쓰인 '에'는 운자로 생각된다. 「축사」는 언문풍월이 대중들의 관심을 받고 활발하게 창작되던 시기[37]에 창작된 한 편의 '작품'이다. 여성 독자로서 당시 불교계의 현실인식을 드러내며, 잡지출현이

35 　김영철, 『한국개화기시가의 장르연구』, 학문사, 1990, 32쪽.

36 　조동일, 『한국문학통사』 4, 2005, 309~314쪽.

37 　『언문풍월』이 1917년 고금서해에서 출간되기도 하였고, 신문 잡지에서 현상응모를 통해 우수작을 가리기도 하는 등 매우 활발한 향유양상을 보인다(위의 책).

가져오는 변화에 대한 기대의 목소리를 표출하고 있는 최초의 작품이라는 의미가 있다. 이와 관련된 작품으로 권상로는 무심도인(無心道人)이라는 필명으로 「언문가(諺文歌, 언문뒤푸리)」를 발표하였다. 당대에 유행하던 국문뒤풀이 형식에 새 시대의 불교에 대한 책무와 희망을 담았다. 내용이 직접 여성과 관련되는 것은 아니나 이 작품 역시 여성독자를 위해 가원(歌園)란에 소개한 것으로서 여성독자에 대한 적극적인 편입의 의도를 드러내고 있다.[38]

4. 『조선불교월보』 국문시가의 시대적 의의

『조선불교월보』(1912.2~1913.8)에는 시가 작품이 많은 편은 아니나 근대전환기에 시도되거나 유행한 시가 장르가 등장하고 있다. 당대에 유행한 시가를 의식가요, 종교가요로 적극 편입하려는 노력을 보여주고 있는 현상을 1910년대의 불교문화사나 문학사에서 의미 있게 받아들일 필요가 있다. 월보 이후에 등장한 1910년대의 불교계 잡지(『해동불보』·『조선불교진흥회월보』·『조선불교계』·『조선불교총보』)에서는 오히려 월보에서 보여주는 다양한 시도를 발견할 수 없으며, 1920년대 『불교』지

---

[38] 이 글은 권상로의 편집자적 역할에 논의의 중심을 두고 그가 창작한 시가에 대해서는 다음 장에서 논의하기로 한다.

의 등장과 함께 다시 본격화된다는 점에서 월보의 시도는 근대불교문학의 전환기에 매우 의미 있는 것으로 생각된다.

『조선불교월보』에 보이는 전환기적 양상은 월보사의 기자이자 편집자로서 권상로의 시각과 관심이 상당부분 반영된 것이다. 권상로는 불교계가 최초로 마련한 공론의 장에 새로운 의식의 형성과정을 소개하고, 개혁의지를 지닌 '청년'들을 발굴하고 필진으로 수용하였으며, 한글로 여성의 역할을 당부하는 논설을 쓰고 '언문'란을 신설하여 여성독자의 글과 자신의 시가를 소개하고 있다. 편집자로서 권상로가 발굴하고 소개한 이들 시가의 내용은 사실 새 시대에 대한 희망 일색으로 된 것이 문학적 성취가 뛰어나다고 할 수는 없다. 그러나 근대의 급격한 변화 속에서 오랜 세월의 억압을 일시에 분출해야 했던 당대 불교 지성인들의 급박한 숨결이 작품에 반영된 결과로 이해한다면 이 작품들 역시 나름대로 전환기적 양상을 보여주는 작품으로 인정할 수 있을 것이다.

전통 시가 양식의 전변과 근대 불교가요의 형성

1910년대 권상로의 작품을 중심으로

1. 근대 불교가요사의 공백

근대전환기에 한국의 시가양식은 담당층, 형식, 율격, 유통 등에서 복합적인 변화의 양상을 보여준다. 특히 작품이 유통되는 매체의 변화는 가히 혁명적이라 할 수 있다. 이들은 주로 근대 매체인 신문이나 잡지를 통해 발표되었으며, 따라서 이 시기 시가에 대한 탐구는 매체의 속성이나 각 매체가 지니는 현실적 지향성을 고려하면서 시작되어야 할 것으로 본다. 종교적 담론을 활발하게 생성하기 위해 창간된 이 시기의 종교계 잡지의 경우에도 예외는 아니다. 1910년대에는 『경향신문』을 이은 『경향잡지』, 『천도교회월보』, 『시천교월보』, 『조선불교월보』, 『조선불교계』 등 각 종교마다 기관지 성격을 띠는 잡지를 마련하는 데 힘을 쏟았다. 이들 잡지에 등장하는 시가는 시대의 변화를 반영하거나 앞서서 이를 추동하는 여러 양상을 보여주고 있다. 이들 잡지에 드러나는 종교 간의 경쟁과 영향의 수수관계는 종합적으로 검토되어야 할 것이나, 아직 그 전모가 드러나지 않은 상황에서는 각 종교마다 마련한 잡지와 수록된 개별 가요에 대한 연구가 선행되어야 할 것으로 본다.

타종교의 약진과 경쟁 속에서, 그리고 산중불교에서 도시불교로 변화된 현실 속에서, 전통의례와 의식가요는 변화를 갈망하는 불교계의 고양된 의식을 반영하는데 한계가 있을 것은 자명한 일이다. 이러한 상황에서 대중들에게 빠르게 흡수된 근대 시가양식은 새 시대의 문화현상을 반영하고 근대불교계의 존립과 발전을 향한 운동의 매체로 불교계에 수용되었고, 그 편린들이 불교계 잡지에 반영되어 있다. 이에 따라 근대 불교가요가 형성되는 과정을 살피기 위해 불교계 잡지에 주목하는 것은 당연한 귀결이라 하겠다.

불교계 잡지에 불교시가가 전개되는 양상을 보면 나름대로 복합적 성격을 보여준다. 전통 한시가 신문과 잡지에서 시문학의 주인행세를 하고 있는가 하면, 단형가사, 애국가류, 언문풀이 등 새로운 형식의 국문가요가 창작 구연되었고, 이 중 일부는 근대매체인 잡지에 새로운 기사거리로 소개되기도 하였다.

이 시기 불교가요에 대한 연구는 박범훈과 이미향에 의해 이루어졌는데, 이들은 모두 한국의 근대불교음악의 역사를 1920년대부터 본격적으로 형성된 것으로 파악하였다. 박범훈은 백용성(白龍城)이 교단을 창설하며 정리한 『대각교의식(大覺敎儀式)』(1927)에 실린 7편의 찬불가(「왕생가(往生歌)」・「권세가(權勢歌)」・「대각교가(大覺敎歌)」・「세계기시가(世界起始歌)」・「숭생기시기(衆生起始歌)」・「중생상속가(衆生相續歌)」・「입산가(入山歌)」), 권상로(權相老)가 펴낸 『부모은듕경전』(1925)에 수록된 「찬불가(讚佛

歌)」·「신불가(信佛歌)」, 조학유(曺學乳)가 불교 28호(1927)부터 발표하기 시작한 '찬불가' 연작 24곡을 중심으로 근대불교가요의 형성을 논하였다. 그는 특히 '찬불가'라는 용어를 최초로 사용한 것은 권상로(1927)가 처음이지만, 백용성의 찬불가의 경우 1910년대나 20년대에 의식에서 가창되었을 것으로 추정하여 이를 근대불교가요의 시발점으로 부각시켰다.[1] 이미향은 근대불교가요의 본격적인 시발점으로 조학유의 찬불가운동에 주목하였고 그 대부분의 악곡이 일본의 창가에서 유래했다는 사실을 밝혔다. 그리고 그 前史로 통도사의 명신학교(明新學校)에서 석가탄신일에 부른 「석가탄신경축가(釋迦誕辰慶祝歌)」(『대한매일신보』, 1910.6.5)를 소개하면서, 학교창가나 일본창가의 선율에 한글가사를 붙였을 것으로 추정하였다.[2]

그러나 두 연구자 모두 1910년대에 불교계 잡지를 통해 시도된 근대불교가요의 창작에 대해서는 언급하지 않고 있어, 근대불교계의 시대적 각성이 근대매체를 통해 첨예하게 드러나기 시작한 1910년대 불교가요의 전개사는 공백기로 남아있는 상황이다.

이에 따라 이 글은 1910년대 불교계 잡지에 소개된 근대 불교가요의 개별 작품에 대한 분석을 통해 전통시가양식의 전변을 거쳐 근대가요가 생성되는 과정을 탐색하고자 한다. 이를 시작으로 1920년대와 1930년대에 진행된 근대 불교가요의 형성과정에 대한 일련의 논의가 이루

---

1 박범훈, 『한국불교가요연구』, 장경각, 2000, 370~408쪽. 김기종, 「용성선사의 가사작품에 대하여」(『한국문학연구』 23, 한국문학연구소, 2000)에서는 용성 가사의 성격과 시대적 의의를 고찰하였다.
2 이미향, 「조학유의 생애와 찬불가 연구」, 『보조사상』 26, 보조사상연구원, 2006, 383~424쪽.

어지기를 기대한다. 이 글의 대상은 1910년대의 불교계잡지인『조선불교월보(朝鮮佛敎月報)』와 『해동불보(海東佛報)』·『불교진흥회월보(佛敎振興會月報)』·『조선불교계(朝鮮佛敎界)』·『조선불교총보(朝鮮佛敎總報)』·『유심(唯心)』 등이다. 그러나 시가자료가 거의『조선불교월보』로 한정되어 있고, 또 전통시가와 관련이 있는 작품이 대부분 권상로의 작품이어서, 결과적으로『조선불교월보』에 수록된 권상로의 작품을 중심으로 논의가 전개될 것이다.

2. 불교계 잡지와 근대 불교가요

현재 확인되는 불교계 잡지는 창간시기를 기준으로 할 때 1910년대 6종, 1920년대 7종, 1930년대 8종 등 총 21종이 있다.[3] 1910년대에 창간된 불교계 잡지는『조선불교월보(朝鮮佛敎月報)』(1~19호, 1912.2~1913.8),『해동불보(海東佛報)』(1~8호, 1913.11~1914.6), 『불교진흥회월보(佛敎振興會月報)』(1~9호, 1915.3~12),『조선불교계(朝鮮佛敎界)』(1~3호, 1916.4~6),『조선불교총보(朝鮮佛敎叢報)』(1~22호, 1917.3~1921.1), 『유심(惟心)』(1~3호, 1918.9~12) 등이며, 이들 잡지에 수록된 국문시가는 다음의 표와 같다.

---

3 김기종, 「근대불교잡지의 간행과 불교대중화」, 『한민족문화연구』 26, 한민족문화학회, 2008.

<표 13> 1910년다 불교계잡지 수록 국문시가

잡지명	연도	작자(필명)	제목	기타
『조선불교월보』3호	1912.4	福德月 李漢烈	「축사(祝辭)」	언문풍월
『조선불교월보』5호	1912.6	권상로(無心道人)	「諺文歌」(언문푸리)	언문뒤풀이
『조선불교월보』7호	1912.8	金定慧	「紀念歌」	단형가사형식('기념식 창가로 소개됨)
『조선불교월보』8호	1912.9	崔就墟	「歸一歌」	단형가사
『조선불교월보』8호	1912.9	권상로(無心道人)	「時鍾歌」(男女迭唱)	문답형 시조
『조선불교월보』12호	1913.1	권상로(無心道人)	「陽春九曲」	9수의 연시조
『조선불교월보』12호	1913.1	권상로(之一子)	「新歲拜」	사회등가사
『조선불교월보』12호	1913.1	李曾錫	「新年祝詞」	단형가사
『조선불교계』1호	1916.4	이응석 작 권상로 윤색	「歌讚釋尊傳」	7·5조 4행 1연의 연속체(총 42절)
『조선불교계』2호	1916.5	상동	상동	
『조선불교계』3호	1916.6	상동	상동	
『유심』3호	1918.12	堅志洞 ㅈㅎ生	「마음」	6·5조 4행 1연(총 4연)

<표 13>에서 보듯이 불교계 잡지 중에서『조선불교월보』와『조선불교계』, 그리고『유심』지에 근대 국문시가 양식이 수록되어 있는데, 이 가운데『조선불교월보』에는 근대전환기에 시도되거나 유행한 시가 장르가 상대적으로 다양하게 등장하고 있다. 월보 이후에 등장한 1910년대의 불교계 잡지들에서는 오히려 월보에서 보여주는 다양한 시도들을 발견할 수 없으며, 국문시가에 대한 관심은 이후 1920년대『불교』지의 등장과 함께 다시 본격화된다는 점에서, 월보의 시도는 근대불교가요의 전환기적 현상으로서 매우 의미 있는 것으로 생각된다. 이는 각 잡지의 편집자의 가요에 대한 인식, 국문에 대한 인식이 달랐기 때문으로 보인다. 각 잡지의 편집자를 보면『조선불교월보』는 권상로,『해동불보』는 박한영,『불교진흥회월보』·『조선불교계』·『조선불교총보』는 이능화

로서, 박한영과 이능화의 언어관은 권상로의 언어관에 비해 좀 더 보수적인 경향을 보이는 것으로 추정할 수 있다.

『조선불교월보(朝鮮佛敎月報)』는 원종종무원(圓宗宗務院)의 기관지로서 1912년 2월 조선불교월보사(朝鮮佛敎月報社)에서 간행하였다.[4] 편집 겸 발행인은 권상로(權相老, 1879~1965)이다. 편집체제는 매 호마다 약간의 변화가 있으나 시사적인 논설, 불교 교리의 논구나 풀이, 불교사의 탐구나 금석문, 漢詩, 국문시가나 소설 작품, 관보, 국내 불교계 소식 등으로 일정한 순서에 따라 편집되었다. 이 가운데 한시는 주로 '사림(詞林)'('사조(詞藻)'·'무공적(無孔笛)')란에, 국문가요는 주로 '가원(歌園)'이나 '언문부'에 수록되어 있다.

권상로는 '무심도인(無心道人)'이라는 필명으로 「언문가(諺文歌, 언문푸리)」·「시종가(時鍾歌)」·「양춘구곡(陽春九曲)」을, '지일자(之一子)'라는 필명으로 「신세배(新歲拜)」를 창작하였고, 이응석 원작의 석존일대기를 '가찬(歌讚)'하여 「가찬석존전(歌讚釋尊傳)」이라는 제목으로 발표하였다. 이들 작품은 그동안 작자가 필명으로 제시되거나 '윤색자'의 역할로 소개되어 이 방면 연구에서 그다지 주목받지 못하였으나, 각 작품에 담긴 전통의 계승과 시대정신의 반영이라는 점에 주목해 보면, 권상로의 작품들은 근대 불교가요의 모색으로 충분히 주목할 만한 가치가 있다. 특히 이들 작품은 전통 양식을 따르면서도, 동시에 이 시기에 계몽의 목소리를 담기 위해 활용된 시가 양식 즉, 언문뒤풀이·시조·구곡가·사회등가사 등과 상호텍스트성을 보여주고 있다.

4　1912년 6월 圓宗과 臨濟宗이 통합되면서 운영의 주체는 朝鮮禪敎兩宗各本山住持會議院으로 명칭이 바뀌었으나 잡지의 성격에는 큰 영향을 끼치지 않은 것으로 보인다.

3. 전통시가 양식의 전변 양상

1) 언문뒤풀이의 활용과 「諺文歌」

「언문가」는 언문뒤풀이(혹은 국문뒤풀이 언문풀이) 양식을 변용한 노래로 우리말 노래 양식에 대한 권상로의 관심을 잘 보여주는 작품이다. 『조선불교월보』의 체재를 보면 사림(詞林)란에는 한시가 수록되고 가원(歌園)란에는 국문시가가 수록되어 있는데, 이 작품은 '가원'란에 수록되어 있다. 이러한 존재양상은 권상로가 이 작품을 가창되는 가요 혹은 가창의 대본으로서 인식하고 있음을 보여준다.

가갸, 거겨, 가고가고 가는광음(光陰) 거뉘라셔 붓들손가

고교, 구규, 고희듕(苦海中)에 샌진듕싱(衆生) 구뎨(救濟)홀일 급(急)ㅎ도다

나냐, 너녀, 나아가세 나아가세 너른길로 나아가세

노뇨, 누뉴, 노구담(老瞿曇)의 탄탄더도(坦坦大道) 누구인들 막을손가

다댜, 더뎌, 다라나는 연약달다(演若達多) 더욱실딘 창황(失眞蒼黃)호다

도됴, 두듀, 도라오게 이큰길로 두말말고 도라오게

라랴, 러려, 라반침(羅盤針)은 불교월보(佛敎月報) 러루듯고 만이보와

로료, 루류, 로러슴아 이약이슴아 루루ㅎ[게] 알웬말슴

마먀, 머며, 마죵ㅈ(魔種子)를 아죠끈어 머물으지 말으시오

(…중략…)

카캬, 커켜, 카악훈번 긔침후고 커는청년(靑年) 씨우노니

코쿄, 쿠큐, 코잠넘어 자지말아 쿨쿨소릐 무삼일가

타탸, 터텨, 타락(墮落)후온 우리둉문(宗門) 터를다시 닥으랴면

토툐, 투튜, 토석지역 청부업(土石之役請負業)에 투신(投身)후리 뎨군(諸君)일세

파퍄, 퍼펴, 파도심(波濤甚)훈 뎌업희(業海)를 퍼셔말일 셔원(誓願)으로

포표, 푸퓨, 포승(捕繩)갓흔 익룍망(愛慾網)을 푸러버서 희탈(解脫)후면

하야, 허혀, 하하일소(呵呵一笑) 훌터이니 허언(虛言)으로 듯지마오

호효, 후휴, 호사다마(好事多魔) 못후오면 후회(後悔)할날 불원(不遠)일세[5]

언문뒤풀이는 일종의 민요이자 잡가로 1910년대를 전후로 하여 대중적으로 확산된 가요의 제목이면서 동시에 다양한 레퍼토리로 변주되는 양식으로 자리잡고 있다. 이 노래의 형성에는 언문표(국문표)의 등장과 관련이 있을 것으로 보인다. 언문을 습득할 때 유용한 틀로 활용되는 언문표는 이미 조선시대 후기부터 등장하기 시작했으며, 근대교육이 제도화되는 초기에 초등 국어독본교재에 빠지지 않고 수록되어 있다. 이로 인해 언문표를 응용한 노래로서 언문뒤풀이는 대중에게 쉽게 확산될 수 있었는데, 판소리 춘향가에서 이도령의 천자문풀이에 이어 춘향이가 부르는 노래로 등장하기도 하고, 탈춤의 대사에도 등장하며, 유성

---

5 『조선불교월보』5, 1912.6, 53쪽.

기 음반에는 잡가의 하나로 전승되기도 하였다.

근대계몽기 담론을 주도한 『대한매일신보』에 대중들의 감성에 쉽게 닿을 수 있는 언문풀이 양식의 시가가 등장하게 되는 것은 우연한 일이 아니다. 민요와 잡가로 전승되는 언문풀이는 주로 사랑과 이별이라는 감성적 주제를 다룬 서정적 내용이 주를 이루는데, 근대 신문과 잡지에서는 이를 시대 비판의 내용을 담는 틀로 적극적으로 활용하였다. 대한매일신보의 「국문가(國文歌)」[6] 두 편은 이 시기 억압적 현실에 대한 원망과 위기를 극복하고자 하는 의욕과 앞날의 희망을 노래하고 있다. 위기를 극복하고 새 희망의 의욕을 견인하는 강력한 동력으로서 가나다라의 순서에 맞춰 어떤 내용도 담을 수 있는 언문풀이가 활용된 것이다.

노래의 형식적 완결성과 내용의 개방성으로 인해 이 유형의 노래는 종교적 교의를 전달하는 매개체로도 활용되었다. 천주교가사로는 경향신문에 소개된 「국문풀님가」[7]가 있고, 가첩에는 「언문뒤푸리」 두 편[8]과 제목을 「농부가라」[9]가 있다. 기독교에서는 찬송가가 있어 별도의 가요 형식이 필요하지 않았으나, 1920년대에 언문풀이의 전파성에 주목하여 기독교가사로 이를 활용하였다. 『기독신보』에 소개된 「언문전도가(諺文傳道歌)」[10]와 구비 채록된 「언문뒤풀이」[11]가 한 예이다. 이렇게 볼 때 언문

6　①『대한매일신보』, 1909.10.22(민찬·장성남 공편, 『대한매일신보의 시가』 2, 형설출판사, 2001, 409~410쪽 재수록). ②將泉生, 민찬·장성남 공편, 같은 책, 497~498쪽.

7　『경향신문』(1908.7.24·8.21·8.28 연재)(임기중, 『한국가사문학주해연구』 2, 아세아문화사, 2005, 264쪽, 재수록).

8　작품 ①: 『고로가가첩』 소재, 1902(김영수 편, 『천주가사 자료집』 下, 가톨릭대 출판부, 2001, 161쪽 재수록), 작품 ②: 같은 책, 164~165쪽 재수록.

9　『천주가사(사향가)』(위의 책, 314쪽 재수록).

10　『기독신보』, 1921.11.9; 이복규, 「개신교가사 21편의 원문」, 『국제어문』 41, 국제어문학회,

뒤풀이가 종교가요화된 것은 천주교계에서는 1900년 후반, 불교계에서는 1912년, 기독교계에서는 1920년대에 들어서인 것으로 파악된다.

권상로의 「언문가」는 불교 대중들에게 조선불교월보를 나침반으로 삼기를 권장하고, 오랜 인습에 젖어 잠을 자는 청년들에게 잠을 깨어 우리 불교를 다시 닦자는 권장의 가요이다. 「언문가」는 근대전환기에 전통적인 언문뒤풀이를 발견하고 이를 불교계의 시대적 소명을 담아내는 양식으로 활용하고 있다는 점에서 주목할 필요가 있다. 아울러 잡지 창간 이전에 대한매일신보에서는 다양한 전통 시가의 형식을 활용하고 있는데, 권상로가 신문에 실린 작품활용의 양상에서 자극받아 불교가요의 창작에 적용시켰을 가능성도 있다. 이 경우 근대 불교가요의 양식으로 활용된 언문뒤풀이는 전통적이면서도 근대적인 성격을 동시에 지니게 된다.

2) 시조의 활용과 「시종가(時鍾歌)」·「양춘구곡(陽春九曲)」

『조선불교월보』 8호(1912.9)에 실린 「시종가(時鍾歌)－남녀질창(男女迭唱)」는 편집자인 권상로가 '무심도인(無心道人)'이라는 필명으로 가원(歌園)란에 수록한 작품이다. 제목에는 이 노래가 남녀의 교환창으로 소개되어 있으나, 본문을 보면 남녀창(男女唱)이 아니라 노소(老少)간의 교환

2007, 319~322쪽
11 『한국구비문학대계』 7-13, 정신문화연구원, 「언문뒤풀이」는 제목 넝시 김게월(예. 70)이 어린 시절(1920년대로 추정)에 교회에서 배운 기독교 포교용 가사로 소개되었다.

창으로 전개된다. 이는 음악적 측면에서 볼 때 노인창의 경우는 남창으로, 소년창의 경우는 여창으로 부르라는 표지로 볼 수 있다. 즉 작자는 이 작품을 가요로 가창할 것을 전제로 구안하였으며, 노인창은 상대적으로 굵고 낮은 창으로, 소년창은 좀 더 밝고 경쾌한 목소리로 부르도록 함으로써 구체적인 가창의 방식까지 고려하고 있는 것이다.

(老人唱) 壁上에걸인時鍾, 네부디가지말아, 人生이一場春夢이라, 事業이一無成ᄒ고, 於焉듯白雪이 滿雙鬢ᄒ니, 그를슬워

(少年唱) 壁上에걸인時鍾, 네부디가지말아, 許多ᄒ 百科學에, 工業이尙未半ᄒ고, 엇지타 一少年이 忽忽已三十이라, 그를걱정

(老人唱) 壁上에걸인時鍾, 네부디썰니가자, 回想百年이皆錯誤ᄒ니, 今生은而已矣라. 차라리어셔죽어, 후싱에나

(少年唱) 壁上에걸인時鍾, 네부디썰이가자, 男兒三十에未立身ᄒ면, 後世誰稱大丈夫아, 언제ᄂ卒業ᄒ고. 이셰상에

(老人唱) 壁上에걸인時鍾, 네부디치지말아, 兒孫이自有兒孫福이나, 百歲尙憂八十兒ᄒ야, 反側中宵ᄒᄂ쩌예, 네가마져

(少年唱) 壁上에걸인時鍾, 네부디치지말아, 夜者日ᄂ之餘라, 方夜讀書ᄒ노라고, 燈火相親不寐中에, 너ᄂ어이

(老人唱) 壁上에걸인時鍾, 네부디쌍쌍쳐라, 百年世事가三更夢이라, 殘月이滿空山ᄒ듸, ᄒ世上깁히든잠, 씌여볼ᄭ

(少年唱) 壁上에걸인時鍾, 네부디쌍쌍쳐라, 三十功名이 塵與土라, 春光이同逝水ᄒ니, 半世上남은하ᄂ, 쌘精神에[12]

시조는 전통 가곡의 창사를 빌려 부르는 음악 창법의 하나로서, 가곡이 초중종 3장 6구 4음보를 모두 5장으로 나누어 부르는 반면, 시조는 이를 3장으로 부르되 종장의 마지막 음보를 생략하는 방식으로 부른다. 「시종가」는 시조창에서와 같이 마지막구가 생략되었지만 이 작품이 따르는 양식은 전통적인 시조창과는 다른 특징이 있다. 일반적으로 시조창의 대본인 시조는 마지막 음보가 생략된 채 줄글형식으로 음보나 장의 구분 없이 전사되는 것이 특징이다. 이에 비해 근대전환기에 등장하는 시조는 시각화된 작품으로 창작되고 발표된 것이다. 인용 작품도 비록 노인과 소년의 唱으로 명시하고는 있으나, 2음보를 단위로 호흡의 단위를 쉼표로 표시하고 있어 활자로 전승되는 근대시가양식의 특징을 드러낸다. 따라서 마지막 음보를 생략한 것은 시적인 여운을 길게 유지하고자 하는 전통 시조창의 기능과 다르다고 할 수 있다. 급격한 변화의 소용돌이 속에 촉급한 호흡으로 마무리하여 강한 시적 충격을 주려는 의도가 기본적으로 근대시조 형식에 내재되어 있는 것이다.[13]

'시종(時鍾)'이라는 어휘는 이 시기를 잠들고 꿈꾸는 시대로 규정하고 그 잠든 정신을 깨치고자 하는 근대지식인의 강박관념이 담겨있는 어휘로 생각된다. 작품에는 늙음, 인생무상, 꿈, 세월이 빠름을 토로하는 노인의 안타까움이 담겨 있다. 그리고 백과학(百科學), 공업, 입신양명, 그리고 독서를 하기에 시간이 아까움을 토로하는 소년의 의식을 보여주면서, 그 자각에 대한 의지를 종소리를 통해 상징적으로 드러내고 있

---

12 『조선불교월보』8호, 1912.9, 52쪽.
13 김영철, 『한국 개화기 시가의 장르 연구』, 학문사, 1990, 241~245쪽.

다. 이어 당대의 현실적 과업들—백과학(百科學)·공업(工業)—에 대한 근원적인 대책—독서(讀書)·근면(勤勉)—을 대안으로 제시하면서 대중들에게 시대적 각성을 유도하고 있다. 마지막 구의 '깬 정신'이라는 표현에는 우리 모두 자각하여 급박한 시간의 속도에 맞추어 가자는 계몽의 주제가 압축되어 있다.

이 작품은 내용상 불교적 색채는 크지 않다고 할 수 있으나 시간의 흐름과 관련된 전통 시가의 표현을 상당부분 반복하고 있으며, 시계 종소리를 통해 전진적이고 급박한 근대의 속도를 강하게 인식시키고 추동하는 효과를 불러왔다.

그리고 '깨어있는 정신'은 일반 대중의 삶은 물론 불교교단과 불교대중들에게도 필요한 것이었기에 불교계 잡지의 신년사를 대신하는 가요로 제시되었을 것으로 생각된다.

형식적 측면에서 이 작품은 노인과 소년이 화답하는 교환창 형식의 시조이다. 이는 민요 교환창의 형식을 원용한 것인데, 시조양식을 이처럼 남녀나 노소의 교환창으로 전용한 것은 이 시기 다른 신문이나 잡지에서 활용된 전례가 없는 독특한 시도이다.[14] 내용을 보면 각 시조마다 초장은 모두 '벽상에 걸린 시종 네 부디 가지 마라(빨리가자, 치지마라, 땅땅쳐라)' 등으로 일정한 패턴을 반복하고 있어 교환창 형식인 이 노래에 안

---

14 이 시기 종교계 잡지 가운데 시조양식을 활용하여 종교가요로 전환하는 예는 1911년 3월에 창간된 천도교 기관지『侍天敎月報』에서 처음으로 이루어졌다. 여기에「杜鵑啼」(1911.3)「至道歌」·「統一歌」·「侍天歌」(1911.8)가 개인작으로 소개되어 있는데 내용은「두견제」를 제외하고는 모두 천지개벽과 삼교통일과 시천의 조화를 드러낸 찬탄이 담겨있다. 유불선 삼교의 통합을 지향하는 동학계열 시천교의 지향이 담겨있다고 할 수 있다. 시조형식은 3행 배열에 종장의 제4음보를 생략하는 근대잡지의 시조 형식을 따르고 있다.

정감을 부여하고 있다. 중장 이하에는 겉으로 드러나는 동일한 소망에 대한 노인과 이유가 제시되어 있는데, 이는 조화 속에 부조화를, 같음 속에 다름을 부각시키는 독특한 효과를 준다. 민요의 교환창과 시조양 식의 절묘한 조화를 보여주는 「시종가」는 이 시기의 근대불교가요의 연원이 전통 시가 양식에 접맥되어 있음을 확인하는 좋은 자료이다.

그런데 이듬해 조선불교월보 12호(1913.1)에는 시조 양식을 차용하되 「시종가」와도 다른 새로운 시도를 선보이고 있다. '가원(歌園)'란에 소개 된 「양춘구곡(陽春九曲)」은 시조와 구곡가(九曲歌) 양식을 결합한 작품이다.

(其一) 金가마귀나는곳이 大正元年다지너고

　　　　玉토기도急히쮜여 大正二年도라왓니

　　　　비ᄂ니 送舊迎新第一曲에 宗敎擴張

(其二) 走馬ᄀᆞ치싸를光陰 今年가기쏘쉽도다

　　　　우리宗敎擴張됨도 너와ᄀᆞ치싸르고져

　　　　六千僧侶同胞들아 乾乾不息

(其三) 東風이건뜻부러 積雪이다녹으니

　　　　四面에둘닌靑山 그精神이시로와라

　　　　우리도 시히에져와갓치 卓立精神

(其四) 黃鍾이우는곳이 萬物이다봄이라

卄四番風드리부러 滿山花柳봄빗일시

아무러커ᄂ 新空氣新風潮에 心華發明

(其五) 大慈悲父釋迦世尊 應世ᄒ지몟힌련고

而今에싱각ᄒ니 二千九百四十年이라

聖人法이 ᄒ로라도머러지니 그를슬워

(其六) 東風이드리부러 찬기운을물잇치니

자든풀도萌動ᄒ고 江上柳도눈을쯘다

아모리 遯世不悶우리인들 잠만잘ᄭ

(其七) 栗烈ᄒ던뎌寒威도 和氣로變히지고

寂寞ᄒ던뎌江山도 畵容되기쉬웟스라

우리도 親疎恩怨分別말고 一團和氣

(其八) 花盆을도라보니 古梅ᄂ우숨웃고

空中을쳐다보니 候鴻은北歸ᄒ다

반갑다 有情無情이모다 날을씨워

(其九) 曆象을셰여보니 千載日至一轍이오

江山을살펴보니 萬古顏色不變이라

엇지타 우리ᄂ無上道를 像法季法[15]

이 작품의 경우에 앞서 살펴본 「시종가」와 마찬가지로 근대계몽기에 등장한 근대시조의 형식에 준하여 마지막 음보가 생략된 형태를 띠고 있다. 각 연에는 새해를 맞이하는 계절의 변화와 불교계를 향한 기대와 당부가 담겨 있다. 대체로 초장 중장에는 시간의 흐름과 계절의 변화를 제시하고 종장에는 전달하고자 하는 주제를 표현하였다. 그리고 종장의 셋째 마디, 즉 제3음보에는 종교확장(宗敎擴張), 탁립정신(卓立精神), 심화발명(心華發明), 일단화기(一團和氣), 상법계법(像法季法) 등의 한자어에 주제를 응축하여 강렬한 느낌이 전달되도록 하였다. 물론 이러한 장치는 앞서 이야기한 바와 같이 근대계몽기에 등장한 근대시조의 특징을 고스란히 반영하는 것이다.

새해의 소망을 담은 노래는 대한매일신보를 비롯한 대부분의 신문 잡지에서 새해 시작에 즈음하여 다수 발견되는 것이다. 여타 종교 잡지의 1월호에서도 신년사 축사를 비롯하여 새 시대의 희망, 새해의 소망을 담은 작품이 다양한 형식으로 등장하고 있다. 그런데 이 작품에서 권상로는 대한매일신보의 작품을 거의 여과 없이 자신의 작품 속에 수용하고 있다. 대한매일신보의 여러 유형의 작품은 그에게 상당히 강렬하게 각인되었던 것으로 보인다.

　　　금가마귀 나는 곳에 옥토끼도 급히 뛰어

　　　융희 3년 다지내고 융희 4년 도라온다.　　　　　　(*大正元年, 大正二年)

---

15 『조선불교월보』 12, 1913. 1.

비나니 송구영신 제1곡의 **국권회복**[16]　　　　　　(*宗敎擴張)

동풍이 건듯부러 적설을 다 녹이니

사면에 둘닌청산 넷얼골이 완연하다　　　　(*그精神이싀로와라)

우리도 며와 ㄱ치 국권회복[17]

황종이 우는 곳에 만물이 다봄이라

和風細雨에 만산화류 시비츨 씌엇셔라　　　(*卄四番風드리부러)

우리도 문명 풍조에 싀정신을[18] 아무러커ㄴ　　(*新空氣新風潮에 心華發明)

　　　　　　　　　　　　　　　　　　(*부분은 권상로가 교체한 부분)

　인용한 시조는 대한매일신보의 1월 1일 전후의 작품인데, 각각 「양춘구곡」의 '기일(其一)', '기삼(其三)', '기사(其四)'와 흡사하여 대한매일신보의 작품이 작시(作詩)의 기준이 되었음을 알 수 있다. 대한매일신보의 작품 중 밑줄 그은 부분은 편집자인 권상로에 의해 종교개혁의 의지와 기대를 표명하는 어휘로 환치되어 작품을 수록한 편집의 의도를 잘 드러내고 있다. 이는 작가성에 대한 의식보다는 편집자로서 불교담론을 선도해야 하는 책무의식이 강렬한 탓에, 기존 작품의 문장구조를 그대로 차용해서라도 주제를 전달하고자 하는 의식을 보여주는 것으로 해석된다.

16　『대한매일신보』 1278호, 1909. 12. 30.

17　『대한매일신보』 991호, 1909. 1. 1.

18　『대한매일신보』 993호, 1909. 1. 6.

기존 작품의 차용과 함께 주목되는 사실은 이 작품이 근원적으로 전통적인 구곡가(九曲歌) 양식을 차용하고 있다는 점이다. 구곡가 양식의 동아시아적 연원은 주자(1130~1200)의 「무이구곡가(武夷九曲歌)」이다. 주자는 1183년 무이산(武夷山) 아래 무이정사(武夷精舍)를 세우고 이듬해 「무이구곡가(武夷九曲歌)」(원제 「무이도가(武夷櫂歌) 십수(十首)」)를 지어, 무이계곡의 절경을 읊으면서 동시에 심성을 수양하고 도학을 닦는 도학자적 삶의 지향을 담아내었다. 주자를 신봉하는 조선의 유학자들에게 무이구곡은 바로 심성을 도야하고 도를 추구하는 이상적 공간으로 인식되었고, 구체적인 공간에서 이를 실현하고자 하였다. 그 결과 16세기를 기점으로 하여 한시, 시조, 가사 장르에 여러 편의 구곡가가 창작되었다. 시조에 담은 대표적인 구곡가는 율곡(栗谷)의 「고산구곡가(高山九曲歌)」와 옥소 권섭의 「황강구곡가(黃江九曲歌)」 등이 있다.

이러한 구곡가 양식은 9~10개의 단락이 연결되는 구조여서 이질적인 내용을 담아내기에 매우 효율적인 구조를 가지고 있다. 대한매일신보의 「아양구첩(峨洋九疊)」(1908.1.11)·「양춘설가(陽春雪歌)」(1908.5.2)·「어가만창(漁歌晩唱)」(1908.7.10)·「구곡도가(九曲棹歌)」(1908.1.9)·「화구곡가(和九曲歌)」(1908.2.7)·「구곡춘경(九曲春景)」(1909.5.14) 등이 여기에 해당된다. 이 가운데 「아양구첩」에는 외세에 대한 비판과 함께 매국노, 유생 등에 대한 비판의 목소리가 반영되어 있고, 「어가만창」에는 완고배(頑固輩), 친일관리, 엽관자(獵官者)들에 대한 비판이 강한 어조로 전개되어 있다. 이러한 구곡가 양식은 각 연의 내용이 일관된 주제로 모아지면서도 각기 다른 내용을 담아낼 수 있어서, 사연 많고 할 말 많은 계몽의 시대에 다양한 내용을 일시에 담아내는 양식으로 활용되었다. 또한 사회의 각 부문을 이리저리 조명하기 적합하여 신문사의 입장에서 볼 때 논설을 펴는 데 최적의 양식 중 하나로 여겨졌을 가능성이 크다. 이처럼 구곡가 양식은 성리학적 양식으로부터 비롯되었으나 근대전환기에는 폭발적으로 늘어나는 정보를 담기에 적합한 양식으로, 사회 각 방면, 다양한 인간군상의 추악함을 폭로하는 매우 효과적인 양식으로 차용된 것을 알 수 있다.

불교계잡지의 편집인으로서 권상로는 이러한 양식을 다시 불교의 분위기를 혁신하는 매체로 활용하고 있음을 「양춘구곡」에서 확인할 수 있다. 시조를 종교 담론의 매개로 활용한 것은 동학계열의 시천교(侍天敎) 잡지에 처음 보이지만 이처럼 기존의 전통양식과 당대에 변용된 양식이 교차하는 구곡가 형식을 차용하여 종교가요로 전환시킨 시도는 독자적인 것이다. 권상로는 자신이 편집인으로 있는 월보에 기존 가사의 변용양식인 4·4조 단형가사(「귀일가」·「기념가」)를 가창하고 있는 행사 경과를 잡지에 상세히 소개하면서도, 자신의 창작역량을 발휘하는 대목에서는 이처럼 언문풀이, 시조, 구곡가, 문답형 민요 등 다양한 양식을 동원하여 근대불교가요의 형식적 실험을 계속하고 있음을 알 수 있다. 그는 전통적 양식으로 근대매체에서 널리 활용되고 있는 여러 양식을 계속해서 시도함으로써 근대 불교가요의 형성에 이바지하고 있는 것이다.

3) 사회등가사의 활용과 「신세배(新歲拜)」

앞에서 『대한매일신보』 시가양식에 대한 권상로의 활용방식에 대해 살펴보았는데, 『대한매일신보』의 사회등가사(社會燈歌辭)도 예외는 아니었다. 「신세배(新歲拜)」는 '지일자(之一子)'라는 필명으로 권상로가 『조선불교월보』 12호(1913.1)에 발표한 것이다. 이미 같은 호에 시조양식을 차용한 「양춘구곡」(필자명 : 무심도인)이 발표되었기에 같은 이름으로 발표할 수 없었던 사정에 의해, 필자명을 바꾸고 문학양식에도 변화를 준 것이다. 주지하다시피 이 시기는 권상로 1인 필진 시대라 할 정도로 매호마다 다양한 필명을 동원하여 여러 편의 글을 쓰고 있는 상황이었다. '사회등' 가사는 대한매일신보의 사설란 성격을 지니는데, 신년호에 기자 겸 편집인으로서 일종의 신년사, 내지는 신년 사설을 겸하여 창작한 것으로 보인다.

天時新ㅎ니 人事新ㅎ고 人事新ㅎ니 禮節도 新ㅎ고 風潮도 新ㅎ고 事業도 新ㅎ고 百度가 俱新이로다

新天時에 新人事, 新禮節로 新歲拜ㄴ ㅎ야볼쇠

歲拜ㅎ오 歲拜ㅎ오 住持前에 歲拜ㅎ오 下化愚昧 法侶ㅎ야 上答政府深恩ㅎ고 寺刹維持 中興佛法 諸氏責任 重大키로 新年事業 希望ㅎ야 新人事로 歲拜ㅎ오

歲拜ㅎ오 歲拜ㅎ오 講師前에 歲拜ㅎ오 靑年後進 敎導ㅎ야 未來棟樑 作成ㅎ고 禪門影響 佛法笙簧 諸氏名望 腥향키로 新年事業 志願하야 新人事로

歲拜ᄒ오

　歲拜ᄒ오 歲拜ᄒ오 布敎師前 歲拜ᄒ오 十方衆生 敎化ᄒ야 正法으로 歸依ᄒ고 滿室石籌 長汀布袋 諸氏聲譽 喧炙키로 新年事業 贊成ᄒ야 新人事로 歲拜ᄒ오

　歲拜ᄒ오 歲拜ᄒ오 禪客前에 歲拜ᄒ오 面壁家風 不墜ᄒ야 敎外別傳 悟徹ᄒ고 直指人心 見性成佛 諸氏宗旨 玄妙키로 新年事業 欽慕ᄒ야 新人事로 歲拜ᄒ오

　歲拜ᄒ오 歲拜ᄒ오 律師前에 歲拜ᄒ오 枯槁形骸 不顧ᄒ고 如來性戒 堅守ᄒ야 器完水全 波澄月現 諸氏行檢 高尙키로 新年事業 墾禱ᄒ야 新人事로 歲拜ᄒ오

　歲拜ᄒ오 歲拜ᄒ오 念佛人前 歲拜ᄒ오 堪忍苦를 厭離ᄒ고 淨土樂을 欣求ᄒ야 一心不亂 十念往生 諸氏誓願 專一키로 新年事業 勸奬ᄒ야 新人事로 歲拜ᄒ오

　歲拜ᄒ오 歲拜ᄒ오 學生前에 歲拜ᄒ오 以經爲鑑 照心ᄒ야 深奧旨趣 硏究ᄒ야 佛法棟樑 後來龜鏡 諸氏荷擔 遠大키로 新年事業 勉勵ᄒ야 新人事로 歲拜ᄒ오

　歲拜ᄒ오 歲拜ᄒ오 信男女끠 歲拜ᄒ오 正法難逢 此世界에 稀有心을 大發ᄒ야 志心信向 見佛聞法 諸氏知見 圓滿키로 新年事業 勸告ᄒ야 新人事로 歲拜ᄒ오

　歲拜ᄒ오 歲拜ᄒ오 月報記者 歲拜ᄒ오 筆禿心焦 不辭ᄒ고 編輯發行 勤苦ᄒ야 敎門木鐸 社會金針 諸氏義務 正當키로 新年事業 祝願ᄒ야 新人事로 歲拜ᄒ오

작품을 보면 각 연이 '세배하오 세배하오 ○○전에 세배하오(○○○○ ○○하고 ○○○○ ○○ᄒ야 ○○○○ ○○○○ 제씨○○ ○○키로 신년사업 ○○ ᄒ야 신인사로 세배ᄒ오)'라는 관용구를 기본 구조로 하여 여기에 주지(住持) 강사(講師) 포교사(布敎師) 선객(禪客) 율사(律師) 염불인(念佛人) 학생(學生) 신남녀(信男女) 월보기자(月報記者)를 차례차례 호명하면서 그들에 대한 희망 어린 당부와 기대를 표명하고 있다. 이 작품 역시 작가가 창조적인 역량을 발휘한 것은 아니나, 근대 매체에 새로운 형식으로 시도된 양식적 특징을 적극 활용하여 자신이 생각하는 불교혁신의 실천을 도모하는 양상을 보여주고 있다. 아울러 권상로 다른 작품이 모두 '-歌', '-曲', '歌讚-' 등의 제목을 달아서 불교가요를 창작한다는 인식이 반영되어 있는 것과 달리, 「신세배」는 이와 다르다는 점에서 가요보다는 논설의 대용물로 더 강하게 의식하지 않았을까 하는 추정을 해 볼 수 있다. 이 작품을 '언문'란이나 '가원(歌園)'란이 아닌 '잡보(雜報)'란에 수록한 이유도 여기에 있을 것이다.

4) 7 · 5조 율격의 수용과 「가찬(歌讚) 석존전(釋尊傳)」

이상에서 살펴본 권상로의 작품은 모두 『조선불교월보』에 수록된 것으로, 그가 가졌던 당대의 시가양식에 대한 관심과 불교계에 적용하려는 의지를 파악할 수 있다. 권상로가 편집을 맡은 『조선불교월보』 이외에 1910년대 불교계 잡지에 수록된 국문가요는 『해동불보』 1~3권에 연재된 전통 가사형식의 「권왕문」(동화축전 유저)[19]과 『조선불교계』에 실린 「가찬 석존전」 그리고 『유심』에 실린 「마음」(6·5조 4행 1연, 총 4연)이 있을 뿐이다. 이렇듯 1910년대 불교계 잡지의 편집진으로 박한영 이능화 권상로·한용운[20]이 있지만, 당대의 근대 불교가요에 대한 관심을 적극적으로 표명한 이는 권상로 1인에 불과하다.

『조선불교계』 1호~3호(1916.4~6)에는 이응섭(李應涉) 원작, 권상로 윤색의 「가찬석존전(歌讚釋尊傳)」이 연재되었다. 『조선불교계』는 불교 진흥회(30본산연합사무소)에서 발행한 당시 교단의 기관지로서 편집 겸 발행인은 이능화(李能和)이다. 이 잡지에는 '문예(文藝)'란과 '소설(小說)'란 을 두어 문학 활동의 장을 마련하였으나, 문예란은 여전히 한시작품을 소개하고 있고, 국문가요나 언문활동에 대한 관심은 『조선불교월보』에 서 보여준 그것보다 오히려 줄어드는 경향을 보인다.[21]

1.

至今부터回顧히, 三千餘年前

넓고넓은印度河, 모든上流에

茫茫한灌漑區域, 四千餘里오

穰穰호沃土田園, 一望無際라

---

19 「권왕문」은 1850년대에 창작된 전통적인 불교가사여서 이 시대의 문학현상으로 받아들이 기는 어렵다.

20 『유심』(1~3호, 1918.9~12)에 보이는 한용운의 시는 이 시대의 불교가요의 전통에서 이미 벗어나 있는 자유시다. 다만 3호에 실린 堅志洞 ㅈㅎ生이 투고한 「마음」은 6·5조 창가의 율격 으로 이 시기 불교가요의 새로운 모습으로 함께 논의될 수 있을 것이다.

21 이는 『조선불교월보』 이후의 기관지인 『해동불교』(1~8호, 1913.11~1914.6, 박한영 주간), 『불교진흥회월보』(1~9호, 1915.3~1915.12, 이능화 주간), 그리고 『조선불교계』와 『조선불 교총보』(1~21호, 1917.3~1920.5, 이능화 주간)에서도 마찬가지 현상을 보인다.

2.

巍巍홀사諸王宮, 婆羅門塔은
蒼翠훈原野間에, 聳立호얏고
融融홀사宗敎家, 吠陀讚歌는
蓊蔚훈森林中에, 饗應호도다

3.

九十餘派哲學者, 理致討論코
大小諸國王侯들, 覇權닷호네
嚴호다民族階級, 四等分호야
婆羅門族, 刹帝利, 吠舍, 首陁라

4.

분지야부 曠野에, 뎌의들祖上
恒河上에 移轉홀, 그씨로부터
被征服者, 征服者, 治者, 被治者
階級이 形成호고, 種族懸殊라

5.

이制度 基礎숨아, 法令定호고
各處에 蟠據호야 國家일웠네
婆羅門 宗敎에셔, 法令지음이
四姓中 最高位를, 占領호얏고

　「가찬 서존전」은 석가의 일대기를 7·5조의 가락으로 유장하게 읊어
낸 장편의 가요이다. 인용한 대목은 첫 대목으로 7·5조 4행을 하나의

절로 하여 단락을 짓고, 또 내용을 크게 묶어 장을 구분하였다. 『조선불교계』에는 1장 총설(27절), 2장 석존의 조선(祖先, 8절), 3장 석존의 탄강(13절), 4장 석존의 출가(19절), 5장 석존의 고행(39절), 6장 석존의 성도(16절), 7장 석존의 설법(10절)으로 되어 있다. 그러나 이는 잡지가 3호로 종간됨에 따라 미완성으로 남게 되었다. 같은 작품을 다시 4.4조 4행의 가사 형식으로 바꾼 「석존일대가」(불교 35호, 1927.5)에는 7장 석존의 설법(112절)에 이어 8장 석존의 입멸(51절)과 9장 총결(8절)이 있어 그 전모를 추측할 수 있다.

석가의 일대기를 산문이나 운문으로 형상화하는 전통은 동아시아 불교문학의 한 줄기를 이루고 있다. 중국의 『석가보(釋迦譜)』, 고려시대의 『석가여래행적송(釋迦如來行蹟頌)』, 조선시대의 『석보상절(釋譜詳節)』·『월인석보(月印釋譜)』·『월인천강지곡(月印千江之曲)』, 조선후기와 근대의 『팔상록(八相錄)』 등이 대표적인 작품이다. 「가찬석존전」은 이러한 전통을 계승하면서 7·5조 율격을 통해 근대적 리듬감을 드러내는 새로운 불교가요이다.

7·5조 율격은 최남선의 「한양가(漢陽歌)」(1905)·「경부철도노래[京釜鐵道歌]」(1908)·「세계일주가(世界一周歌)」(1914)에서 근대문명의 찬양과 역동적 분위기를 담아 낸 것이 대표적이다. 이들 작품의 내용을 보면 7·5조는 방대한 신지식을 담는 매체로 이전 시기에 가사가 했던 역할을 대신 맡고 있음을 알 수 있다. 4·4조 가사 한 행이 담는 지식의 총량보다 7·5조 창가의 한 행이 담는 지식의 총량이 증대되는 경향이 있어, 전 시대에 가사가 담당했던 기능을 대신할 수 있었다. 아울러 전통적 가사의

4음보 율격이 갖는 안정감에서 새 시대의 역동적 변화에 호응하는 3음보로 전성되는 7·5조 리듬이 가사를 대체하게 되는 것은 시대적 현상이라도 할 수 있다.[22]

이와 함께 보통학교 독본교재에 수록된 몇 작품들(「이앙(移秧)」·「표모(漂母)」)[23]은 7·5조 율격에 서정성 짙은 내용을 담고 있다. 1910년에는 학부에서『보통교육창가집』제1집을 발행하였는데, 여기에「이앙」과「표모」를 포함하여 7·5조에 곡을 붙인 가요가 다수 수록되어 있다.[24] 최남선은 물론이고 독본 교재에 수록된 시가는 7·5조 율격의 너른 확산에 기여했으며, 이전의 애국가류 가요나 전통적인 가사를 대신하여 7·5조 창가가 확산되는 데 일조한 것으로 정리할 수 있다. 이는 또한 한국 고유의 3음보의 율격, 즉 생동감 있고 변화를 추동하는 리듬이 한국인의 잠재의식 가운데 살아있었고, 이것이 새로운 변화에 동참하고 이를 추동하고자 하는 근대인의 호흡으로 표면화된 것으로도 해석된다.[25] 다만 여기에 외래적인 율격의 자극이 있었다는 사실은 굳이 부인할 필요가 없음은 물론이다.[26]

---

22 일례로 권상로 윤색의 「가찬석존전」(75조)과 「석존일대가」(44조)의 내용을 비교해 보면, '석존전 1절 = 일대가 1절, 석존전 2절 = 일대가 2절, 석존전 3절 = 일대가 3·4절, 석존전 4절 = 일대가 5·6절, 석존전 5절 = 일대가 7·8절'로 되어 있다. 가사의 2행에 담긴 정보가 창가에는 1행으로 정리될 수 있음을 보여준다.

23 학부간행,『국어독본』, 1908년.

24 권오만,『개화기시가연구』, 새문사, 1989, 165~171쪽.

25 권오만, 앞의 책, 166쪽 재인용.

26 이 시기 창가의 전개양상과 성격에 대한 최근의 논의는『한국어문학연구』51집(한국어문학연구학회, 2008)의 '특집 : 20세기 초 창가의 종합적 검토'를 참고 할 수 있다. 여기에 실린 논문은 다음과 같다.
민경찬,「창가를 다시 묻는다」, 5~33쪽; 배연형,「창가 음반의 유통」, 35~73쪽; 권도희,「1910년대 창가와 잡가」, 75~105쪽; 구인모,「가사체 형식의 창가화에 대하여」, 107~137쪽; 이유

권상로의 윤색 작품에 나타난 7·5조 율격은 이러한 시대적인 분위기에 견인되어 나름대로 새로운 모색을 한 것으로 평가할 수 있다. 그는 불교가요를 새 시대의 리듬에 맞추어 변화시키려는 의식을 가지고 다양한 모색을 진행했던 것이다.

4. 1910년대 근대 불교가요사의 복원

현재 전하는 최초의 불교계 잡지는 1912년 창간된 『조선불교월보』이다. 여기에는 불교 내부의 개혁지향적인 목소리는 물론이고 종교와 현실이 만나는 접점에서 굴절되는 여러 현상들이 착종되어 있다. 불교혁신의 목소리에서 일제강점세력에 대한 안일한 의식의 표출에 이르기까지, 그리고 역사의 복원과 교학의 정립에서 교단의 발전을 위한 제언에 이르기까지 다양한 목소리가 겹쳐있다. 아울러 이 시기는 산중불교가 도시불교로 변화되는 과정에서 시대적·공간적 변화에 따른 새로운 의식이 요구되는 시기로 평가된다. 당시 교단의 기관지 성격을 지니는 『조선불교월보』, 『불교진흥회월보』, 『조선불교계』, 『조선불교총보』 등에 새로운 의식의 모색에 관한 다양한 기사가 이를 반영한다. 여타의 종교와 비슷한

기, 「1910년대 하와이판 『애국가』에 대한 연구」, 139~173쪽.

경향을 보일 것으로 짐작되지만 특히나 불교계에서 1910년대는 새로운 의식을 모색하는 기간이라 할 수 있다.

특히 주목되는 것은 여러 행사에서 가창된 바 있는 '창가(唱歌)'로 소개된 의식가요이다. 이에 앞서 잡지가 창간되기 전의 기록으로『대한매일신보』1910년 6월 5일자에 통도사내 명신학교(明信學校)에서 석가탄신일에 80명의 생도가 「석가탄신경축가」를 불렀다는 기록이 있다.[27] 작품이 소개되지 않아 그 형식에 대해서는 알 수 없다. 다만 1912년에 가창된 「기념가(紀念歌)」와 「귀일가(歸一歌)」가 4음보 연속체의 단형 가사형식으로 되어 있는 것과 비교해 볼 때 「석가탄신경축가」 역시 단형 가사형식으로 되어 있을 가능성이 있다. 반대로 천주교의 경우 같은 제목으로 된 경축가류 가요를 보면 애국가류 양식을 띠고 있어 쉽게 단정할 수는 없는 상황이다.

한편 이 시기 잡지의 잡보란에는 '창가'가 소개된 기사가 중요하게 다루어졌다. 예를 들어 성도기념일(成道紀念日) 행사,[28] 열반재(涅槃齋) 행사,[29] 석가탄신일(釋迦誕辰日) 행사,[30] 낙성식 및 포교당 봉불식[31] 등에서 창가가 가창된 것으로 소개되고 있다. 다만 이들 기사는 합창 제창의 상황과 청중의 수를 제시하여 그 성황을 알려주고 있을 뿐, '창가'의 형식을 알 수 있

---

27 이미향, 앞의 글, 390쪽 재인용.
28 『조선불교월보』1, 1912.2(成道紀念日 행사. 각황교당).
29 『조선불교월보』4, 1912.5(涅槃齋 행사. 각황사 포교당);『조선불교월보』15, 1913.4(경성 조선불교중앙포교당 열반일행사).
30 『조선불교월보』5, 1912.6(釋迦誕辰日 행사. 각황사).
31 『조선불교월보』5, 1912.6(통도사 석탄일 및 사리계단탑 낙성식 거행);『조선불교월보』5, 1912.6(범어사 주최 경성 포교당 개당식);『조선불교월보』7 '잡저' 함경남도 안변군 석왕사 포교당 건립 봉불식, 「기념가」·「귀일가」도 여기에 포함된다.

는 정보는 제공되지 않았다. 창가라 하여 모두 7·5조의 신체창가만은 아니며 애국가류 단형가사류 시조류 등 다양한 양식을 띠고 있을 가능성이 있기 때문이다.

그리고 이 시기의 '창가'는 통일된 곡조 없이 하나의 가사에 여러 곡을 붙여 부를 수 있었을 것으로 추정된다. 이는 곧 하나의 가사에 독자적인 곡이 결합되지 않았다는 사실과 같은 의미를 지닌다. 일반적으로 창가의 곡조가 기독교의 찬송가나 서양의 민요에 실려 구연되었다는 점에 비추어 볼 때, 이 시기 불교계 잡지에 수록된 창가는 서양의 민요 가락이나 다른 곡조를 차용하여 부른 것으로 추정된다. 이는 『불교』 28호(1926.10)에 불교계 최초로 찬불가에 대해 명확하게 개념을 규정하고 그 문제점을 지적한 조학유의 글을 통해 확인된다.

종래에 불교창가라고 幾種이잇섯스나 다만 歌詞뿐임으로 각처에서 奏曲이 不一하야 사계에 만흔 포부를 가지시니의 통일을 숙망하든 바이나 아즉 보이지 아니함으로 각갑함을 부득이하야 본 찬불가를 述케된 바이나 원래 사계에 대한 작곡의 지식은 넉넉지 못함으로 타 교회에서 사용치 안는 각종의 好曲을 인용하고 다소의 첨삭을 가하야 편술한 바이오니 여러분의 양해를 비는 바입니다.[32]

기존의 불교음악 연구에 따르면 조학유는 찬불가의 성립에 기여한 최초의 인물로 평가되고 있는데,[33] 인용문을 보면 기존의 불교창가로

---

32 「曹學乳의 '찬불가 緖言'」, 『불교』 28, 31쪽.

몇 종류가 있었으나 가사만 지었을 뿐 새로운 곡조를 짓지 않아서 부르는 사람마다 다른 곡조를 차용하여 불렀다는 것을 그 한계로 지적하고 있다. 이는 1920년대 중반 이전 즉, 1910년대 이후를 창가의 시대로 규정하면서 창가가 구연되는 실상을 압축하고 있는 증언으로 해석된다. 아울러 조학유가 그러한 것처럼 이 시기에도 찬송가를 제외한 다른 곡 가운데 쉽게 차용할 수 있는 곡을 골랐을 것으로 추측할 수 있다. 이미향의 연구에 따르면 1922년에 비로소 찬불가라는 명칭이 기사에 등장한다고 하나, 이미 1919년경에 이르면 불식(佛式)화혼례를 소개하면서 찬불가라는 명칭이 등장하고 있어 이는 사실과 다르다.[34] 기록상 나타난 명칭을 놓고 볼 때 1910년대는 창가의 시기, 1920년대는 찬불가의 시기라 할 수 있다. 그리고 지금까지 논의에 따르면 박범훈은 최초의 찬불가로 용성의 대각교의식의 노래를, 이미향은 조학유의 찬불가 창작을 그 기점에 두고 있음을 머리말에서 살펴본 바 있다.

조학유의 찬불가 가사는 7·5조를 주조로 하되 변형된 율격을 보여주고 후렴구를 두어 기존의 단형가사나 율격의 구속에서 벗어나려는 경향을 보여준다. 근대 불교가요는 1910년대의 창가시대를 거쳐 1920년대의 찬불가 시대로 접어들었다고 할 수 있다.

그렇다면 이러한 발전 과정에서 근대불교잡지에 수록한 권상로의 작품은 어떤 위상을 지니고 있는가. 권상로는 최초의 근대 불교계 잡지인

---

33 이미향은 앞의 글에서 조학유가 잡지에 수록한 24곡의 곡조 중 미확인된 6곡을 제외한 16곡이 일본의 찬불가, 창가, 군가에서 일부 선율 혹은 전체 선율이 차용되었음을 밝혔다.
34 『조선불교총보』 15, 1919.5, 362쪽 참고.

『조선불교월보』의 편집인으로서, 「기념가」와 「귀일가」 등 이 시대에 창작되고 가창된 가요를 '창가'라는 이름으로 소개하면서, 근대 불교가요의 형성과정에 편집자로서의 역할을 하고 있다. 나아가 자신도 직접 새로운 가요를 창작하여 작가로서도 중요한 역할을 하고 있다. 그는 당시 민요이자 잡가로서 널리 전파된 언문뒤풀이 형식을 빌려 「언문가」를 지었고, 시조창의 전통과 근대시가의 양식으로서의 시조를 교차하여 「시종가」와 「양춘구곡」을 지었다. 「양춘구곡」은 지난 시기 사대부들이 심성을 도야하며 의식의 지향을 담아낸 구곡가 양식에 기반을 두고 있다. 「신세배」는 사회등 가사를 원용한 것이며, 「가찬 석존전」에는 7·5조의 율격을 수용하고 있다.

권상로가 창작한 작품에는 이처럼 전통시가 양식과 당대의 변이된 양식이 굳건하게 자리잡고 있다. 이는 권상로가 보여주는 전통에 대한 확고한 의식과 당대의 문화적 분위기를 도외시하지 않는 문화전략가로서의 위상을 동시에 보여주는 것이다. 7·5조의 율격을 차용하여 전통적인 석가 일대기를 형상화하는 방식도 전통지향성과 현재지향성이 동시에 교차하고 있는 양상으로 해석할 수 있다.

잡지 편집자로서 대중을 계몽하기 위해 지은 권상로의 작품은 동 시대에 널리 구연되던 행사용의 창가와 다른 작가성을 보여준다. 그간의 연구에서 근대 불교가요의 경우 가사 중심의 창작 경향이 강하고 율(律)을 창안할 수 있는 능력이 부족하다는 점이 지적된 바 있다. 그러면서도 초기의 찬불가는 음악적 측면에서 평가될 것이 아니라, 승려들에 의하여 신불교운동과 함께 새로운 불교음악 장르가 개척되었다는 데서 그 의미를 찾아야 할 것으로 보았다.[35] 1910년대 권상로가 창작한 불교가요가 가창의 가능성을 내재하고 있을 뿐 새로운 악곡이 개발되지 않았기 때문에 불교가요로서 자격이 부족하다고 말할 수도 있다. 이렇게 볼 때 서양의 곡조를 빌어 사용하는 1920년대에도, 서양의 음계를 사용하는 그 이후 상당기간 혹은 지금까지도 불교가요의 존재성은 부정될 수밖에 없을 것이다. 그러나 앞서의 논리를 수긍하는 관점에서 볼 때, 비록 음악중심의 창작이 아니라 가사 중심의 창작이지만 가창의 가능성을 염두에 둔 나름대로의 가요의식을 보여주고 있다는 점에서, 권상로가 한국 근대불교가요의 형성에 기여한 바를 인정할 수 있을 것으로 생각한다.

5. 권상로 창작 불교시가의 재평가

　1910년대 불교계 잡지에 소개된 권상로의 창작 가요를 중심으로 전통 시가 양식이 전변되는 과정을 살펴보았다. 권상로가 창작한 작품은 언제라도 구연될 수 있는 가창의 대본으로 존재하나, 잡지 매체에 자신의 주장을 펴기 위한 매개로 활용되었을 뿐이고 대중적인 집회나 의식에서 구연되었다거나 악곡에 올렸다는 기록은 없다. 비록 가(歌)·곡(曲)·가찬

---

35 박범훈, 앞의 책, 396쪽.

(歌讚)의 이름으로 제목을 설정하면서 가요로서의 활용을 생각했을지라도 대한매일신보의 여러 형식의 시가처럼 시각적으로 전달하는 데 그쳤을 가능성도 크다. 근대불교가요의 완성은 가사와 곡이 동시에 결합되는 방식으로 이루어져야 했는데, 기존의 음악학계의 연구에 따르면 1920년대 용성의 대각교의식의 가요나 조학유의 찬불가가 그 서막을 연 것으로 알려져 있다. 그러나 조학유의 찬불가 역시 기존 일본의 곡조를 상당부분 빌려 쓰고 있다는 점에서 본격적인 찬불가의 형성으로 삼기에는 미진한 감이 있다. 그리고 가사와 곡이 한 작품의 독창적 개성을 가진 채 결합되는 것을 근대가요라 한다면 한국의 근대 불교가요는 상당히 긴 유예기간을 설정하지 않으면 안 되는 상황이 초래될 것이다. 이러한 양상을 당시 불교가요전개사의 특수성으로 인식한다면 1910년대에 권상로가 창작한 여러 편의 시가 작품이 근대 불교가요의 형성과정에서 나름대로 기여한 면에 대해 인색한 평가를 내릴 이유는 없을 것이다.

김문세(金文世)의 장편창가 「고려사가(高麗寺歌)」 연구

1. 유랑 망명객의 근대 시가를 발굴하며

이 글은 1919년 3·1운동에 참여한 후 중국으로 망명하여 임시정부의 독립신문사 기자로 활동하다가 30세에 요절한 김문세(金文世, 1894~1926)의 장편 창가 「고려사가(高麗寺歌)」를 소개하기 위한 글이다. 이를 위해 작가의 소개와 작품의 창작배경, 구성과 장르적 성격에 이르기까지 작품을 개괄하여 정리하고자 한다.

「고려사가」는 "김추계(金秋溪) 원저, 김소원 초기(金素園 抄寄)"로『불교(佛敎)』지 제8호(불교사(佛敎社) 간행, 1925.2)에 수록되어 있다. 형식은 7·5조 1행으로 하여 총 376행 분량의 장편 창가로서 국한문 혼용체로 기록되어 있다. 한국문학사에서 장편 7·5조 창가의 대표적인 가요는 최남선의 「경부철도노래」(1908)와 「세계일주가」(1914)가 있는데, 이 시기의 장편 창가는 내용적으로는 근대문명을 예찬하고 새 시대의 희망을 노래하는 경향이 있다.[1] 이에 비해 「고려사가」는 내용상 기존의 창가와 사뭇 다른 특징을 보여준다. 작가는 고려사(高麗寺)를 중창하는 데 역할을 한 고려 대각국사 의천의 행적을 따라 중국을 종횡하는 긴 여정을 사료에 의거하여 따라가면서 우리나라 역사에 대한 자부심을 드러내는 한편, 행간에 일제에 대한 저항의식을 비분강개한 어조로 표현하고 있다. 이런 점에서 볼 때 7·5조 창가가 외래의 사조나 신세계의 문명을 찬양하는 초기의 모습을 벗어나 어느덧 한국인의 내면적 리듬으로 수용 정착되고 있는 단계에 이르고 있음을 보여준다는 점에서 이 작품의 발굴은 문학사적으로도 의의가 있을 것으로 기대한다.

그동안 학계에서 작가나 작품에 대한 정보가 전혀 없었다는 점에서 이 글은 신자료 소개의 성격은 물론이고, 이역만리에서 유랑하다가 구천에 떠돌 그의 넋을 학문적으로 위로하는 의의도 지니게 될 것이다. 작품에 점철되어 있는 다양한 역사적 정보가 작품 이해에 난관으로 작용하기는 하나, 독립운동가의 망명 문학으로서, 역사교본 창가로서 작품의 소개는 나름대로 의의를 지니게 될 것으로 기대한다. 다만 미리 밝히건대 작품에 등장하는, 고대에서 근대에 이르는 조선에 관련된 수많은 역사적 정보에 대한 사실성 판단과 이에 담긴 작자의 역사인식에 대한 평가는 이 글에서 다 해명되기 어려우며, 앞으로 역사학계의 도움을 기대하는 바이다.

1　「경부철도노래」와 관련된 논의로 다음의 논문을 참고할 수 있다.
　　김병선, 『한국개화기창가연구』, 전남대 박사논문, 1990.
　　이주열, 「『경부철도노래』에 나타난 긍정의식 연구」, 『우리어문연구』 v.35, 2009, 545~574쪽.
　　최현식, 「철도창가와 문명의 향방−그 계몽성과 심미성 교육의 한 관점」, 『민족문학사연구』 v.43, 2010, 189~221쪽.

2. 김문세의 삶의 복원

김추계(金秋溪)의 본명은 김진각(金鎭珏) 혹은 김문세(金文世)이다. 그가 상해에서 불귀의 객이 되었을 때 「독립신문」에 실린 애도사(「金文世君을 弔함」, 『독립신문』, 1925.10.21)는 그의 일생을 조망하는 데 중요한 자료가 된다. 이를 토대로 하고 다른 신문기사, 독립운동사 자료를 보조 자료로 활용하여 일대기를 복원하면 다음과 같다.

김문세는 1894년 10월 평북 정주에서 태어났다. 본적은 평안북도 정주 馬山面 院東洞 12번지다. 본명은 김진각(金鎭珏)이며 異名으로 金文世를 사용하였으며[2] 호는 秋溪이다. 정주에 있는 光東學校를 졸업[3]한 그는 청년문사로 한학에 상당한 조예가 있는 인물이었다. 그는 기미독립운동(1919) 당시에 인근 각 郡의 동지를 규합하여 독립만세를 부르고, 이어 南滿州에 있는 독립단과 연락하여 군자금을 모으고 동지를 일으키는 활동을 하였다. 이 때문에 일제의 추적을 받게 되고 피신 생활을 하며 갖은 고초를 다 겪게 된다. 그는 장기간의 피신생활에 차라리 해외에 나가 마음대로 활동하리라는 다짐을 하여 임시정부가 있는 상해를 목적으로 하여 노모와 처자를 뒤로 남기고 망명길에 오른다. 그는 상해에서 漢學을 연구하기도 하고, 중국인이

2　「포상자 공석소서」(독립기념관 제공). 이는 국사편찬위원회 한국사데이터베이스(http://db.history.go.kr)를 참고하였다.
3　『황성신문』 1908.7.16, '잡보'란.

경영하는 四民報館에서 기자생활을 하기도 하였으며 약3년 간 독립신문사
에서 기자생활도 하고, 일일인서관(一一印書館)에서 인쇄술도 연구하는 등
활발한 활동을 하였다. 그는 또 역사학에 뜻이 있어 본국의 역사 기술이 완
전치 못함을 개탄하였는데, 독립신문사에서는 그를 杭州 특파원으로 보내
어『사고전서』의 본국 역사자료를 수집하게 하였다. 그는 본사로 돌아오는
즉시 독립신문사가 후원하는 교과서편찬회의 일원이 되어 낮에는 인쇄술
에 전념하고 밤에는 편찬회에 출석하여 노력을 하며 틈틈이 한 권의 책자를
저술하였는데 이 책이 바로『西遊記中高麗寺歌』이다.[4] 이 책은 독립신문사
에서 후원하는 교과서편찬회의 저작이라는 점에서 임시정부의 역사 대안
교과서로 저술된 것으로 보인다. 그러나 교과서편찬회는 재정문제로 유지
가 어려워 더 이상의 활동은 하지 못하였다. 1924년 가을에는 중국의 명승
과 고적을 찾아 무전여행에 가까운 주유를 하다가 도중에 병을 만나 상해로
돌아왔다. 상해에서는 여러 동지들의 주선으로 입원치료를 하였으나 1925
년 6월 20일에 작고하였다. 사망 당시 그의 신분은 독립신문사의 贊助社員
으로 소개되어 있다.

그가 독립신문 기자로 활발하게 활동하던 시기는 1922년경이다. 그의 시
국관은 논설「救心論」(『독립신문』123, 1922.4.15)과「國恥日의 解說」(『독
립신문』138, 1922.8.29)에 잘 드러나 있다.

1921~1923년경에는 中韓互助社 上海總社에서 간사로 활동하였다. 한중
두 나라에서 각각 8명의 이사를 선정하여 운영한 이 기관은 독립운동을 지

---

4 이 글에서 소개하는「고려사가」의 저본이 된다.

원하는 한중우호협력기관의 성격을 지니는데, 여기에는 金奎植, 呂運亨, 申翼熙 등의 이름과 함께 김문세의 이름이 보인다. 그가 이 시기에 상해 중한호조사의 일원으로서 활동한 기록이 일본의 '不逞鮮人', '不逞團'에 대한 감찰보고서에 수차례 소개되어 있는 것으로 보아 이들 활동의 성격과 일제 감시의 정도를 확인할 수 있다.[5]

1923년 3월 1일에는 기미독립운동을 기념하여 항주의 고려사에서 만세운동을 거행한 사실이 당시 신문에 소개되었고,[6] 같은 해 10월 4일자 동아일보에는 당시 조선의 홍수 피해에 대하여 상해에서 발기한 내지동포수재구제회(内地同胞水災救濟會)의 일원으로—여운형(呂運亨)·김구(金九) 등과 함께—기부 동참한 사실이 소개되어 있다.

그의 죽음에 관해서 『독립신문』 부음 기사(1925.10.21)에는 "군(君)의 향리(鄕里)에는 당상(堂上)에 육순편모(六旬偏母)가 게시고 아래로 처군(妻君)과 고아(孤兒)가 잇으니 부음(訃音)을 접(接)한 그네의 애통(哀痛)이 엇더하랴 슬푸다 군(君)이여"라 하여 애절한 만사를 전하고 있다.[7]

---

5 「재상해 불령선인(不逞鮮人)의 상황」(高等 제28729호―1921.11.7 『朝鮮獨立運動』2)
「不逞團關係雜件-朝鮮人의 部：在滿洲의 部(35) 不穩文書入手에 관한 건」, 1923.2.19.
「不逞團關係雜件-鮮人의 部：在上海地方 (3)上海在留 朝鮮人 現在人名簿 調製에 관한 件」, 1921.9.28.
「不逞團關係雜件-鮮人의 部：在上海地方 (4)高警 제3159호」, 1922.10.5.
「不逞團關係雜件-鮮人의 部：在上海地方 (5)中韓國民互助社 總社 規則에 관한 件」, 1923.8.10.
「不逞團關係雜件-鮮人의 部：在上海地方 (5)中韓互助社 定期總會 開催의 件」, 1923.9.12.
(출처 : 국사편찬위원회 한국사데이터베이스 http : //db.history.go.kr)

6 中國 杭州에 在하던 我同胞 金文世等 十四人은 지난 三月一日 同地高麗寺(前我國 文宗王의 子 義天이 修道하던 遺跡)에 모혀 獨立宣言紀念式을 擧行하엿더라(『독립신문』158, 1923.3.14)

7 이와 함께 부고 및 추도시가 함께 게재되어 있다. 추도시를 소개한다.

대한민국 정부에서는 그가 3·1운동에 참가한 후 상해로 망명하여 임시정부에 가담하였고, 3년간 독립신문사 기자 신분으로 상해와 항주에서 활동한 사실을 인정하여 1990년에 국민훈장 애족장(愛族章)을 서훈하였다.

3. 「고려사가」의 창작 배경

김문세가 "한학에 달통한" "청년문사"라는 소개와 상해에 망명하여 "한학(漢學)을 더 연구"하였다는 점, 그리고 독립신문사 항주 특파원으로서 『사고전서』 중에서 우리나라와 관련된 기록을 수집하였던 점은 앞에서 소개한 바 있다. 그는 단순한 문사(文士)가 아니라 역사와 문학 등 전통적인 학문(學問)에 상당한 조예가 있었던 우국지사로 생각된다.

그가 쓴 논설에서는 또 다른 문학적 재능의 근거를 확인할 수 있다.

兄님의 訃音이 이 귀를 놀내고
가슴속 깁피깁피 뿌리를 박으니
그 엄이 자랄사록 쓰라리외다
熱烈한 마음과 眞實한 行實은
뉘게 다 맛기고 이 손을 놋나요
苦海의 中途에 沙工을 일흐니
넉이여 이 손을 힘껏 잡아주소셔
음八月八日夜 滿野에서
솔벗
「金文世兄님의 訃音을 밧고」(『독립신문』187, 1925.10.21)

논설 「구심론(救心論)」(『독립신문』 123, 1922.4.15)은 망국의 상황에 대처하는 사람들의 소극적이고 회의적인 자세를 잔인파(殘忍派)·오해파(誤解派)·혼돈파(混沌派)·의뢰파(依賴派)·매소파(買笑派)·인색파(吝嗇派)·낙심파(落心派)의 일곱 부류로 제시하고 이를 극복하는 방안을 제시하고 있는데, 내용이 매우 선언적이고 거센 파도 같은 기개를 느껴볼 수 있다.

以上 七派난 우리와 서로 消長되야 彼衰하면 我興하고 彼興하면 我衰하리니 우리가 興함에난 三千里江山에 無窮花 피고 二千萬生靈에 榮光을 돌니려니와 뎌가 興하면 國墟난 반다시 猶太의 沙漠에 돌아가고 民族은 俎上에 肉이 되고 말지니 엇지 두럽고 무섭지 안으리오 그러면 우리는 倭놈과 奮鬪함 보다도 몸저 뎌들과 宣戰하야 一擧剿滅한 後에야 우리의 事業을 完全이 進行할가 曰 不然하니 우리와 뎌가 溝分하야 對壘한 것이 안이요 오직 方寸의 사이에 마음이 죽고사는 것으로써 彼我라 定名할 것임니다 그러무로 瞬息間에라도 彼가 我의 寶座에 드러오기 容易하고 我가 또한 彼의 魔穴에 빠지기 쉬우매 往來가 錯綜하니 一定한 敵이라고 指摘하야 剗燒舂磨를 加할 餘地가 업쓸 것이다 그러면 非常한 이때를 當한 우리 自醒自警하야 心을 死치 아니하고 우리의 神聖한 地位을 保存하며 相愛相勸하야 軋轢의 嫌을 舍하고 團結의 體를 堅固이 하여써 勇往前進하면 彼의 七派난 自然히 同化될 것이며 怨讎의 日人들은 반드시 우리의 압헤 白旗를 懸할 줄노 思惟하노라.

이용문은 논설의 결론 부분으로서, 일제에 대항하는 정신적인 자세로서 마음을 구하면 언젠가 일본 원수들이 우리 앞에 반드시 백기를 들고 항복할 것임을 역설하고 있다.

「국치일(國恥日)의 해설(解說)」(『독립신문』 138, 1922.8.29)은 8월 29일 국치일을 맞이하여 그 아픔을 토로하고 조선민족의 시대적 사명을 설파한 글이다. 이들 논설은 모두 비분강개한 목소리를 표출하면서도 사태에 대한 치밀한 분석과 설득력이 돋보이는 글로 평가할 수 있다.

이와 함께 이들 논설에서는 김문세의 문학적 이력과정도 단편적이나마 살펴볼 수도 있다. "포은(圃隱)이 왈(曰) 이 몸이 죽고 죽어, 천백 번(千百番) 다시 죽어, 백골(白骨)은 진토(塵土)가 되고, 혼(魂)은 잇스나 업스나, 님 향(向)한 일편단심(一片丹心)이야, 가실 줄 잇스랴 하여시니"(「구심론」)라는 구절과 "백두산석마검진(白頭山石磨劍盡) 두만강수음마무(豆滿江水飮馬無) 남아이십미평국(男兒二十未平國) 후세수칭대장부(後世誰稱大丈夫) 이 글을 남이장군(南怡將軍)이 동적(東敵)을 섬격(殲擊)할 시(時)에 지으신 것이니 기자(記者)가 어려슬 적부터 기음(嗜吟)하던바 종후(從後)난 병상(病床)을 쾌리(快離)하야 독호(禿毫)을 투(投)하고 다시 장검(長劍)을 장(杖)코 져 하노라"(「국치일의 해설」)하는 대목에서 김문세가 한시, 시조 등 제반 시가에 대한 이해가 깊었다는 점을 확인할 수 있다.

그는 아마도 전통적인 한학 교육을 받았을 것으로 추정되며, 이와 동시에 동광학교를 졸업하고 독립신문사의 기자로서 시론을 발표하는 등 근대적 문사로서 재능을 지녔던 것으로 보인다. 그는 전통적인 지식인이 그랬던 것처럼 시조라든가 한시 등을 즐겨 외웠던 것을 알 수 있다. 또 전통적 시가에 대한 조예는 물론이고 당대에 새로 등장하는 창가형식에 대해서도 자연스럽게 리듬을 체화할 수 있었을 것으로 보인다. 이러한 그의 학문적 온축과 역사에 대한 지사적인 관심, 그리고 문학적 능력은 결과적으로 필생의 역작이 된「고려사가」의 창작 기반이 된다.

「고려사가」가 실려 있는『불교』제8호에는 김추계(金秋溪)가 창작한 작품을 김소원(金素園)이 초록하여 투고한 것으로 되어 있다. 그의 일대기를 통해 보듯이 대각국사 의천이 중창불사를 한 항주의 고려사에서 행한 망명객의 독립운동은 이 글의 연구대상인「고려사가」가 단순하게 대각국사 의천을 현양하려는 호고적 유람 창가가 아님을 감지하게 한다.「고려사가」에서 고려국사 의천의 행적을 추적하는 것은 그가 당시에 기자 신분으로 조선의 역사자료를 수집하는 과정에 있었기에 자연스럽게 이루어진 것으로 보이며, 이 모든 것이 넓게 보아 독립운동의 차원에서 이루어지고 있음을 확인할 수 있다.

작품의 창작동기와 의의에 대해서는 이 작품을 소개하고 있는 김소원의 글에서 대략을 파악할 수 있다.

中國 南方 杭州에 잇는 고려사는 拒今 팔백삼십팔 년(고려 宣宗 2년)에 고려 文宗의 第四子 義天大師가 宋晋水師淨源으로 더불러 佛學을 연구하든 곳이라 該寺는 원래 慧因寺라 하더니 의천 대사가 거액의 資産으로 重建하고 金字華嚴經 삼백부를 藏置한 고로 高麗寺라 칭하게 되엇스니 아즉도 破屋數棟이 존재하야 이역산하에 고려의 名蹟이 엄연히 遺傳함은 우리의 고려 사람으로 늣김이 없지 못하다. 杭州도서관에서 四庫全書를 열람하야 우리의게 관계되는 역사자료를 구하기에 근로하시는 秋溪 金선생이 民國 4년 8월에 杭州 西湖 南高峰 下에 잇는 고려사를 유람하고 高麗寺歌를 작하니

그 편찬이 순전히 歌曲만 吟詠한 것이 아니라 우리 반만년 역사의 참고자료를 풍부하게 搜輯하야 歌曲을 注釋하엿스니 이것이 장래 우리 史學의 참고에 유익할 쑨 아니라 해외에 殘餘한 古蹟을 일반 동포에게 소개하야 이 高麗寺를 다시 重修할 善心家가 興起하기를 희망하며 조선불교의 가장 중대한 覺悟로 선조의 舊蹟을 繼續하야 大覺國師의 도덕과 고려의 聲名이 회복되기를 바라는 誠心에서 이 歌를 抄하야 조선불교계에 供하오니 一覽하와 참고하심을 영광으로 自信하는 바이외다.

(高麗寺歌의 注釋은 매우 필요한 역사자료이나 紙數가 甚多함으로 倉卒에 抄하지 못하엿스며 과거 융성시대의 寺刹圖形도 잇스나 模寫치 못하오니 遺憾으로 自愧하나이다.) 抄者 識

이는 일종의 '작품 소개의 변'과 같은 의미를 지닌다. 이에 따르면 이 작품은 항주도서관에서 『사고전서』를 열람하여 우리나라의 역사 기록을 조사하던 작자가 민국(民國) 4년(대한민국 임시정부 4년)인 1922년 8월 항주 서호 남고봉 아래에 있는 고려사를 유람하고 고려사를 창작했던 정황이 소개되어 있다. 고려사는 고려 문종의 넷째 아들이었던 의천(義天)대사가 중국에 건너가 진수(晋水) 정원(淨源)대사와 함께 불학을 연구하던 곳이다. 절의 이름은 원래 혜인사(慧因寺)였는데 의천대사가 거액을 시주하여 중건하고 금자(金字)화엄경 300부를 안치하였던 인연으로 고려사라 부르게 되었다. 작자가 그곳을 방문했을 때는 거의 폐허처럼 방치되어 있었는데, 그는 비감어린 목소리로 고려사의 지세와 당대의 의천의 행적을 노래하였다. 그리고 인용문에서 보듯, 원래는 각각의 역사적 기록에 대한 상세한 주석이 첨부되어 있고, 고려사의 "과거 융성시대의 사찰도형(寺刹圖形)"도 함께 있었던 것으로 보이나 지면 관계상 다 수록할 수 없다는 아쉬움을 토로하고 있다.[8]

김추계 곧 김문세가 이 작품을 제작한 이유는 단순히 고려사를 보고 비감에 젖어서만도 아니다. 또 의천대사의 행적을 다시 복원하고자 한 의도만 있었던 것은 아니었다. 그는 언론가로서 역사가로서 우리나라의 오랜 역사를 『사고전서』를 비롯한 중국의 사서 기록들을 통해 복원하고 있고, 376행의 장편 창가의 각 구절마다 상세한 역사적 전거와 내용을 소개했던 것이다. 그는 민족의식을 고취하고 해외에 산일되어 있는 우리나라 역사와 관련된 사적을 일일이 언급하면서 궁극적으로는 일종의 역사교과서를 집필하고자 했던 것이다. 한편으로 「고려사가」는 1927년 경 『불교』지를 중심으로 한중(韓中)간에 고려사 복원운동이 활발하게 일어나게 한 기폭제가 되기도 하였다.[9]

---

8 잡지에는 "항주에서 嚴一波씨의 手寫 「昔時의 高麗寺」"라 한 모사도가 있다. 이는 아마도 明代의 「慧因寺山圖」·「高麗寺圖」를 참고한 것으로 보인다.
9 이때의 경과를 보여주는 자료는 다음의 글이 있다.
「高麗寺의 位置說明」, 『불교』 제8호. 1925.2, 52쪽.
「杭州高麗寺重建籌備에 對하야」, 『불교』 제31호. 1927.1, 78~81쪽.
「中朝佛敎紀念道場 西湖高麗寺」, 『불교』 제31호. 1927.1, 80~81쪽.
「西湖高麗寺重建發願文, 高麗寺重建施主芳名」, 『불교』 제31호. 1927.1, 82쪽.
「高麗寺重建籌備會續報」, 『불교』 제33호. 1927.3, 47~48쪽.

4. 내용 구조와 문체적 특성

1) 내용 구조

작품은 화자와 목동이 등장하여 묻고 답하는 문답식 구조로 되어 있다. 폐허가 되어버린 항주 고려사 앞에서 그 이유를 묻는 화자의 물음(서사, 1~10행)과 이에 대한 목동의 답변(본사, 11행~346행), 그리고 이에 대한 화자의 감상(결사, 347행~376행)으로 구성되어 있다.

먼저 화자는 서사에서 아름다운 풍수를 배경으로 한 움막집을 바라보며 왜 아름다운 풍경 속에서 속절없이 경치만 훼손하는지 묻고 있다(1~10행).

  1. 南高峰 奇麗하고 箕泉맑은데

  2. 檀葉이 長茂하니 그림 속 靑邱

  3. 乾脈出震 天君이 下臨하엇고

  4. 西湖十里 水明堂 廣濶하도다

  5. 靑龍이 蜿蜒하고 白虎踞蹲에

  6. 綵雲이 瓏玲하니 分明한 仙境

  7. 「뭇노니 牛背上에 吹笛童子야

  8. 져 건너 便松柏 새 處한 움집은

  9. 뉘氏의 所有이며 무삼 生意로

  10. 속절업시 山景만 汚損하난지

서두에서는 전통적인 역대가류나 풍수가사에 보이는 서두의 진술방식과 마찬가지로 원경에서 근경의 순으로 지세를 묘사한다. 즉 주산 좌청룡 우백호 물줄기 등을 통해 명당자리를 드러내는 방식을 동원하여 이곳의 풍경을 "그림 속의 청구(靑邱)"로 규정하고 있다. 청구(靑邱)는 곧 조선의 이칭이므로 자연스럽게 고려사가 있는 공간은 조선의 역사를 환기하는 의미 있는 공간으로 변한다. 남고봉(南高峰), 기천(箕泉), 서호(西湖)는 고려사가 위치하고 있는 실제의 봉우리와 연못 호수의 이름이며, 묘사에 동원된 박달나무, 편송백 등도 작자가 실제로 보는 대상을 그렸다고 볼 수 있다. 그러나 기천(箕泉)의 기(箕)는 기자조선의 기자(箕子)를 연상시키며 단엽(檀葉)의 단(檀)은 단군(檀君)을 연상시키는 중의적 표현인데, 이를 통해 고려사 터의 공간적 의미를 더욱 뚜렷하게 부여하고 있다. 화자가 궁금해 하는 것은 아름다운 선경가운데 풍경을 해치는 볼썽사나운 움막집인데, 사실 이는 고려사(高麗寺)를 가리키는 것이다. '고려(高麗)'(사(寺))의 역사와 위상은 본사에서 목동의 답변을 통해 구체화된다. 미리 말하자면 산자수려한 배경이 '청구(靑丘)'라는 점에 비추어 움막집 곧 고려사는 주권을 잃고 만신창이가 된 조국, 그러나 위대한 역사를 지닌 '고려'를 대유적으로 드러내는 의미를 지닌다.

본사는 336행에 해당하는 분량에 고려사를 둘러싼 의천의 행각과 우리나라의 역사가 씨줄 날줄로 서술되어 있다. 작자는 『사고전서』의 수많은 관련 자료를 토대로 우리나라의 역사를 기술하려 했던 것인데, 이를 목동과의 문답을 통해 문답식으로 구성한 것은 목동문답가류의 형식을 원용하여 전달력을 높이고자 한 의도가 있는 것으로 보인다.

본사의 처음과 마무리 행을 소개하면 다음과 같다.

11. 이 말 드른 童子는 져째 던지고

12. 씽근 낫 큰 소래로 왈칵 性내며

13. 「버릇업다 客이여 精神차리오

14. 그 집 歷史 仔細히 告命하리다

(…중략…)

341. 一千九百十九年 新氣運 타서

342. 申睌觀上額으로 看板달니매

343. 그 名을 恢復하니 곳져집이나

344. 外樣이 흉축하고 안이거츠니

345. 당신가치 不關한 行人의게도

346. 空然한 無禮를 그져밧아요

본사에서 '그 집 역사 자세히 알려주겠노라'라는 표현에 걸맞게 긴 분량으로 우리나라의 역사에 대해 상세하게 고증하면서 자부심을 표출하고 있고, 1919년에 신예관이라는 인물이 편액을 다시 달아 복구하고 있으나 여전히 쇄락하여 공공연한 오해와 무례를 받는다는 내용으로 마무리 하고 있다.

짧은 서사와 화자(작자)의 감상을 드러내는 결사를 제외한 방대한 분량의 본사가 작품의 핵심이라 할 수 있다. 본사의 내용을 대별해 보면 크게 다음의 세 단락으로 묶여진다.

1 단락 : 해동국 명칭에 대한 典故와 의미 부여(15~30행)

2 단락 : 중국 역대왕의 해동과의 인연과 그 역사－고대와 中古시대 고려국

　　　　의 문명(31~66행)

3 단락 : 대각국사 의천의 발자취와 高麗寺

　　3-1장 : 개성 출발부터 송 임금의 환대까지(67~126행)

　　3-2장 : 중국의 총림 유람 청원 후 답사 과정(127~288행)

　　3-3장 : 진수 대사 참방 이후 항주에서의 활동(289~328행)

　　3-4장 : 청 건륭이후 고려사의 내력과 현재의 상황(329~346행)

　본사의 1단락은 영토국(嬴土國), 금은국(金銀國), 해왕국(海王國), 대인국(大人國), 군자국(君子國), 보화국(寶貨國), 예의국(禮義國), 봉래국(蓬萊國), 대보국(財寶國) 등 "고려국"의 다양한 이름과 유래를 소개하여 자랑스러운 물산과 산자수명한 자연을 예찬하고 있다.

　본사의 2단락은 "아름다운 그 나라 강산의 풍경 사람마다 일유를 평생 원일세"로 시작한다. 이는 본문서술의 시각을 간명하게 제시하는 역할을 한다. 이어 기자(箕子), 공자(仲尼), 헌원씨(軒轅氏), 도당씨(陶唐氏), 공공씨(共工氏), 하우(夏禹), 서불(西佛), 건족(建族), 양강공(楊康功)과 창힐(蒼頡), 울종배(蔚宗輩), 일본(日本), 대금(大金), 오월왕(吳越王), 송나라, 숙신씨(肅愼氏) 등이 등장한다. 이는 고대에서 "중고(中古)"시대에 이르는 동안 각각 고조선, 고구려, 고려, 조선과 가졌던 중국 측의 역대 인물을 소개한 것이다.

　본사의 3단락은 본격석으로 대각국사 의천의 발자취와 고려사(高麗寺)의 내력을 소개한 부분이다. 본사 3-1, 2, 3장은 일단 의천의 행적을

순서대로 기술한 부분으로 정리할 수 있다. 본사 3-4는 청 건륭이후 고려사의 내력과 현재의 상황을 소개하고 있다. 1919년에 신예관이라는 인물이 편액을 다시 달아 복구하고 있으나 여전히 쇄락하여 공공연한 오해와 무례를 받는다는 내용으로 작품을 기술하는 현재의 상황을 소개하고 있다.

결사에는 목동의 설명을 다 들은 화자가 반가운 심정으로 고려사에 들어갔으나, 초라한 고려사의 내부를 확인하고는 반가움과 서러움이 교차한다는 내용, 이 정경을 광고하면 우리 민족이 다 귀의하여 시주하리라는 기대, 그리고 언젠가는 옛터에 화엄고각을 다시세우고 한켠에 치워져있는 고려 임금의 소상을 다시 봉안하리라는 다짐으로 마무리하고 있다. 이러한 다짐은 불교사의 관심을 이끌어 이후에 중창불사 운동이 『불교』에 소상히 소개되고 있음은 앞에서 언급한 바와 같다.

2) 문체적 특성

한국문학사에서 7·5조 장편 창가로 최남선의 「경부철도노래」(1908)와 「세계일주가」(1914)를 들 수 있다. 7·5조 율격은 근대에 새로 등장한 외래적 리듬인 것으로 알려져 있고, 내용 역시 근대문명의 예찬과 새 시대에 대한 희망을 노래하는 경향이 있다는 점에서 7·5조 창가는 외래적 가요의 성격을 지니는 것으로 평가할 수 있다.

기존 논의에서는 7·5조 창가의 시초가 된 작품으로 최남선의 「경부철도노래」를 들었으나, 최근에는 그 이전의 작품에서도 같은 율격의 시가가 발표되고 있는 것이 확인되었다. 예를 들어 1908년 학부에서 편찬한 『보통학교 학도용 국어독본』에는 7·5조 창가로 「표모(漂母)」·「이앙(移秧)」이 수록되어 있고, 1910년에는 이들 노래를 포함하여 다수의 창가를 모아 『보통학교 창가집 제1집』(학부)을 출간한 바 있다. 7·5조 창가 형식은 최남선의 창안한 형식은 아닌 것이 분명하다. 그러나 여전히 새 시대의 희망을 담고 있는 장편 창가로서, 근대적 외부세계에 대한 정보와 인식을 반영하는 장편 창가로서 「경부철도노래」는 일정한 문학사적인 의의를 지니고 있다.[10]

전통 시기에 외부세계에 대한 방대한 분량의 정보를 전달하거나 자신의 이념을 곡진하게 서술하여 지식을 공유하며 독자를 설득하려는 교술지향적 장르로는 가사(歌辭) 형식이 활용되었다. 가사는 초기에는 3·4조 위주의 서정적 가요를 주로 하였으나 조선후기에 이르러 장르에 내재된 가능성을 최대한 발현하여 서정적, 서사적, 교술적 내용을 담은 장편의 가사가 다수 출현하였다. 여기에 역사와 지리적 정보를 전달하는 역사가사 풍수가사 등이 있으며 이념적 교의를 전달하는 종교가사가 활발하게 유통되었다. 근대에 이르러서는 개인적 체험, 특히 국내와 국외를 가리지 않고 여행을 통해 세계를 경험하고 이를 가사화한 작품이 다수 출현하였다. 여기에는 물론 새로운 근대적 풍토와 새로운 변화에 대한 시대인식을 반영하고 있음이 주목된다.

「고려사가」는 이러한 교술적 가사의 전통을 충실히 계승하고 있다고

10　권오만, 『개화기시가연구』, 새문사, 1989, 165~171쪽.

할 수 있다. 이 작품은 역사적 정보에 대한 풍부한 자료조사와 진술, 과거와 현재의 지리적 정보의 진술이 두드러진다. 그리고 이를 통해 역사교육의 교과서로 활용하려한 측면에서 일종의 역사 교본가사, 기행가사의 전통을 계승한 작품이라 할 수 있다. 나아가 이 작품은 전통의 4·4조 리듬이 아니라 7·5조 리듬을 활용하고 있다는 점이 주목된다. 비록 7·5조가 3음보라는 전통적인 율격의 변형이라는 해석도 있지만 일정부분 외래적 리듬으로 평가받고 있다. 또 4·4조가 담고 있는 지식의 총량과 7·5조가 담고 있는 지식의 총량을 비교해 볼 때 7·5조 리듬이 새로운 시대의 요구를 담아내기에 더욱 적실한 리듬이었을 것은 분명하다.

3음절이나 4음절을 주로 한 4음보 율격의 가사는 전통적으로도 종교, 이념, 역사, 풍수 등 객관적인 지식 정보를 전달하는 데 아주 요긴한 장르로 활용되었다. 근대에 창가가 확산되자 7·5조 율격을 활용하여 가사에 담았던 다양한 객관적 지식 정보를 담아내는 시도를 최남선이 보여주었다. 그러나 장편 7·5조 창가의 작품에 대해서는 별다른 의미를 부여하기 어려웠던 것도 사실이다. 장편 창가는 작품의 등장과 함께 문학사적인 의의가 사라져 버린 것으로 보인다. 그러나 7·5조 창가를 발굴하고 그 의의를 찾아내는 일은, 일종의 전환기라 할 수 있는 이 시기의 다층적 문학현상, 문화현상을 통찰하는 데 필요할 것으로 본다.

「경부철도노래」는 7·5조가 하나의 완성된 율격으로 자리 잡으면서 창가의 형태를 가지고 나타난 작품이다. 출판 상황을 보면 이 작품은 1908년에 초판, 1909에 재판, 1910년에는 3판이 간행되었다. 당대의 독자들의 호응도를 보면 이 작품은 대단한 영향력을 끼친 작품으로 인정된다. 아울러 각 지역의 역사 지지 풍물 등을 소재로 한 일본의 철도창가와 같은 내용구성을 보여주고 있다. 최남선은 이 작품의 서두에 아동을 대상으로 하여 '우리나라 남방편의 지리 지식을 준다'는 의도를 직접 표명하고 있다. 일종의 역사, 지리 교재로서 교육적으로 활용되기를 기대한 것이다.[11] 이런 점을 고려할 때, 「고려사가」의 내용과 제작 의도 등에서 「경부철도노래」의 그것과 같은 점을 발견할 수 있다. 이는 또한 일본에서 유행한 철도창가의 전통과 맥이 닿아 있는 것이다.

「고려사가」는 형식적으로는 7·5조의 리듬이 근대지식인의 글쓰기 방식으로 내면화되는 단계의 작품이며, 망명자문학으로서 디아스포라적 성격을 지니고 있다는 점에서 매우 특기할 만한 작품이라 생각된다.

5. 역사적 사실과 문학적 형상화의 거리

「고려사」 본사의 3단락은 의천의 행적과 작품의 형상화 사이에 상이한 점이 발견되어 자세한 분석이 필요하다. 이를 분석하기 위해 의천의 일생을 기존 자료를 참고하여 간략히 제시하면 다음과 같다.

대각국사 의천은(1055~1101) 고려 文宗 문종의 넷째 아들로 태어나 11세

---

11 김병선, 『한국개화기창가연구』, 전남대 박사논문, 1990, 144~148쪽.

에 출가하여 구족계를 받고 영통사에서 학문에 전력하였다. 13세에는 호를
祐世라 하고 僧統이라는 관직을 받았다. 의천은 불도를 탐구하기 위해 송나
라에 유학하고자 하였으나 당대 국제관계의 정황 때문에 당시 임금인 宣宗
의 동의를 얻지 못하였다. 대신 그는 송나라 상선 편에 서신을 전하여 당대
화엄종풍을 선도하던 晉水 淨源대사(1011~1088)에게 제자의 예로써 친교
를 맺었다. 의천은 1085년 4월 초파일, 선종과 모후인 인예 태후에게 서신을
남긴 후 수개 등 두 제자만 데리고 예성강을 출발하여 밀행에 나선다. 5월 2
일 산동지방 密州 땅 板橋鎭에 도착하여 송나라 황제인 哲宗에게 구법의 내
력을 담은 글을 올렸다. 이후 황제와 왕후로부터 환대와 배려를 받으며 접
빈사의 안내로 송나라 수도 汴京(현재의 開封)에 도착한다. 이후 황제에게
항주에 있는 정원법사를 만나 뵙고자 간청하였고 황제는 主客員外郞 楊傑
과 함께 가도록 주선하였다. 당시 北宋의 수도 변경에서 항주까지는 약 4천
여 리였는데, 대사는 변경에서 동남쪽 바다로 통하는 변강을 통해 물길로
남쪽의 절강성 항주에 이르게 된다. 그는 이곳에서 정원대사에게 참학하여
화엄교학을 전수받았고 정원법사와 헤어진 후에는 절강성 천태산의 천태
지자탑에서 천태교학의 전법을 서원하였다. 주목할 만한 사실은 화엄 종찰
이었던 정원법사의 慧因院을 중창한 일이다. 국사는 송나라 참방 당시에 그
절을 중창했을 뿐 아니라 귀국 후에도 황금 2천냥과 金字화엄경을 보내 중
창을 도왔다. 정원법사는 이를 기반으로 장경각을 세워 경을 봉안하였고 속
칭 高麗寺라 부르게 되었다. 이때 국사의 도움으로 재건된 고려사의 규모는
대웅전, 輪藏殿, 天王殿, 妙應殿, 千佛閣, 華嚴經閣, 七祖堂, 伽藍堂, 高麗祠,
鐘樓, 碧鮮閣, 禪堂, 三楹, 香積, 연못 등 방대한 규모였다.[12]

　본사의 3-1장과 3-3장은 예성강에서 밀행하여 산동성 밀주의 판교진에 도착하고 강소성의 해주(海州)를 거쳐 당시 송의 수도인 변경에 이르는 과정, 바닷길을 따라 항주에 이르는 과정과 진수대사에게 참학하여 화엄교의를 닦고 『화엄경』을 기증하여 고려사를 중창하는 과정, 그리고 이로 인해 흥성하게 된 고려사의 광경을 차례대로 기술하였다.

　3-2장은 의천이 송(宋) 임금에게 중국의 총림을 유람하겠다고 청원한 후 답사하는 과정이 길게 소개되어 있다. 그런데 이 경로는 실제와 달리 작가적 상상력이 반영된 경로로 되어 있고 내용상으로도 의천과 관련 없는 다양한 역사 지리적 정보가 삽입되어 있다. 여기에서 의천의 행로와 작가가 기술한 행로 사이에 큰 차이가 드러난다.

　실제의 경로와 작품에 나타난 경로를 대비하기 위해 의천이 송나라에 들어간 노선을 먼저 소개하기로 한다. 포자성의 『고려사여고려왕자(高麗寺與高麗王子)』[13]에 소개된 「의천입송노선도(義天入宋路線圖)」를 보면 경로가 '개성 (예성강)–밀주(密州) 판교진(板橋鎭, 산동성)–해주(海州, 강소성)–변경(汴京, 하남성. 지금의 개봉)–숙주(宿州, 안휘성)–양주(揚州), 진강(鎭江), 가흥(嘉興)–항주(杭州, 절강성)–대주(臺州)–명주(明州)–개성'의 순으로 파악된다. 약간의 왕복 여정이 있기는 하나 전체적으로 개성에서 가장 가까운 산동성에서 강소성을 지나 송의 수도인 하남성에 이르며 여기에서 다시 물길 쪽으로 나

12　심재열 역, 『대각국사문집』(통화사상연구소, 1985)와 『고려사』 제90권 열전 「大覺國師煦」를 참고하여 작성하였다. 한편 「고려사가」에 소개된 고려 문종의 소상은 대각국사 의천의 소상인 것으로 밝혀져 있다.

13　포지성, 『高麗寺與高麗王子』(항주대 출판부, 1995, 94쪽) 참고. 이와 함께 고려사와 관련된 여러 역사와 최근의 고려사 복원과 관련된 정보를 담고 있는 글로 포지성, 「고려사와 대각국사 의천」, 『천태학연구』 제8집(2006, 207~240쪽) 참고.

<표 14> 「고려사가」(3-2장)의 경로와 기술 내용

지역별 순서(시작 행수)	지명과 관련된 유적, 인물, 사건
하남성(131행~)	汴京城-箕子碑(유종원의 서문) 王卿의 사적-榮陽 壽州 杞縣은 동이족 禹裔
산동성(141행~)	李正己 曲阜의 孔子廟와 淮夷의 옛 땅 구경 濮州에 黃巢戰場 -崔孤雲의 문장
산서성(158행~)	山西省界地 魏帝明堂 王崗의 後悔處 毛仲의 遺跡 潼關- 高琳 西安門-陳叔寶 岐山-古公移都處
섬서성(183행~)	留壩縣-留侯廟
감숙성(185행~)	伏羲卦臺 太極山 仙芝跡-安西都護 兵馬使 萬里城 石硤山- 谷渾牧場
사천성(209행~)	泯江, 牛心山-黑齒常之 波斯人들-衣冠이 비슷하니 高麗族인듯 楊子江上流-苗族 鄭年
광서성(225행~)	番禺 三席塔
호남성(231행~)	舜陵을 瞻謁 福建土話 天妣宮殿-路允迪 儒佛仙 三敎儀式-小連大連 金行成
호북성(249행~)	南陽諸葛亮-東夷를 操心턴 말 高隨高唐 兩戰爭 處處演劇-乙支文德 蓋蘇文 英武 長江물 唐朝에 移舍해온 우리 七十萬戶-자취없다
강서성(257행~)	潘陽湖 -匯夷가 周厲王을 征伐하든곳. 虢仲을 大破
안휘성(261행~)	江州-康戩의 善政偉蹟 視察 泗洲城 掛劒臺
강소성(271행~)	夏后楚王 召集한 國際大會에 우리 大使 왓든 곳 踏破하시고 新亭을 求景
절강성(279행~)	浙江省 杭州

와 안휘성을 통과하여 절강성 항주에 이르는 여정으로, 당시 교통상황을 보면 가장 경제적이고 효율적인 경로를 택하여 이동한 것으로 보인다. 중국의 지도를 소개하는 대신 간략하게 이를 도표로 제시하면 다음과 같다.

개성→	산동성(판교진)	강소성(해주)	하남성(변경)	안휘성(숙주)	절강성(항주)	→개성

이 가운데 수도인 변경에서 환대를 받고 항주로 내려가는 실제적인 행로는 하남성-안휘성-절강성의 경로가 될 것이다.

그런데 「고려사가」의 3-2장에서는 의천이 송나라 황제에게 환대를 받고 총림을 유람하기를 청하였고, 이후 주객랑 차공(次工)으로 향도를 삼아 "진조제위한초연(秦趙齊魏韓楚燕)"을 답파하는 과정을 상세하게 기술하고 있다. 작품에서 순서대로 등장하는 경로와 구체적인 지명, 역사적 사건과 유적을 일별하면 〈표 14〉와 같다.

이상의 진행 방향과 답사 지명은 실제로는 의천대사가 거쳐 갔던 경로와 확연히 다른 것으로 판단된다. 실제 의천이 택했던 하남성에서 절강성 항주에 이르는 최단 거리를 택한 것이 아니라 오히려 시계 반대방향으로 중국 대륙을 최대한 넓게 횡단하여 한 바퀴 도는 방향을 택한 것이다. 이는 역사적 사실에 대한 작자의 오해가 빚어낸 것인지 아니면 다른 의도를 지니고 있는 것인지 해명이 필요한 대목이다. 결론적으로 말하여 작자가 조사했던 『사고전서』 가운데 우리 역사와 관련 있는 유적지와 역사적 사건을 토대로 하고, 각 지역을 의천이 거쳐 갔다는 가정 하에 보았음직한 광경, 있었음직한 광경을 최대한의 역사적, 문학적 상상력을 발휘하여 소개한 것으로 보인다.

그 결과 때로는 작자 자신이 직접 보았던 광경과 느낌을 삽입하여 놓기도 하였다.

① 185 三星館 지나가니 甘肅省인대 186 伏羲卦臺 太極山 歡迎하는듯 187 收誌局訪問하고 勝跡 探하니 188 平壤버린 仙芝跡 第一에 屈指

② 237 新羅明神 事蹟과 前後에 相應 238 某處의 强盜神과 正히 反對니 239 神이란 무엇인가 卽人心影子 240 二千萬 착한 心理 그 原因이다

①은 감숙성에서 수지국을 방문했다는 것인데 이는 신문사 기자 신분인 작자의 발자취를 무의식적으로 드러낸 것이다. ②는 호남성에서 천비궁전(天妣宮殿)이 도처에 있음을 보고서 신라명신(新羅明臣)의 사적과 앞뒤 상응한다는 평가를 내린 대목인데, 이는 "모처(某處)의 강도신(强盜神)" 곧 강도같은 일제의 행위와 정반대가 된다는 것으로 "이천만(二千萬)" 우리 동포의 착한 심리가 반영된 것으로 묘사하고 있다. 이를 보면 일부 지역은 의천의 행적과 관련 없이 필자가 실제로 답사했던 지명을 거명했을 가능성이 크다.

「고려사가」는 역사적 사실과 문학적 상상을 교차 서술하여 한민족 역사의 편린을 의천의 행적에 최대한 수렴하고 민족의 자부심을 드러내는 형상화 방식을 택하고 있다. 따라서 이 작품은 전통 한학에 조예가 깊고 강한 민족의식으로 항일투쟁의 일원으로 활동했으며 역사서를 만

들어 민족교육을 시키려 했던 작가의 역량을 최대한 구현한 작품으로 평가할 수 있다. 다만 재야의 역사가로서, 민족의식이 넘쳐나는 작자의 열정과 일제하 망명객이라는 작자의 현재적 조건으로 인해 때로는 역사적 기록을 자의적으로 해석하거나 과장하여 표출하는 경향이 있다. 그리고 의천의 행적과 현재의 자신의 감정을 뒤섞어 놓은 점도 작품의 한계로 지적될 수 있다. 또 이 작품이 객관적인 역사 교본 창가로서 기능하기에는 우국의식이 과도한 것으로 평가할 수 있다. 이러한 한계에도 불구하고, 작자가 처한 시대적 상황과 작자의 실천적 항일투쟁의 정신을 떠올리면, 이 작품은 당시 항일지식인의 민족적 사명을 구현한 작품으로서 진정성을 부여할 수 있다.

6. 고려사 복원 운동과 연구 과제

장편 창가인 「고려사가」는 1920년대 후반기에 한중(韓中)간의 우호와 협력의 매개체가 된 작품이다. 이 시기 『불교』지를 보면 한중간에 고려사를 복원하기 위해 서신을 교환하고 회합을 가지고 성금을 모금하는 등 우호협력의 분위기가 팽배했던 것을 알 수 있다. 이는 「고려사가」의 창작과 소개에서 비롯되었다는 점에서 작품의 의의를 찾을 수 있다. 다만 이런 노력이 어떤 사정에 의해서인지—시국 상황의 변화에 따른 것인지—알 수는 없으나 1927년 이후의 기사에는 보이지 않는다. 이처럼 항주의 고려사는 고려와 송나라의 우호협력, 일제치하의 조선과 중국의 상호 친선의 교류를 반증하는 소중한 의미를 지니고 있다. 이러한 문화적 의의는 1990년대에 한중수교가 복원되면서 전혀 새로운 양상으로 변화하게 된다. 바로 중국 정부가 주도하고 한국의 불교계, 학계가 상호 협력하여 고려사를 복원하는 대사업을 진행하여 최근(2007) 완공을 한 바 있다. 이러한 과정에서 한중교류의 실제적인 많은 논의가 있었고 고려사의 문화적 의의에 대해서 많은 관심을 두게 되었다. 그러나 이 과정에서 일제치하 고려사복원사업의 전말과 그 도화선이 되었던 비운의 망명객 김문세의 삶과 작품에 대해서는 거의 관심을 두지 않은 것으로 보인다. 일제치하의 망명 인사들의 헌신적인 복원 노력을 함께 고려할 때, 고려사 복원의 의의는 그 의의가 증대될 것이다. 다시 말하면 고려사 복원에 대한 연구는 고려시대와 현재를 연결시켜 줄 뿐만 아니라, 20세기의 전기와 후기를 이어주는 소중한 문화적 담론이 될 것이다. 이 글이 한 작가의 작품을 발굴하는 차원을 넘어 이에 대한 인식을 환기하는 데 일조가 되었으면 한다.

근대 불교가사 창작의 한 흐름

회명 일승(晦明日昇)의 가사 발굴

1. 근대 불교가사의 발굴

이 글은 회명일승(晦明日昇, 1866~1951)이 1920년에 창작한 「회명산인 자책가(晦明山人自責歌)」와 2편의 단형 가사를 소개하고, 이들 작품이 근 대불교가사 전개사에서 어떤 위상을 차지하고 있는지를 밝혀보고자 한 다. 회명일승은 구한말에서 일제치하로 이어지는 혼란의 시대에 포교 사로 활동하면서 가사를 창작하였다. 그의 가사 작품은 문학적으로 뛰 어나거나 혁신적 표현을 갖춘 것은 아닌 것으로 파악되나, 그의 가사는 근대 불교가사의 전개양상을 파악하는데 일정 부분 주목할 만한 의의 를 지니고 있는 것으로 보인다. 이에 이 글은 이들 작품을 발굴하고 작 가가 지향했던 불교계의 사명과 작품의 시대적 의의를 중심으로 소개 하고자 한다.

『회명문집』[1]은 대사 입적 후 40년(1991)만에 제자들에 의해 간행되었 다. 문집에는 월하(月下), 석정(石鼎)의 서문과 통도사 주지 태응(泰應)의 간행사가 있고, 제1장 서문(序文), 제2장 기문(記文), 제3장 표백문(表白文), 제4장 취지서(趣旨書), 제5장 모연문(募緣文), 제6장 각사연혁(各寺沿革), 제7장 각사의 사적(事蹟), 제8장 비명(碑銘), 제9장 영찬(影賛), 제10장 서장(書狀), 제11장 강연(講演), 제12장 잡록(雜錄)과 산문(散文), 제13장 조문(弔文), 제14장 한시(漢詩), 제15장 선사(禪師)의 이력(履歷) 등의 순서로 편집되었고, 부록으로 영인(影印)된 필적들이 있다. 제12장 잡록과 산문에는 457구의 장편가사인 「회명산인자책가」와, 단형 가사인 「사문이 죽어서 열 가지 후회」·「여자가 죽어서 열 가지 후회」 두 편이 수록되어 있다. 이 가운데 창작 시기가 분명한 가사는 「회명산인자책가」이다. 작품의 말미에 "경신년 7월 선바위 석굴"이라 적혀있어 1920년에 창작된 것을 알 수 있다.

"정월 釋王寺에서 과세하고 정월 23일 건봉사 출발 원산 거쳐 30일 청진항 도착, 하오에 회령읍 도착하여 會寧禪師에서 설법하였다. 2월 17일 청진항에서 배를 타고 원산에 내려 그날로 서울로 왔다. 7월 17일 立岩石窟에서 참선을 하는 틈틈이 自責文을 지었으니 457구였다. 9월 3일 경성 서대문 밖 奉元寺에서 權晶完에게 勸學文을 지어 주었다."(「선사의 이력」, 『전집』, 361쪽)

그런데 같은 문집의 「연보」(375쪽)에는 "1920년 석왕사 오백라한 성재에 참여, 입암석굴에서 자책가 457구를 지음"이라 하여 석왕사의 입암

---

1 정동선, 『회명문집』, 도서출판 여래, 1991(동국대 중앙도서관 소장).

석굴에서 지은 것으로 소개되어 있다. 그러나 인용문을 살펴보면 서울에 와서 다른 지역으로 이동하지 않았고, 자책가를 지은 지 약 2개월 뒤에도 여전히 서울에 머물고 있는 상황으로 보아 창작한 장소를 서울의 선바위로도 볼 수 있을 듯하다. 「회명산인자책가」는 1920년 여름 선바위 석굴에서 참선을 하는 여가에 지은 것은 확실하나 그 지역과 창작 동기에 대해서는 좀 더 명확한 고찰이 필요하다.

회명의 작품이 등장하는 1920년대 전후의 불교가사 창작의 흐름은 크게 1900년 전후의 경허, 20년대의 학명, 30년대의 한암의 가사를 대표 삼아 거론할 수 있다. 학명선사의 가사는 새로운 형식적 실험을 통한 단형 가사를 창작하여 새로운 선운동의 양상을 작품에 반영하고 있고, 한암선사의 가사는 전통적 가사의 형식을 답습하면서 내용은 선수행의 본래의 자리로 돌아갈 것을 노래하고 있다. 이와 함께 1920년대에는 용성의 창가조 가사와 권상로의 창가, 찬불가가 창작되어 이념을 새로운 시대의 가락에 담아내는 노력을 보여주고 있다.

회명일승의 가사에는 지금까지 알려진 근대 불교가사에 담기지 않았던 1920년대의 도시민들의 삶이 반영되어 있고, 법문으로서 매우 현실적인 내용과 표현을 담고 있다. 이러한 측면에서 이 작품에는 도시 포교사로서 평생을 살았던 작가의 면모가 일정 부분 반영된 것으로 파악된다. 따라서 이들 작품에 대한 자료의 소개는 근대불교가사 전개사를 파악하는 데 일정 부분 의의가 있을 것으로 기대한다.

2. 회명의 삶과 문집 구성

문집에는 작가의 삶이 자술 형식으로 상세하게 기록되어 있는데 여기서는 문집에 있는 「선사의 이력」과 「연보」 및 비명(碑銘)을 토대로 소개하고자 한다.

회암 일승은 1866년 경기도 양주에서 부 이관석(李寬錫)의 외아들로 출생하였다. 4세에 모친이 별세하여 대사는 조모인 류(柳)씨에게 맡겨졌다. 부친(당시 20세)은 대사가 5세 때 객지에서 행방불명되었다. 대사가 자술한 이력에 따르면 대사의 조부, 증조부, 고조부까지 4대가 객지에 나가 행적을 알 수 없어 집안에 묘소가 없다고 하였다. 이후 조모의 보살핌 속에 한학을 공부하였다. 그러나 9세 때에 조모가 세상을 떠나자 백부에게 맡겨졌고, 11세에는 비구니로 있던 고모의 청으로 수락산 학림사(鶴林寺)에 출가하였다. 그 후 은사 보하(寶河)화상에게 범패를 배웠고 용호(龍湖) 강백에게 사미계를 받았다. 17세에는 서울에서 일어난 임오군란을 피해 은사를 모시고 건봉사에 들어갔고, 18세에는 건봉사에서 하은열가(荷隱列柯) 율사를 계사로 하여 구족계를 받았다. 17세부터는 건봉사 만일선원(萬日禪院)의 수선안거(修禪安居)를 비롯하여 제방의 선원을 순례하면서 60여 회의 안거를 지냈다. 이후 다양한 이력과정을 수학하고 여러 의식절차까지 익혔고, 21세에는 건봉사의 보안강원(普眼講院)에 입학하였다. 이후 제산의 강원(講院)에 역참(歷參)하였고 완명화상(翫溟和尙)과 진하화상(震河和尙)의 강석에서 일대시교(一代時敎)를 수료하였다.

27세에 건봉사의 서무로, 30~31세에 건봉사의 만일회 설교사(說敎師)
로 선임되었으며, 32세에 구한국 황제의 만수성절(萬壽聖節)에 건봉사에
서 준제기도(準提祈禱)의 인연을 맺었다. 37세에 경기도 장단군 화장사
화엄회법주(華嚴會法主), 39세에 서대문 봉원사(奉元寺) 설교사, 42세에 불
교연구회 초대 교무부장, 43~44세에 오대산 적멸보궁의 수호원장, 45
세에 신축된 서울 각황사의 총무 겸 포교사, 48세에 각황사 이무(理務)로
선임되었다. 49세에는 건봉사 평남출장포교사로 파견되었다가 같은 해
평양 영명사(永明寺)의 감무(監務)에 선임되었고 이어 주지로 선임되었
다. 50세에는 33대본산 연합사무소 감사에 선임되었고 같은 해 33대본
산 연합중앙포교당 설교사로 피선되었으며 또 봉은사(奉恩寺) 선원의 회
주(會主)를 겸하였다. 52세에 고양 흥국사 회주, 53세에 고양 미타사 불
교강원의 회주에 선임되었다. 54세에는 본인 소유의 전답과 금전을 건
봉사와 제산 각사에 헌납하였다. 그 후로도 입적할 때까지 30여 년간을
불사와 포교를 위해 남쪽 제주도로부터 북쪽 함경, 평안도에 이르기까
지, 또는 일본과 만주에까지 각 사찰을 순방하고 재보시를 행하며 포교
활동을 전개하였다. 이때 이룬 다양한 포교활동의 결과물이 다양한 형
식으로 문집에 수록되어 있다. 각 양식별 글감을 지역의 분포를 중심으
로 소개하면 다음과 같다.

　서문 : 「長湍郡華藏寺萬日香徒契序文」 외 11편.(제주포교당, 내금강 불지

　　암, 개성 안화사, 인천 약사암, 평양 영명사 등)

　기문 : 「金剛山摩訶衍第三重創記文」 외 32편.(마하연, 표훈사, 정양사, 불지

암, 평북 중강진 청운사, 함북 어대진 관음사, 경기도 개성 안화사, 개풍군 약천암, 개풍군 총지사, 황해도 장단군 영수암, 인천 인명사, 해주 보광사, 함북 주을역내 석왕사포교당, 함북 웅기항 원각사, 함북 주을포교당, 주을 칠성암, 함북 어대진읍 석왕사포교당, 함북 청진시 낙가암, 함북 회문역전 신흥사, 제주 한라산 관음사, 제주성내 불교포교당, 용정시 보조사)

표백문 : 「關北羅南佛敎會奉佛式表白文」 외 3편.

취지서 : 「平南佛敎慈善會趣旨書」 외 10편.(제주, 용정, 도봉산, 군산, 평북 중강진 등)

모연문 : 「漢拏山觀音寺重創募緣文」 외 6편.(함북 주을교당, 개풍 총지사, 함북 회령 건봉사교당, 개풍 칠성암, 함북 청진 자광사, 금강산 정양사)

각사 연혁과 사적 : 「內金剛表訓寺沿革」 외 12편.(내금강 표훈사, 정양사, 마하연, 보덕굴, 서울 보문사, 청룡사, 개성 일월사, 개풍 옥천사, 함북 경성 관해사, 평북 태천군 양화사, 강원 철원 도피안사, 경기 양주 도봉산 원통사 등)

비명 : 「金剛山摩訶衍田畓獻納碑銘序文」 외 3편.(제주 법화사, 평북 강계포교당)

영찬 : 「濟庵師叔影賛」 외 2편.

서장 : 「佛敎月報購讀」 외 8편.

강연 : 「釋王寺에서 佛誕日을 맞아 講演함」 외 2편.(평양포교소, 평양 유점사 포교당 강연)

잡문과 산문 : 4편.(불교가사인 「회명산인자책가」·「사문이 죽어서 열 가지 후회」·「여자가 죽어서 열 가지 후회」 포함)

弔文 : 「大岩正賢師七七齋弔文」 외 7편.

한시 : 「德往寺有感」 외 112편.

회명은 불법연구회 활동, 각황사 활동, 33본산 평양 영명사 주지 등의 활동을 통해 불교계의 주도적 세력의 일원으로 활동하였으나, 그 이후 삶의 후반기에는 주로 도시의 포교당을 중심으로 활동하며 포교사로서 두각을 나타냈다. 대사의 활동범위를 보면 건봉사, 금강산 일원, 평양 영명사, 서울의 여러 사찰, 인천 개성 개풍 등 경기 및 황해도 일원, 평안도, 함경도 일원, 제주도 등이 있으며 국외로는 중국 일본에 이르는 다양한 지역 분포를 보여준다. 특히 제주포교당을 창건하였고 제주불교부인회, 제주불교소년단을 조직하는 등 제주지역 불교 포교에 큰 공로가 있다.

대사는 1951년 12월 세수 86세, 법랍 75세로 대원암(大圓庵)에서 입적하였다.[2]

마지막으로 언급할 것은 그의 불교계 활동에 대한 역사적인 평가이다. 대사의 삶은 구한말, 일제시대와 해방 이후에 걸쳐있는데 일제 초기 활동에 대해서 비판적 평가가 내려진 바 있다. 1914년 4월 11일 일본 왕메이지의 왕비가 사망하자 조선 각지에서 추도식을 거행했는데 그는 영명사에서 거행한 추도식에서 주지로서 설교를 하였고 설교가 끝난 후 서

---

2 「연보」에는 대원암이 전라북도 임실군 삼계면에 있는 것으로 소개되어 있다. 그러나 통도사 문중과 친분 관계가 있는 대사가 통도사에서 입적했을 가능성도 있다. 대사의 제자인 石鼎의 서문에는 석정이 주석하고 있던 대원암에서 입적했다는 표현이 있는데, "대원암은 지금의 通度寺를 말함"이라는 설명이 있기 때문이다. 이에 대해서는 추후에 정리될 필요가 있다.

기산(瑞氣山)에서 거행된 공동 봉도식에 참여하였다. 당시 매일신보의 기록을 소개한 임혜봉은 이에 대해 "이회명은 한말에서 일제시대에 걸쳐 전국 각처에서 포교하면서 남다른 재능을 드러내었고 많은 재물을 여러 사찰에 분배 헌납하는 등 많은 공적을 쌓았다. 그러나 식민 종주국 일본 왕의 왕비인 쇼켄의 봉도식과 요배식을 거행하였고, 평양의 대본산 영명사 주지로 재직할 때는 조선총독부의 정무총감등과 함께 시회를 하였으며 건봉사 주지직을 둘러싼 물의도 야기하였다. 그는 업적과 더불어 얼마간의 친일 허물도 남긴 것이다"라고 하였다.[3] 이러한 역사적 평가는 그의 작가적 삶의 한계로 인정하되, 가사 작가로서 회명의 위상에 대해서는 또 다른 객관적인 소개나 평가가 있어야 할 것으로 본다.

3. 회명 가사의 내용과 성격

1) 자책가의 전통 계승과 생활 법문

「회명산인자책가」는 제목에서부터 「자책가」의 내용과 구조를 기반으로 하여 창작된 것을 알 수 있다. 전통적인 불교가사인 「자책가」는 지

---

3   임혜봉, 『친일승려 108인』, 청년사, 2005, 41쪽. 회명은 이후 전국 각지의 포교당을 오가며 다양한 포교활동에 전념하게 되며, 종단 지도부와 거리를 둔 채 개인적 차원의 활동에 전념하는데, 그 구체적인 배경이나 동기에 대해서 문집에서 뚜렷하게 제시하고 있지는 않다.

옥과 극락에 이르는 길을 제시한 구조적으로 잘 짜인 가사로, 19세기 후반에 널리 퍼진 것으로 추정된다.[4]

주인공 주인공아 세간탐착 그만하고 참괴심을 일우와다 일즉념불 엇더하뇨 어젯날 소년으로 오날백발 황공하다 아직나잘 무병타가 저녁나잘 못다가서 손발짓고 죽난인생 목전에 파다하니 오날이야 무사한들 명조를 정할손가 곤곤이 주어모아 맷백년 샤라하뇨 제물에 부족심은 텬즈라도 업산나니 탐욕심을 후리치고 그정신을 떨쳐내야 기승한 산수간에 물외인이 되랴모나 사람되게 어려움이 맹귀우목 갓타거늘 불보살의 은덕으로 이몸어더 나와시니 이아니 다행한가 불보살의 은덕을낭 촌보에도 잊지말고 아미타불 어서하야 극락으로 도라가새.[5]

「자책가」는 "주인공 주인공"을 청자로 제시하여 인생무상의 다양한 예를 제시한 후 탐욕심을 떨쳐버리고 산수간에 물외의 한정을 누리는 사람이 되자는 내용과 함께 세상에 대한 욕심을 버리고 염불하여 극락으로 가자는 전체적인 요지를 서두에 제시하였다. 이어 지옥과 극락행의 업보와 과보를 단락별로 선명하게 제시하여 인과응보 사상을 뚜렷하게 제시하는 특징이 있다. 그리고 여섯 단락의 모든 첫구는 '주인공

---

4 김종진, 『불교가사의 연행과 전승』, 이회, 2002, 163~187쪽. 「자책가」는 「회심곡」에 비교될 정도로 널리 전승된 불교가사이다. 이 책에 따르면 약 10종의 이본이 조사되었으며, 이두 표기로 널리 알려져 고려말 나옹화상의 창작인 것으로 알려진 「승원가」 역시 「자책가」의 불완전한 이본에 불과하다는 점을 밝혔다.
5 임기중 편, 『불교가사 원전연구』, 동국대 출판부, 2000, 629쪽.

주인공'으로 시작하고 있어 구조적으로 안정된 전개를 보이며 내용적으로도 단락별로 완결된 특징을 보여준다.

「회명산인자책가」는 첫 구를 "주인공아 잘있느냐"로 시작하고는 있으나 기존 「자책가」처럼 단락이 바뀔 때마다 '주인공'을 제시하여 뚜렷한 단락 구분의 표지로 활용하는 것은 아니다. 제61·217·229구 등에서 주인공을 환기하여 부름으로써 기존 「자책가」의 기본 틀의 영향을 확인할 수 있다. 그러나 기존의 「자책가」처럼 내용 단락 구분이 분명하지는 않다. 대체적인 흐름을 소개하면 다음과 같다.

서사	경청권유(1~13)
본사	① 세상 사람들의 꿈결 같은 인생사(15~41)
	② 세상 사람과 다른 불제자들의 발심과 서원(43~116)
	③ 일념 일심, 반조자성(117~216)
	④ 주인공 참회발원(217~257)
	⑤ 무상한 권세 재물(258~307)
	⑥ 주인공 발심과 경책(309~423)
결사	꿈을 깨어 불성 회복(324~457)

기존 「자책가」의 청자가 세속적 삶을 살아가는 모든 중생인데 비해 「회명산인자책가」는 세상사람들의 덧없는 삶에 대해 이야기하면서도 다른 한편으로는 자신을 포함하여 세상사람들과 거리를 두고 살아가는 불제자들의 자세에 대해 이야기하고 있다.

43. 우리꿈은 그와달라 육도중에 윤회하고

45. 사생에도 출몰할제 천차만별 못된짓과

47. 악업으로 일을삼다 과거선근 얻었으면

49. 한눈깜박 별안간에 한생각이 훽돌면서

51. 발심한번 하고보면 부귀역시 부운이요

43구는 이전의 인생무상한 꿈과 다른 우리, 즉 불제자들의 꿈에 대해 이야기하고 있다. 309구 이하에서도 우리들은 출가의 본뜻을 잊지 말자는 내용이 제시된 것으로 보아 작품의 청자는 불제자요, 출가자인 것을 알 수 있다. 그렇다면 이 작품은 대중을 위한 법문이기는 하나 참선—아마도 하안거 기간에 쓴—의 여가에 스스로를 경책하고자 하는, 혹은 참선에 동참하는 도반들과 함께 하고자 하는 내용으로 해석된다. 이처럼 「회명산인자책가」는 창작의 발상과 전체적인 구도는 「자책가」를 따르되, 참선수도인의 반성과 참회를 통해 깨달음에 이르게 하려는 작가의 의도가 분명하다.

한편 이 작품에는 석가의 일생을 다룬 대목과 선적 비유로 주제를 드러낸 마지막 부분에서 「자책가」 이외 작품의 영향력도 감지된다.

339. 제도중생 보살이다 우리석가 세존님은

341. 찰제리의 왕족이라 평등성왕 삼십삼세

343. 선사왕의 후예로서 금지옥엽 전지무궁

345. 칠대까지 내려오며 사천하를 다스리고

347. 전륜왕위 받으시는 정반왕의 태자로서

349. 만승왕위 버리시고 깊은밤에 성을넘어

351. 공부하러 가시다가 중도에서 신선만나

353. 다섯해를 겪고보니 그도생사 못면할일

355. 불생불멸 증득하여 고해중생 건지자면

357. 참선않고 안되나니 히말라산 들어가서

359. 육년고행 하시다가 납월팔일 첫새벽에

361. 일체중생 아버지가 부지불각 되었으며

이는 1910년대 불교잡지에 게재되었던 석존의 일대기 노래[6]와 상당 부분 유사하다. 물론 석가의 일대기야 「석가여래행적송」, 『팔상록』을 비롯하여 다양한 것은 사실이나, 석가의 일대기를 한글가사로 노래한 것은 당대 불교잡지에 수록된 석가일대기 노래와 관련성이 있다.

431. 허공깎아 북통파고 바늘구멍 들어온소

433. 가죽벗겨 북메우고 모기하품 뚝쪼개서

435. 북방망이 만든후에 귀신방귀 털뽑아서

437. 털줄꼬아 북끈메어 허수아비 둘러메고

439. 기운내어 솜씨있게 한번치는 꽝소리에

---

6 「가찬 석존전」은 『조선불교계』1, 2, 3호(1916.4~6)에 소개된 장편의 7 · 5조 창가로 이응섭 원작 권상로 윤색으로 소개되었다. 「석존일대가」는 『불교』35호(1927.5)에 소개된 4 · 4조 가사로 이응섭 작으로 수록되었다. (임기중 편, 앞의 책, 1043~1128쪽 수록)

441. 광겁다생 익혀온잠 잠을깜짝 놀래깨니

443. 돌호랑이 낙태하고 나무닭이 회쳐울제

445. 네가참말 그때서야 박지범부 회명당께

447. 은혜갚을 생각있지 너도참말 나때문에

449. 육도사생 드나들면 잠만자고 꿈만꾸나

451. 깨고나서 자세보면 과거공왕 불소에서

453. 실컷보든 얼굴이요 비로자나 왕석에도

455. 한가지로 선근닦던 네가참말 네로구나

457. 허허이것 무엇인고

마지막 결사부분은 경허의 「참선곡」이나 한암의 「참선곡」 결사에 보이는 선적 표현과 유사하다. 일상적이지 않은 그리하여 기존의 사량분별로는 이해하기 힘든 비유를 통해 선시적 감흥을 전달하고 여운을 남기는 결사의 작시법을 충실히 따르고 있다. 이 작품은 단순하게 전통적 「자책가」를 답습한 것은 아니다. 대중적인 설법을 가미하면서도 출가 수도인의 본분사를 강조하되, 알려진 여러 작품을 감각적으로 활용하여 시대정신을 구현한 작품이라 할 수 있다.

앞서 인용한 서사에서도 확인한 바이지만 이 작품의 또 다른 특징은 작가가 살고 있던 1910~1920년대의 시대상을 반영하는 표현 기법에 있다. 작가가 새로운 시대의 포교사로서 도시포교에 남다른 관심을 가지고 활동한 것은 앞장에서 살펴본 바인데, 가사에는 당시 도시적 삶의 모습이 불교적 시각으로 잘 드러나 있다.

19. 청춘소년 젊었다가 늙어지니 꿈결이요

21. 부귀공명 잘살다가 집행공매 다당하고

23. 빈손털고 나설적에 꿈가운데 또꿈이네

25. 청루요리 연극장에 허둥지둥 다니면서

27. 흥청망청 돈을쓸땐 먹다남은 암치뼈에

29. 좁쌀개미 덤비듯이 친구벗이 따르더니

309. 주인공아 정신차려 전후좌우 결단하며

311. 출가본뜻 잊지말고 머리위에 불끄듯이

313. 화재급보 전화받고 소방대가 출동하듯

315. 천둥하고 벽력칠제 유죄무죄 물론하고

317. 번쩍번쩍 정신나듯 기차시간 임박할제

319. 차표사러 가는듯이 고양이가 쥐잡듯이

321. 쥐가괴를 피하듯이 성성역력 어서해라

인생이 꿈결이라는 첫 인용문에서는 부귀공명을 누리다가 어느 날 법원의 집행으로 공매에 넘어가버린 경제적 실상, 청루 요리를 즐기는 극장에서의 호사스런 삶을 이야기 하고 있다. 매우 적실한 당대의 상황이 반영되어 있는 것이다. 다음 인용문에서는 소방대 기차시간 이야기를 통해 참선의 자세를 이야기 하고 있다. 이는 전통적으로 고양이가 쥐 생각 하듯, 모기가 소등에서 피를 뽑듯 하라는 선가의 전통적 표현을 현실적으로 패러디한 것이다. 이외에도 경성시내 관훈동에 사는 용모단

정 방년 삼십의 조명구 씨의 허무한 죽음(291~301구), 일본 죽병산에 사는 혜춘이라는 30세의 미모의 여인이 도에 방해된다는 말에 스스로 얼굴을 해친 이야기(382~391구)를 통해서 기존의 불교가사에서 볼 수 없었던 묘사의 특징을 확인할 수 있다.

    285. 재물가져 자랑마라 범어사의 명학동지

    287. 금사망을 못보았나 먼저가서 참선하던

    289. 영원조사 아니며는 그천도를 누가할까

    375. 그몸으로 성불하고 신라때에 욱면여자

    377. 정승댁에 하인으로 일심으로 정진하여

    379. 칠일만에 육신버려 그유골이 통도사에

    381. 지금완연 있사오며

이외에도 범어사 명학동지가 받은 과보와 영원조사의 천도로 다시 환생한 영원사 설화를 모티프로 하는데 설화의 주제는 재물욕심의 경계에 있다. 통도사에 '지금도' 있다는 신라 때 욱면의 유골 등 시기적으로 현재성을 띠고 있는 사례까지도 포함하여 다양한 면에서 작품의 현실성을 추구하고 있다. 국내외와 과거와 현재를 넘나들고 도시적 삶까지도 작품에 담아내는 「회명산인자책가」의 다양한 표현들은 도시불교 포교의 과정에서 설득력을 배가하는 요인이 되었음이 분명하다. 산중불교의 전통적 방식보다는 새로운 시대의 다양한 인간 군상의 측면을 고려하는 이러한

방식이야말로 이 작품에서 새롭게 발견되는 창의적 발상이다. 이 작품은
도시불교 시대를 맞이한 일종의 생활법문에 해당한다 하겠다.

2) 단형 가사와 근대 종교인의 한 형상

「사문이 죽음에 열 가지 후회」는 어느 시기에 창작되었는지 알려주
는 기록은 없다. 작품은 모두 10장으로 나뉘어 있으며, 각 장은 10구로
되어 있고 마지막 구는 "애고내가 죽었고나"로 마무리된다. 내용은 사
문이나 여자에 있어서 죽음에 이르러 하는 열 가지 후회를 나열한 것으
로 재물에 대한 욕심을 버리지 못해 보시 한 번 제대로 하지 못한 행태
에 대한 비판을 담고 있다.

   ① 꿈결같은 이세상에 천년이나 살까하고

      자선동정 하는데나 남이롭게 하올때는

      달팽이뿔 들어가듯 빙공영사 시주얻기

      사중재산 범용하기 별별수단 다하여서

      애욕심만 부리다가 애고내가 죽었고나

   ⑤ 자수성가 한것이나 선사재산 물렸거나

      물론다소 있는것을 다만얼마 아니라도

      나와선사 위하여서 불향제위 뚝때네어

      사중헌납 못해보고 누가만일 권하면은

눈망울만 굴리다가 애고내가 죽었고나

⑩ 만단후회 지금한들 누가나를 정성으로

불전예경 참회시켜 대중공야 하여가며

법문들어 천도하리 애욕탐착 이세상에

나오지나 말았을걸 업에끌려 못이겨서

속절없이 나왔다가 애고내가 죽었고나(211~213쪽)

1장은 세상 욕심 때문에 자선동정, 이타행위는 전혀 하지 않고 공적일을 한답시고 사리를 채우고 사중의 재산을 남용하여 쓰다 죽게 되어 후회하는 내용이 담겨 있다. 5장은 사중헌납에 관한 내용이며, 10장은 무의미한 삶을 살고 떠나는 자신의 한평생을 속절없이 후회하는 내용이다. 1장에서 10장까지 모두 "애고 내가 죽었구나"라는 후렴구를 달아 앞에 제시된 행태에 대한 비판과 풍자의식을 강화하는 기능을 하고 있다. 주목되는 것은 자선보시를 강조한 대목이 가사의 대부분을 차지하며 죽어서는 아무런 의미 없다는 말을 덧붙여, 청자들에게 적극적인 실천을 권유하고 있다는 점이다.

「여자가 죽어서 열 가지 후회」는 모두 10장이고 각 장은 9구로 되어 있다. 마지막 구는 "죽고보니 꿈속이라"로 마무리 된다.

1. 규중에서 자리날제 부모님의 사랑받아

열대엿살 장성하니 사랑하심 점점깊어

헤아릴수 없더니만 천리순환 이치로서

남의집에 출가하니 사랑하심 허사로다

죽고보니 꿈속이라

9. 인간세상 나간후로 행주좌와 간단없이

네비위만 맞춰줄제 청산영리 좋은불답

시주답게 못해보고 자선공익 사업에도

요리조리 피하면서 너좋은일 밤낮하다

죽고보니 꿈속이라

10. 만 가지로 생각해도 원통하고 야속하다

아끼던게 허사일세 내목숨만 떨어지면

허둥지둥 달려들어 각기욕심 부릴적에

나위하여 정성으로 천도할리 전혀없다

죽고보니 꿈속이라(214~216쪽)

여인의 삶은 화려하며 유복할지 모르나 죽음에 닥쳐서는 아무 의미 없는 것이라는 메시지를 담아냈고, 마지막엔 "죽고보니 꿈속이라"는 구를 반복하여 인생의 허무함을 부각시킨 단형의 가사이다. 특히 9장에서는 자선 보시의 실천에 대한 작가의 강조점이 잘 제시되어 있다.

이상의 내용은 사실 작가 연보에서 확인했듯 평생동안 재산을 사찰에 헌납하여 다양한 불사를 일으키고 중생을 위해 보시한 작가의 삶의 지향이 잘 드러나 있는 것으로 평가할 수 있다.

그런데 두 작품의 형식은 일반적인 가사의 형태와 다르다. 각각 장으로 분절되어 있고 각 장은 또 9구나 10구로 짧으며 마지막 구는 가요의 후렴구가 붙듯 같은 표현이 반복되어 있어 음악적 효과를 가미하였다. 이러한 형식은 1910년 전후에 등장한 『대한매일신보』의 단형가사 즉 개화기가사의 형식적 속성을 그대로 따른 것이다. 마지막 구에 일정한 후렴구를 반복하여 가사 속에 제시한 특정 대상이나 행위에 대해 비판하고 고발하는 미학적 특징을 공유하고 있다.

4. 회명 가사의 문학사적 위상

20세기에 들어 종교 간의 세력경쟁이 치열하게 전개되는 가운데 각 종교에서는 근대적 매체인 신문 잡지를 창간하며 자신들의 영향력을 확산하고자 노력하였다. 이 과정에서 불교 천주교 동학계열의 잡지가 창간되어 유포되었고, 각 종교마다 전통적 양식을 동원하되 새 시대의 희망을 반영하는 노래를 제작하여 각종 행사에서 부르는 등 활발한 노력을 보여주고 있다. 불교계의 경우 1910년대 『조선불교월보』, 1920년대 『불교』지를 보면, 전통시가의 양식을 활용한 다양한 불교가요가 소개되어 있는 한편으로 새로운 찬불가가 창작되고 있음을 알 수 있다. 이는 시대의 변화에 따른 종교계의 문학적 대응양상이라 할 수 있다. 학명계종(鶴鳴啓宗, 1867~1929)의 단형가사,[7] 용성진종(龍城震鍾, 1864~1940)의 대각교 노래,[8] 권상로(權相老, 1879~1965)의 찬불가[9] 등은 짧은 형식의 창가이거나, 가사라 하더라도 분절이 되어 있는 형태를 띠고 있다. 그리고 이들의 내용은 도시 불교의 현장이나 지향성과 관련을 맺고 있는 경향이 있다. 이러한 움직임의 한편에서는 전통적인 형식을 따르고 있는 불교가사가 명맥을 잇고 있는데, 이는 주로 산중불교를 지키고 있는 선사들에 의해 창작된 전통적 형식의 가사들이다. 20세기 문턱에서 경허성우(鏡虛惺牛, 1846~1912)[10]가 그러하고 1930년대 한암중원(漢巖重遠, 1876~1951)[11]이 그러하다. 이들은 전통적 가사형식과 표현을 계승하여 나름대

---

7 『불교』(1929.9~1930.3), 『일광』(1929), 『석문의범』(1935)에 「망월가」·「선원곡」·「신년가」·「왕생가」·「원적가」·「참선곡」·「해탈곡」 등 7편이 전한다.
   김종진, 「근대불교혁신운동과 불교가사의 관련양상―학명의 가사를 중심으로」, 『동양학』 36, 단국대 동양학연구소, 2004, 27~44쪽.
   전재강, 「학명의 불교가사에 나타난 선의 성격과 표현방식」, 『어문학』 107, 한국어문학회, 2010, 187~218쪽.

8 대각교 의식집인 『대각교의식』(1927)에 「권세가」·「대각교가」·「세계기시가」·「왕생가」·「입산가」·「중생기시가」·「중생상속가」 등 7편이 수록되어 있다.
   김기종, 「용성선사의 가사작품에 대하여」, 『한국문학연구』 23, 동국대 한국문학연구소, 2000, 215~232쪽.
   전재강, 「백용성 불교가사에 나타난 담화방식과 대상 인식의 구도」, 『어문학』 103, 한국어문학회, 2009, 221~252쪽.

9 『석문의범』(1935)에 「성도가」·「성탄경축가」·「열반가」·「학도권면가」 등 4편이 전해지며, 불교잡지에 다수의 찬불가를 수록하였다.
   김종진, 「전통시가 양식의 전변과 근대 불교가요의 형성」, 『한국어문학연구』 52, 한국어문학연구학회, 2009, 31~62쪽.
   김기종, 「권상로의 불교시가 연구」, 『한국문학연구』 40, 동국대 한국문학연구소, 2011, 119~154쪽.
   전재강, 「퇴경 권상로 불교가사의 성격」, 『어문학』 113, 한국어문학회, 2011, 271~296쪽.

10 『경허집』(1942)에 「가가가음」·「법문곡」·「참선곡」이 수록되어 있다.
   전재강, 「경허가사에 나타난 수행법과 표현 방식」, 『어문학』 99, 한국어문학회, 2008.

11 한암의 문집인 『한암일발록』에 「참선곡」이 전한다.
   김종진, 「한암선사의 참선곡 연구」, 『국제어문』 39, 국제어문학회, 2007, 5~37쪽.

로 선풍을 표출하고 있다. 이렇게 볼 때 근대 불교시가의 맥은 도시 불교를 지향하는 새 형식의 노래와 산중불교를 지향하는 구 형식의 노래로 양분되는 경향이 뚜렷하게 나타난다.

그런데 이 글에서 소개하는 회명일승(晦明日昇)의 세 편의 가사는 기존의 불교가사 전개의 구도에 균열을 일으키는 지점이 존재한다. 즉, 동시대에 선사로서 경허-한암-만공 등 산중불교의 맥을 잇는 선사들의 활동과 차이가 있고, 용성의 대각교 운동의 맥과도 성격이 다른 지점이 분명히 존재한다. 그것은 작가가 도시 포교에 남다른 관심과 능력을 보여주고 있다는 점과 관련된다. 즉 회명의 가사는 도시포교의 활성화라는 근대불교계의 시대적 지향과 현실을 일정 부분 반영하고 있는 의의가 있다.

특기할 사항은 작가가 자신의 재산을 보시하여 복지사업과 각종 불사를 일으켰다는 사실이다. 연보에는 명확하게 드러나지 않지만 회명은 한 가문의 외아들로서 물려받은 자산과 기타 자산을 희사하여 많은 불사를 일으켰다. 문집에 수록된 「파제간탐기(破除慳貪記)」에는 1912년까지의 헌납연도 헌납사찰 재산수량 등이 상세하게 기록되어 있는데 1912년까지 그가 헌납한 양은 전답 170두락, 현금 3만 4,200냥에 이른다. 이후의 활동까지 포함하면 상당한 양이 될 것으로 보인다. 예를 들어 54세에 건봉사에 전답 170두락과 현금 4,200냥을 헌납한 것, 금강산 제산 17개소에 전답 250두락과 현금 1만 3,010냥을 헌상한 것 등 다양하다. 포교당 중심의 설법 활동을 하면서 사회를 위해 스스로 재물을 희사하는 봉

전재강, 「한암선사 참선곡 구조의 역동성」, 『우리말글』 48, 우리말글학회, 2010, 147~176쪽.

사의 자세는, 일부 석연치 않은 그의 행적에도 불구하고, 새 시대에 하나의 모범적 선례를 보여주고 있다는 점에서 평가할 만하다.

「회명산인자책가」는 장편의 가사에 도시포교의 현장에서 활용되었음직한 생활법문을 담아내었고, 매우 현실적인 다양한 표현을 살리면서 1920년 당시의 작품이라는 점을 분명히 드러내고 있다. 한편 「사문이 죽음에 열 가지 후회」와 「여자가 죽어서 열 가지 후회」는 1910년대 개화기가사의 형식적 특징—단형, 분절형식, 후렴구 반복—을 그대로 따르고 있어 시대적 변모를 느낄 수 있으며 내용상 자신이 한 평생 재보시를 통해 헌신하였듯 재물 욕심을 경계하고 희사를 권장하는 내용으로 되어 있다. 지금까지의 불교가사가 재물 욕심을 경계하고 희사를 권장하지 않은 것은 아니지만 이처럼 집약적으로 대사회적 기여를 강조한 작품은 회명에 의해 새롭게 시도되고 있는 것으로 평가해도 될 것이다. 근대에 들어 종교의 대사회적 기능을 고민하고 이를 노래로 표현한 것은 회명 가사의 현재적 의의로 삼기에도 부족하지 않을 것이다.

회명의 가사에 대하여 문학적 풍부함과 표현의 참신성의 측면에서 높은 평가를 내리기 어렵다. 그러나 이상에서 거론한 시대성을 고려할 때, 회명의 가사는 근대불교가사의 전개사에서 빠뜨려서는 안 되는 의미 있는 작품으로 평가할 수 있다.

참고문헌

1. 기본자료

『嘉興大藏經』『乾隆大藏經』『卍續藏經』『大正新修大藏經』『禪宗全書』(中)『韓國佛敎全書』(韓)『五山文學全集』(日)『高麗大藏經』『佛敎大藏經』『佛光大藏經』『景德傳燈錄』『朝鮮佛敎月報』『海東佛報』『佛敎振興會月報』『朝鮮佛敎界』『朝鮮佛敎叢報』『佛敎』

2. 단행본

국사편찬위원회 편, 『천민 예인의 삶과 예술의 궤적』, 두산동아, 2007.

권오만, 『개화기시가연구』, 새문사, 1989.

김경집, 『한국불교 개혁론 연구』, 진각종 해인행, 2001.

김동국, 『회심곡 연구』, 고려대 박사논문, 2004.

김두진, 『균여화엄사상연구―성상융회사상』, 일조각, 1983.

김병선, 『한국개화기창가연구』, 전남대 박사논문, 1990.

김성배, 『한국 불교가요의 연구』, 아세아문화사, 1976.

김영수 편, 『천주가사 자료집』 상·하, 가톨릭대 출판부, 2001.

김영욱, 『정선 선어록』, 대한불교조계종간행위원회, 2009.

김영철, 『한국 개화기 시가의 장르 연구』, 학문사, 1990.

김완진, 『향가해독법연구』, 서울대 출판부, 1980.

김월운 역, 『전등록』(전3권), 동국역경원, 2008.

김인숙·김혜리, 『서도소리』, 국립문화재연구소, 민속원, 2009.

김종진, 『불교가사의 연행과 전승』, 이회, 2002.

______, 『佛敎歌辭의 계보학, 그 문화사적 탐색』, 소명출판, 2009.

김지견 편주, 『균여대사 화엄학전서』, 대한불교전통연구원, 1977.

김창규, 『한국 한림시 평석』, 국학자료원, 1996.

김현미, 『글로벌시대의 문화번역』, 또 하나의 문화, 2005.

김호귀, 『인물한국선종사』, 한국학술정보, 2010.

남권희,『고려시대기록문화연구』, 청주고인쇄박물관, 2002.

무　비,『「보현행원품」강의』, 민족사, 1997.

민　찬·장성남 편,『대한매일신보의 시가』, 형설출판사, 2001.

박경주,『한문가요연구』, 태학사, 1998.

박기종 편,『서도소리 가사집－황해도 평안도』, 서도소리연구회, 1999.

박범훈,『한국불교가요연구』, 장경각, 2000.

＿＿＿,『한국불교음악사연구』, 장경각, 2000.

법성 연의(演義),『화엄경』, 큰수레, 1992.

서영애,『일본문화와 불교』, 동아대 출판부, 2003.

서철원,『향가의 역사와 문화사』, 지식과 교양, 2011.

＿＿＿,『향가의 유산과 고려시가의 단서』, 새문사, 2013.

손태도,『광대의 가창 문화』, 집문당, 2003.

심재열 역,『대각국사문집』, 통화사상연구소, 1985.

양주동,『증정고가연구』, 일조각, 1943.1965.

양희철,『고려 향가 연구』, 새문사, 1988.

이광준,『한일불교문화교류사』, 우리출판사, 2007.

이종군,『나옹화상의 三歌 연구』, 부산대 박사논문, 1996.

이종찬,『韓國의 禪詩 : 고려편』, 이우출판사, 1985.

이진오,『한국불교문학의 연구』, 민족사, 1997.

이창배,『한국가창대계』, 홍인문화사, 1976.

이철교·김광식 편,『한국근현대불교자료총서』, 민족사, 1996.

인　경,『몽산덕이와 고려후기 선사상 연구』, 불일출판사, 2000.

인권환,『高麗時代 佛敎詩의 硏究』, 고려대 민족문화연구소, 1983.

임기중,『한국고전문학과 세계인식』, 역락, 2003.

＿＿＿,『한국가사문학주해연구』, 아세아문화사, 2005.

＿＿＿ 편,『불교가사 원전연구』, 동국대 출판부, 2000.

＿＿＿ 외,『새로 읽는 향가문학』, 아세아문화사, 1988.

＿＿＿·김종진 외,『경기체가 연구』, 태학사, 1997.

임혜봉,『친일승려 108인』, 청년사, 2005.

정동선,『회명문집』, 여래, 1991(불기 2535년)(동국대 중앙도서관 소장).

정성본 역해,『벽암록』, 한국선문화연구원, 2006.

정재호 편,『한국속가전집』1～6, 다운샘, 2002.

조동일,『동아시아문학사비교론』, 서울대 출판부, 1993.

______,『문명권의 동질성과 이질성』, 지식산업사, 1999.

______,『하나이면서 여럿인 동아시아문학』, 지식산업사, 2003.

______,『한국문학통사』 2~5, 지식산업사. 2005.

최　철·안대회 역,『역주『균여전』』, 새문사, 1986.

최현각,『선어록산책』, 불광출판부, 2005.

한만영,『한국불교음악연구』, 서울대 출판부, 1983.

한용운, 이원섭 역,『조선불교유신론』, 운주사, 1992.

______,『님의 침묵』, 범우사, 2006.

허흥식,『고려에 남긴 휴휴암의 불빛·蒙山德異』, 창비, 2008.

홍윤식,『한국불교사의 연구』, 교문사, 1988.

______ 편,『한국불화화기집』, 가람사연구소, 1995

게르노트 프루너 편, 조흥윤 역,『箕山風俗圖帖』, 범양사 출판부, 1984.

미찌바다 료오슈, 계환 역,『중국불교사』, 우리출판사, 1996.

石田瑞麿, 이영자 역,『일본불교사』, 민족사, 1989.

이노구치 이츠시, 심경호 외역,『일본한문학사』, 소명출판, 2000.

江靜,『赴日宋僧 無學祖元硏究』, 북경 : 商務印書館, 2011.

鎌田茂雄 외,『大藏經全解說大事典』, 雄山閣出版株式會社, 1998.

紀華傳,『江南古佛 : 中峰明本與元代禪宗』, 中國社會科學出版社, 2006.

小野玄妙 편,『佛書解說大辭典』(전14권), 大東出版社, 1933.

玉村竹二,『五山文學』, 至文堂, 1955.

入矢義高 校注,『五山文學集』(新日本古典文學大系 48), 岩波書店刊行, 1990.

堀川貴司,『五山文學硏究 : 資料と論考』, 笠間書院, 2011.

荻須純道,『禪宗史入門』, 平樂寺書店, 1977.

鄭阿財,『敦煌佛敎文獻與文學硏究』, 上海古籍出版社, 2011.

陳景富,『中韓佛敎關系一千年』, 宗敎文化出版社, 1999.

鮑志成,『高麗寺與高麗王子』, 杭州大學出版部, 1995.

3. 논문

강호선,「충렬·충선왕대 임제종 수용과 고려불교의 변화」,『한국사론』 46, 서울대국사학과,
　　　　2001.

______, 「고려말 나옹혜근 연구」, 서울대 박사논문, 2011.

고익진, 「적멸시중론의 선사상」, 『한국불교학』 10, 한국불교학회, 1985.

구사회, 「한국악장문학연구」, 동국대 박사논문, 1992.

구인모, 「가사체 형식의 창가화에 대하여」, 『한국어문학연구』 51, 한국어문학연구학회, 2008.

권도희, 「1910년대 창가와 잡가」, 『한국어문학연구』 51, 한국어문학연구학회, 2008.

김경집, 「일제하 불교계 혁신운동의 연구 현황과 과제」, 『선문화연구』 1, 한국불교선리연구
　　　　원, 2006.

김기종, 「용성선사의 가사작품에 대하여」, 『한국문학연구』 23, 한국문학연구소, 2000.

______, 「근대불교잡지의 간행과 불교대중화」, 『한민족문화연구』 26, 한민족문화학회, 2008.

______, 「권상로의 불교시가 연구」, 『한국문학연구』 40, 동국대 한국문학연구소, 2011.

김문기, 「「기우목동가」 연구」, 『어문학』 39, 어문학회, 1980.

김상일, 「「보현십원가」의 한역시 「보현십원송」에 대하여」, 『동악한문학논집』 9, 동악한문학
　　　　회, 1999.

김상현, 「향가와 게송과 불교사상」, 『향가문학연구』, 일지사, 1993.

김성주, 「균여 향가의 해독과 한역시 그리고 「보현행원품」」, 『제42회 구결학회 전국학술대회
　　　　발표논문집』, 구결학회, 2010.

______, 「균여 「보개회향가」의 한 해석」, 『구결연구』 27, 구결학회, 2011.

김영만, 「향가의 善陵과 頓部叱에 대하여」, 『동양학』 21, 단국대 동양학연구소, 1991.

김영철, 「개화기 시가에 나타난 연속성의 제양상」, 『우리말글』 41, 우리말글학회. 2007.

김유범, 「균여의 향가 「광수공양가」 해독」, 『구결연구』 25, 구결학회. 2010.

김인숙, 「서도 재담 독경소리 음반고」, 『한국음반학』 14, 한국고음반연구회, 2004.

______, 「북한 전승 「배뱅이굿」 연구」, 『한국음반학』 15, 한국고음반연구회, 2005.

김지오, 「『균여전』 향가의 해독과 문법」, 동국대 박사논문, 2012.

______, 「「참회업장가」의 국어학적 해독」, 『구결연구』 24, 구결학회, 2010.

김학성, 「향가의 장르체계」, 『향가문학연구』, 일지사, 1993.

______, 「가사 양식의 전통 유형과 계승 방향」, 『고시가연구』 23, 2009.

배연형, 「서도소리 유성기음반 연구」, 『한국음반학』 14, 한국고음반연구회, 2004.

______, 「창가 음반의 유통」, 『한국어문학연구』 51, 한국어문학연구학회, 2008.

법　　장, 「떠돌이 놀이패와 사찰과의 관계고찰」, 『수다라』 10, 1995.

손인애, 「서도 통속민요 「개성산염불」 연구─사당패소리 「산염불」과 음악적 관련성을 토대
　　　　로」, 『한국음반학』 20, 한국고음반연구회, 2010.

손태도, 「경기명창 박춘재론」, 『한국음반학』 7, 한국고음반연구회, 1997.

______, 「광대 고사 소리에 대하여」, 『한국음반학』 11, 한국고음반연구회, 2001.

송재주, 「균여의 화엄사상과 생애」, 『한국고전시가연구』, 다운샘, 1993.

양은용, 「권상로 불교개혁사상의 연구」, 『한국종교사상사의 재조명』, 원광대 출판국, 1993.

양희철, 「균여 원왕가의 방편시학」, 『어문논총』 6 · 7(합집), 청주대 국어국문학과, 1989.

유호선, 「함허당 문학에 나타난 정신세계 - 가 · 송 · 찬 작품을 중심으로」, 『어문논집』 44, 안
　　　암어문학회, 2001.

윤태현, 「「보현십원가」의 배경과 문학적 성격연구」, 동국대 석사논문, 1995.

이　용, 「「항순중생가」의 해독에 대하여」, 『구결연구』 18, 구결학회, 2007.

이건식, 「균여 향가 「청전법륜가」의 내용 이해와 어학적 해독」, 『구결연구』 28, 구결학회, 2012.

이덕진, 「일제시대 불교계 인물들에 대한 연구 성과와 동향 그리고 앞으로의 과제」, 『선문화연
　　　구』 1, 한국불교선리연구원, 2006.

이미향, 「조학유의 생애와 찬불가 연구」, 『보조사상』 26, 보조사상연구원. 2006.

이보형, 「화초사거리 연구」, 『한국음반학』 17, 한국고음반연구회, 2007.

이상삼, 「부처님이 세상에 오래 계시기를 청하는 노래」, 『새로 읽는 향가문학』, 아세아문화사,
　　　1998.

이승남, 「중생의 뜻에 수순하겠다는 노래」, 『새로 읽는 향가문학』, 아세아문화사, 1998.

이재헌, 「권상로의 불교개혁 사상 연구」, 『보조사상』 13, 보조사상연구원, 2000.

이종군, 「나옹 三歌의 상징성 연구」, 『동양한문학연구』 10, 동양한문학회, 1996.

이종문, 「고려전기 불가의 문학사상 - 균여 최행귀 의천을 중심으로」, 『한국한문학과 유교문
　　　화』, 1991.

이종찬, 「신라불경諸疏와 게송의 문학성」, 『한국불가시문학사론』, 불광출판부, 1993.

______, 「의상의 반시 일승법계도」, 『한국불가시문학사론』, 불광출판부, 1993.

이주열, 「경부철도노래에 나타난 긍정의식 연구」, 『우리어문연구』 35, 2009.

인권환, 「高麗 禪詩와 日本 五山詩의 比較 研究」, 『한국한문학연구』 31, 한국한문학회, 2003.

______, 「高麗後期 禪詩 研究의 東亞細亞的 地平과 視角」, 『고전문학연구의 쟁점적 과제와
　　　전망』, 월인, 2003.

장일규, 「고려 광종대 유교적 정치이념과 최행귀」, 『한국학논총』 34, 국민대 한국학연구소,
　　　2010.

장휘주, 「사당패소리와 경기입창」, 『경기잡가』, 경기도국악당, 2006.

전재강, 「경허가사에 나타난 수행법과 표현 방식」, 『어문학』 99, 한국어문학회, 2008.

______, 「백용성 불교가사에 나타난 담화방식과 대상 인식의 구도」, 『어문학』 103, 한국어문
　　　학회, 2009.

______, 「학명의 불교가사에 나타난 선의 성격과 표현방식」, 『어문학』 107, 한국어문학회,
　　　2010a.

______, 「한암선사 참선곡 구조의 역동성」, 『우리말글』 48, 우리말글학회, 2010b.

______, 「퇴경 권상로 불교가사의 성격」, 『어문학』 113, 한국어문학회, 2011.

정동선, 「용성선사의 가사작품에 대하여」, 『한국문학연구』 23, 동국대 한국문학연구소, 2000.

정상홍, 「나옹선사의 「三歌詩」 형태에 대한 一考」, 『삼대화상연구논문집』, 불경서당 훈문회 편, 1996.

정진원, 「나옹화상의 「고루가」 텍스트 분석」, 『텍스트언어학』 4, 한국텍스트언어학회, 1997.

정하영, 「균여의 문학효용론」, 『국어문학』 25, 전북대 국어국문학회, 1985.

조동일, 「의상 명효 원효의 질서관과 문학이론」, 『한국의 문학사와 철학사』, 지식산업사, 1996.

조명제, 「고려말 원대 간화선 수용과 그 사상적 영향」, 『보조사상』 23, 보조사상연구원, 2005.

조선영, 「업장을 참회하는 노래」, 『새로 읽는 향가문학』, 아세아문화사, 1998.

지창규, 「대장경과 교판」, 『전자불전』 10, 동국대 전자불전연구소, 2008.

최귀묵, 「충지 시에 나타난 민족의식에 대한 비교문학적 연구」, 서울대 석사논문, 1994.

최병헌, 「태고보우의 불교사적 위치」, 『太古集』, 세계사, 1991.

최현식, 「철도창가와 문명의 향방 — 그 계몽성과 심미성 교육의 한 관점」, 『민족문학사연구』 43, 2010.

태 경, 「균여의 원통 논리와 그 실천」, 동국대 박사논문, 2009.

포지성, 「고려사와 대각국사 의천」, 『천태학연구』 8, 2006.

柳田聖山, 「語錄의 歷史」, 『東方學報』 57, 1985.

原田弘道, 「中世における幻住派の形成とその意義」, 『駒沢大學佛敎學部研究紀要』 53, 駒沢大學佛敎學部, 1995.

* 초출일람

이 책은 저자의 다음 글을 기본으로 하여 저술하였다.

「동아시아 불교계 어록 연구의 제언 — 비교문학적 연구를 위한 자료 제시」, 『국제어문』 58, 국제어문학회, 2013.

「균여의 理事無碍的 문학사상」, 『불교어문논집』 2, 한국불교문학사연구회, 1997.

「균여가 가리키는 달 — 「普賢十願歌」의 비평적 해석」, 『정토학연구』 19, 한국정토학회, 2013.

「동아시아 禪歌의 비교문학적 연구 서설 — 13·14c 동아시아 문예사조로서 禪歌의 창작과 교류」, 『국어국문학』 158, 국어국문학회, 2011.

「동아시아 禪歌와 자국어 시가의 관련성 — 고려 말 가사발생론을 포함하여」, 『한국어문학연구』 61, 한국어문학연구학회, 2013.

「고려 말 나옹 禪歌의 동아시아적 연원에 대하여―「백납가」·「고루가」를 중심으로」, 『한국시가연구』 31, 한국시가학회, 2011.

「「태고암가」의 주제적 계보와 창작 의의」, 『한민족문화연구』 42, 한민족문화학회, 2013.

「경기체가 「騎牛牧童歌」의 구조와 문학사적 위상」, 『한국시가연구』 25, 한국시가학회, 2008.

「雜歌의 종교성과 세속성」, 『불교학보』 57, 동국대 불교문화연구원, 2011.

「근대 불교시가의 전환기적 양상과 의미―『조선불교월보』를 중심으로」, 『한민족문화연구』 22, 한민족문화학회, 2007.

「전통 시가 양식의 전변과 근대 불교가요의 형성―1910년대 불교계 잡지를 중심으로」, 『한국어문학연구』 52, 한국어문학연구학회, 2009.

「金文世의 장편 창가 「高麗寺歌」 연구」, 『고시가연구』 27, 한국고시가문학회, 2011.

「근대불교가사 창작의 한 흐름―晦明日昇의 가사 자료 소개를 중심으로」, 『우리어문연구』 43, 우리어문학회, 2012.